Mara Ross

El despertar de la llave

A mi tata Dolores, por animarme a empezar

un sueño que ni yo misma sabía que tenía.

Y para el resto de mi familia y amigos,

por sus buenas palabras.

CAPÍTULO 1

En la estancia tan solo se oía un único sonido:

—Piiiiiiiii………

—¡Carga a 200! ¡Vamos, vamos que se nos va! ¡Fuera! —El cuerpo tumbado en la camilla se levantó como un resorte.

—Piiiiiiii…

—¡No hay pulso!

—¡Carga a 300! Vamos cariño, eres muy joven para morir. —El médico le susurró a la joven que yacía sin vida.

—Piiiiiiii…

—Hora de la muerte….

¿Hora de la muerte? ¿En serio? ¿¡Pero qué estáis haciendo!? ¡¡Nooo!! ¡No puedo morir! ¡Estoy en la flor de la vida!

Cuando esta mañana mi madre me telefoneó para decirme eufórica que, según mi horóscopo, hoy me iba a llegar una bendición caída del cielo. Dudo que se refiriera a que esa estúpida planta cayera desde un cuarto piso golpeándome en la cabeza y que me provocó, según los médicos, un hematoma subdural.

Vamos, que el maldito geranio me ha partido la crisma.

Por cierto, mi nombre es Zoe Kaya, tengo 25 años y soy profesora de preescolar.

Bueno lo era.

Ahora soy, muy a pesar de mi escepticismo, un ser semitransparente observando como un puñado de médicos y enfermeras intentan traerme de vuelta a la vida; por desgracia mi cuerpo no está mucho por la labor.

Justo en el instante en que el médico va a declarar oficialmente mi muerte, me invade una gran sensación de vértigo, por lo que cierro los ojos intentando contener las terribles náuseas. Algo extraño, teniendo en cuenta que mi cuerpo está tendido en la camilla de urgencias. Al abrirlos me encuentro en un gran espacio en blanco, sin paredes, techo o suelo.

—¿Hola? ¿Alguien puede oírme? — Al no recibir respuesta, comienzo a preocuparme.—¿Cómo he llegado aquí? —Solo silencio— ¿De verdad? ¿Nadie?

—Hola Zoe.

Para estar muerta mis pulmones funcionan a la perfección porque apuesto a que mi grito han tenido que escucharlo hasta en el infierno, en caso de que exista uno.

Me vuelvo sobre mis pies para enfrentarme al propietario de la voz grave y tosca a mi espalda y mi sorpresa es mayúscula. Frente a mí, tengo un aura brillante con la forma de un hombre corpulento. Desprende tanta luz que es imposible poder verlo con claridad, lo que sí puedo diferenciar son el par de alas que sobresalen de su espalda. Un par de alas enormes extendidas en su totalidad que pasan del blanco más puro al dorado más intenso y brillante según como incida la luz en ellas.

—Definitivamente he muerto y estoy en el cielo. —Vale, posiblemente eso no haya sido lo más inteligente que podría haber dicho, de modo que agito la cabeza con fuerza intentando aclararme.— Perdona, esto de morir a una la deja en estado de shock y luego estás todo tú. —Lo señalo de arriba abajo sin poder evitarlo—. Ya sabes, tan brillante y con esas alas... ¿Son realmente tuyas o forman parte de alguna especie de atrezzo para que todo resulte más dramático?

—No tenemos mucho tiempo. —frunzo el ceño ante tanta simpatía—. Debes volver antes de que te declaren oficialmente muerta.

—Demasiado tarde, creo que lo estaban haciendo justo antes de me trajeras aquí.

—El tiempo aquí no pasa igual que en tu mundo. Cuando vuelvas, despertarás antes de que lo hagan.

—¡Eso es un alivio! —Llevo una mano al pecho suspirando de alivio—. ¿Dónde estamos ?

—En uno de los cientos de planos astrales que existen, lo que los humanos como tú soléis llamar el limbo. En este plano el tiempo y el espacio no funcionan como vosotros lo conocéis y no hay vida ni muerte.

—No me lo puedo creer. ¿Por qué me has traído aquí exactamente?

—Era necesario que murieses por un instante para poder despertar tus poderes —dice impasible—. Tienes que prepararte para vencer los obstáculos antes de La Batalla Final que se regirá entre el bien el mal y sin ellos no llegarías muy lejos.

—Eh, eh, eh, eh, para el carro bombón. —Esto no tiene ni pies ni cabeza—. ¿De qué poderes estás hablando? ¿Y qué supuesto gran final? ¿Es una broma o algo? ¿Esto es un sueño verdad? En cualquier momento me despertaré y tú…

—Basta de hablar y escucha.

—¡Ah no! ¡Escucha tú! —Oh sí, ahora me va a oír—. No sé qué retorcido juego te traes entre manos, pero yo no me chupo el dedo. No tengo ni idea de si esto es un sueño o si está pasando en realidad. De lo único que estoy segura es de que esta mañana me he despertado como todos los días, me he bebido mi leche con cacao —odio el café—, y lo siguiente que me encuentro, es que me he desmayado en plena calle y muerto llena de tierra y abono para plantas que, para tu información, no es nada agradable —le remarco—. Y ahora, estoy hablando con un chalado que parece un Gusiluz diciéndome que me ha matado para poder despertar no sé qué poder y así convertirme en una especie de súper heroína. Así que hazme el favor de no ser tan borde y explícame, con paciencia, quién eres y qué narices está pasando.

Llegados a este punto, pienso que podría estar preparada para cualquier cosa que dijera: como que es un loquero y que estoy pasando por un brote psicótico y que es el chute de medicación lo que me hace verlo alado y brillante; o que es un extraterrestre y todo esto no es más que algún extraño experimento.

No sé, cualquier cosa menos lo que este extraño individuo comienza a relatarme.

—Bien, presta atención. —Continúa sin variar el tono hosco—. Soy Adriel, el Ángel Custodio designado para protegerte y guiarte. Tú, Zoe Kaya, eres la hija de una de las brujas más poderosas que han existido. Por alguna extraña razón nuestra Oráculo te ha nombrado a ti como la llave para vencer en el Gran Final. Esa es la razón de que te haya traído aquí. Tu vuelta del mundo de las almas despertará los poderes que te fueron concedidos desde mucho antes de tu nacimiento y que Zahira durmió para poder protegerte. Así que prepárate humana, porque tu adiestramiento comienza ya.

—¿Qué? No, no, no, espera tengo más preguntas que nece.......

No me deja terminar, este tío tiene serios problemas de educación. Intento por todos los medios permanecer en el mismo lugar, pero algo o alguien me empuja con rapidez, hasta sentir un último y fuerte tirón.

—Hora de la muert...

—Pi pip...pi pip... —El suave sonido de un corazón volviendo a la vida retumba en la sala interrumpiendo al médico.

—Hay pulso doctor, es fuerte y estable.

Abro los ojos lentamente completamente desorientada. Alguien comienza a hacerme preguntas, y yo solo puedo mirar y asentir sin saber muy bien a que estoy respondiendo pero me siento tan cansada...solo necesito echarme una cabezadita...

)()()()()(

Vuelvo a despertar con un ligero dolor de cabeza y al mirar por la ventana veo que ya ha anochecido. ¿Cuánto tiempo llevo aquí? ¿Por qué estoy cubierta de tubos y máquinas? Entonces recuerdo el incidente de camino al trabajo. Me palpo el cuerpo y la cabeza con tiento, sin querer agravar lo que seguramente sean heridas importantes, ese movimiento despierta a mi madre.

Mamá es la leche, ¿Sabéis esas personas de las que somos conscientes de que están como una regadera, pero que aun así te llegan a lo más hondo de tu alma y se quedan allí? Pues así es

Zahira Kaya. Con una belleza exótica, típica de los antiguos persas, mi madre tiene el pelo rizado y negro con un gran mechón blanco que le nace en la nuca desde antes de nacer yo y que hoy lo lleva recogido en una larga trenza que le cae por un hombro.

A pesar de sus cuarenta y cinco años, sigue teniendo el cuerpo y la vitalidad de una mujer de veinticinco, lo digo por experiencia, me machaca en spinning. Mide uno sesenta cinco y tiene un cuerpo atlético, pero con curvas que según ella mantiene gracias a sus mejunjes naturales y al poder de la magia de sus ancestros.

¿Os he dicho que se cree una poderosa bruja? No de esas con verrugas y harapos, sinó una bruja de uno de los aquelarres más poderos de todos los tiempos y ella iba a convertirse en la matriarca, nada menos.

Lo que yo veo en cambio, es a un grupo de excéntricas mujeres que se reúnen en la trastienda del local de terapias y productos de la Madre Tierra del que mi madre es propietaria. A pesar de la insistencia y la exasperación de mamá, no creo en la magia, ni ya puestos en prácticamente nada que no pueda ver y tocar.

A veces creo que soy adoptada si no fuera porque a diferencia de mi piel blanca y mis ojos marrones con unas motas doradas, soy calcada a ella.

—No vida mía, no te muevas —ruega con la cara surcada de lágrimas —. Gracias a los espíritus que te han traído de vuelta conmigo, pensaba que te perdía, cielo.

—Hola mamá —sonrío intentando tranquilizarla—. Estoy bien, solo me duele un poco la cabeza.

—Eso es imposible, deben ser cosa de los calmantes —dice ceñuda—. No ha pasado ni un día desde que tuviste el accidente, déjame llamar al doctor para que te examine. Esa maceta te dio bien.

Dejo que se vaya. Sé que está preocupada, porque aunque yo sea el ser más torpe y despistado de la faz de la Tierra, nunca me ha visto indefensa en una cama. Además, necesito tiempo para entender cómo es posible que tras este aparatoso accidente me encuentre bien. Cierto que estoy cansada y bastante mareada, pero no hay nada más.

Y luego está el sueño.

Juro que nunca he tenido uno tan real, porque tenía que ser eso, un sueño.

Los ángeles no existen, yo no soy la llave de nada y desde luego que mi madre no es una de las brujas más poderosas de la historia; sinó hubiera tenido alguna revelación, premonición o algún *yuyu* mágico que le advirtiera de mi posible muerte esta mañana, ¿no? Así que, mi conclusión es ésta: todo es producto del golpe y de mi más que productiva imaginación.

No han pasado ni dos minutos y mamá entra acompañada de un médico y dos enfermeras. El doctor García, un hombre con el pelo canoso y mirada compasiva pide a mi madre que salga para poder revisarme a conciencia.

Algo pasa, la cara del doctor me dice que algo no está bien.

Después de examinarme hasta el último pelo de la cabeza, decide mandarme con urgencia a hacerme unas placas para comprobar como va todo. Una hora más tarde, ya de vuelta en mi habitación, el doctor nos informa desconcertado:

—Bien —carraspea—, Zoe, estás estupenda.

—¿Quiere decir que estoy mejorando?

—No solo estás mejorando, si no que apenas hay rastro alguno del hematoma. Es algo que no he visto en todos mis años de profesión —asiente al ver nuestras caras confundidas—. Es como si tu cuerpo haya hecho el trabajo de una semana en menos de veinticuatro horas. Tu cuerpo ha reabsorbido prácticamente el hematoma en su totalidad y restaurado la zona del cráneo afectada por el golpe. Lo único que te queda es un pequeño chichón que, de seguir así, dudo que lo sigas teniendo en un par de días. De todas formas quiero que te quedes unos días en observación para ver como se desarrolla todo. Solo puedo decir que es un milagro y créanme señoras cuando les digo que no creo en esas cosas.

—¿Cómo dice? ¿Es eso posible?

Miro a mi madre y me sorprende verla tan pálida. Aprieto su mano en un intento por reconfortarla.

—Eh, tranquila mamá estoy bien, ¿lo ves? No va a pasarme nada, dígaselo doctor.

—No debe preocuparse señora Kaya, su hija está perfectamente. Cierto que es algo muy inusual y, por descontado, que seguiremos controlando su evolución durante unos días por si hay otro cambio. No obstante, está claro que debe darle las gracias a quién sea que le haya rezado, porque es evidente qué ha oído sus ruegos.

Sin más, abandona la habitación, dejándonos solas. Al volverme para comentar el inesperado pronóstico, veo como su cara pasa del miedo a la extrañeza y luego a otra que no sé interpretar.

—Está bien, quita esa cara y dime qué está pensando esa cabeza tuya.

—¿Qué? —Sacude la cabeza, un gesto que he heredado—. No es nada, cielo —Con una sonrisa demasiado forzada a mi parecer—. Es solo que el diagnóstico del médico me ha dejado de piedra. Después de esto no dirás que mis rezos y mis hechizos de protección son una estupidez.

No me lo trago, está cambiando de tema, la conozco. Aun así lo dejo estar. Sigo mareada y no tengo ganas de hablar.

—Tú descansa, voy a llamar a Samuel. Se pondrá feliz en cuanto le diga que pronto te tendremos en casa. — Sale apresurada de la habitación antes de que me dé tiempo a replicar nada.

Ay, Samuel, o como me gusta llamarlo a mí, abuelo Samu. El pobre tiene que estar preocupadísimo, sonrío con cariño, al fin y al cabo nosotras somos la única familia que tiene. Él fue quien acogió a mi madre cuando llegó huyendo de Turquía después de haber quedado embaraza sin estar casada a los veinte, algo no muy bien visto en esa época, añadiendo el drama de que mi madre no soltaba prenda sobre la identidad del padre.

Fue Samu quien la encontró una tarde refugiada debajo de un balcón en El Borne. Estaba calada hasta los huesos y embarazada de cinco meses. Le ofreció un lugar seco y limpio donde refugiarse y desde entonces, adoptó a mi madre como a su hija y a mí cómo su nieta favorita. Cabe decir que soy la única que tiene.

Con la imagen de ese tierno viejecito cierro los ojos y decidido, dormir un poco.

CAPÍTULO 2

En menos de una semana ya estoy recuperada.

Me dieron el alta en el hospital dos días después del incidente. Creo que los médicos pensaron seriamente utilizarme como conejillo de indias, ya que según sus palabras, mi recuperación fue de esas cosas que solo se ven una vez en la vida.

Para ser sincera me siento toda llena de energía, como si hubiera bebido tres Red Bull. No sé qué clase de medicamentos me han estado inyectando, porque aunque parezca ridículo, me noto la piel más tersa y suave, el pelo más fuerte y reluciente y las motas doradas de mis ojos brillan más que nunca.

Convencer a mi madre y a Samu de que estaría mejor en mi piso me llevó todo el camino de vuelta a casa en taxi y al final, después de muchos ruegos y súplicas, dejaron de insistir cuando mi mejor amiga, Olivia, sugirió que se quedaría conmigo un par de días.

No obstante, con ella nunca es un par de días y no me quejo, la adoro.

Mi piso está a las afueras de Barcelona, en un barrio muy tranquilo. Vivo sola en un pisito muy mono que he decorado con colores vivos y alegres lleno de velas aromáticas, cortesía de mi madre. Salgo del baño tras tomar una ducha con una enorme y mullida toalla alrededor del cuerpo intentando desenredarme el pelo, y veo a Olivia.

Tiene el pelo cortado en uve y hoy está teñido de lila. Digo hoy, porque cada semana se lo tiñe de un color distinto. Mide uno setenta y siempre está comiendo, una suerte que tenga una buena constitución. Yo tengo que machacarme haciendo ejercicio para que mi culo no crezca hasta el punto de no retorno. La condenada, en cambio, está con una bolsa de ganchitos mirando desde la puerta del balcón como si estuviera viendo una película de Jason Statham.

—¿Se puede saber qué estás mirando? —pregunto burlona—. Ni que tuvieras las mejores vistas del mundo.

—¡Oh sí nena! A partir de hoy sí —exclama entusiasmada volviéndose hacia mí, mirándome con sus grandes ojos azules y con una sonrisa pintada de rosa chicle—. Estas vistas no competirían ni aunque tuvieras el piso en primera línea de la Torre Eiffel y ya sabes cuánto me gusta París.

—¿De qué estás hablando? Lo único que puede verse desde aquí es el piso de enfrente y lleva meses vacío, desde que murió esa ancianita.

—Zoe en serio, acércate y dime si me equivoco. —La curiosidad puede conmigo y me doy prisa por llegar golpeándome la espinilla con el sofá, color café, que tengo en el centro de mi salón.

—¡Madre del amor hermoso! Pero ¿de dónde ha salido ese morenazo?

Es el tío más macizo que haya visto en mi vida.

Frente a mis ojos tengo a casi dos metros de puro músculos sin llegar a dar grima, ya sabes, como esos tiarrones que en vez de cuello tienen el tronco de un árbol. Aproximadamente de unos treinta años, el pelo castaño un poco más largo que el estilo militar. La nariz ancha e imperceptiblemente torcida, como si se la hubiera roto hace tiempo. Además de una boca grande, con un labio inferior más carnoso que el superior y que desearías poder relamer a conciencia.

Está desembalando las cajas que tiene esparcidas por todo el espacio que podemos ver del salón. Lleva puesta una camiseta de manga corta negra y ajustada y unos vaqueros azules, que le hacían, al inclinarse, un culo de infarto.

—¿Qué te parece? Te juro Zoe, que si no quisiera tanto a mi Marc, ahora mismo me mudaba contigo para poder acosar a este hombre.

Marc era el adorable novio friki de los ordenadores de Olivia, son tan diferentes que sigo sin entender como pueden estar juntos. Pero se quieren con locura.

—¡¡¡Cuidado que mira hacia aquí!!!

Estoy tan absorta que no consigo reaccionar a tiempo.

No sé que le hace mirar hacia mi ventana, pero de repente, me encuentro hechizada por un par de ojos verdes, que juro se ven brillar desde aquí. Esto no sería tan malo si, en el mismo instante en que se gira, Olivia reacciona tirando de mí y escondiéndose para que no nos pille. Lo terrible de esto es que no ha sido mi brazo de lo que ha tirado sino de mi toalla, llevándosela consigo. ¿Os podéis imaginar el escenario?

Ya os lo cuento yo.

Estoy en lo que es el momento más humillante de mi vida, desnuda en la puerta del balcón de mi casa, con el pelo echado sobre mi hombro y goteando agua, mientras un hombre me mira con cara de absoluto asombro. Lo peor de todo es que no hago absolutamente nada para taparme. Me he quedado en blanco, tan solo soy capaz de mirarlo estupefacta.

—Bonitas vistas —dice con una voz profunda y cálida.

Con un grito ahogado me pongo en movimiento.

Arranco la toalla de la mano de Olivia, quien está desternillándose de la risa, me tapo y vuelvo a mirar, pero ya ha desaparecido.

—¡Cállate, no tiene gracia! —le digo a Olivia con el ceño fruncido y corriendo hacia el baño, cierro la puerta para esconderme el resto de mi vida.

—Oh, sí que la tiene —la oigo gritar a través de la puerta cerrada mientras sigue carcajeándose.

Una hora después, salgo del baño ya con el pelo arreglado, con un short y una camiseta de tirantes con un adorable hipopótamo sonriendo en el centro.

Esta noche es la última que Olivia se queda conmigo, Marc ya la está reclamando después de ser tan comprensivo dejando que me hiciera compañía tantos días. Así que aprovechamos que es domingo, pedimos comida china y nos apalancamos en el sofá a ver una película.

Mañana por fin vuelvo al trabajo, echo de menos a mis pequeños diablillos. Doy clase en una escuela cerca de casa a niños de entre dos y tres años. Me encantan los niños, pero este año me ha tocado una panda de granujas.

Nos vamos a dormir una vez que termina la peli y vuelvo a revivir el bochorno con el nuevo vecino. Estoy acostada de lado con un brazo por debajo de mi cabeza y mirando mi reflejo a través del espejo, mientras repaso mentalmente segundo a segundo lo sucedido con el vecino y hay algo que no logro entender.

Lo he oído, he entendido claramente lo que decía y el tono con el que lo hacía. Es imposible. Es cierto que nuestros edificios están uno en frente del otro, pero aun así hay por lo menos unos cuarenta metros de un lado al otro de la calle. Además es donde están la mayoría de los comercios del barrio, por lo que es imposible que haya escuchado algo tan alto y claro por encima de todo el ruido que había en ese momento.

Desde que desperté en el hospital me siento distinta, mis sentidos están más desarrollados que nunca. No he vuelto a usar las gafas para leer o conducir porque no tengo dificultad ninguna en ver por las noches. Las comidas me resultan más sabrosas, noto todos y cada uno de sus matices y por si esto no fuera suficiente, ahora puedo oír a alguien que me habla desde tanta distancia. Añadid también mi rápida recuperación.

Y todo esto me lleva de nuevo a mi sueño.

¿Y si ocurrió de verdad? ¿Y si en realidad conocí a un ángel? ¿Y si es cierto que este ángel, Adriel, me despertó unos poderes que antes tenía dormidos? Demasiadas preguntas sin responder y me está empezando a doler la cabeza. Lo mejor será que mañana vaya a ver a mi madre por si ella es capaz de ayudarme a entender, al fin y al cabo, si Adriel fuera real y todo fuera cierto, mi madre es una bruja poderosa que sabría qué hacer. Aunque sigo pensando que me estoy volviendo loca.

Me levanto antes de que suene el despertador y dejo a Olivia durmiendo, no he dejado de oírla inquieta toda la noche, por lo que decido salir a correr. Me visto con ropa de deporte, me bebo un mejunje energético que mi madre me prepara y del que no quiero saber los ingredientes; me coloco los cascos del móvil y una de mis canciones favoritas comienza a sonar con fuerza, dándome el pistoletazo de salida.

Llevo corriendo una media hora y troto para no perder el ritmo ante un semáforo en rojo. Cuando por fin inicio la marcha, veo a una anciana al otro lado de la calle que cae de bruces. Sin demora me inclino a ayudarla.

—¿Se encuentra usted bien? —la sujeto del brazo preocupada.

—Sí, sí, nena, muchas gracias.

Alzo la vista para mirarla a la cara y un grito de pavor sale desde el fondo de mi garganta.

Tiene la piel amarillenta con una especie de bultos purulentos y los ojos de un negro profundo desde donde es imposible distinguir su iris. Caigo de culo contra el suelo e intento arrastrarme lo más lejos posible cerrando los ojos con fuerza.

—¿Jovencita estás bien? ¿Nena?

El repentino claxon de los coches consigue devolverme a la realidad y vuelvo a mirar a la anciana.

Es normal, tan solo hay arrugas y una sincera preocupación hacía mí. Nada de bultos, ni pus y los ojos no son negros si no de un gris velado debido a la edad.

—Sí, disculpe, me ha parecido ver una abeja —miento como una cosaca mientras sonrío avergonzada.

—¡Vaya por Dios! ¿Les tienes miedo? —Sonríe con indulgencia al verme asentir—. Mi nieto también les tiene pavor, tan solo tenéis que pensar que ellas están más asustadas que vosotros y todo irá bien.

—Gracias, lo haré.

13

Nos alejamos de la carretera dejando atrás un puñado de maldiciones de los conductores.

Cuando llegamos a la acera, espero hasta perder de vista a la ancianita para apoyarme en la primera pared que encuentro mientras me froto los ojos con fuerza.

Estoy alucinando, me estoy volviendo loca. El corazón me va a mil por hora y estoy respirando como si llevara corriendo horas sin descanso. No logro entenderlo. ¿Qué narices me está pasando? No puedo pensar con claridad y mucho menos seguir mi ruta cuando prácticamente no puedo sostenerme en pie, así que emprendo el camino de vuelta a casa barruntando una explicación racional de lo ocurrido.

Llego a casa dando tumbos y todavía negando con la cabeza sin haber llegado a una conclusión clara. Olivia sigue dormida, cosa que agradezco porque no podría explicar nada sin parecer una chiflada. Diez minutos después, salgo del baño mucho más tranquila, con una toalla envuelta alrededor del cuerpo y me encuentro a Olivia en pijama y toda despeinada desayunando.

—Buenos días campeona —saluda llevándose una cucharada de cereales a la boca—. No sé cómo puedes levantarte para salir a correr, con lo agustito que se está durmiendo.

—Buenos días, tal vez si fueras como el resto de mortales y engordaras en proporción a lo que comes, tú también lo harías —replico con una sonrisa, mientras veo como se mete media tostada de un solo bocado.

—Déjate de tonterías —replica—. Tú tienes un cuerpo que ya me gustaría a mí. Tienes la grasa justa en los lugares donde deben estar. ¡Parezco un insecto palo!

No puedo evitar soltar una carcajada. Ya se me ha pasado la paranoia de antes, siempre consigue que me anime aunque hoy la noto un poco más apagada que de costumbre.

—No tienes muy buena cara, además no has parado de moverte y quejarte en toda la noche.

—Uff lo sé, lo siento —se disculpa frotándose los ojos—. He estado soñando cosas rarísimas. —Y restándole importancia

14

cambia de tema—. ¿Has traído el periódico de esta mañana? No lo encuentro.

—¡Oh no! Lo olvidé —Olivia solo sonríe, acostumbrada a mis tantos despistes.

—Tranquila, ya lo compraré de camino al trabajo. —Mira el reloj y se levanta de golpe—. ¡Mierda! voy a llegar tarde, me voy a la ducha.

Sonriendo me preparo para un nuevo día de trabajo. Mis tejanos favoritos, una camisa sin mangas coral con piñas estampadas que a mis niños les encanta y unas sandalias rosas a juego.

Estamos a Junio, tan solo quedan unos días para las vacaciones de verano y estoy deseando que lleguen. Sol, playa, tapas y tintos de verano. He estado fuera una semana, recuperándome del tremendo golpe, de modo que a ver qué sorpresas me encuentro hoy.

He llegado quince minutos antes de la entrada de los niños, interactuando con mis compañeros y respondiendo a sus preguntas de preocupación sobre mi estado de salud antes de pasarme todo el día con críos de tres años.

—De verdad Zoe —me dice Ana, una de las profesoras de primaria—. No entiendo cómo puedes estar tan bien, después de ese accidente tan grave.

—Eso es porque esa cabeza ya no le funcionaba bien. Tampoco había mucho que arreglar.

Me giro con una sonrisa divertida en la cara, viendo acercarse a mi compañero y amigo Izan.

Según mi madre, mi historia con Izan es cosa del destino. Nos conocimos el primer año de universidad, haciendo un taller de verano sobre psicología infantil. Estaba entrando por la puerta de la enorme clase, y para variar sin mirar por dónde iba, cuando me di de bruces con él. Desde entonces siempre ha sido un buen amigo. Y digo buen amigo porque aunque mi madre y Olivia quisieran que fuera algo más, no puede ser. Es divertido, guapo, tenaz y muchas otras cosas, pero siempre ha habido algo que me

15

ha impedido dar el gran paso. Eso y porque, además, el abuelo Samu no puede ni verlo.

Según él, su aura está ensombrecida y, la verdad, aunque no crea en esas cosas de las auras y eso, lo dice con tanta seguridad que siempre se me ponen los pelos de punta, por lo que siempre le acabo haciendo caso. Aun así, estoy contenta de tenerlo como amigo y ahora como compañero de trabajo. Una suerte que consiguiéramos trabajo en el mismo sitio y a la vez, o como dice mi madre, el destino.

—¿Cómo estás morena? —Me da un fuerte abrazo que dura más de lo que debería—. Estoy tan contento de que ya estés recuperada. Nos diste un susto de muerte.

—Estoy como un toro, Izan. —Ejerzo una ligera presión para me suelte. —. Deseando ver a mis niños.

—Lo que vas a desear ver es al nuevo director—Bromea Sara, mi auxiliar en prácticas de diecinueve años—. Cuando lo vi por poco me atraganto con mi sándwich .

—¿Nuevo director? ¿Qué le ha pasado a la señora Ruiz? —¿Solo llevo una semana fuera y ya hay nuevo director?

—Ha pedido el traslado, su madre se ha roto la cadera y ha tenido que irse para cuidarla. No es que me alegre de lo que le ha pasado a la pobre mujer, pero nuestro nuevo director va a dejar a más de una con la boca abierta.

La miro divertida, acostumbrada ya a sus insinuaciones siempre que ve a algún chico guapo y nos vamos hacia nuestra aula.

La mañana pasa volando y llega la hora de comer. Vivo cerca de la escuela, por lo que siempre como en casa, pero tengo que ponerme al día con todo el trabajo acumulado, de manera que me he traído la comida aquí.

Estoy en la sala de profesores comiendo una ensalada de pasta y preparando las actividades de la semana que viene a la vez y, para variar, he perdido mi rotulador fosforito. Alcanzo a ver el que Sara se ha dejado encima de la mesa, tomándolo prestado pero al tocarlo, una imagen muy nítida aparece en mi mente.

«*Veo a Sara en la biblioteca pública, lo sé, porque me he pasado horas allí. Tiene delante una pila de apuntes mientras escribe concentrada en sus márgenes. Una chica sentada dos asientos a su derecha le pide un rotulador y ella con una sonrisa, le tiende el que tiene en su estuche.*»

—¡Pero qué narices!...

Suelto el rotulador como si estuviera en llamas y rueda por el suelo hasta debajo de la mesa. ¿Se puede saber que ha sido eso? Parecía que estuviera justo allí, en la biblioteca y mirándolo todo como si fuera una espectadora en un cine. Comienzo a asustarme, necesito hablar con mi madre y es urgente.

Me agacho para buscar el dichoso rotulador y lo veo a dos metros de distancia. No me atrevo a cogerlo por si vuelve a pasarme lo mismo, pero tampoco puedo dejarlo allí, sobretodo porque no es mío, así que tras un sentido suspiro, me acerco de rodillas por debajo de la mesa, cuento hasta tres, cierro los ojos y lo agarro entre mis dedos esperando a que vuelva a pasarme lo mismo.

Nada. No me pasa absolutamente nada, sigo justo aquí. Estoy tan absorta, que no oigo los pasos que se acercan hasta que no veo una par de zapatos negros justo delante.

—Tú debes de ser la profesora que me faltaba por conocer, Zoe, si no me equivoco.

—No, no puede ser.... —Ay dios mío, que esa voz la conozco.

Retrocedo de rodillas para intentar salir de la mesa y levanto la cabeza antes de hacerlo del todo, golpeándomela con fuerza y tirando la botella de agua que tenía abierta. Lo sé, porque empieza a caer por encima de sus zapatos.

—¡¡Mierda!! —No puedo evitar maldecir, esto no puede estar pasando.

—¿Estás bien? —Me pregunta y me confirma que esa voz es la que ha estado toda la noche en mi mente—. ¿Es posible que salgas algún día de debajo de esa mesa para poder presentarnos adecuadamente?

Retrocedo para salir de ella, roja como un tomate y me levanto quedando en frente de mi nuevo jefe, que encima ha resultado ser el vecino que ayer vio mis encantos.

—Sii... hola... lo siento yo... sí, soy Zoe...

¿Pero qué me pasa? nunca tartamudeo, pero de cerca es mucho más guapo de lo que recordaba. Le tiendo la mano muerta de vergüenza y una corriente me recorre por todo el brazo al estrechármela con firmeza.

—Por fin consigo ponerte nombre —me sonríe sin que la risa le llegue a los ojos y aún así hace que mis rodillas tiemblen—. He oído hablar mucho de ti. Espero que ya te encuentres en plenas facultades.

—¿Cómo? —Lo miro confundida al no atisbar ningún signo por su parte sobre el incidente de ayer y tras un nervioso carraspeo, consigo recomponerme intentando parecer lo más natural posible. —Sí, sí, gracias... ya estoy recuperada. Entonces, ¿Eres el nuevo director?

—Eso parece—. Nos miramos lo que a mí me parece una eternidad. No había visto unos ojos tan brillantes en mi vida. —. Soy Adrian Santos.

—Un placer —Gimo internamente con desesperación. ¿De dónde narices sale ese tonito de quinceañera soñadora? Hoy no es mí día, sacudo la cabeza, cerrando los ojos muerta de vergüenza—. Quiero decir... bienvenido a la escuela—. Y justo me doy cuenta de que todavía le tengo agarrada la mano, de modo que tiro de ella, e intento disimular mi turbación recogiendo el estropicio que ha creado mi torpeza.

—Gracias. Tengo que ponerme al día con el funcionamiento de la escuela así que si no necesitas ayuda con esto, me voy ya—. Vuelve a sonreír de esa forma tan peculiar.

—Sí sí, por supuesto, tú ves a hacer... lo que sea que tengas que hacer, no quisiera distraerte en tus obligaciones—Respondo mientras retomo mi tarea.

—Llegas con un día de retraso...

Me detengo de repente, con el papel empapado goteando entre mis dedos, estupefacta ante su atrevido comentario y compruebo, al mirarlo, que él parece más sorprendido que yo.

Boqueo como pez fuera del agua sin saber qué decir.

Sin embargo, antes de poder decir algo con coherencia, Adrian gruñe algún tipo de disculpa y sale de la sala como alma que lleva al Diablo.

Una vez que dejo de oír sus pasos caigo de culo en el asiento, soltando el aire que sin saberlo, he estado conteniendo. No sé durante cuanto tiempo me quedo en la misma posición, recordando en bucle toda la escena, hasta que llego a la conclusión que todo lo ocurrido no ha sido más que el resultado de la suma de varios factores— bastantes vergonzosos para mi propio orgullo—, por todo lo acontecido ayer. De modo que decido tomármelo con la más naturalidad posible y actuar con la mayor profesionalidad durante mis próximos encuentros con el tío bueno de mi jefe, aunque llamarlo tío bueno no sea empezar con buen pie ante mi firme decisión.

Miro la hora y, salto del asiento como un resorte, al ver lo tarde que se me ha hecho, de modo que acabo de limpiarlo todo, recojo mis cosas —olvidándome de comer— y huyo a recluirme en mi aula hasta que sea la hora de poder regresar a casa.

Lo malo es que últimamente nada me sale a derechas y al final se me ha hecho imposible ir a ver a mi madre. Ahora mismo, salgo del gimnasio hecha un guiñapo después de la paliza que me han estado dando durante dos horas.

Llevo años yendo a clases de defensa personal. Mi madre me apuntó de niña a artes marciales porque decía que era importante para una mujer saber defenderse. Hace un par de años decidí asistir a clases de Krav magá, una técnica muy parecida a la que según me explicaba ella, los hombre Kaya llevaban practicando generaciones.

Ya que el gimnasio no está lejos de casa, voy caminando con toda la rapidez que mis magulladas piernas me dejan. Hoy me han dado una buena, estaba completamente distraída.

Estoy acortando camino por una calle no muy transitada. No suelo ser miedosa, pero llevo un rato sintiendo un picor irritante en la nuca que me está poniendo de los nervios y me provoca mirar alerta de un lado a otro.

He recorrido la mitad de la calle, cuando al picor se le añade unas náuseas insoportables. La nuca me escuece, haciendo que lleve la mano hacia atrás y que me la frote con fuerza y la bilis me deja un regusto amargo en la boca.

Un golpe sordo suena a mi espalda, así que me giro con rapidez colocándome en posición de defensa.

—Mmmmm… cuando me ordenaron que te hiciera una *vizzzita* no *zzabía* que iba a probar un bocado tan *zzzuculento*…

Mis ojos por poco se salen de sus orbitas.

Tengo ante mí una cosa de lo más asquerosa, con una sonrisa babeando algo verde y viscoso. Con el cuerpo encorvado y de un color amarillento. No medirá más de un metro cincuenta y va desnudo de cintura para arriba, mostrando por todo el cuerpo y la cara los mismos bultos que vi en la anciana de esta mañana. Los pantalones están hechos jirones. Va descalzo. Tanto sus pies como sus manos tienen unas garras negras que a mí me parecen enormes. De la parte baja de la espalda, le sale una larga y amarillenta cola con los mismos asquerosos bultos que el resto del cuerpo.

— ¿Qué eres y qué quieres de mí? —Es evidente por mi voz temblorosa que estoy muerta de miedo. Por favor, que sea como esta mañana, y que la alucinación desaparezca. Cierro los ojos un instante, pero al abrirlos, el bicho sigue ahí.

—Como no *vazzz* a vivir mucho tiempo *mazzz*, no importa. —Al volver a mirarlo a la cara, veo que es su lengua bífida, parecida a la de una serpiente, la que provoca ese irritante ceceo..

— Inténtalo si puedes, bicharraco. —Intento parecer segura de mi misma; sin embargo, a juzgar por su escalofriante risa, sé que no he tenido mucho éxito.

Sin más, ese monstruo me arrea tal revés, que me manda volando estampándome contra el muro que tengo a más de cinco metros de distancia. Reboto en un contenedor de basura y caigo pesadamente contra el suelo.

Intento levantarme, pero esa bofetada me ha dejado desorientada. En vano, utilizo la pared como apoyo, de manera que todo deje de dar vueltas.

Que mareo por favor... mientras, un nudo de pavor comienza a formarse en mi pecho y tengo claro, mientras la serpiente con patas está cada vez más cerca, que voy a morir. Pero gracias a la flor en el culo que tengo desde hace una semana y que evitó que la palmara por esa maldita maceta, una luz brillante y blanca irrumpe en medio de los dos, lanzando al endemoniado bicho al final de la calle.

El destello va remitiendo, dejando únicamente la forma de un hombre. Uno con alas y mi intuición me dice que es el mismo de mi sueño, Adriel.

Sigo sin poder reconocerlo, lo envuelve el mismo brillo dorado que la última vez, solo puedo ver sus alas sin que la luz me dañe la vista y son preciosas. Se vuelve hacía mí hasta quedar uno frente al otro. Noto su mirada evaluándome de arriba abajo, comprobando si tengo alguna herida supongo. Lo único que puedo sentir por todo mi cuerpo, es el regusto amargo de mi sangre en los labios y mi ya magullada autoestima.

—Se supone que tendrías que haberlo matado ya —me reprocha—. Si no llego a aparecer, ya estarías muerta.

—Si mi sueño es cierto y eres mi ángel custodio, es tu deber protegerme ¿o me equivoco? —El tono de censura en su voz me da la fuerza necesaria para levantarme sin llegar a caer—. Además, ¿cómo se supone que voy a matarlo? Por si no te has dado cuenta, eso es más fuerte y más rápido que yo. — Replico mientras limpio la ropa llena de polvo y mirándolo enfurecida.

—Te dije, Zoe, que tus poderes ya han despertado. —Parece un padre echándole bronca a su hija—. Es un *Garalutch*, un demonio serpiente de rango inferior, no tendría que costarte tanto matarlo.

—¿Qué poderes? No se me ha despertado nada —le digo con indignación—. El único poder que parece que he desarrollado es el de meterme en líos sin cesar.

Mientras tanto el demonio *Garalutch*, como lo ha llamado ese arrogante con alas, no cesa de golpear violentamente lo que parece ser un campo de fuerza invisible.

—¿No te has sentido extraña desde que despertaste? —Me pregunta— ¿No has notado como tus sentidos se agudizaban? ¿Ni que podías percibir cosas que antes hubiera sido imposible?

—Bueno si te refieres a eso... sí que me han pasado cosas muy raras, pero pensaban que estaban en mi cabeza.

—Es evidente que no es así —dice con rudeza— Tendrías que haber empezado a entrenar tus capacidades en cuanto despertaste, te lo advertí. —No me está gustando hacia donde se dirige esto—. Por lo visto vas a tener que empezar ahora.

—Un momento ¿Qué?— No puede ser que me esté diciendo lo que creo que me está diciendo—. ¿Me estás dando a entender, que tengo que cargarme a esa cosa tan asquerosa yo solita?—No espero una respuesta por su parte—. ¡Oh no, ni de coña! ¡Adriel, no puedo hacerlo! ¡Solo soy una persona normal! —digo esto rodeando su cuerpo y caminando hacia atrás intentando huir pero el mismo campo de fuerza que evita que el enfurecido *Garalutch* entre, no me deja salir despavorida.

—No eres una humana normal, eres La Llave —me lo dice como si eso no necesitara más explicación —. Y no te doy a entender nada —prosigue—. Te digo, que vas a pelear con él hasta que lo mates.

Adriel se eleva hasta uno de los muros, chasquea los dedos y el campo de fuerza que impedía que esa extraña serpiente se me acercara desaparece y empieza a correr hacía mí.

Al menos esta vez no me pilla por sorpresa.

Le lanzo a Adriel una última mirada airada y bloqueo a duras penas con mi brazo izquierdo el revés que intenta propinarme el demonio. Sin darle tiempo a reaccionar, cojo con mi mano derecha la parte de atrás de su cabeza y la empujo hacia abajo, golpeándole la cara con mi rodilla derecha. Le he tenido que dar con una fuerza que no sabía que tenía, porque dos dientes medio podridos salen disparados hasta caer al suelo.

Mierda, ahora sí que lo he cabreado —debía de querer mucho esos dientes—. Sus ojos se han vuelto de un rojo brillante y cuando vuelve a atacar, hace una finta y me golpea en el costado derecho, magullando mis costillas con la cola que no recordaba que tenía.

Menuda forma de morir, seguro que de esta noche no paso. Las costillas me duelen muchísimo, convencida de que tengo rota alguna y estoy muy cansada. No creo que pueda aguantar mucho y encima, mi supuesto ángel custodio, observa desde su palco a una distancia prudencial como me están pateando el culo.

Ajeno a mis pensamientos de muerte inminente, el *Garalutch* se dispone a darme el golpe de gracia, mientras asustada encojo el cuerpo, en un acto reflejo, para intentar evitar el daño.

Sin saber cómo el tiempo se detiene. Espera no, es como si fuera a cámara lenta.

Puedo verlo todo con una lentitud pasmosa. Poco a poco esas garras negras están cada vez más cerca y Adriel abandona su lugar sobre el muro intentando llegar a tiempo para evitar el ataque.

Por el rabillo del ojo, entre los escombros que hay al lado del contenedor, veo un palo que en su extremo tenía varios clavos oxidados, simulando una maza. Sin pensarlo lo agarro con ambas manos y con la misma fuerza con la que le he golpeado antes, le sacudo con el palo en plena cara, clavando en el proceso, la mitad de los clavos.

El tiempo vuelve a la normalidad y se escucha el grito ensordecedor del demonio serpiente, aunque ya es demasiado tarde para él. Ejerciendo palanca con el pie, arranco la improvisada maza de su cara. La fuerza del impulso me tira hacia atrás, pero consigo mantener el equilibrio, así que planto los pies firmemente en el suelo y vuelo a aporrearle. Repito el proceso unas cuantas veces más hasta que la voz firme de Adriel me trae de vuelta al maloliente callejón.

Lo he hecho, resuello intentando recuperar el aliento. He matado a un demonio con mis propias manos.

Debería sentirme mal por haberle quitado la vida a alguien pero sé que, si no lo hubiera hecho, el bulto irreconocible del suelo sería yo. Además, técnicamente no es alguien. Miro mis manos salpicadas del líquido negro que es su sangre y suelto el palo con asco.

Con un movimiento que seguro requiere mucha fuerza y destreza, Adriel para en seco a mitad de camino a un metro del suelo.

—Perfecto —Su habitual brusquedad, ha adquirido un ligero tono parecido al orgullo—. Veo que a pesar de no saber utilizar tus poderes tienes recursos.

—Sí bueno, ahora ya sé que tengo que ir todos los días con un palo lleno de clavos encima—. Y al tener la adrenalina por las nubes y el cuerpo todavía metido en el cuerpo, me atrevo a tomarle el pelo—. Sobre todo si tengo que esperar a que me salves. Pensaba que eras más rápido.

—Y yo pensaba que tú tenías algún poder con el que defenderte, pero está visto que los dos estábamos equivocados —me dice con humor.

Abro la boca para replicar, cuando unos aplausos suenan a través de la desierta calle y hacen que Adriel se coloque en actitud claramente protectora, justo delante de mí.

El escozor en la nunca y las náuseas regresan con fuerza.

—Bravo —Los aplausos continúan—. Sencillamente divino.

Con mucho esfuerzo, alcanzo a mirar a través del muro protector que son la espalda y las alas de Adriel a una mujer sentada con las piernas cruzadas en uno de los muros frente a nosotros, con una pose demasiado sexy para estar en una calle mugrienta y sucia.

Es una mujer despampanante. Su larga melena pelirroja repleta de unos bucles asquerosamente perfectos le cae sobre un hombro para terminar apoyada sensualmente sobre su regazo. Los ojos ligeramente rasgados de color azul celeste en el centro rodeados por un extraño círculo azul eléctrico enmarcados por largas y rizadas pestañas. Y para rematar, unos perfectos y carnosos labios pintados de rojo fuego.

Lleva puesto un corsé negro lleno de tiras de cuero— creo que demasiado apretadas— una falda muy corta, también de cuero y unas botas de tacón de aguja negras por encima de la rodilla.

—¿Qué haces aquí Lilith? —Ahora sí que el tono de Adriel da miedo, destila odio en todas y cada una de sus palabras—. No sabía que ahora te dedicabas a actuar como una vulgar cotilla, eso no es propio de ti.

—Oh, ya sabes Adriel —dice ella moviendo la mano como si le restara importancia. Si el tono de él está lleno de odio, el de esa tal Lilith destila sexualidad—. En cuanto he oído que mi bomboncito alado estaba por aquí abajo, he decidido echar una miradita. Lo que no sabía es que me iba a encontrar con La Llave —Uy, esa sonrisa que me acaba de dirigir no me gusta nada—. Es muy mona. No tanto como yo, pero para ser humana, no está nada mal.

—Yo que tú, ni lo intentaría —sisea Adriel—. Ya sabes que pasó la última vez que te metiste en mi camino.

—Oh vamos, no te pongas así, *Cariñín* —¿Cariñín? Ya tienes que tener muchas agallas para decirle eso al hombre que tengo delante. Lilith frunciendo los labios coqueta— Ya sabes que me gusta jugar contigo pero como veo que hoy no estás de humor, será mejor que me vaya. Además, después de lo que acabo de ver, seguro que me llevo alguna recompensa de Remiel.

En un solo parpadeo, la tan misteriosa Lilith desaparece de mi vista sin dejar rastro. Un silencio muy incómodo inunda el ambiente.

—¿Quién era esa y ese tal Remiel que acaba de nombrar? Se me acaban de poner los pelos de punta.

—Haces bien en temerla. —Se vuelve para quedar frente a mí, aunque importa poco, con ese estúpido brillo que desprende—. Es Lilith, una de los ángeles caídos más traicioneros que existen. Si alguna vez te la encuentras y no estoy contigo para protegerte, huye sin mirar atrás.

—Vale. —No sé qué responder ante esto—. ¿Y Remiel? ¿Quién es?

—Uno de los siete arcángeles supremos de nuestra jerarquía. —Hace una pausa pensativo—. O por lo menos lo era, hasta que no sé qué gran error cometió que el resto de sus hermanos lo condenaron a pasar la eternidad fuera de los cielos y confinado en uno de los infiernos.

—¿Uno de los infiernos? ¿Y qué...?

—Eres demasiado curiosa Zoe. —¿Por qué siempre me interrumpe?—. Tendremos que intentar arreglar eso. —Un momento, ¿arreglar?—. De momento será mejor que salgamos de aquí. Hoy no has estado tan mal como esperaba, te llevaré de vuelta a casa y la próxima vez que nos veamos, comenzará el entrenamiento de verdad.

Siendo habitual ya en él, pasa con rapidez su mano por delante de mi cara y de repente, me encuentro de pie en el centro de mi salón, con la mochila del gimnasio —que ya tenía olvidada— a mis pies.

—¡¡Podrías avisar cuando hagas estas cosas!!—grito a la nada— ¡Cualquier día me las pagarás Adriel!

Pensando en una posible futura venganza, me dirijo hacía la ducha mientras voy tirando por el camino toda mi ropa mugrienta y, a pesar de mi asqueroso aspecto, no puedo dejar de sentirme satisfecha conmigo misma.

Para ser una persona que no creía en lo paranormal, no se me está dando nada mal eso de matar demonios.

)C)C)C)C)C

—*Adriel, informa* —exigió una voz autoritaria—. *¿Cómo le ha ido?*

—Para ser la primera vez que se enfrenta a una criatura así, lo ha hecho bien mi Señor.

Acababa de salir de la ducha y estaba colocándose una toalla alrededor de las caderas, cuando esa voz en su cabeza estableció contacto.

—*Bien* —contestó la voz en su mente—. *Sigue controlándola las veinticuatro horas del día. Si continua desarrollando sus poderes con tanta rapidez, es posible que esté lista mucho antes de El Gran Final. Eso nos será de ayuda para prepararla para lo que nos espera.*

—Mi señor, hay algo que debería saber. —Tras un silencio, siguió—. La caída Lilith estuvo presente en el momento del ataque. Estaba realmente satisfecha de lo que vio.

—*Eso puede traernos problemas* —respondió—. *No pierdas de vista a La Llave. Haz lo que tengas que hacer para mantenerla a salvo. No puede caer en manos de Remiel, eso sería catastrófico, aún no está lista.*

—Como ordene mi señor.

La comunicación se cortó. Adriel se quedó mirando fijamente su reflejo en el espejo. Estaba muy orgulloso de ella. Había demostrado una valentía y una resistencia fuera de lo común.

Él, en cambio, había fracasado.

Su deber como custodio era estar alerta y protegerla de todo y todos. Sin embargo se ensimismó tanto con la destreza que Zoe había demostrado, que no prestó atención a los movimientos del *Garalutch* y eso por poco provoca su muerte.

Un pensamiento fugaz pasó por su cabeza. Ante la idea de ella malherida o en el peor de los casos muerta, le hacía sentir un quemazón en las entrañas que lo aterraba. Nunca había sentido nada igual y el hecho de hacerlo con una humana no ayudaba en absoluto.

Ella estaba prohibida. Debía de grabárselo a fuego.

CAPÍTULO 3

Vuelvo a verme como aquel día en el quirófano.

La diferencia es que esta vez no estoy viendo mi cuerpo inerte y a punto de ir al más allá, sino que estoy soñando a pierna suelta.

Algo que puedo manejar perfectamente.

Cuando Adriel me teletransportó a casa, o como sea que se llame lo que hizo, me di esa ansiada ducha y caí redonda en la cama, lo necesitaba. En este momento, lo que necesito es volver a mi cuerpo, pero por lo visto ni yo misma quiero estar ahora mismo en mi pellejo.

Estoy de pie al lado de mi cama mirándome roncar como un bulldog con graves problemas respiratorios, algo que aparte de vergonzoso no es nada interesante, os lo aseguro. Como por lo visto voy a quedarme así por un rato, deambulo por el piso buscando algo que hacer. Camino hasta la terraza y miro al edificio de enfrente. Mi nuevo jefe tiene una lamparita encendida que tiene en la mesita junto al sofá y él está dormido con un libro abierto encima del pecho. Estoy preguntándome que es lo que sentiría al pasarle el pulgar por su labio inferior y de repente, ¡zas!, me encuentro de pie justo a su lado.

Doy un paso atrás asustada golpeándome con la mesita de café que tengo justo detrás, provocando, con ese ligero ruido, que se sienta de golpe tirando el libro al suelo.

— ¿Zoe? ¿Cómo has entrado aquí?

—Pues si te digo la verdad, no lo sé. —Encojo los hombros—. Hace tan solo un segundo estaba de pie en mi salón y de repente me encuentro aquí —digo esto mirando alrededor con curiosidad.

—¿Cómo? Supongo que estarás bromeando, debo de haberme dejado la puerta abierta. —murmura distraído.

Me doy una vuelta por su salón sin poder mantener mi curiosidad a raya. La decoración es sencilla pero con gusto, de colores cálidos que te dan la sensación de bienestar a pesar de la dureza que aparenta el hombre que tengo delante.

Siento sus ojos encima, mientras le ignoro, tanto a él como a su pregunta, y sigo inspeccionando. Al llegar al otro lado de Adrian, me detengo ante una estantería enorme de caoba llena de libros. Casi todos son de novelas de terror y suspense, pero una pila de libros amontonados llaman mi atención.

—¿Sabes Adrian? No te imaginaba leyendo novelas románticas y mucho menos de amores mitológicos y sobrenaturales.

—¿Qué tiene de malo? —pregunta con curiosidad—. ¿No crees que puedan existir los seres mitológicos? ¿Cómo hombres lobo, vampiros, ángeles y demonios?

—Mmmm… hace apenas una semana te respondería que no, pero ahora hay muchas cosas que me replanteo —le digo pensativa—. Cierto que no creo en la existencia de seres chupasangre y demás seres sobrenaturales y todo eso, sin embargo teniendo en cuenta que morí por unos instantes, me hace replantearme que algo de divino tiene que haber por ahí arriba. — Señalo con un dedo hacia el techo y vuelvo a acercarme hacia él—. ¿Y tú?

—¿Uhm? —Carraspea nervioso al ver que lo he pillado mirándome las piernas.

—¿En qué crees tú? —le pregunto haciendo un gesto con la cabeza hacia la pila de libros .

—Quiero creer que soy un hombre de mentalidad abierta.— responde mientras me siento sobre la mesa de café, quedando frente a él

—Si realmente lo fueras, no te sorprendería tanto cuando te digo que estás en mi sueño —le guiño con diversión, Adrian solo sacude la cabeza.

—¿Tu sueño? ¿De verdad crees qué estás plácidamente dormida y que cuando despiertes todo lo que has visto y hecho no habrá pasado en realidad? —me pregunta con incredulidad.

—Sí, exacto —le respondo con una sonrisa—. Así que ya ves, no importa lo que pase, solo habrá sido un sueño.

— ¿Te han quedado secuelas del golpe en la cabeza?— Pregunta estupefacto.

Nos miramos un instante hasta de romper a reír. Sin embargo, cuando logramos calmar las carcajadas siento como el vínculo entre nosotros se hace más íntimo y sin pensarlo demasiado me dejo caer al suelo entre sus rodillas.

He querido besarlo desde que la primera vez que lo vi. Mis manos sujetan su cara mientras me voy acercando disfrutando del calor de su cuerpo. Nuestras respiraciones se aceleran y me empapo de su aroma a sándalo.

Adrian se ha quedado paralizado sin apenas reaccionar, sin embargo al ver su respiración entrecortada y sus pupilas dilatadas, sé que el también quiere besarme y eso aumenta mis ganas.

—No creo esto sea una buena idea— susurra.

—Este es mi sueño. Podemos hacer lo que queramos, Adrian.

Estamos tan cerca. Solo un poquito más. Levanta sus manos hasta posarlas en las mías y vuelvo a notar la misma corriente que sentí en la sala de profesores. Es extraño como se comportan a veces los sueños, realmente la escena parece muy real. Por fin, nuestros labios se acarician.

—¡No! —Me aparta de golpe, agarrándome de las muñecas—. No podemos Zoe, ¡Dios Santo, soy tu jefe!

—¿Prohibido? ¿De qué estás hablando? Es mi sueño, no hay nada prohibido aquí —le digo estupefacta. ¿Acaban de rechazarme en mi propio sueño? ¡Lo que me faltaba!

—Zoe escucha. —Me agarra las muñecas con fuerza—. Esto no es ningún sueño, tienes que volver, ¿entiendes? Tienes que regresar ¡Ahora!

Con un grito ahogado me despierto en mi cama jadeando como si hubiera corrido un maratón. Descalza salgo disparada hacía el balcón y miro al piso de enfrente.

Todas las luces están apagadas y suspiro aliviada.

En mi sueño las cortinas no estaban echadas, de modo que Adrian está dormido y, mi subconsciente me está jugando un mala pasada. De nuevo.

El casi beso no era real, si bien me pongo a pensarlo, últimamente ya no sé que es real y que no pero teniendo en cuenta todo lo que me ha pasado a lo largo del día seguro que es estrés.

O eso quiero pensar.

)☾)☾()☾)☾()☾(

Ni de coña salgo hoy a correr.

Después de todo por lo que tuve que pasar ayer, me merezco más tiempo vagueando en la cama. Estoy tan cansada... es como si un camión me hubiera pasado por encima, aunque claro, entre el gimnasio y la paliza que me dieron anoche, podría estar peor.

Podría estar muerta.

A las ocho me meto en la ducha y al salir limpio el vaho del espejo para revisarme el corte que ese bicho me hizo en el labio y estupefacta compruebo que ha desaparecido del todo y las costillas ya no me duelen. ¡Guau! Esto de curarse tan rápido no está nada mal, pero ¡maldición! Ya podría ocurrir lo mismo con las agujetas, me duele hasta pestañear.

El día pasa muy rápido, los críos no me han dado mucha guerra, así que ahora estoy preparándolo todo para las actividades de mañana. Toca hacer figuras de barro, a ellos les encanta y es una forma de pasar la última semana de clase.

Como Sara está en prácticas, trabaja solo por las mañanas, de manera que me ha tocado a mí la tarea de envolver las diminutas mesas con plástico para que así luego, no haya mucho estropicio. Estoy tapando la última mesa, cuando Adrian entra en el aula.

—Hola, pensaba que ya no quedaba nadie por aquí.

— ¡Hola! —Le sonrío por encima del hombro mientras separo las sillitas para extender el protector —. Ya casi he terminado, solo estoy dejándolo todo listo para mañana. No quiero que a la señora Olga,—la encargada de mantener limpias las instalaciones— le estalle la vena del cuello enfurecida al ver como lo hemos dejado todo hecho un asco.

—Bien pensado. —Me devuelve la sonrisa, aunque capto una mirada que no sé identificar—. Dime ¿cómo te encuentras?—al ver mi confusión prosigue— No ha de ser fácil volver a la normalidad después de un hecho tan traumático.

—¡Oh, eso!—sonrío aliviada y le guiño un ojo divertida—soy dura de mollera. Lo mejor de todo es que tengo una buena excusa para encasquetarle a Sara el trabajo duro.

—¡Le diré que has dicho eso! —si no fuera por el brillo en sus ojos parecería completamente escandalizado.

—Ssshhh... —me inclino hacia él con el dedo sobre mis labios y susurro con aire conspirador—. Es nuestro pequeño secreto. Confío en ti, no lo estropees.

Su sonrisa se ensancha y a mí me deja con la boca abierta.

Es la primera vez que lo veo sonreír de verdad. Noto un pellizquito en el estómago al ver el brillo en sus ojos y esa expresión tan risueña que le hace parecer más joven y despreocupado.

De repente siento ese sutil cambio en el ambiente que me dificulta la respiración. No puedo quitarle los ojos de encima, sin embargo, la voz de mi consciencia hace su trabajo recordándome de quién se trata. No puedo involucrarme con mi jefe, llevo un par de años en esta escuela y no quiero fastidiarlo. Adoro mi trabajo, está cerca de casa y tengo muy buenos compañeros, a pesar de todo, una parte de mí mandaría todo a la mierda con solo mirar esos dichosos ojos verdes. Carraspeo nerviosa, rompiendo el momento.

—Bueno, todo esto ya está. —Aparto la mirada—. Será mejor que me vaya, se está haciendo tarde.

—¿Vas a casa? —Pregunta mientras voy recogiendo mis cosas—. Yo también he terminado, si quieres volvemos juntos.

—Lo siento, hoy no puedo —le digo con una mirada de disculpa—. Voy a ver a mi familia, todavía no lo he hecho desde que salí del hospital, van a matarme en cuanto asome la cabeza.

—Seguro que no será para tanto —responde dando un paso atrás y dejándome salir del aula.

Al pasar por su lado dándole las gracias, un agradable olor a sándalo hace que me recorra un escalofrío y un repentino flash se proyecta en mi cabeza.

« *Adrian y yo demasiado cerca, con nuestros alientos entremezclándose hasta sentir un leve roce de labios.*»

Adrian se detiene antes de chocar conmigo.

—¿Ocurre algo? —Me mira con curiosidad cuando me ve parada con la que seguramente será mi cara de tonta del culo.

—¿Qué perfume usas?— le pregunto a bocajarro.

—Es esencia de sándalo, ¿Por qué?

Me quedo en blanco. Sándalo, el mismo aroma que impregnaba mi sueño.

¿O no lo era?

Sacudo la cabeza intentando encontrar una respuesta plausible. Probablemente recuerde ese olor de nuestro encuentro en la sala de profesores, a pesar de estar casi convencida de no haber estado tan cerca de él antes. Esto cada vez es más extraño.

Añadiendo otro detallito escabroso más al saco de las rarezas que me están sucediendo últimamente, le sonrío restándole importancia con un aspaviento con la mano. —Perdona, por nada. Es solo que ese olor me recuerda a un sueño que tuve ayer.

—¿Una pesadilla? — Pregunta levantando las cejas interesado.

—No, no, no lo era, pero ya podría haber terminado mejor. —respondo terminando en un quedo susurro. En voz más alta me despido mientras me voy alejando, ese olor me distrae—. Bueno, será mejor que me vaya, no quiero entrar de lleno en un atasco. Nos vemos mañana Adrian.

—Hasta mañana Zoe —se despide con seriedad.

Si me hubiera dado la vuelta apenas unos metros más adelante, me habría quedado de piedra ante la mirada que me estaba dirigiendo Adrian. Si me hubiera dado la vuelta, nunca habría llegado a la cita que tenía con mi madre.

)❨)❨)❨)❨)❨

Mistik arazi es la tienda de productos naturales y centro de reuniones del aquelarre que tiene mi madre en pleno centro del Borne. Es una tienda muy famosa y querida en el barrio. El abuelo Samu la abrió para ella poco después de nacer yo porque según decía, el talento y el poder que tenía mi madre no se podían desaprovechar.

Veinticinco años después es el lugar donde las brujas, o así se hacen llamar ellas, pueden desarrollar su magia. Lo más bonito de todo, es que todas coinciden en una cosa: una vez que entras por esas puertas, ya no querrás salir nunca porque es allí donde encuentras a una verdadera familia.

Las campanillas que indican la entrada de un nuevo cliente resuenan con fuerza en cuanto abro la puerta. Una vez dentro es como viajar a una época antigua, todo decorado con cortinas de terciopelo granates y maderas oscuras. Muebles y vidrieras de anticuario, repleto de ingredientes de cualquier parte del mundo que sirven, ya sean para un potente hechizo de amor como para realzar el sabor de las comidas.

La persona detrás del mostrador, levanta la cabeza del libro sobre historia de la magia que está leyendo y al verme, sonríe.

—Hola amiga del alma. —Olivia hoy tiene pintado el pelo de rubio con las puntas azules y ahora que la miro bien, acorde con sus ojeras.

—Hola bombón —La saludo con una sonrisa compasiva—. Pasas más tiempo aquí que yo, ¿Te ha vuelto a engatusar mi madre para sustituirla? Al menos dile que te contrate.

—¡Hey! y encantada que estaría —responde con su gran sonrisa—. Ésta es mi segunda casa.

—Pensaba que tu segunda casa era la mía, te pasas allí la mitad de la semana.

—Y la otra mitad me la paso aquí, Marc está pensando seriamente en echarme de casa —me dice con resignación—. Pero no hay nada que una mujer no pueda hacer para que un hombre cambie de opinión—me dice esto mientras me guiña un ojo con picardía.

No puedo evitar soltar una carcajada, esta mujer no tiene remedio. Seguimos charlando hasta que las cortinas que separan la trastienda se abren, dejando paso a un grupo de unas diez mujeres de entre veinte y cincuenta años hablando entretenidamente entre ellas.

—Hola Zoe. —La mejor amiga de mi madre me abraza con cariño—. ¿Cómo estás corazón? Medité mucho e hice un hechizo de protección en cuanto me enteré de tu lamentable accidente, ¿a quién has cabreado para tener tan mala suerte corazón? —bromea.

—Hola Rosa, Como suelo sacar fuera de sus casillas a mi madre continuamente, no me extrañaría que hubiera sido idea suya —le devuelvo la broma divertida a lo que ella responde con una carcajada—. De todas formas tu hechizo tuvo que surtir efecto porque mírame que bien estoy ahora.

—No soy tan poderosa como para lograr eso corazón — sonríe—. Eso ha pasado por ser quien eres. No hay nada que tu espíritu no sea capaz de hacer, por algo eres hija de la gran Zahira.

Ante eso solo me limito a sonreír.

Considerando los acontecimientos de los últimos días creo que no conozco realmente a mi madre, aunque eso está a punto de cambiar. Me despido del resto de mujeres y con un gesto de mi cabeza, le indico a Olivia que estaré dentro con mi madre.

—¿Puedes hacerme un favor Olivia? ¿Puedes quedarte un poquito más a cargo de la tienda? Necesito hablar con mi madre.

—Claro, ¿Ocurre algo? —Su sonrisa desaparece—. ¿Te encuentras bien Zoe?

—Sí tranquila, todo está bien—. No tiene sentido que la preocupe. — Por favor que nadie nos interrumpa, ¿vale?

—Dalo por hecho.

Traspaso las pesadas cortinas dejando ver la parte de la trastienda que mi madre usa como almacén para los productos de más valor. Huele a hierbas y toda clase de cosas que seguro no me gustarían nada. El olor intenso a salvia que utiliza para purificar el espacio de malas vibraciones me inunda al traspasar el umbral de la puerta que tengo delante.

Siempre que entro en su santuario me lleno de una paz y armonía que hacen desparecer todas mis preocupaciones, sin embargo mucho me temo que esta vez no es así.

Localizo a mi madre al otro lado de la sala, junto al armario antiguo donde guarda todas las hierbas y veo que está acompañada de su pupila más joven, una chica de unos veintipocos años.

—Recuerda Tania, para que ese hechizo funcione tienes que creer de verdad en las palabras que recites. —Le entrega un saquito de hierbas—. Y sobre todo tienes que hacerlo durante el ocaso, sino no servirá de nada.

—Gracias Zahira. —La abraza—. Espero que surtirá efecto. —Es entonces que Tania repara en mi presencia—. Ah hola Zoe, estás estupenda—me dice con una agradable sonrisa.

—Gracias Tania—. Miro entonces a mi madre para saludarla cuando veo su cara de sorpresa.

—Bueno será mejor que os deje a solas, tendréis cosas de las que hablar —dice con incomodidad la chica—. Me alegro de veras que estés bien Zoe, adiós.

—Hasta otra Tania —me despido sin mirarla, no quito los ojos de encima a mi madre. Ni ella a mí tampoco.

Una vez a solas, mi madre se acerca lentamente y comienza a caminar a mi alrededor mirándome de arriba a abajo. Al detenerse frente a mí, coloca su mano derecha en el centro de mi pecho, cerrando los ojos.

Yo no digo nada, no hago nada, solo puedo mirarla con sorpresa. Nunca había visto esa actitud en ella.

Una eternidad después coge aire con fuerza y abre los ojos llenos de lágrimas no derramadas.

—¿Mamá, estás bien? —No puedo continuar, porque me envuelve con sus brazos, apretando con fuerza—. Mamá me estás asustando.

—¡Ay! por todos los santos Zoe, por fin llegó el día —exclama con emoción y miedo.

Consigo separarme de ella y mirándola con determinación le digo:

—Tú y yo tenemos que hablar. Necesito que me cuentes que es lo que me está pasando. Necesito que me aclares por qué me están sucediendo cosas que antes nunca hubiera creído posible.

—Está bien cariño ven conmigo, voy a contarte una historia.

Agarra mi mano con fuerza, acercándonos a un rincón de la sala donde tiene una mesita baja circular con una baraja de cartas y varios objetos que no supe identificar. Nos sentamos encima de los enormes cojines que tiene esparcidos por el suelo alrededor de ella, una en frente de la otra.

—Bien, ahora Zoe te pido que no interrumpas mientras te cuento esta historia, es muy difícil para mí confesarte algo que llevo tantos años guardándome. Luego cielo, responderé a todas tus dudas, ¿de acuerdo? —Asiento y ella, tras dirigirme una sonrisa nerviosa, respira hondo antes de comenzar.

«*Desde que eras una niña siempre te he contado que formamos parte de una familia de brujas y hechiceros, lo que no sabes, es que no es una familia de brujos normal. Nosotras cariño formamos parte del aquelarre más antiguo y poderoso que existe desde que nuestra Madre Tierra nos bendijo con unos dones que muy pocos en el mundo son capaces de utilizar con sabiduría y que usamos para proteger al mundo de aquellos que quieren hacer el mal.*

Soy hija del patriarca de nuestro aquelarre, Los Ölmez. Mi aquelarre poseía gran parte de la región del Bósforo, donde protegíamos y guardábamos los secretos del Kutsal Koru al resto del mundo. Desde niña, fui educada y entrenada en el arte de la magia. Hacía generaciones que no nacía una bruja con tantos poderes activos y mi nombre, desde mi nacimiento, era nombrado con respeto y reverencia.

De acuerdo con la predicción de nuestra anciana clarividente, estaba destinada a heredar nuestro aquelarre a los veinte, edad en el que mis poderes llegarían al cénit y el momento adecuado para que mi padre Asil me diera el testigo.

Todo sucedió unas semanas antes de mi vigésimo cumpleaños y del ritual en el que iba a ser declarada matriarca del clan. Estaba recogiendo hierbas silvestres, a pesar de que teníamos un huerto para poder abastecernos, cuando vi a un hombre tirado inconsciente detrás de una enorme higuera. Me acerqué para comprobar su estado y vi que estaba gravemente herido y la fiebre era la que lo mantenía dormido. Lo llevé a una cabaña que mi padre solía utilizar como almacén para secar y preparar las hierbas que utilizábamos. Lo curé y durante dos días me escapé de casa para cuidarlo hasta que recuperó la consciencia.

Se llamaba Melek y dijo que se había accidentado al desviarse del camino en el bosque y cayó por una pendiente, clavándose una rama en la pierna en el proceso. Uno de mis poderes es la habilidad de saber cuando alguien miente y él, según mi intuición, era sincero.

En las dos semanas que Melek iba recuperándose hablamos mucho y entonces sin saber cómo ocurrió, me enamoré de él. Era perfecto: inteligente, guapo, divertido, cariñoso y venía de una buena familia. Y a pesar de que nos conocíamos desde hacía muy poco tiempo, cuando me pidió en matrimonio no lo dudé y acepté. La noche anterior en que iba a presentárselo a mi aquelarre, me entregué a él, ya que si iba a ser mi marido y nos amábamos ¿por qué no hacerlo?

Fue una noche mágica, me dijo que me amaba y que siempre estaríamos juntos, sin embargo al despertarme a la mañana siguiente, había desaparecido.

Estaba tendida en la cama y lo llamé por si había salido fuera. Al no oírlo, fui a levantarme, pero sentí una debilidad que nunca había sentido. Recuerdo que intenté alcanzar la ropa que tenía en una silla al otro extremo de la casita y caí en la cuenta de que mis *poderes, al igual que Melek, habían desaparecido y en su lugar tenía un mechón de un blanco inmaculado que me nacía en la nuca.*

Como pude me vestí y tardé una eternidad en llegar a casa. Al verme llegar casi arrastrándome, mis padres corrieron hacia mí y llamaron a mi abuela, la curandera del aquelarre para que me examinara. Ella fue la que me dijo que estaba embarazada. También que quién fuera el hombre con el que había estado, tenía que ser un hechicero muy poderoso, ya que había absorbido prácticamente todos mis poderes, de ahí que notara esa gran debilidad.

Más tarde mi padre consultó con los consejeros del clan, formado por los hechiceros y brujas más poderosos del aquelarre, y decidió que por mi seguridad y por la de mi bebé, tenía que esconderme, puesto que no podíamos saber con exactitud quien era Melek y si regresaría para buscarnos a alguna de las dos. Así que mi padre pidió ayuda a un antiguo amigo de la infancia de mi abuelo, que vivía en Barcelona y que, en caso necesario, sería lo suficientemente poderoso para defendernos. Con todo el dolor de sus almas, mi familia me mandó lejos para no ser encontrada por Melek. Hasta hoy.»

Al terminar, nos mantenemos en silencio sin atreverme a decir nada. Solo puedo pensar en el gran sacrificio que mi madre y su familia hizo para que yo estuviera sana y salva. Una solitaria lágrima cae sin que yo haga nada por evitarlo.

—No, cielo no llores. —Recoge esa lágrima con ternura—. Tenerte a ti ha sido lo mejor que he hecho en mi vida. Tú eres el único tesoro que necesito y eres tú la que me da el poder y las fuerzas para seguir luchando.

Ante esta declaración rompo a llorar.

Me siento fatal por haber pensado durante todo mi vida que mi madre estaba loca, que todas las historias que me contaba y todo lo relacionado con la magia eran invenciones suyas. Siento sus brazos que me rodean, acunándome como cuando era una niña y lo único que puedo hacer es llorar más fuerte y pedirle perdón entre hipidos por todos estos años.

—Sshhh ya está, no hay nada por lo que disculparse—dice mientras me aparta para limpiarme las lágrimas—. Es normal que no me creyeras, nunca me has visto utilizar mis poderes y tú no crees en nada que no puedas demostrar. Además, era necesario mantenerlo todo como estaba hasta que estuvieras preparada.

Añade con más seriedad.

En mi cabeza surgen un millón de preguntas.

—¿El amigo de tu abuelo que nos protegería es el abuelo Samu? —Pregunto sorbiéndome la nariz—. ¿Has vuelto a hablar con tu familia? ¿Y has descubierto quién era ese Melek? Y porque yo....

—Espera Zoe cielo, para —me interrumpe con una pequeña sonrisa. Al menos ya sonríe un poco y eso me alegra—. Te lo contaré todo, pero necesito que vayas despacio, ¿de acuerdo? — Asiento con la cabeza y ella comienza a responderme—. Bien, respondiendo a la primera pregunta es sí, Samuel es el amigo de la infancia de mi abuelo Cem. Llegó a Barcelona cuando tenía dieciséis años, sin embargo nunca perdieron el contacto y como los dos eran hijos únicos se criaron como hermanos. —Se quedó pensativa— Veamos la segunda era...¡Ah, sí! Si he vuelto a saber de mi familia es que muy poco. Tanto Samuel como mi padre creyeron que lo mejor para protegernos era reducir el contacto al mínimo posible, porque si hubiera habido correspondencia habitual habría sido fácil suponer donde encontrarnos. Así que cada ciertos años nos mandamos unas cartas, ellos contándome cosas de allí y yo hablándole básicamente de ti. Es importante que sepas que a pesar de no conocerte en persona te quieren con locura. —Asiento con solemnidad y me enjuago otra lágrima—. Y por último no, no sabemos absolutamente nada de Melek. Nunca llegamos a descubrir quién era y qué tipo de magia practicaba para tener tal capacidad de absorción de poderes.

—¿Todavía posees algún poder? —Ahora que sé la verdad, quiero aprenderlo todo sobre la mujer que tengo delante.

—Sí, pero ninguno activo —dice apenada.— Tenía el don de la telequinesia, la empatía, la psicometría y el control y manipulación del elemento del fuego.

40

—¿En qué consiste la psicometría? —Estoy pasmada, no puedo creerme lo poderosa que era—. ¿Y ahora qué es lo que puedes hacer?

—La psicometría es la capacidad para saber donde ha estado o donde estará una persona u objeto mediante el tacto, una variante de la adivinación. Lo que Melek no me arrebató fue el don de poder crear hechizos y conjuros, un poco de empatía y la capacidad de manipular la luz. Este último supongo que no lo perdí porque es uno de los dones que era casi inexistente. A lo largo de los años he podido desarrollarlo con la ayuda del poco control sobre el fuego que me queda, que es casi nulo, cabe decir. Así que lo más que llego a hacer es encender velas. Lo cierto es que hemos ahorrado mucho en cerillas, ahora que lo pienso —me dice esto con mucho orgullo, haciéndome reír. Al recordar algo pregunto:

—¿La psicometría puede activarse tocando un rotulador, por ejemplo?

—Por supuesto. —al verme agrandar los ojos con sorpresa pregunta suspicaz—. ¿Ya te ha sucedido Zoe?

— Justo ayer —asiento con energía—. Toqué el rotulador de una compañera y de repente la vi en una biblioteca sujetándolo, ¿Tengo ese poder entonces? ¿por qué nunca los he tenido hasta ahora?

—Mmmm.... has debido heredar la psicometría de mí —dice pensativa—. Cuando naciste Samuel y yo creímos que sería más prudente atar tus poderes, de manera que creé un hechizo de contención en el que especifiqué que tus poderes se activaran tan solo cuando realmente los necesitaras—. Guarda silencio un momento—. Deduzco que ha sido el accidente y la reanimación lo que los han despertado. Sin embargo lo que nos preocupa es que tipo de poderes posees.

Doy un respingo alarmada.

—¿Qué quieres decir? Se supone que alguno de los tuyos, ¿no?— Pregunto desde mi más absoluta ignorancia. ¡Maldita sea! me siento como una completa inepta.

—Sí cariño, de eso Samuel y yo estamos casi seguros de que si no los mismos, serán muy parecidos. Lo que no tenemos ni idea es que tipo de poderes heredaste de tu padre. Hemos intentado averiguar algo durante años sin ningún éxito. ¡Bien!— dice dando una palmada y levantándose enérgicamente— ¿Sabes que vamos a hacer? —Sin darme tiempo a reaccionar, me urge a levantarme—. Vamos a ir poco a poco, es necesario que aprendas a utilizar tus poderes, es hora de hincar los codos y que aprendas todo lo que hay que saber sobre magia.

—Echa el freno, mamá — ya se está embalando—. ¿Qué pasa si no quiero ser una bruja?

—Tonterías jovencita—. Mueve la mano como si hubiera dicho un disparate—. No es que quieras, la cuestión aquí Zoe es que naciste siendo bruja, es parte de tu esencia. De modo que manos a la obra, levanta el culo de ahí, tenemos mucho que hacer.

Resignada agarro su mano extendida y me levanto desde mi cómoda posición. Me da un ligero apretón cariñoso y me arrastra hacia las vidrieras que utiliza como biblioteca para comenzar a ponerme libros encima como si no hubiera un mañana.

CAPÍTULO 4

He perdido la cuenta de la cantidad de libros sobre magia que he leído durante toda esta semana.

Desde que hablé con mi madre, paso todos los días por su tienda para aprender más sobre mi herencia como bruja. Además, entre las dos, estamos intentando aprender qué poderes tengo y cómo he de utilizarlos, pero para nuestra absoluta decepción no ha habido suerte.

No he tenido ningún flash desde aquel que tuve en la escuela, ni he vuelto a soñar ni ver nada fuera de lo normal. De hecho, sino tuviera tan arraigado el recuerdo de Adriel y mi lucha con el *Garalutch*, podría haberlo tachado como una horrible pesadilla.

Y para colmo tengo a Adriel metido todo el día en mi cabeza.

Es muy extraño que no se haya manifestado todavía desde la noche del ataque, a no ser que me tenga vigilada y de ese modo haya comprobado mi compromiso en aprender lo máximo que pudiera sobre magia en el menor tiempo posible y, por lo tanto, su presencia no la vería necesaria. Pero maldita sea, su experto consejo no me iría nada mal en estos momentos.

Menudo ángel custodio está hecho.

No le he contado a mi madre nada sobre Adriel y mi supuesto destino como La Llave. Tampoco sabría qué contarle sin que le diera un ataque de pánico y me hiciera huir con ella hasta lo más recóndito del planeta, aunque dudo que eso me salvara de mi ángel particular. Solo he estado con él dos veces y ya sé, con solo mirarlo, que no es alguien que se rinda con facilidad. Así que, solo sabe de mis recién adquiridos poderes, herencia de ella.

Nada de demonios *Garalutch*, ni sueños extraños y ni por supuesto que fue mi ángel de la guarda quién intencionadamente dejó caer un objeto contundente justo encima de mi cabeza para después devolverme de nuevo a la vida.

Expulsando a Adriel y todo lo demás de mi mente me centro en el trabajo.

Hoy es último día de clases y por fin han llegado las vacaciones de verano. El profesorado debemos seguir trabajando para preparar el siguiente curso escolar, pero al menos no hay niños correteando obstaculizando los pasillos. De manera que todos los profesores de preescolar estamos reunidos para determinar algunas de las pautas y actividades previstas para el curso que viene. Estoy sentada entre Sara, a la que han permitido que asistiera y así saber como funcionan estos trámites, e Izan, que como siempre viene quejándose con su típica expresión risueña.

—Creo que si el curso durara más tiempo, tendrían que ingresarme en un psiquiátrico —gime dramático— Es una suerte que ahora tengamos todo el verano por delante para recargar energías. Te juro que cualquier día hay un golpe de estado y me encuentran atado y amordazado a una silla.

Suelto una carcajada al imaginarme tal estampa.

Justo en ese instante, Adrian entra por la puerta para poder empezar la reunión. Toma asiento al otro extremo de la alargada mesa situada en el centro de la sala de profesores, quedando justo en frente de mí. Cada profesor va tomando su lugar mientras mantienen distintas conversaciones e Izan, con su ya habitual sentido de la oportunidad, me pregunta:

—He tenido una grandísima idea Zoe —murmura mientras se inclina sonriente hacia mí—. Tenemos que celebrarlo. ¿Qué te parece si vamos a ese restaurante turco que han abierto nuevo en el centro? podríamos cenar esta noche y luego tomar algo en esa coctelería de la que te hablé la semana pasada.

—Lo siento Izan pero ya tengo planes, quizás otro día —. Sonrío a modo de disculpa.

Es la enésima vez en lo que lleva de año, que declino su oferta para una cita. Cada día que pasa Izan se vuelve más insistente a pesar de que ya he intentado aclarar que entre nosotros solo puede haber una amistad. Mucho me temo que voy a tener que empezar a pensar en ser un poco más dura, pero él siempre ha sido tan buen amigo que odio tener que herir sus sentimientos.

Me preparo internamente para hacerlo pero Adrian con voz clara, alta y muy cortante interrumpe el resto de conversaciones.

—Si ya ha terminado su fallido intento de flirteo con una compañera de trabajo señor Rey, sugiero que empecemos de una vez, no quiero tener que pasar aquí el resto del fin de semana — Unas risas divertidas hacen que tanto Izan como yo, nos pongamos rojos como un tomate.

—Por supuesto, lo siento señor Santos —se disculpa.

Lanzo a Adrian una de mis miradas asesinas. No tiene ningún derecho a avergonzarnos de esta manera, como si fuéramos dos adolescentes a quienes han pillado haciendo manitas en clase. Todos y cada uno de los profesores presentes en esa reunión estaban manteniendo conversaciones de índole personal. Su mirada encuentra la mía a través del otro lado de la mesa, la mía furiosa y acusatoria; la suya con determinación y sin arrepentimiento alguno. Parece que estemos en mitad de una lucha en la que ninguno de los dos quiere dar su brazo a torcer.

Un carraspeo incómodo del señor Rojas, el profesor de artes plásticas, irrumpe el incómodo silencio.

—Bien señores —dice Adrian sin ceder al contacto visual—. Empecemos por indicar los alumnos que el año que viene tendremos en cada curso. Señora Martin. —Se dirige, sin mirarla todavía, a la subdirectora del centro— ¿Podría informarnos, por favor?

Gano yo, ya que Adrian por fin aparta la mirada al girarse hacia ella dando por empezada la reunión, lo que también ayuda a que Izan no vuelva a insistir con salir a cenar. Sin embargo, mucho me temo, que esta batalla la he ganado yo por una cuestión de educación más que por rendirse.

Dudo que la palabra rendición esté en el diccionario personal de mi nuevo director.

Un par de horas después, Adrian da por finalizada la reunión deseando un buen fin de semana a todos e Izan con la vergüenza todavía pintada en la cara recoge con prisas sus cosas y huye de allí como alma que lleva al diablo.

Yo, en cambio, me quedo rezagada recogiendo mis cosas. Adrian viendo cuales son mis intenciones se cruza de brazos con una ceja levantada, expectante a mi próximo movimiento. Una vez la sala vacía, ya no puedo contener mi mala leche.

— ¿A qué demonios ha venido eso? —le digo sin sutilezas—. Todo el mundo estaba hablando de sus asuntos y has atacado sin motivos al pobre Izan. Ha estado completamente fuera de lugar, además dime una cosa, ¿Se puede saber cómo has logrado escucharnos desde tan lejos? Es imposible que lo hicieras desde dónde estabas y con todo el jaleo formado por el resto de personas presentes. —sin ser consciente de ello, he acabado clavándole el dedo en el centro de su pecho.

Madre mía, no puedo creer que le esté amonestando a mi jefe, pero no sé qué narices me empuja a actuar con él de esta manera.

—No hacía falta escucharlo para saber que estaba tirándote los tejos —Me coge el dedo antes de que pueda alejar la mano. Me recorre un escalofrío por todo el cuerpo—. Y había que estar ciego para no ver como sonreías por sus atenciones.

Vaya...

— ¿Qué? —Fue lo único que logré articular—. ¿De qué estás hablando? ¡Pero si justo antes de interrumpirnos le había rechazado! Un momento, —Lo miro con suspicacia—. ¿Estás celoso? —madre mía, madre mía, madre mía...

—¿Yo? ¿Celoso? ¿Yo? —pregunta incrédulo como si hasta ahora no hubiera caído en la cuenta de que los celos tienen algo que ver con su desmesurada reacción. — ¿Por qué iba a estar yo celoso? Solo digo que no veo muy apropiado utilizar una reunión laboral para intentar ligar. No es profesional.

— ¡Pues que yo sepa nuestros encuentros hasta ahora tienen de profesional lo que yo de ancianita, porque te recuerdo que ya me has visto desnuda! —Le grito nariz con nariz. ¡¡Mierda,

mierda, mierda!! ¿Pero por qué siempre tengo que meter la pata con él?

—Algo que por más que lo intento, no consigo quitarme de la cabeza.

Su voz ha bajado dos octavas, erizando mi piel, entonces su mano me agarra de la nuca y estampa sus labios a los míos.

Nunca me han besado así, una mezcla de furia contenida y pasión que convierten mis piernas en gelatina. Subo los brazos y enredo mis dedos en su pelo intentando acercarlo más y respondiendo a ese beso como si mi vida dependiera de ello. Aunque me está besando con pasión y su cálida lengua posee el interior de mi boca como si no quisiera dejar ningún rincón sin explorar, sus manos me sujetan la cara con una ternura que hacen que me derrita y que me incline más hacía él.

Pero para mi desconcierto, unos segundos después estoy a dos metros de distancia, completamente aturdida y con una sensación de vacío en el pecho.

–¡Demonios! ¿Por qué me has dejado besarte? —me acusa con fiereza.

—¿Qué por qué he....? —Sacudo la cabeza intentando aclarar mi cabeza sin entender este ataque tan repentino—. ¡Pero si has sido tú quien me ha besado! ¡Ni que me hubiera dado tiempo a negarme!

—Escúchame muy bien Zoe —me dice una vez que respira hondo varias veces—. Esto no puede pasar, nosotros no podemos... —aprieta los labios con fuerza y sé que hay algo más que se guarda para sí.

— ¿Es por qué trabajamos juntos? porque ¿eres mi jefe? —le pregunto, el cual sé que es motivo suficiente, ahora mismo me parece completamente absurdo. Hoy estoy dispuesta a todo con tal de que vuelva a besarme de nuevo.

—Eso ya debería ser motivo suficiente, pero eso no es... —resopla frustrado negando con la cabeza—. Créeme cuando te digo que no soy lo más indicado para ti.

Terminando así la conversación, recoge sus cosas y se aleja con paso airado.

—¿Qué narices acaba de pasar?

Como no tiene sentido que siga plantada en medio de la sala con cara de imbécil y con más dudas de las que ya tenía sobre mi misterioso jefe, recojo mis cosas y salgo a buscar el coche. Hoy me toca otra clase de historia aburrida con mi madre.

)❨)❨)❨)❨)❨(

Llego a Mistik Arazi justo a tiempo esperando encontrar a Olivia otra vez metida detrás del mostrador, pero en su lugar, veo a mi madre y al hombre que más quiero en este mundo.

— ¡¡¡Abuelo!!! —Entro corriendo y lo achucho con fuerza— ¿Dónde te has metido toda esta semana? Te he echado mucho de menos.

—Hola Pastelito. —Adoro que me llame así—. Siento no haber estado en un momento tan importante, pero estaba en París ayudando a un viejo conocido. —Cogiéndome de las manos se aparta ligeramente y clava su mirada grisácea en mí—. Deja que te vea. Mmm... Es increíble como tu aura ha cambiado tanto en tan solo una semana. Eres un arcoíris de colores brillantes y preciosos.

—¿Eso es lo que ves Samuel? —le pregunta mamá con curiosidad.— Yo he notado el brusco cambio de energía desde que despertó, pero lamentablemente no tengo tu don.

—Oh vamos Zahira, no hace falta ver las auras para percatarse de que la de esta chiquilla, si ya desborda tanto potencial cuando apenas acaba de despertar, imagínate como será el día en que posea todos sus dones.

No puedo parar de sonreír, estoy tan feliz de poder participar en estas conversaciones, siempre me he sentido distinta a ellos, aunque pensándolo bien, fui yo la que se apartó al creer que todo esto eran locuras de un par de excéntricos.

—Vamos hija, entrégale el paquete —le urge el abuelo—. Estoy impaciente por ver su cara—. Eso me agranda más la sonrisa, parece un niño en Navidad.

Mi madre con la misma expresión, me alcanza un paquete grande. Rompo con impaciencia el papel con el que está envuelto, siempre me ha encantado abrir regalos y descubro un antiguo baúl de madera de acebo. Lo abro impaciente y cuando miro en su interior, miro a mi madre intrigada.

—Esto te lo han mandado tus abuelos desde Turquía —Me dice con una gran sonrisa mi madre.—En cuanto supimos del despertar de tus poderes, Samuel informó a mi padre y como es costumbre en estos casos, todos los integrantes de la familia te mandan un obsequio que te acompañará en este importante camino a lo largo de tu aprendizaje y tu vida como bruja.

En silencio voy sacando con sumo cuidado lo que hay en la caja. Siempre pensé que nuestra familia nos repudió cuando supieron de mí, así que ver todo el cariño que profesan a través de estos tesoros hace que se me llenen los ojos de lágrimas. Al parecer me he vuelto toda una en una sentimental desde que volví del mundo de los muertos.

Lo primero que extraigo es un caldero, y por su aspecto, debe ser muy antiguo.

—Es el caldero de la abuela Reyhan, ha pasado de generación en generación. Aquí se han creado todo tipo de conjuros y hechizos, además es donde tus abuelas y yo aprendimos el arte de las pociones. Por lo que veo quieren que lo cuides tú —dice orgullosa.

—Es precioso, me encanta.

Digo con un nudo en la garganta y no miento, es realmente precioso. Está hecho de terracota y por su aspecto se nota que ha ido oscureciéndose con el paso de los años. Le doy el caldero a mi abuelo y sigo sacando pequeños tesoros. Voy extrayendo paquetes envueltos de suaves telas en las que al abrirlos encuentro todo tipo de velas de distintos colores y formas, inciensos de diferentes olores que van inundando la ya perfumada tienda y una amplia gama de hierbas e ingredientes básicos y necesarios para la creación de pociones y hechizos poderosos. Todos salidos de la plantación privada de mi abuela Ipek.

A continuación, saco un envoltorio que al abrirlo muestra un puñal y, por último, y no menos importante un libro enorme.

—Oh, por todos los santos —Mi madre extiende los brazos para que le pase el pesado objeto—. ¡Son el Puñal del Brujo y El Libro Sagrado! Tus abuelos quieren seguir con la antigua tradición —me dice con una sonrisa llorosa mientras se lleva el libro al pecho.

Según me contó, cuando era niña tanto la Daga como el libro lo crearon, hace cientos de años el primer matrimonio Ölmez del aquelarre, mis tátara... no sé que abuelos Erol y Belma. La leyenda dice que en el momento en el que los terminaron, les lanzaron un hechizo de protección, de manera sin importar lo que ocurriera, aguantarían toda la eternidad intactos y perduraran durante siglos ayudando a los brujos Ölmez.

El puñal está hecho de lo que parece ser cuarzo o cristal de roca pulida y, al observar la empuñadura más detenidamente, veo unos intrincados dibujos con cristales preciosos como la amatista y el jade engastados en él. Por otro lado, el libro tiene unas tapas duras forradas en cuero y en su centro están grabadas con letra clara y ligeramente cursiva las palabras *Ölmez Kutsal Kitap*, que viene a decir, el sagrado libro de los Ölmez. A pesar del curtido en sus tapas y el color amarillento en su interior que ha ido adquiriendo por el paso de los años, se ve perfectamente cuidado y sin ningún rasguño, por lo que según mi opinión, la leyenda ha de ser cierta.

Veo a mi madre pasarle el puñal al abuelo mientras desato con cuidado las tiras de cuero del libro. Al abrirlo una nota doblada cae de su interior. La cojo con curiosidad y veo que está escrita en turco.

Una suerte que tanto mi madre como el abuelo me lo enseñaran desde pequeña.

<< *Mi niña Zoe,*

No imaginas lo feliz que me hace poder por fin escribirte. Ha sido muy duro tanto para tu abuela como para mí seguir adelante con nuestras vidas tan lejos de vosotras. Sois lo más valioso que tenemos en este sagrado mundo, sin embargo era nuestro divino derecho sacrificar nuestra felicidad a vuestro lado con tal de que crecieras sana y salva del peligro que te acecha desde antes de tu nacimiento. Aún así, mi queridísimo amigo Samuel, de quien me siento orgulloso que llames abuelo, nos ha mantenido informados de tus progresos a lo largo de todos estos años hasta convertirte en la preciosa y grandísima mujer que eres ahora. Es por eso que, una vez que nos escribiera para darnos la gran noticia del despertar de tus poderes, todos los miembros de la familia hemos querido aportar y obsequiarte con nuestros tesoros, porque aunque nuestro cuerpo físico no esté con vosotras, nuestros espíritus permanecen junto a los vuestros protegiéndoos.

Si mi hija Zahira te ha criado como lo hicimos con ella, sé que cuidarás de todos estos tesoros con todo el respeto y cariño que se merecen.

Te amamos mi pequeña y dulce Zoe.

Tus abuelos

Asil e Ipek>>

Al terminar la misiva no me doy cuenta que estoy hecha un mar de lágrimas.

Siento mucho pesar por no haberlos conocido hasta ahora y por haber pensado tan mal de ellos a lo largo de los años por el modo que creía que nos habían repudiado. Sin embargo siento una felicidad mucho mayor por sentir, a través de sus palabras, su profundo amor por nosotras.

Le alcanzo la carta a mi madre para que tanto ella como el abuelo puedan leerla, mientras me dedico a hojear el libro.

Está escrito en orden cronológico, datando la primera inscripción en 1521, cumpliéndose este año, sea coincidencia o no, quinientos años. Adelanto el libro y llego a las aportaciones que hizo mi madre hasta antes de cumplir dieciocho años. Y no fueron pocas. El libro está repleto de todo tipo de conjuros y consejos.

Suspiro profundamente antes de empezar a regresar todo al interior del baúl, además de algunas cosas que me ha dado mi madre: frascos de cristal vacíos donde meter las pócimas, un saquito con diferentes gemas y piedras para hechizos, aparte de más velas y hiervas.

—Siempre tienes que estar provista de casi todo lo que tienes aquí Zoe, son básicas para crear cualquier hechizo. —dice mientras me ayuda—. Además, creo que deberías convertir la habitación que utilizas de estudio en tu sala de rituales.

—Lo haré mamá —la tranquilizo—, a partir de ahora no dudaré jamás de lo que me digas sobre cualquier cosa.

—Vaya —exclama con sorna el abuelo—, nunca pensé que te oiría decir eso.

—Ja, ja —Le saco la lengua recibiendo una sonora carcajada por su parte.

—¿No quieres quedarte a cenar, cielo? —pregunta mi madre al verme recoger el bolso— Íbamos a pedir pizza.

—Lo siento, pero ya he quedado con Olivia y Marc. Esta noche celebraremos el fin del curso escolar, pero el domingo como con vosotros sin falta —Me apresuro a decirles antes de que insistan.

Entre los tres metemos el pesado baúl en el maletero y les planto un sonoro beso a cada uno antes de meterme en él, con la promesa de vernos mañana.

☽☾☽☾☽☾☽☾

Por suerte la carretera está bastante despejada, de modo que no tardo en llegar a casa para mi cena anual con Olivia.

La celebración de final de curso es una tradición que llevamos haciendo desde nuestros años de instituto. Cada Junio, Olivia y yo, nos ponemos nuestros mejores vestidos y salimos a darlo todo. Además, este año coincide con la verbena de San Juan y en Barcelona es una de las fiestas más populares donde las hogueras en la playa y el atronador sonido de los petardos y fuegos artificiales están a la orden del día, o mejor dicho de la noche.

Miro el reloj mientras me aplico un poco de perfume. Las nueve y media, perfecto, queda media hora para que vengan a recogerme. Vamos a ir a cenar a un restaurante en el centro y como siempre es Marc quien conduce, cosa que nosotras le agradecemos, no tengo ningunas ganas de conducir.

Esta noche estreno el vestido que Olivia insistió en que comprara. Es negro y se adhiere como una segunda piel, me llega hasta la mitad del muslo. Es de escote ilusión, de modo que lleva un encaje que cubre el pecho, con escote redondo, y la espalda dejando ver a través de esa transparencia, el doble escote en forma de corazón y todo el largo de la espalda hasta un poco más abajo de la zona lumbar.

Para lucir bien el encaje de atrás, me he hecho una trenza lateral de espiga despeinada, que a pesar de lo que indica el nombre, he tardado más en hacerla que en maquillarme los ojos de negro ahumado, destacando las motas doradas de mis ojos, haciéndolas más brillantes. Un toque de brillo con un ligero color crudo y lista.

Conociendo a Olivia sé que tardarán en llegar, así que cojo el Libro Sagrado y comienzo a echarle un vistazo.

Un par de hojas más tarde, un hechizo de protección llama mi atención. Es sobre ahuyentar demonios, el cual me viene de perlas para futuros ataques. Además, es la noche de San Juan y, por lo tanto el solsticio de verano en el mundo de la magia. Una noche muy especial para hacer mi primer hechizo por mi misma, de modo que reúno todos los ingredientes e improviso la cocina como mi centro de culto hasta que reacondicione una de las habitaciones.

Coloco en el fuego un caldero parecido al de mi familia y regalo de mi madre. Apoyo el libro en el bote de las galletas a modo de atril y empiezo a leer las indicaciones:

«Para desterrar a un demonio:

Poner a calentar en el caldero un vaso de agua fresca. Colocar alrededor de un mortero de madera cinco velas blancas, formando un semicírculo. Meter en su interior los siguientes ingredientes:

— Un ramillete de Hierba de San Juan
— Una hoja de Laurel mediana
—Una ramita de aproximadamente cinco centímetros de salvia

53

Pulverizar todas las hierbas. Después de diez minutos de cocción, añadir la mezcla de hierbas al caldero. Comenzará a hervir de inmediato.

Dejar actuar otros cinco minutos e incorporar ocho gotas de esencia de verbena. No os asustéis cuando se forme un espeso humo blanco y aromático, es absolutamente normal, eso significa que está casi lista.

A continuación, coger la vela que tenemos justo en el centro del semicírculo y, sin apagarla, aplicar las dos gotas restantes de esencia de verbena, eso provocará una gran llamarada. Cuando disminuya, dejar caer toda la cera caliente con el aceite de la vela dentro del caldero. Tras la pequeña explosión, seguida de un destello blanco y más humo, dejar reposar un minuto y guardar en un frasco de cristal. Ya está lista para su uso. Lanzar sobre el demonio para desterrarlo.»

—¡Madre del amor hermoso!

No puedo seguir maldiciendo por culpa de un terrible ataque de tos a causa de tanto humo, así que después de beberme un gran vaso de agua y abrir todas las ventanas para ventilar la estancia, miro mi obra un tanto azorada.

He seguido todos los pasos como indica y solo espero que haya surtido efecto y que el agua del grifo sirva como agua fresca porque sino tendré un problema si me veo en la necesidad de utilizarlo.

La llamada perdida de Olivia me avisa que ya están abajo, de modo que cojo mi frasquito de poción, recojo mi bolsito DKNY, un regalo de cumpleaños de mi madre y mirando resignada el desastre que he dejado en la cocina, bajo a encontrarme con ellos. Ya recogeré la cocina mañana, esta noche toca disfrutar.

—¡¡Hombres sanos y cuerdos entre veinticinco y treinta años, prestad atención!! —grita Olivia en mitad de la calle—. ¡¡Si sois solteros y ricos preparaos porque mi amiga está para comérsela!!

Marc y yo solo nos miramos y arrancamos a reír, ya estamos acostumbrados a estas locuras suyas, por eso y otras cosas la adoramos, aunque no puedo evitar mirar a mi alrededor por si alguien la ha oído. Sin poder evitarlo levanto la vista hacia la ventana de Adrian y veo que está asomado mirando hacia nosotros. Lo saludo rápidamente y, sin esperar respuesta por su parte, me meto en el coche avergonzada.

—De verdad chica, cualquier día conseguirás que te la devuelva —le reprocho después de darle un achuchón y un beso en la mejilla a Marc, aunque no puedo disimular una pequeña sonrisa.

—Déjala Zoe, con un poco de suerte se la llevan a una clínica mental y nos libramos de ella.— dice esto mientras me guiña el ojo a través del retrovisor.

—¡Oye! —lo regaña ella, acompañando su queja con un puñetazo en el brazo de su novio—. Es una suerte que te quiera como te quiero, de no ser así ahora estarías viviendo con tu madre.

—Eso no lo harías nunca —dice él haciéndole ojitos—. Ya sabes cuánto me adora mi madre, si me dejas en sus manos no volverías a verme en la vida. Recuerda que para ella eres la chica con el pelo raro.

Ante esa declaración los tres estallamos en carcajadas. Mientras Marc se incorpora al tráfico típico de un viernes noche, lo miro a través del retrovisor.

Es un chico muy guapo, no de esos que te quitan el hipo en cuanto los ves, pero es de esos rostros que cuando los miras, su sonrisa franca y sus ojos, los cuales son incapaces de mirar con maldad te cautivan. Su pelo y sus ojos son castaños, tiene una nariz aguileña que le aporta carácter y esa sonrisa siempre permanente a la que no puedes evitar responderle de la misma manera. Debe medir uno setenta y cinco aproximadamente y está más bien rellenito, algo que a Olivia le encanta porque según ella, la mantiene caliente durante el invierno.

Continuamos charlando de todo y de nada durante los veinte minutos que tardamos en llegar al puerto olímpico, donde se encuentra el restaurante. La comida estaba buenísima y más tarde nos vamos a bailar a un club cerca de allí. Intentamos convencer a Marc para que nos acompañe, pero mañana tiene que trabajar temprano, así que nos deja en la puerta de la discoteca y ya regresaremos nosotras en taxi

Bailamos sin parar y cuando miro el reloj, compruebo sorprendida que son las cinco de la mañana. Miro a Olivia y me río cuando veo que por su postura los pies la están matando, así que cuando nos miramos le hago un gesto con la cabeza para irnos ya a casa y ella enérgica asiente.

Salimos agarradas del brazo porque nos cuesta dar más de un paso sin tropezarnos. Estúpidos zapatos, te hacen unas piernas de infarto, pero si no estás acostumbrada son capaces de hacerte gemir de dolor. Nos ponemos en la cola para poder coger un taxi, ya que a esa hora es cuando prácticamente media disco decide irse a casa. Quince minutos después llega nuestro turno y nos sentamos por fin en la parte trasera de uno, lo cual debería ser un alivio para mis pies, si no llega a ser porque después de días sin sentir el picor en la nuca y una ligera nausea aparece y con él, el miedo de que pueda ocurrir algo y que Olivia pueda salir herida.

—Buenas noches, ¿A dónde señoritas? —me fijo con detenimiento en el taxista por si tiene algo extraño como el demonio serpiente, pero veo que tan solo es un hombre de apariencia normal.

Olivia le da el nombre de su calle primero porque es la que estaba más cerca y el taxi se incorpora al tráfico. Permanezco en silencio mirando con atención por todo el taxi, especialmente al conductor, prestando extrema atención a todos y cada uno de sus movimientos, entretanto Olivia parlotea sin parar comentando sobre todo lo que nos ha pasado en la noche.

—¿Te fijaste en ese tío que intentó ligar conmigo? —Charlaba Olivia—. En cuanto le dije que tenía novio él....

Se detiene con un grito ahogado cuando de repente se escucha un ruido muy fuerte, parecido a una explosión y el taxista vira el volante con brusquedad, parándose en un lado de la carretera desierta.

—¿Qué ha sido eso? —pregunta asustada ella, agarrándose fuertemente al asiento delantero.

—Lo siento señoritas, parece que hemos pinchado —se disculpa el taxista—. No tardo nada en cambiar la rueda y las devuelvo a casa sanas y salvas, por supuesto esta carrera corre de mi cuenta por las molestias.

No me lo creo. En estas semanas he aprendido que a mí estas cosas no me pasan por casualidad. Bueno eso y porque la nuca me escuece muchísimo, síntoma que he llegado a identificar como que se acerca algo muy malo.

—Adriel, espero que esta vez no aparezcas en el último segundo —susurro suplicante.

—¿Qué dices? —Olivia se gira para mirarme.

—Nada, nada cosas mías.

—Que mala suerte chica. Hoy estoy hecha polvo.

No contesto porque estoy muy ocupada buscando el pequeño frasquito con disimulo, que gracias al cielo, guardé en mi bolsito antes de salir de casa. Mientras hago esto no le quito los ojos de encima al taxista, quien está tardando demasiado en sacar la rueda de repuesto del maletero. Le sigo con la mirada hasta que llega a la rueda trasera del lado de Olivia, deja la rueda en el suelo y sin darme tiempo a reaccionar abre la puerta con brusquedad tirando de ella hacía fuera del coche.

Le agarro el otro brazo intentando volver a meterla dentro y cerrar el pestillo, para que al menos tengamos algo de tiempo en coger mi móvil y llamar a la policía pero él ha sido más rápido. El grito de Olivia me detiene mientras veo como el taxista se coloca detrás de ella utilizándola como escudo y colocando un cuchillo en su garganta.

Analizo lo mejor que puedo la situación en la que estoy y no veo muchas opciones de salir bien de esta.

La calle está desierta, no hay coches ni personas ni si quiera se escucha un mísero gato callejero. Nada. Y Olivia está realmente asustada, me mira con los ojos abiertos de par en par, en silencio y con la cara surcada de lágrimas. Me quedo quieta dentro del coche sin hacer ningún movimiento brusco y así darle motivos al hombre a utilizar el cuchillo.

Por su aspecto se trata de un puñal ceremonial demoníaco. Tiene la hoja alargada y estrecha acabada en una afilada punta, está hecha de lo que parece ser algún metal brillante y negro y en su empuñadura, también negra, hay unas filigranas plateadas como única decoración. Da escalofríos verlo rozando en el cuello de mi amiga.

—Un movimiento en falso y este precioso cuello se abrirá en canal, tiñendo el asfalto con su sangre —me dice con una fría sonrisa—. Ahora sal del coche despacito.

—Está bien, pero no le hagas daño —A pesar del miedo que tengo, mi voz suena muy calmada, incluso puedo decir que fría y es que este tío me está empezando a cabrear. Antes de salir del coche coloco el frasquito en un pliegue que se ha formado al subirse el vestido y salgo con cuidado e intentando evitar que lo vea, me muevo hasta quedar a cinco metros de ellos—. Ya está, ¿ves? ahora dime que es lo qué quieres.

—No, no, no, no.... —dice esto mientras mueve el dedo índice de un lado al otro con una mueca burlona—. No creo que estés en posición de exigir nada.

—Y yo no creo que sea conveniente que me cabrees más de lo que ya estoy —le espeto con enfado—. No estoy teniendo unas semanas precisamente tranquilas y para una noche libre que me tomo, vienes tú y montas este espectáculo.

—Vaya, la gatita tienes uñas. —Sonríe burlón mientras pasa la punta del puñal lentamente por la cara de Olivia. Ella solo cierra los ojos con fuerza, llorando e intentando alejar la cabeza sin éxito—. El que está con ventaja soy yo ¿no crees?, además solo eres una chica con un vestidito y unos zapatos ridículamente altos, mientras que yo tengo esto. —Levanta el puñal con una floritura—. La verdad es que es un poco decepcionante. Al ordenarme que me encargara de La Llave, ignoraba que me encontraría con la Barbie fiesta.

—Creo que más bien soy como *Buffy, la cazavampiros*—le corrijo, no sé de donde salen tantas agallas, supongo que el ver a mi amiga tan aterrorizada es lo que me da el coraje para enfrentarme a esto—. ¿Sabes de quién hablo?, no sé si los seres de tu calaña veis series de televisión sobre una chica diminuta dándoles una buena paliza a una panda de vampiros y demonios como tú... ¿Por qué eres un demonio no? Tiene que ser muy vergonzoso ver la facilidad con la que los acaba matando... ¿no crees?

Es ese el momento que he estado esperando, cuando distraído en nuestra conversación, comienza a reírse burlón y afloja el amarre con el que tiene cogida a Olivia alejando el puñal de su cuello, ya sin peligro de hacerle daño.

Con mi nueva rapidez, le lanzo el frasquito estampándoselo en todo el lado izquierdo de su cara y cuello. Del impacto y la sorpresa, empuja con fuerza a Olivia, tirándola al suelo y golpeándola en la cabeza contra el suelo, dejándola sin sentido.

Corro hacía a ella para comprobar si está bien y suelto el aire aliviada al ver que tiene el pulso fuerte y respira. Ante los gritos y los gestos espasmódicos de dolor del demonio taxista me vuelvo para observar con horror lo que la poción le está haciendo a su cara. Pensaba que era para matarlo o que dejaría de estar poseído pero lo que estoy viendo me deja pasmada. Sin soltar el puñal intenta sujetarse el lado de la cara que parece que se le está deshaciendo por el contacto con el contenido del frasquito. Su cuerpo echa humo y huele como si se estuviera quemando la carne del horno.

Aprovechando su agonía, reúno valor y corro hacía él para propinarle un rodillazo en sus partes. Ahora sí que ha soltado el puñal, sin embargo antes de poder agacharme a cogerlo, el tío me abofetea cayendo al suelo por el impacto. Me arrastro hacia atrás para mantener distancia y lo miro desde mi posición.

Su cara es un desastre.

Mientras que el lado derecho parece la cara de un ser humano normal, el lado izquierdo es un amasijo de carne putrefacta, hueso y sangre de color negro. Un maldito demonio que parece normal.

Desde luego...es que ya no me puedo fiar ni de un simple taxista.

—¡Zorra! —grita acercándose a mí hecho una furia—. ¿Piensas que un hechizo con esa poción tan floja puede matarme?

—Sí, bueno —digo mientras sigo retrocediendo—. Eso seguro que ha sido culpa del agua del grifo, la próxima vez intentaré seguir las instrucciones a raja tabla.

—No habrá próxima vez —dice mientras se le cae la baba por el lado deshecho de su cara— Todos vitorearán mi nombre por haber matado a La Llave.

Levanta la pierna derecha para patearme pero me muevo con rapidez y le clavo el tacón derecho en su muslo izquierdo, cayendo por el golpe de rodillas al suelo. Sin darle tiempo a reaccionar y con la misma pierna me doy impulso pateándole el lado contrario y sano de su cara. Me niego a estropear unos zapatos tan caros con el amasijo que tiene al otro lado.

El problema es que éste es más fuerte que el *Garalutch* con el que luché la primera vez y se me echa encima mientras intenta estrangularme con las dos manos. Con la adrenalina por las nubes, consigo meter mi rodilla izquierda entre los dos apoyándola en su hombro derecho y con la ayuda de mi mano hago impulso empujándolo lejos de mí.

Tendré que darle las gracias a mi entrenador cuando lo vea.

El demonio vuelve a la carga, pero me quito el zapato y le clavo el tacón en mitad del pecho, cosa que no le hace mucho, pero eso al menos me da tiempo a levantarme y a intentar alcanzar el puñal olvidado en el suelo. Estoy a punto de llegar, pero un sonido hace que reaccione y me aparte, dejando justo en el mismo lugar donde estaba hace apenas un segundo, un líquido marrón que está deshaciendo el asfalto como mi poción ha hecho con su cara. Me doy la vuelta para quedar frente a él y veo cómo se limpia la comisura de la boca con el dorso de la mano mientras vuelve a coger aire para volver a atacar.

—¡Muy bien, Adriel! vamos no seas así y échame una mano —le grito al cielo mientras el demonio se me queda mirando como si me hubiera vuelto loca —¿Así te ganas tú la paga?, ¿dejando que me mate un tío que da asco mirarlo?? ¡¡Ya me ha estropeado los zapatos!! —Nada que no responde—. ¡Oh venga ya!

Pateo con impotencia el suelo con mi pie descalzo y espero por si hay respuesta. Maldito ángel custodio.

Me percato de la impaciencia del demonio y, sin darle tiempo a reaccionar, me quito el zapato que me queda y se lo tiro para intentar distraerlo. Inclina el cuerpo hacia un lado para esquivarlo y, yo que he corrido hasta él, le hago un placaje, muy al estilo futbol americano, cayendo los dos al suelo. No me ando con remilgos y comienzo a asestarle puñetazos hasta que no hay ningún rasgo reconocible del taxista. En un despiste por mi parte consigue darme un puñetazo en la sien, lanzándome por los aires y aterrizando con un fuerte golpe contra el taxi, sacando el aire de mis pulmones.

El demonio se levanta, sacude la cabeza y se acerca lentamente hacia mí.

—Eres más dura de lo que pensaba, eso hará mi victoria más épica.

En tanto, el muy capullo sigue pavoneándose, yo capto el puñal a diez metros de nosotros, pero como aún sigo aturdida solo consigo estirar la mano y desear que estuviera a mi alcance. El tío al ver mis fallidos intentos para cogerlo, se ríe mientras abre la boca dispara—ácidos.

Me ocurre lo mismo que sucedió con el demonio serpiente, el tiempo a mi alrededor se ralentiza y estiro el brazo intentando alcanzar el puñal. Estoy tan concentrada en querer tenerlo más cerca, que noto como comienza a temblar y a moverse lentamente. Miro alternativamente mi mano y el puñal, entorno lo ojos y vuelo a intentarlo, esta vez tengo más éxito porque de golpe el puñal se me acerca un par de metros.

Por el rabillo del ojo veo como el demonio ya ha lanzado ese ácido, el cual se está acercando a cámara lenta. Vuelvo a mirar concentrada el puñal y cuando creo que no voy a conseguirlo, hago un último esfuerzo, haciendo un brusco movimiento con mi mano indicándole que vaya directo al demonio.

El tiempo vuelve a su velocidad normal y a duras penas consigo moverme hacia a un lado, evitando así que el ácido me queme a mí en vez de la carrocería del coche. Suspiro aliviada y me vuelvo hacia el taxista, viendo como el puñal se le ha clavado hasta la empuñadura en el cuello, atravesándolo con facilidad.

Me acerco tambaleante hasta quedar de pie al lado de su cuerpo inerte y agachándome le arranco el puñal con fuerza, provocando sus gritos de dolor.

—No escaparás nunca de nosotros —dice entre gorgoteos de su propia sangre—. Si Remiel te quiere muerta, lo estarás tarde o temprano.

La sangre ahoga su estúpida risa y mirándolo furiosa no puedo evitar susurrarle:

—Ya sois dos los que habéis acabado a mis pies. Ni importa cuantos más envíe ese tal Remiel. Todos terminarán igual. Muertos.

Sin esperar una respuesta, le clavo profundamente el puñal en el corazón, matándolo en el acto.

Un destello brillante inunda la noche.

—Buen trabajo, al fin has sabido usar tu telequinesia —Oigo una voz profunda a mi derecha.

Con la cabeza mucho más clara e ignorando a Adriel por completo, me acerco hasta Olivia y comienzo a examinarla más detenidamente. No soy médico pero sé que no es muy normal que no haya despertado todavía.

—Vamos, vamos Livia, abre los ojos —murmuro con preocupación mientras le doy ligeros toquecitos en la cara.

—No lo hará hasta mañana. Ya he curado el golpe de su cabeza y la he inducido en un sueño profundo para que no recuerde nada. Mañana despertará en su cama como si todo hubiera sido una pesadilla.

Haciendo caso omiso a su presencia me voy en busca del bolso que dejé abandonado dentro del coche. La puerta de atrás está completamente deshecha por el ácido, de manera que entro por el asiento delantero y desde allí consigo agarrarlo, siendo muy consciente de que le estoy dando a Adriel una buena panorámica de mis piernas y de mi culo escasamente tapado con el bajo de vestido.

Vestido que irá a la basura porque está hecho una pena.

—¿Vas a seguir ignorándome mucho tiempo más? —pregunta con impaciencia.

¡Que te den! me niego a responder y voy en busca de mis zapatos, ni de coña voy a andar descalza entre tanto ácido esparcido por el suelo. Localizo uno de ellos a cierta distancia y para probar mi nuevo poder estiro el brazo en su dirección. Inspiro con fuerza, impresionada y orgullosa al ver como se desplaza con rapidez hasta mi mano. Busco el otro zapato pero ese sí que no lo encuentro.

—Zoe, ya basta —me increpa con su habitual brusquedad—. No tenemos tiempo para estos berrinches de niña pequeña.

Encuentro el otro zapato debajo del coche, sin tener ni idea de cómo narices ha llegado allí y de nuevo lo atraigo hasta mí, sin embargo, al oír su estúpido tono con su estúpido comentario, hace que toda la furia que he estado conteniendo estalle. Me giro con rapidez en su dirección y con todas mis fuerzas le lanzo el zapato, alcanzándole justo en el centro del pecho.

Una lástima que no se le quedará el tacón clavado en el pecho.

—¿Qué no tenemos tiempo? ¿Berrinche de niña pequeña? —Me acerco hasta él a grandes pasos—. ¿Dónde demonios estabas, Adriel? ¿No me has oído? ¿Crees que te pedía ayuda para atarme los zapatos? ¡Te llamaba porque te necesitaba y no estabas!

Acompaño mis palabras golpeándolo duramente en el pecho, mientras lágrimas de miedo y furia caen por mis mejillas hasta que el llanto no tarda en aparecer. Adriel ni si quiera intenta defenderse, intuyendo mi necesidad de desahogarme, hasta que los golpes van perdiendo cada vez más fuerza y él me rodea con sus brazos, acunándome como a un bebé.

—Estaba aquí Zoe —me susurra en el oído—. El hecho de que tú no pudieras verme no significa que no sepa que haces y dónde estás en cada momento. Tú eres mi misión más importante. Siempre estaré aquí.

Lloro con más fuerza y rodeo con fuerza su cintura. Sigo sin poder saber que aspecto tiene, todo brillante pero es cálido y fuerte al tacto; emana una paz que logra calmarme poco a poco.

63

Permanecemos abrazados hasta que se me pasa el llanto y con renuencia me aparto un poco de él.

—Gracias. —No sé por qué pero tengo la sensación de que está sonriendo—. ¿Puedo hacerte una pregunta?

—Por supuesto.

—¿Por qué no puedo verte?, solo distingo con claridad tus alas, el resto de ti está rodeado de una luz brillante y blanca que no me deja ver tu aspecto. Y lo mismo pasa con tu voz. Cuando hablas se oyen muchas voces superpuestas las unas con las otras, sinceramente da un poco de grima.

—Para empezar ningún humano corriente puede ver el aspecto o la voz que tenemos realmente los ángeles. El que puedas ver mis alas con claridad indica que no eres una humana cualquiera, —responde Adriel divertido—, Siendo Estoy seguro que a medida que tus poderes vayan en aumento, serás capaz de verme con más claridad.—Pues entonces será mejor que me ponga gafas de sol cada vez que vengas a verme, es muy probable que en cualquier momento me dejes ciega.

Entonces ocurre, lo oigo reír.

Es la risa más bonita que he oído en mi vida, profunda, sincera y llena de luz, como él.

—Tienes una risa preciosa — respondo sonriente mientras me acurruco un poquito más contra él.

—Disfrútala mientras puedas, no suele ocurrir con mucha frecuencia —bromea él.

—¿Vas a decirme por fin por qué no has aparecido antes?

—Todo forma parte de tu entrenamiento, Zoe. He podido comprobar que cuando estás en un peligro real sacas todo tu potencial, así que he permitido que ese escupe—ácido te atacara. De nada, por cierto, gracias a eso ha despertado tu telequinesia.

—No esperes que te de las gracias por eso, hombretón —le digo ya más tranquila y dejándome llevar por el sentimiento de camaradería del momento—. No obstante, he de decir que no está nada mal que al menos pueda defenderme con un poder tan activo como ese.— Con más seriedad añado—, pero no deberías haber permitido que Olivia corriera peligro.

—No lo estaba, la tenía protegida en todo momento incluso con ese puñal en su cuello. Soy el mejor soldado de los cielos —dice con arrogancia.

Al escucharlo me echo a reír, me gusta esa parte de Adriel.

—Bien, ahora hazme el favor de hacer ese movimiento con la mano y manda a Olivia a su casa sana y salva y, ya de paso, a mí a la mía por favor.

Obediente, Adriel hace lo que le pido y el cuerpo de Olivia desaparece de mi vista, sin embargo cuando desenredo mis brazos de su cintura e intento apartarme para que haga lo mismo conmigo, Adriel me rodea la cintura con sus brazos e inicia el vuelo sin ningún esfuerzo.

—Te mereces una recompensa por lo bien que lo has hecho hoy — me dice y ríe cuando le echo los brazos al cuello gritando aterrada—. Vas a ver el amanecer como ningún otro humano lo ha hecho jamás, desde los cielos.

CAPÍTULO 5

Infierno de los Grigori

Semyazza sabía que no era un buen momento para interrumpir a su jefe, pero si no lo hacía, las consecuencias serían nefastas.

Atravesó el largo pasillo oscuro únicamente iluminado por el fuego de las antorchas colgadas de las paredes, pintadas por la sangre de aquellos que morían desafiando al gran señor. Mientras iba acercándose a los aposentos privados, oía a las almas que ofrecieron su servicio al arcángel caído Remiel gritar a lo lejos, torturados por los guardianes del Infierno de los Grigori.

Una vez llegó a la enorme puerta, dos soldados apostados uno a cada lado junto a un par de Nefilims, cruzaron sus armas para detener la entrada del general.

—Disculpad mi general —se atrevió a decir el soldado de su derecha— Nuestro señor está reunido con la Caída Lilith, se nos ha ordenado que bajo ningún concepto debía ser interrumpido —dice mientras agacha la cabeza atemorizado por su capitán.

Tras la puerta se escuchaban gemidos y risas femeninas no contenidas que los tres seres reunidos fuera estaban acostumbrados a ignorar.

Los soldados que tenía ante sí, eran dos de los más fuertes y valientes que Semyazza tenía en su regimiento de caídos, por ese motivo eran los encargados de custodiar los aposentos privados de su señor. A pesar de su gran capacidad como soldados y dado la guerra abierta de Remiel con sus hermanos, se les asignaba la fuerza bruta de los Nefilims para una mayor protección.

No obstante, el soldado fue incapaz de sostener la mirada de su capitán más allá de lo estrictamente necesario, hecho que nos indicaba cuan temido era el Capitán caído.

—¿Crees que desobedecería las órdenes de mi gran señor por nimiedades? — Espetó fríamente Semyazza que provocó un escalofrío en los ya de por sí, asustados Nefilims.

Con un ágil movimiento, imperceptible incluso para uno de sus soldados, cortó la mitad de una de sus alas con su espada como si fuera mantequilla. Limpió la sangre en la ropa del soldado arrodillado en el suelo y sin envainarla, en una silenciosa amenaza, miró al que quedaba en pie, el cual, no dudó en apartar su arma de delante de la puerta postrándose ante su capitán.

—La próxima vez que oses dudar de mis decisiones lo que caerá inerte será tu cabeza. ¿Entendido?

—Mis disculpas, mi Capitán.— Dice entre dientes con la frente perlada de sudor mientras se sujeta el ala cercenada.

Tras un brusco asentimiento de cabeza, Semyazza llamó a la puerta y sin esperar respuesta se adentró en los aposentos privados.

Era una sala que, junto con el trono de su señor, derrochaba una opulencia y unas riquezas que nadie podría imaginarse al mirarlas que estaban en lo más profundo de uno de los infiernos. Todo estaba decorado con tapices pesados y toda clase de reliquias nunca vistas por el hombre, con el oro como el gran dominante.

El capitán cruzó la estancia hasta pararse en toda su envergadura, con sus alas grisáceas plegadas, justo en el centro de la enorme alfombra persa dorada y roja sangre, mirando al frente.

La Caída Lilith, desnuda, estaba en mitad de la enorme cama de cerezo con las manos atadas a los postes tallados que había en cada extremo y la cabeza echada hacia atrás mientras gemía sin contención. Tendido boca abajo en la cama entre las piernas de ella y con una pierna ligeramente flexionada dándole la espalda al capitán, estaba Remiel. Dado que no era la primera vez que se encontraba en esa situación, Semyazza centró su atención en las raras y extraordinarias alas extendidas de su Señor.

Cada Supremo tenía unas alas que lo diferenciaban los unos de los otros. Antaño las del gran Supremo Remiel eran de un blanco tan brillante que se volvían iridiscentes y según se reflejaba la luz, se convertía en un calidoscopio de colores. Ahora, y tras ser renegado por sus hermanos, esa blancura había desaparecido convirtiéndose en unas alas que, en su centro, eran negras como la noche y que se iban volviendo de un rojo carmesí en sus extremos, los cuales, se dice lloran sangre.

Ésa era una de las cientos de leyendas que existían sobre el Supremo Remiel.

—Mi Señor, —Con voz alta y clara para ser escuchado por encima de los gemidos—, Le traigo la información que me pidió.

Haciendo caso omiso de sus palabras, Remiel continuó hasta que los gritos de éxtasis cesaron y Lilith cayó desmadejada y satisfecha en la cama. El Supremo se levantó sin preocuparse porque todavía estuviera inmovilizada y se dirigió a la mesa para servirse una copa de vino mientras se subía la bragueta, pues continuaba completamente vestido con una holgada camisa de seda negra y los pantalones del mismo color.

—Mmmm.... no sabía que tendríamos compañía —dijo Lilith sugerente— ¿Has venido a acompañarnos Semy? —dijo esto mientras se acariciaba una pierna con el pie opuesto sin sentirse cohibida por su desnudez.

—Eres una súcubo Lilith, ¿Qué te hace pensar que quiero quedarme sin mis poderes? —le dijo con una fría sonrisa.— Si quiero sentir placer, prefiero que sea con una humana. Incluso una ninfa estaría menos usada que tú.

—Oh vamos, como si nunca hubieras disfrutado de mis encantos —sonrió ella—. ¿No quieres recordar los viejos tiempos?

—Con una vez tuve suficiente, sin ofender mi Señor —Se disculpó a Remiel.

Por primera vez el Supremo miró a su capitán con sorna.

—Tranquilo Semy, es bien conocido por los tres infiernos la facilidad de Lilith para abrirse de piernas.

Semyazza sabía que cualquiera podría sentirse ofendido tras ser el receptor de tales palabras y dichas con tanta crueldad, sin embargo también era conocedor de a quién iba dirigidas, por lo que no se sorprendió cuando oyó la risa divertida de la caída.

Remiel chasqueó los dedos y las ataduras que mantenían a Lilith desaparecieron y ella desnuda, se acercó seductoramente a su amante.

—Si no supiera que no puedes resistirte a mis encantos me sentiría ofendida, mi Señor —le dijo mientras le acariciaba entre las piernas.

Remiel que le había pasado un brazo por la cintura mientras le acariciaba el trasero, le sujetó la muñeca con la otra mano deteniendo sus movimientos.

—Ya has conseguido lo tuyo, ahora déjame conseguir lo mío —La detuvo impávido—. Y bien Semyazza, ¿cómo le ha ido a la Llave? ¿Ha salido muy mal parada?

—Todo lo contrario mi señor —le informó el capitán—. Aún sin sus poderes activos consiguió dejar muy mal parado al demonio Xëd.

—Interesante, ¿cómo lo ha eliminado pues? ¿Con la ayuda de Adriel?

—No mi señor, en el último instante ha sabido utilizar la telequinesia lanzando el puñal del propio Xëd.

—Pobre miserable. —rió Remiel—. Veo que Zahira la ha criado bien. Sigue enviándole demonios de cada vez más rango, necesito que La Llave obtenga todo su potencial para lo que tengo previsto para ella.

—Como ordene mi Señor. —Asiente con la cabeza.

—Ahora, a menos que no quieras unirte a la fiesta, será mejor que desaparezcas de aquí por unas horas Semy —bromeó el supremo.

—Nada más lejos de mi intención arrebatarle la diversión, mi señor, Lilith.

Y desapareció sin recibir una respuesta puesto que con otro chasquido de dedos, Remiel volvió a atar a la pelirroja, quien al verse de nuevo en la posición original, soltó una carcajada que acabó convirtiéndose en un largo gemido de placer.

¡Madre mía, estoy volando!

Una vez pasadas las náuseas que me causó el vértigo, cuando Adriel sin ningún aviso salió disparado hacía arriba, pude realmente apreciar la belleza del cielo con los colores del amanecer. Paso a paso vi como el cielo se iba aclarando hasta tornarse en una paleta de colores brillantes, mientras la ligera brisa de la mañana me golpeaba en la cara por la velocidad de vuelo de mi medio de transporte.

—¿Nadie puede vernos desde aquí? —le pregunto con curiosidad—. Quien te vea desde abajo todo brillante, pensará que está viendo una estrella fugaz en pleno amanecer o una luciérnaga enorme.

Al escuchar mi comentario consigo oír esa risa de la que creo que nunca me cansaría. Es extraño lo que algo tan simple como una risa me provoca en la boca del estómago.

—Nadie que mire hacia arriba nos verá —me aclara con humor—. Nosotros los ángeles tenemos el don de la corporalización.

—¿Corporalización? ¿Quieres decir que puedes materializarte o volverte invisible a voluntad?

No me preguntéis por qué, pero sé, por la rapidez que ha vuelto la cabeza hacia mí, que estoy recibiendo una mirada de sorpresa.

—Eso es.

—Hazme un favor Adriel e intenta no sonar tan sorprendido la próxima vez —Vuelve a reírse, por lo visto, está de muy buen humor hoy—. Para que lo sepas, seguí tu consejo y el de mi madre y estoy estudiando todo lo que puedo para ponerme al día con los tejemanejes de la magia.

—Ningún brujo en la historia ha tenido jamás ese poder, por lo que no es posible que lo hayas leído en ningún libro de magia común —me corrige.

—Lo sé —digo con cierta arrogancia—. ¿Pero no esperarás que después de que sepa de la existencia de mi apuesto ángel custodio no intente averiguar más cosas sobre vosotros, no?

—¿Qué has averiguado? —por su tono, se nota que le ha picado la curiosidad.

—¡Ja! —no puedo evitar decir—. ¡Estás loco si crees que voy a perder esa minúscula ventaja que tengo sobre ti!

—¿Ventaja? —incrédulo continúa—: Zoe, lo sé todo sobre ti, tu pasado, tu presente y un poco de tu futuro. Ignoro lo que te ha hecho creer que estás en ventaja.

—Ay Adriel —digo condescendiente—. Nunca llegas a conocer realmente a una mujer, mis secretos están bien guardados —y en un susurro confidente, mientras le guiño el ojo con guasa, le digo—: Si te portas bien, algún día te desvelaré alguno.

Sin ser consciente ya hemos llegado a mi balcón, donde Adriel desciende sin ninguna dificultad dejándome en el suelo, abre la puerta con la mente y con su mano apoyada en el bajo de mi espalda, entramos dentro. Lo miro por encima de mi hombro y veo que a pesar de tener sus alas plegadas ocupa gran parte de mi salón.

—Gracias por traerme a casa, aunque no por el resto. Sigo mosqueada contigo por dejar que me las apañara sola, me debes un vestido y unos zapatos nuevos —digo caminando hacia la cocina— ¿Te apetece desayunar? ¿O vosotros los ángeles no coméis?

Abro la nevera para sacar algunas cosas y, al cerrarla, veo que me ha seguido y está sentado en un taburete junto a la barra americana que conecta la cocina con el salón. Me fijo en que ya tendría que haber tirado algo con las alas pero todo sigue intacto, supongo que tiene que tener otro tipo de truco mágico para no chocar con las cosas.

O simplemente es que el chico es ágil y yo me estoy montando mi propia película de Hollywood.

—Me acabas de decir de que has estado estudiando sobre nosotros ¿Y preguntas si comemos o no?

—Aún no he llegado a la parte en la que dice si tenéis o no sistema digestivo —bromeo.

—Nuestra anatomía es la misma que la vuestra y sí, si queremos podemos tener cualquier hábito como un humano: dormir, comer, beber y todo eso...

—¿Todo eso? —Le acerco una taza de café que siempre guardo para las visitas y lo miro por encima de la mía—. ¿Es una forma sutil de decirme que también podéis tener relaciones sexuales como todo hijo de vecino?

—Sí, pero no con humanos. —Levanto las cejas con curiosidad.

—¿Qué quieres decir?

—Digo que nosotros tenemos prohibido yacer con los humanos. Estamos aquí para protegeros y guiaros, pero no podemos tener ningún tipo de contacto carnal.

—¿Qué pasaría si lo hicierais?

—Perderíamos nuestras alas y descenderíamos a la tierra para vivir como mortales.

—¿Es eso tan malo?— Lo miro con el ceño fruncido.

—Si tuviera algo por lo que descender de los cielos no, pero no eres consciente del gran bien que hacemos desde arriba. El velar por vuestro bienestar es lo suficientemente importante como para sacrificarlo por unos instantes de placer.

—Vaya, eso sí que no sale en ningún libro de los que he leído —y antes de mantener a raya mi curiosidad, me oigo preguntarle—. ¿Alguna vez alguien ha hecho que te replantees sacrificarlo todo para estar aquí abajo?

—Sí.

Ante su tono acerado, decido no seguir preguntando, a pesar de que la intriga me mata y es porque soy de aquellas personas que quieren saber quién es el asesino antes de ver la película— sí, podéis llamarme bicho raro— sin embargo el silencio que se extiende, por extraño que parezca, no es incómodo.

Pero he de admitir que aunque su declaración sobre la prohibición de estar con humanas me ha dejado un sabor amargo en la boca, toda esta conversación me hace sentirlo más cercano.

No sé qué es lo que me pasa. No soy una chica que me guste jugar con los hombres y en este momento me siento atraída por dos. Adrian, con el que sí que podría tener relaciones, pero que no me conviene por ser mi jefe y Adriel, con el que siento una conexión que nunca antes había sentido, pero del que tengo absolutamente prohibido mantener una relación que no sea estrictamente guardián—protegido.

El problema de eso son que mis hormonas, mi corazón o cualquiera que sea la parte de mi cuerpo que tenga el control sobre mí no opina lo mismo.

Siento una profunda atracción por mi ángel custodio.

Sé que es muy rápido y que no tiene sentido, en fin, puedo contar con una mano las veces que nos hemos visto, pero mi corazón y mi alma —a la que estoy empezando a entender— me dice que él es algo más que mi guardián.

Ojalá fuera todo más fácil.

Ojalá pudiera aclarar mi ideas, mis sentimientos para saber cuál es la decisión correcta, porque aunque mi cabeza sepa que ninguno de los dos es el adecuado, con todas las barreras y prohibiciones existentes entre nosotros, algo dentro del pecho, llamémoslo intuición o falsas ilusiones, me dice que los dos son perfectos para mí.

Antes de que pueda preguntarle algo, Adriel se levanta, rodea la barra americana y miro estupefacta como friega la taza que acaba de utilizar:

—Ahora que ya se han despertado tu psicometría y tu telequinesia, es hora que empecemos a entrenar —dice ajeno a mi sorpresa por verlo hacer algo tan cotidiano.

—Espera —lo interrumpo al entender lo que está diciendo—. ¿Cómo sabes lo de mi psicometría? —Cuando se gira para mirarme caigo en la cuenta—. Ah claro, no hay nada de mí que no sepas.

Sin molestarse en contestar continúa.

—Hoy descansarás para recuperar fuerzas, pero mañana volveré e iniciaremos tu adiestramiento en un lugar seguro para que aprendas diferentes tácticas contra demonios y seres celestiales en general. Los dos últimos con los que has luchado eran de nivel muy bajo.

—¡Mañana tengo planes! —protesto— He quedado para comer con mi familia, si no lo hago sospecharán que algo pasa.

—En ese caso te sugiero que vayas a dormir ahora y que adelantes tu cita para hoy, porque mañana tú y yo vamos a hacer ejercicio.

—No sabes como me pone oírte decir eso —digo con fingida dulzura.

Adriel se acerca hasta quedar frente a mí y cogiéndome desprevenida me besa la frente.

—Mañana no dirás lo mismo.

Desaparece con un pequeño destello dejándome en mitad de la cocina con más ganas de él.

En el edificio de enfrente, un hombre con una taza de café en la mano mira hacia el balcón de La Llave, mientras suspira con nostalgia y se adentra de nuevo en su casa.

)☾)☽)☾)☽)☾(

El sonido del teléfono me despierta. Una suerte, porque cuando miro el reloj veo que son las doce y media del día y que ya voy justa de tiempo para comer con mamá y el abuelo. Salgo con fuerza de la cama y de camino al teléfono del salón,— porque no tengo ni idea de donde se encuentra el de mi mesita de noche— intento recordar a qué hora me fui exactamente a la cama. Tan solo recuerdo haberle mandado un mensaje a mi madre para informarla del cambio de planes y de haberme quitado todo el maquillaje corrido antes de caer de cabeza medio comatosa en la cama como si fuera un saco de patatas. Y a juzgar por lo poco revueltas que están las sábanas seguro que no he movido ni un músculo hasta despertar.

Llego corriendo al salón justo a tiempo para descolgarlo antes de que salte el contestador automático y la voz emocionada de Olivia se escucha a través de la línea.

—No te vas a creer el sueño tan emocionante que he tenido.

—¿Jason te ha raptado y te ha llevado a su mansión de Hollywood donde te proclamaba dueña y señora de todo? —pregunto con voz ronca por el sueño.

—No digas tonterías, Manolo. —Se ríe ante su propia y habitual broma sobre mi voz mañanera— ser la señora Statham es mi futuro más cercano, sí... ¡¡Marc no recoge la cocina!!! —Esto último lo dice a pleno grito y río mientras escucho a Marc replicarle desde el otro lado de la línea—. Volviendo al tema que nos ocupa... pues bien, he soñado que el taxista de anoche que nos trajo a casa después del incidente con la rueda pinchada, no era un taxista de verdad, más bien era una especie de psicópata que me usó de escudo amenazándome con un cuchillo en el cuello, ¿Te lo puedes creer?

—¡Nooo!! ¿En serio? —intento parecer sorprendida, esperando que se lo crea y no note el ligero temblor en mi voz. Parece que Adriel hizo un buen trabajo simulando que todo no fue más que un sueño —¿Y yo que hacía? Seguro que utilicé mis años de experiencia como karateka y le pateé el culo a ese tío, ¿me equivoco?

—Ni de coña, amiga —Ríe divertida—. Le pegaste no sé qué rollo sobre la mala suerte y de que te había mirado un tuerto o algo así y cuando lo aburriste hasta casi caer dormido le tiraste un zapato. Al soltarme, me golpee la cabeza y me he despertado de golpe.

—¿Pero qué mierda de sueño era ése? —Le tomo el pelo—. De nada, por cierto. ¿Y por eso estás emocionaba? si quieres puedo obsequiarte con algún tema igual de aburrido para que tu sueño se haga realidad. Sin ir más lejos, el otro día vi un documental sobre el monstruo de Tasmania de lo más interesa....

—Me aburrooooo.... — canta Olivia, mientras yo me retuerzo de la risa en el sillón.— Te crees muy graciosa, pero lo cierto es que sigo sin dormir bien,— suspira cansada— tengo sueños muy extraños sobre sitios oscuros que huelen fatal y gente deforme y rara. Así que, cuando he soñado esto que parece más normal, me he alegrado.

—Llevo diciéndote años que no veas esas películas de terror antes de irte a dormir, te hacen soñar cosas muy raras y luego somos nosotros los que tenemos que aguantar tu mala leche.

Intento quitarle hierro al asunto, pero no es normal que Olivia tenga estos sueños tan recurrentes.

—Bla, bla, bla... —se burla ella—. Marc me dice lo mismo, pero seguro que se debe al estrés en el trabajo. Hace unos días nos llegó una tanda nueva de unos objetos que no consigo catalogar en ninguna de las épocas y culturas de las que tenemos constancia. La verdad es que estoy un poco perdida.

—Tranquila lo harás, eres como *Lara Croft* pero más divertida.

Olivia es la miembro más joven de un equipo de historiadores que trabajan para una empresa privada subcontratada por el museo británico, aquí en España. Se dedica a estudiar y clasificar todos los objetos nuevos que llegan de diferentes partes del mundo para luego decidir si son piezas que merecen un sitio en el museo o si se venden a coleccionistas privados.

Seguimos hablando un poco de su trabajo y, cuando le menciono que iba a comer con mi familia, decide apuntarse con Marc, algo que seguro al abuelo le encanta, siempre se está quejando que es el único hombre en las reuniones familiares.

Quince minutos después cuelgo apurada porque ahora sí que voy a llegar tarde. Me doy una ducha y me arreglo en tiempo record. Me visto con un vestido veraniego de flores muy cómodo, mis sandalias de tiras de cuero marrón de cuña y salgo disparada de casa.

Justo antes de arrancar el coche recibo un mensaje de texto de mi madre con la dirección de un restaurante en la playa que ha abierto hace poco. Aviso a Olivia del cambio de planes y me desvío del camino. Encuentro aparcamiento cerca del paseo marítimo y veo a mi madre con el abuelo sentados en la arena esperándome.

—Siento llegar tarde, Olivia no calla por teléfono —me disculpo mientras los saludo con un beso.

—¿Solo por teléfono? —bromea mi abuelo mirando con diversión por encima de mi hombro a Olivia que acaba de llegar.

—Muy gracioso —Olivia le da un fuerte abrazo—. Si no fueras tan adorable te diría cosas muy feas.

Una vez terminados los saludos de bienvenida nos dirigimos al restaurante.

El gambón rojo es muy bonito. Está situado en un edificio de una planta recién restaurado, tiene la fachada pintada de blanco, como las típicas casas de la costa, y las ventanas de madera oscura están abiertas para dejar entrar al sol y la brisa del mar; un portón también de madera y abierto de par en par que conecta el interior del restaurante con el porche donde unas columnas blancas igual que la fachada, sostienen el techo de madera. Todo el restaurante invita a pasar una gran velada.

Lo bueno de mi madre es lo previsora que es, porque cuando el camarero nos dice que hay una cola de espera de una hora y media, mi madre señala que ya había hecho una reserva para cinco, por lo que el camarero con una sonrisa nos acompaña hasta nuestra mesa.

—¿Cómo sabías que Livia y yo vendríamos?, ni nosotros mismo estábamos seguros de ello—pregunta extrañado Marc, mientras nos dirigimos a nuestra mesa.

— Cariño —Olivia le clava un codo en las costillas—. ¡Eso es una ofensa, estás hablando de la gran Zahira!

—Ahh por supuesto —dice él como si no hubiera caído en la cuenta—. Mis disculpas pues.

—Tranquilo —digo riéndome mientras vuelvo la cabeza hacia atrás para mirarlo—, no la ofendes, ya está acostumbrada a que me meta yo con ella.

Todos nos reímos, pero como ya viene siendo costumbre en mí, al no mirar por donde voy me golpeo con la silla de unas de las mesas provocando que al hombre que está bebiendo de su cerveza se le caiga encima. No suficiente con eso, dicha persona, al notar la helada cerveza cayéndole por el pecho se levanta creando un efecto dominó por todo el restaurante.

La silla echada hacia atrás hace tropezar al camero que está pasando por allí con la bandeja de platos sucios, los cuales, caen con un estruendo al suelo. El pobre chico intentando evitar el mismo destino, golpea a su vez a uno de sus compañeros con su propia bandeja de bebidas llenas hasta arriba y que, por último, pero no menos aparatoso, caen encima de todos los ocupantes de la mesa que hay más alejada.

Tierra trágame y no me dejes salir nunca.

Tras un silencio *muuuy* incómodo, el camarero que nos acompaña carraspea disimulando una risita, provocando de esta manera, que todo el mundo se ponga en movimiento. Camareros pidiendo disculpas al resto de comensales afectados y alcanzándoles servilletas para que se limpiaran, personas de dentro y fuera del restaurante riéndose con disimulo, mi familia riéndose a mis expensas a carcajadas y yo completamente avergonzada pidiendo disculpas a todo el que me mira.

—Lo siento muchísimo señor, de verdad, no miraba por donde iba— Me disculpo con el primer afectado de mi atentado en masa y, sin mirarlo a la cara, cojo la servilleta de encima de la mesa y comienzo a limpiarle el pecho con prisas.

Puedo oír las carcajadas de Olivia y del acompañante de mi víctima, mientras sigo intentando ayudarlo, pero unas grandes y morenas manos cogen las mías para detenerme.

—Creo que tendré que ponerme un chubasquero siempre que estés cerca Zoe. —Levanto la vista asombrada al oír el tono jocoso y enrojezco furiosamente cuando me encuentro con un par de ojos verde jade.

—¡Adrian! —A mí me han tenido que echar un mal de ojo con este hombre, porque nunca hago nada a derechas cuando lo tengo cerca.

—¿Este es el vecino cañón del otro día? —Pregunta Olivia señalando a Adrian con un dedo sin parar de llorar de la risa—. Ay, por favor, lo tuyo no es normal.

—Cállate. —La corto con brusquedad y más roja si cabe miro a mi vecino cañón avergonzada—. Lo siento mucho de verdad.

—No pasa nada —sonríe él—. Te perdono si me presentas a tus amigos.

—¡Ay sí, como no! —Me vuelvo hacia a mi madre—. Ella es mi madre Zahira y mi abuelo Samuel, él es Marc y no sé si recordarás a mi amiga Olivia —le digo mientras le dirijo a ella una mirada asesina.

—Por supuesto —asiente Adrian mientras estrecha las manos de mi familia—. Tú eres a la que tengo que darle las gracias por la agradable bienvenida al barrio —dice él provocando que Olivia se agachara ya sin poder aguantar la risa.

—De nada cielo —le guiña el ojo después de recuperar un poco la compostura.

—Éste es mi amigo Zacarías —dice sonriendo mientras su amigo se levanta para saludarnos.

Es muy guapo. Es de la misma edad que Adrian pero más alto, llegará por lo menos a los dos metros. Su pelo rubio con mechones cobrizos lo lleva ligeramente más largo y desenfadado que Adrian, con un mechón cayéndole por la frente, pero dejando al descubierto unos ojos de un azul brillante y una sonrisa que parece el de un anuncio de dentífrico. Es muy agradable hasta que al estrechar la mano de Olivia, los dos se congelan mirándose fijamente.

Marc se ha encontrado con un compañero de trabajo, por lo que no es consciente de lo que sea que ha poseído a su novia, quién mira con detenimiento a Zacarías como si estuviera buscando algo importante en el fondo de sus ojos.

—Cariño mira a quien me he encontrado —Marc la saca de su ensoñación.

—Sí cielo. —Aparta la mano que aún sostenía el misterioso amigo de Adrian con rapidez y hace como si no existiera centrándose en su novio.

Mientras todo esto tan extraño ocurre, mi abuelo que desde que ha conocido a Adrian no le quita los ojos de encima le dice:

—Si todavía no habéis pedido podéis sentaros con nosotros, por favor. —Le ofrece—. Nos encantaría conocer más a un amigo de Zoe.

—Oh no abuelo, seguro que a ellos no les apetec.... —Muevo la mano intentando restarle importancia.

—Gracias, será un placer —Interrumpe Adrian mientras me dirige una mirada de diversión.

Tras hablar con el camarero nos conduce hasta una mesa redonda más grande en un rincón del porche. Nos entregan las cartas y comienza a fluir una conversación muy amena en la mesa. O por lo menos es lo que mi madre y mi abuelo y Marc hacen con Adrian, porque Olivia y Zacarías se miran fijamente sin decir palabra y yo, confusa y con disimulo, los miro alternativamente como si estuviera en un partido de tenis. Una eternidad de miradas intensas después, Olivia sacude la cabeza como intentando aclararse y le pregunta.

—Disculpa, ¿pero nos hemos visto alguna vez? —Deteniendo la conversación del resto de la mesa—. Juraría que te conozco de algo, pero no consigo recordar donde puede haber sido.

—No lo creo —niega Zacarías con contundencia.

—¿Seguro? —interviene Marc— Livia es muy buena con las caras, si dice que te ha visto es que tiene que ser verdad.— Dice con sonriendo ajeno a todo.

—Seguro. —Girándose para mirar a Marc con una sonrisa que no le llega a los ojos, algo que me recuerda mucho a algunas sonrisas de Adrian—. He estado fuera muchos años por trabajo, volví hace poco.

Dando por zanjado el tema, mi madre le pregunta a Marc como le va el trabajo mientras, veo que Adrian y Zacarías se han quedado muy quietos mirándose, hasta que se percatan que los estoy observando. Zacarías me lanza una gran y falsa sonrisa y esconde la cara tras la carta, Adrian por su parte, me mira guiñándome un ojo y se une en una agradable conversación con mi abuelo.

Éstos no me la cuelan, aquí ha pasado algo extraño e importante por mucho que quieran esconderlo tras falsas sonrisas. Parece que estos dos amigos son igual de raritos.

Encogiéndome de hombros mentalmente, disfruto del resto de la comida.

Ya habrá tiempo para mis dotes detectivescas.

El día pasa rapidísimo y soy consciente de que Adrian se ha metido en el bolsillo a toda mi familia. Lo adoran tanto a él como a Zacarías.

Tras pagar la cuenta, nos despedimos de todos, pues mi jefe y su amigo tienen asuntos importantes que arreglar y Olivia y Marc van a hacerle una visita a la madre de éste.

Como ya es costumbre en nosotros nos dirigimos a la playa. Todavía hay mucha gente en bañador jugando en el agua y tomando el sol, así que nos sentamos debajo de una palmera disfrutando del momento.

Tras unos minutos de silencio, mi abuelo comienza a hablar.

—¿Sabes Zoe?, me gustan tus nuevos amigos.

—Ya lo he notado —digo con una sonrisa—. Están solteros, ¿Quieres que te concierte una cita con alguno? —Mi madre suelta una carcajada al oír mi pulla.

—Muestra más respeto mocosa —me amonesta risueño—. No sé si eres consciente del aura que rodea a esos dos.

—No sé si alguna vez podré hacerlo, abuelo, pero de momento no veo nada que se le parezca a una aura, ¿Cómo son?

–Verás, cada aura es distinta. Dependiendo del interior de cada ser su aura se llena de colores que lo identifican; y según el estado emocional en distintas situaciones o momentos, su aura predomina de un color u otro. Por ejemplo, tú mi niña, eres como una arcoíris luminoso, síntoma de que estás en un momento de cambio y son muchas las cosas que te influyen ahora mismo. Cuando llegue el día en que consigas la plenitud, tu aura se definirá de los colores con los que tu alma y tu ser se identifiquen. —Absorbo toda la información que el abuelo me está dando. Hay sabiduría y experiencia en todas sus palabras—. En cambio, tus amigos.... ellos la tienen muy definida, están completos. Nunca he visto una luz tan pura y brillante en un adulto, solo los niños son capaces de tanta pureza.

—¿Qué significa? ¿Eso es bueno, no? —me mira con el ceño fruncido, todavía me cuesta entender este asunto de las auras.

—Sí, por supuesto, es algo magnífico —dice rotundo—. Su aura es predominantemente blanca, lo que indica la pureza y la honestidad de un individuo, además de ligeros destellos en violeta que me dicen que tienen su espiritualidad en sincronía con su lado más material. —Hace una pausa reflexiva—. Lo que llama más mi atención son los destellos que envuelven toda su aura, unos pequeños en rosa y, los otros, un poco más grandes en dorado.

—Y eso es.... —Hago un gesto con la mano impaciente—. ¡Vamos abuelo que es para hoy!

—Calma niña, déjame pensar —me reprende— Esos dos colores como destellos indican que los dos tiene un alto desarrollo espiritual y, por tanto, un gran poder espiritual. Nunca había visto nada igual en dos personas, por lo que no puedo decirte con exactitud si tienen algún significado en especial o no, pero... —Dice esto mientras me mira con picardía—. A diferencia de Zacarías, el cual tenía un color un poco más oscuro que no pude identificar bien, el aura de Adrian, brillante como era, tenía claramente uno un fulgor entre rosa y rojo. Y eso, *Mazapán*, significa que hay un alto contenido de atracción tanto a modo espiritual como físico... por ti.

—¿Qué? —Abro y cierro la boca varias veces hasta que consigo preguntar —. ¿Y cómo sabes que es por mí y no por otra persona? Un momento... —entrecierro los ojos con sospecha— ¡Tú lo que quieres es tenerlo como nieto postizo!

—No niego que eso no me importaría. —Levanta las manos en señal de rendición mientras no puede disimular la risa—. Pero lo sé, porque esos colores predominaban cuando te miraba o simplemente cuando oía tu voz.

No contesto y tampoco hace falta, solo dejan que me haga a la idea.

Nos quedamos sentados un rato más y luego los acompaño al coche de mi abuelo, un *Ford Fiesta* antiguo y rojo que no consigo convencer para que lo venda o lo tire a la basura ya puestos.

Al llegar a casa y como sé que mañana voy a estar ocupada con algún método de tortura celestial que Adriel tendrá la caradura de llamarlo entrenamiento, cambio mi vestido por una camiseta de tirantes cómoda. Aunque no hay nada que me gustaría más que ir en braguitas, pues esta noche tiene pinta de que va a ser sofocante, me pongo unos pantaloncitos cortos por si tengo vistita mágica no deseada y me pongo a limpiar el piso como una loca. Una vez todo hecho, saco la pizza precocinada que previamente había metido en el horno y, con ella y el Libro Sagrado en mis manos, me siento cómodamente en el sofá para estudiar un poco.

A las diez y media dejo el libro a un lado y me pongo a ver una película, pero no llego a verla terminar porque me quedo dormida.

CAPÍTULO 6

El despertador, que no recuerdo haber programado, suena demasiado temprano. Miro por la ventana, corroborando como ya imaginaba que todavía no ha amanecido y, con un gemido de protesta, estiro el brazo cogiendo el condenado aparato de la mesita de noche y lo lanzo lejos sin saber bien dónde ha caído.

Meto la cabeza en la almohada cuando el puñetero destello blanco ilumina toda mi habitación indicando la llegada de Adriel y, a pesar de que empiezo a considerarlo un enorme grano en el culo, no puedo evitar inspirar con fuerza el olor que desprende a fresco y limpio con un toque a sándalo.

Tal vez si me hago la muerta...

—Vamos Zoe ya es hora.

Mierda. Este tío no se rinde nunca.

—Grrrr.... —Muevo el brazo para indicarle que me deje tranquila.

—Sugiero que te levantes ya, si no quieres que lo haga yo y no creo que te guste cómo.

—Lárgate Adriel, mira fuera, todavía es de noche. —Le digo con mi voz mañanera a través de la almohada—. Déjame dormir un poquito más y después seré tu sierva.

—Aunque me seduzca mucho la idea de tenerte como sirvienta, hay mucho que hacer hoy, ¿O prefieres que el próximo demonio con el que te encuentres te patee el culo de verdad? —Y con un tono más severo, como si eso tuviera algún efecto me dice —: ¡Venga arriba, ahora!

Vuelvo a gruñir y a mover el brazo para que me deje y cuando creo que por fin se ha dado por vencido escucho un suspiro de resignación y un susurro:

—Luego no digas que no te lo advertí.

El escalofrío que empieza en los dedos de mis pies hasta el pelo es tan repentino, que salto de la cama con un grito y mi sorpresa se hace mayor al tocar descalza la nieve del suelo.

—La madre que te...

No termino la frase porque mis ojos se abren de par en par al mirar a mi alrededor.

Estoy al lado de mi cama descalza y vestida tan solo con unos pantaloncitos verdes de ovejas sonrientes y mi camiseta de tirantes, en mitad de un paisaje pintado de blanco.

Todo a mi alrededor está vestido de una nieve impoluta que cae suavemente sobre mí, mojando y rizando mi pelo y lo único que veo cuando miro a lo lejos son las enormes montañas y abetos que nunca creía que pudieran tener esa altura.

Otro escalofrío me recorre el cuerpo y reacciono subiendo al centro de la cama y agarrando la sábana me envuelvo los hombros con ella mientras me giro para enfrentarme a Adriel.

—¿Pero a ti qué narices te pasa? ¿Estás loco?, Tú no enfermarás, pero yo voy a pillar una pulmonía aquí y vestida así —le digo mientras me señalo— ¿He dicho vestida? ¡si me has traído en cueros, capullo!

—La culpa ha sido tuya por no hacerme caso la primera vez —me dice sin afectarle verme con los labios azules—. La próxima vez seguro que no remolonearás tanto para levantarte de la cama.

—Un momento... —Un pequeño dato cruza por mi mente, y murmurando para mí misma me pregunto—. ¿Cuándo me he ido yo a la cama? juraría que me he quedado dormida en el sofá.

—Yo te llevé anoche, —carraspea con incomodidad—, cuando te eché un último vistazo, vi que te habías quedado dormida y era necesario que descansaras para evitar oír tus quejidos lastimeros por no dormir bien.

—Pfffll, la próxima vez que quieras poner alguna excusa para meterme mano te sugiero que lo hagas un poco más

85

convencido —Le miro con una ceja levantada incrédula—. Mis alumnos de tres años mienten mejor que tú. ¿Ahora te importaría obrar tu magia y darme algo de ropa que abrigue? de verdad que me estoy congelando.

En un microsegundo Adriel ha hecho desaparecer mi cama y me viste con ropa de deporte térmica para que pueda tener libertad de movimiento.

—Gracias, mucho mejor —suspiro y le agradezco con una sonrisa—. Al menos ya no voy medio desnuda enseñando mis encantos.

—No te preocupes por eso —dice con tono burlón—. No hace ni dos semanas que te vi con menos ropa enseñando tus encantos a gran parte de tu vecindario...

Me acaba de dejar con la boca abierta.

—Ya te lo he dicho Zoe, aunque no sea visible para el ojo humano yo siempre estoy vigilándote.

—Serás..... —Sin terminar la frase me concentro lo suficiente como para que mi telequinesia reúna una gran bola de nieve y se la lanzo con todas mis ganas con un giro de muñeca —. ¡Eso fue un accidente! tendrías que haber cerrado los ojos, ¿No se supone que tenéis esa ley suprema y prohibida sobre las humanas?

—Se nos prohíbe confraternizar, pero no dice nada de disfrutar de las vistas cuando se nos muestra un cuerpo bonito. - La bola que le he lanzado no le llega a dar porque la luz que desprende la ha deshecho en cuanto ha tenido contacto con ella-. Soy un ángel Zoe, no un eunuco.

Nos miramos en silencio y, sin poder evitarlo, se me escapa una sonrisa sin poder creer que haya sido capaz de algo así y moviendo la cabeza de un lado al otro no puedo evitar tomarle el pelo

—Espero que solo lo hayas hecho en esa ocasión porque daría grima saber que tengo por ángel custodio a un mirón salido.

—Me ofendes Bruja. —Dice mientras se lleva una mano al pecho fingiendo que mis palabras lo han herido—. Bien, ahora si ya has dejado de burlarte, empecemos con tu entrenamiento. Por tu lanzamiento de antes veo que controlas mejor la telequinesia.

—De acuerdo, pero antes dame algo que llevarme al estómago por favor, no quiero desmayarme. —Tras decir esto, aparece en mi mano el batido energético que bebo todas las mañanas antes de hacer ejercicio—. Gracias, ¿Dónde estamos, por cierto?

—Lo suficientemente lejos para que nadie oiga tus lloriqueos.

—Auuuch... eso duele.

Adriel me permite unos momentos antes de empezar para terminar el batido y mientras lo hago va dando instrucciones de lo que tiene previsto hacer hoy.

—Bien Zoe, quiero que te tomes esto en serio. —Su voz ya vuelve a ser como la que escuché la primera vez que lo conocí—. Por el momento has podido despertar tu poder de psicometría y tu telequinesia además de tus habilidades y los cambios físicos que has tenido. Según tu herencia como bruja todavía te queda despertar la piroquinesis, o para que lo entiendas el don de crear o manipular el fuego, además de la empatía. Esos son los poderes que tenía tu madre, así que por lógica y teniendo en cuenta el funcionamiento de heredad de poderes familiares, si no heredas los mismos serán algunas de sus variantes, por lo que tenemos que estar preparados para que puedas manipularlos con rapidez o al menos puedas controlar los que ya tienes a la perfección y no estar en desventaja en un ataque con algún demonio de rango superior a los anteriores.

Escucho con atención intentando quedarme con todo, aunque todavía me siento como pez fuera del agua. Ajeno a mi embrollo mental, mi custodio continúa con la lección.

—Ya hemos comprobado que tienes buen manejo sobre la telequinesia y uno, un poco más dudoso, de tu psicometría, que por el momento funciona igual a la de tu madre.

—¿Qué quieres decir? —pregunto extrañada.

—Zahira, mediante la lectura táctil de alguien o algo podía averiguar únicamente su pasado. En tu caso nuestras expectativas van un poco más allá y si todo sale como esperamos siendo como eres La Llave tu psicometría, con un buen entrenamiento, podría servir para que pudieras leer tanto su pasado, su presente y su futuro.

—Mmm... No estaría nada mal poder hacer eso —intento no parecer asombrada.

—No, no estaría nada mal —admite con un tono un poco más relajado—. No obstante hoy nos centraremos en despertar tu piroquinesis, necesitamos averiguar si lo que despertarás será un control absoluto o tan solo alguna de sus variantes. Es por ello que estamos rodeados de tanta nieve, no quiero que causes un incendio, ya he podido comprobar tu extrema torpeza.

Hago una mueca al oírlo.

Debería sentirme ofendida pero sinceramente, si lo que tiene previsto para mí hoy es que cree de la nada fuego o intente dominarlo, el estar aquí es la mejor opción sin duda alguna.

—De acuerdo, ¿Cómo lo hago? porque no sé si lo habrás notado en mi cara pero estoy completamente perdida, Adriel. —Él solo suelta una pequeña carcajada ante mi tono lastimero—. Sí, tú ríete, pero aunque he entendido gran parte de lo que has dicho, los poderes que han aparecido hasta ahora no sé como lo han hecho, quiero decir... —Encojo los hombros y comienzo a pasear de un lado al otro—. La psicometría solo apareció una vez y fue al tocar un estúpido rotulador y la telequinesia no tengo ni idea de por qué—termino y por el tono en que lo digo Adriel nota mi impotencia.

—Tranquila Zoe, —se acerca hasta mí deteniendo mis idas y venidas y el calor que su luz desprende me traspasa la ropa cuando apoya las manos en mis hombros en un intento por reconfortarme—, la telequinesia apareció por la imperiosa necesidad de querer alcanzar ese puñal para sobrevivir. Mientras tengas esas ganas de luchar siempre conseguirás lo que desees.

Asiento con la cabeza sintiéndome mucho mejor, por lo que apoyo mi mano en la suya y la aprieto ligeramente en señal de agradecimiento y él, en un gesto que nos sorprende a los dos, entrelaza sus dedos con los míos y me besa ligeramente la muñeca.

Contengo el aliento al sentir por primera vez sus labios y en un lugar tan sensible y me estremezco cuando de repente esa sensación se desplaza con fuerza justo entre mis piernas.

¡Madre mía!

Nunca, jamás me había excitado tanto con un simple beso en la muñeca.

Al percatarse de lo que está haciendo, Adriel se aleja con cada músculo de su cuerpo en tensión.

—Comencemos —dice con voz neutra—. Imagina que soy un demonio. Tienes que estar atenta a todo lo que pase a tu alrededor, los demonios no son conocidos por su juego limpio, de manera que no esperes que tenga consideración contigo porque estés cansada o herida, ¿de acuerdo?

Respiro profundamente para liberar la cabeza de todas y cada una de las imágenes indecentes que implican estar revolcándose con tu entrenador y cuando ya lo tengo, me siento un poco más yo misma, lo miro señalándole las alas:

—Vale, pero si como dices vas a hacer de demonio al menos no utilices las alas. Eso sería una clara desventaja, porque hasta donde yo sé ¿no voy a volar nunca, no?

—No, pero existen algunos demonios que sí que pueden— me informa recibiendo un bufido en respuesta—. Son de muy bajo rango, por lo que teniendo en cuenta los que te ha estado mandando Remiel, deduzco que no está en sus pensamientos mandarte nada fácil. Además también te sirve de adiestramiento en el caso de que le dé por mandarte algún caído raso. Aun así las voy a utilizar para mantener la tensión durante el combate.

—Ya hay tensión —le digo mientras me alejo un poco y me coloco en posición de defensa—. La tensión comenzó cuando me trajiste medio desnuda a Siberia, culminó en el momento que soltaste la bomba de la posibilidad de ser atacada por un ángel caído en desgracia y no ayuda nada a disminuirla cuando mi ángel custodio experto en combate quiere darme una paliza en este mismo instante.

¿Sabéis cuál es su respuesta?, correr hasta mí a una velocidad de bólido y darme en el plexo solar con la palma de la mano, lanzándome por los aires y dejándome sin aire en el proceso. ¡Ah! y el poco que me queda desaparece cuando me golpeo con fuerza contra el duro suelo nevado. Pensareis: « ¿Pero si la nieve es blandita! no te quejes tanto». Pues me quejo, porque no he caído encima de nieve virgen, ya sabéis, esa que cuando pisas te hundes unos metros, noooo, he caído en nieve perfectamente compacta.

Me quedo tendida intentando recuperar el aire y la compostura, esperando a que Adriel me deje un margen de tiempo para perder el tono azul de mi piel por la falta de aire, pero su luz me deslumbra al volar por encima de mí con una rodilla flexionada lista para golpearme. Inspiro con fuerza, ignorando el agudo dolor en el pecho y consigo rodar a la izquierda justo antes de oír una mini explosión cuando su rodilla se clava en el suelo, esparciendo nieve por todas partes.

Adriel inclina la cabeza en mi dirección con aire amenazador, de modo que antes de que tome la iniciativa y, tras mis años en clases de combate, reacciono a tiempo calculando la distancia que nos separa. Apoyando las manos en el suelo mientras me doy impulso con la pierna derecha le pateo la cara con la otra pierna, siendo yo esta vez, la que lo manda unos metros lejos, permitiéndome un pequeño lapso de tiempo para levantarme y celebrar mi pequeña e inesperada victoria.

—¡¡¡Toma!!! —Grito dando saltos de alegría—. Te acabo de pillar por sorpresa, nene.

En la distancia veo que intenta levantarse y sacude la cabeza para aclararla, pero me preocupo cuando vuelve a caer. Corro hacia él hasta quedar de rodillas a su lado.

—Adriel. —Lo sacudo con cuidado—. ¿Estás bien? no te he dado tan fuerte, ¿verdad? ¡Por lo que más quieras si eres un ángel! —le reprocho, como si con su condición alada lo explicara todo.

Acerco mi mano a su cuello para ver si los ángeles tienen pulso, pero con una rápido movimiento me agarra la muñeca con una mano y con la otra me coge de la pechera de la chaqueta térmica. Lo miro boquiabierta justo antes de lanzarme de nuevo por los aires hundiéndome, esta vez sí, a un metro y medio en el suelo.

Vuelvo a quedarme mirando al cielo mientras intento quitarme con un furioso resoplido la maraña de pelo suelto que se me ha pegado a la cara. Resollando, me levanto y salgo con esfuerzo de la fosa que he hecho, fulminando con la mirada a la estúpida y brillante cara, flotando a medio metro del suelo justo delante de mí.

Seguro que el condenado está riéndose a mi costa.

—¿Te he pillado por sorpresa Zoe? —me dice con voz burlona.

Lo sabía.

Grandísimo hijo de...

—¡Has hecho trampas! —lo acuso mientras me quito toda la nieve que me cubre por entera.— Has utilizado mi compasión para utilizarme de jabalina humana.

—Te he dicho que imagines que estás luchando con un demonio —me recuerda condescendiente como si me estuviera dando una importante lección.

—Ya lo sé pedazo de carne con alas, por eso te he arreado con todas mis fuerzas, pero eso no significa que si creo que estás herido no vaya a preocuparme. Está claro que eso no lo haría nunca con un demonio.

Adriel suelta un silbido de asombro.

—Eres una pésima perdedora ¿lo sabías?— riéndose cuando le enseño el dedo corazón— ¿Qué pasaría si el demonio en cuestión ha poseído un cuerpo humano? —dice más serio mientras se acerca y me quita un mechón que todavía tengo pegado a la cara—. Porque debes saber que existen los demonios poseedores de almas. Hay varias clases de ellos pero casi todos, cuando poseen a alguien, se les puede reconocer. A algunos por el cambio en sus ojos, los cuales se vuelven negros, otros por el olor putrefacto que desprenden, pero hay unos como los *Yingb*, que son casi imposibles de identificar y que jamás hasta que los matas sabes si son demonios o simples humanos psicópatas.

—¿Son muy fuertes? —Estoy impresionada y aterrada a partes iguales, tengo que recordar buscarlos en el libro sagrado.

—Los *Yingb* son de bajo rango pero se fortalecen dependiendo del grado de maldad que tenga el cuerpo poseído. Si los *Yingb* poseen a un buen hombre, una poción como la que utilizaste con el demonio *Xëd* bastaría para expulsarlos. En cambio, si el recipiente, así es como lo llaman ellos, tiene maldad en su interior, entonces se pueden convertir en un demonio de rango medio o superior. Esos son mucho más difíciles de eliminar.

—Está bien, lo tendré en cuenta. —Muevo los hombros y el cuello intentando relajarlos— Venga, continuemos, pero si lloras como un bebé con cólicos no quiero saber nada.

Aprovecho mi oportunidad de pegarle cuando lo oigo reírse y sin más empieza el verdadero combate.

Un intercambio continúo de patadas, puñetazos y llaves en el suelo hace que parezca que estemos en mitad de una coreografía de algún baile milenario. Si alguien de fuera nos estuviera viendo luchar pensaría que llevamos haciéndolo durante años, como si en todo momento supiéramos lo que va a hacer el otro y nos anticipáramos para contrarrestarlo.

El sol en esas montañas se va movimiento conforme el tiempo pasa en un suspiro, debería estar por los suelos arrastrándome de cansancio, pero es como si cuánto más me esfuerzo y entreno con Adriel, más resistencia y concentración adquiero.

En este momento Adriel se dispone a darme un derechazo en la cara, pero consigo bloquearlo con mi antebrazo izquierdo y veo una brecha en su defensa, justo en su flanco izquierdo, por lo que aprovecho mi oportunidad para pillarlo por sorpresa con un codazo en las costillas y, sin perder un segundo, le hago una llave que siempre he querido hacer cuando las veo en las películas de artes marciales.

Utilizando sus rodillas flexionadas como punto de apoyo, me impulso con una pierna para alzarme por encima de su cuerpo y montarme sobre sus hombros; una vez allí y valiéndome de su peso y del mío, me dejo llevar por la gravedad rodando los dos por el suelo donde aprovecho su sorpresa bloqueando su cuerpo conmigo a horcajadas y sus brazos por encima de su cabeza.

No se escucha nada salvo el viento y nuestras respiraciones entremezclándose aceleradas por el esfuerzo y por nuestra cercanía.

—Eres una gran guerrera Zoe —me susurra con orgullo—. Ya puedo imaginarme en lo poderosa que serás cuando todos tus poderes despierten.

—Gracias —contesto susurrando igual y con una sonrisa de agradecimiento por el cumplido—. El mérito no es del todo mío, tengo un gran entrenador.

—Poco he hecho yo, salvo conseguir acabar por debajo de ti—. Esa voz tan profunda hace que me recorra una cálida corriente por mi espalda y vuelve a centrarse como esta misma mañana en un lugar muy específico de mi anatomía.

—No me refería a ti, si no a mis entrenadores del gimnasio.

Bromeo intentando concentrarme en otra cosa que no sean mis ganas por besarlo pero todo se va al traste cuando lo oigo reír con una risa íntima que se hace más profunda por todas las voces que lo acompañan cada vez que habla.

—¿Adriel?

—¿Sí?

—Lo siento mucho.

No sé qué es lo que me hace tener el valor de hacerlo, supongo que la gran cantidad de adrenalina que corre por mis venas debido al reciente entrenamiento o porque el tenerlo tan cálido y fuerte debajo de mí, no puedo evitar probar aunque sea una vez sus labios.

Suspiro en cuanto siento el primer contacto.

Saben a gloria y no me extraña siendo un ángel como es.

Sé que en cualquier momento se alejará, sin embargo cuando noto la punta de su lengua pidiéndome permiso, vuelvo a gemir en respuesta y una danza muy distinta a ninguna que habíamos tenido antes comienza entre nosotros.

Adriel libera las muñecas encerradas en mis manos, para enterrarlas entre los mechones sueltos de mi coleta medio deshecha, profundizando el beso y en un ágil movimiento, a pesar del tamaño de sus alas, logra intercambiar nuestras posiciones colocándose encima.

Rompo el beso con un profundo gemido al sentir el duro bulto entre mis piernas y levanto una pierna rodeando su cadera mientras Adriel me recorre con la lengua toda la columna del cuello hasta su base donde me clava los dientes provocando que esté a punto de morir por combustión espontánea.

—Adriel...— Le suplico en apenas un susurro.

Sus manos no han dejado de recorrer todo mi cuerpo y entre jadeos lo agarro del pelo—el cual puedo sentir que lo tiene muy corto— para poder reclamar su boca y gracias a los cielos, Adriel no se deja rogar porque vuelve a besarme profundamente.

Por todos los dioses.

No hay ni un lugar en mi cuerpo donde no sienta su calor.

Solo importa el aquí y el ahora.

En medio de este páramo helado no existe nada, solo somos Adriel y yo.

No La Llave, ni la bruja, solo Zoe.

Sin poder mantener mis manos quietas, le suelto el pelo para bajar por su cuello y apretarle los hombros. Con una de mis manos voy bajando por su brazo hasta llegar a su cadera, sujetándome a ella con fuerza mientras con la otra cedo al profundo deseo que he tenido desde que vi a Adriel por primera vez y tras una ligera duda, la punta de mis dedos alcanzan el interior de sus alas.

Esa pequeña caricia rompe el momento y lo saca del trance.

Adriel se tensa como las cuerdas de un piano, deja de besarme y levanta la cabeza para mirarme y siento que su mirada me atraviesa hasta lo más hondo de mi alma. No sé qué es lo que ve, porque tras soltar un juramento se levanta de golpe y se impulsa con las alas retrocediendo hasta quedar a cinco metros de distancia.

—Por todos los santos Zoe... —dice con la respiración alterada—. Esto no... Tú y yo no.... demonios....

Está en shock, es la primera vez que lo veo balbucear de esa manera. Se pasa las manos por el pelo varias veces —el cual apostaría que si lo tuviera más largo estaría completamente despeinado— dándome la espalda. No sé por qué he reaccionado como lo he hecho, aún sabiendo que no está permitida relación alguna entre nosotros.

—Adriel, lo siento muchísimo... —susurro con un nudo en la garganta—. No era mi intención crearte problemas, es solo que tú... y yo.... y bueno pues no pude....

Me detengo al sentir mis lágrimas cayendo sin control. No quiero que lo castiguen por mi culpa. No quiero que deje de ser mi ángel custodio, sé que soy capaz de confiarle mi vida en caso necesario, así que no quiero perderlo pero ahora no sé qué hacer para intentar arreglar este embrollo.

Al percatarse de mi llanto, Adriel vuelve a mirarme.

—Bruja no...—

A través de las lágrimas veo a Adriel acercándose, sin embargo cuando está a punto de ahuecarme la mano en la mejilla un estremecedor sonido nos pone alertas.

No entiendo que ha podido iniciarla, pero una enorme y furiosa avalancha se cierne sobre nosotros a una velocidad impresionante. Cada vez está más cerca y yo no consigo reaccionar.

Es Adriel quien lo hace con urgencia.

Me giro para mirarlo con la cara todavía mojada por las lágrimas y que han parado de caer por el susto que tengo ahora mismo metido en el cuerpo cuando siento sus brazos rodearme la cintura.

—Agárrate fuerte a mí —me dice autoritario y sé que es el protector ángel custodio el que está al mando.

No ha terminado de decirlo, que ya estoy rodeando su cuello con mis brazos con fuerza, al mismo tiempo que él flexiona un poco las rodillas forzándome a hacer lo mismo y, tras tensar las alas y el cuerpo, Adriel se impulsa para emprender el vuelo.

Pero no pasa nada, nos quedamos clavados en el sitio.

—No, no, no, no, no —Esa voz de pánico no me gusta ni un pelo—. Esto no puede ser.

—¿Adriel qué pasa?, ¿por qué no te elevas?

—Porque no puedo —susurra tembloroso— Alguien ha bloqueado mis poderes, no puedo volar, ni hacerte desaparecer; ni si quiera puedo utilizar mi campo de fuerza astral para protegernos del impacto.

—¿Qué? ¿Por qué?

Sin embargo no hace falta que responda, en el fondo lo sé.

No puede porque quien sea su superior lo está castigando por el desliz que acaba de cometer.

Que acabamos de cometer.

Es muy injusto, él no ha hecho nada malo. Me armo de valor y sin saber si va a funcionar o no, miro al cielo y grito.

—¡Eh! —Adriel se gira hacía mí y noto su sorpresa— ¡No sé quién eres ni si me estás escuchando, pero para ya!

—Zoe detente, no digas nada —La urgencia en su voz no me frena.

—No sé cuánto de lo que ha pasado has visto, pero ¡todo ha sido culpa mía! —sigo gritando al cielo aunque Adriel me súplica que pare, mientras la avalancha sigue su curso cada vez más cerca—. ¡No tienes porqué castigarlo a él, yo soy la responsable. Él se ha detenido a tiempo. ¡No ha profanado ninguna de tus leyes! ¡Míralo como que yo he sucumbido al pecado de la lujuria! pero para ya, ¡¡Maldita sea!!

Sea quien sea el autor de la avalancha no me hace ni puñetero caso y continua con su castigo, haciendo que me enfurezca de verdad. Adriel ya nos ha girado dándole la espalda a las toneladas de nieve en un intento de protegerme de los daños iniciales, en cambio, yo me quedo mirando el cielo y a la ola blanca que se me acerca alternativamente. Entonces un intenso calor invade mi cuerpo a causa de la furia hasta que un instante después, llega a lo más alto.

Una ola de energía lanza a Adriel lejos protegiéndolo de la avalancha mientras yo, sin saber muy bien que estoy haciendo ni cómo, mantengo los brazos levantados con las palmas hacia el banco de nieve que está a punto de enterrarnos vivos. Sin embargo para mi sorpresa en vez de sepultarnos en ella, queda contenida por el campo gigante de fuerza que surge de mí y nos rodea a los dos, creando de esta manera que toda esa nieve nos envuelva, simulando un gran iglú.

Noto como mi pelo se mueve furiosamente a causa de la energía que expulso, pero estoy aterrada a moverme por si lo que sea que haya conseguido levantar desaparezca haciendo que la nieve a nuestro alrededor se nos caiga encima.

—¿Adriel, estás bien? —No puedo verlo desde mi posición de espaldas a él, así que no sé si le he hecho daño al lanzarlo por los aires.

—¿Yo? —pregunta incrédulo—. Aquí lo importante es si tú lo estás.

—Sí lo estoy, pero me da pánico moverme y acabar los dos hechos unos cubitos para mojitos, ¿Ya puedes utilizar tus poderes?

Tras un momento de silencio el bufido frustrado de Adriel me da la respuesta.

—No —dice en tono malhumorado.

—Vale, ¿alguna idea?

—Necesito un momento para pensar.

—Sí, bueno.... no es que me esté cansando precisamente.

—Zoe guárdate el sarcasmo, por favor.— me reprocha.

—Lo siento, es solo que estoy empezando a sentirme cansada. La verdad no iría nada mal que esa nieve se deshiciera.

—¿Qué has dicho?...no sería mala idea...

Frunzo el ceño al oírlo divagar entre dientes sin atreverme a apartar la vista del campo de fuerza frente a mí, hasta que la silueta luminosa de Adriel ocupa mi campo visual

—De acuerdo Zoe, ahora necesito que te concentres muy bien en lo que voy a decirte.

—Vale

Lo miro parpadeando rápidamente para mantener los ojos abiertos.

Hace tan solo unos minutos me sentía a rebosar de energía, en cambio en estos momentos comienzo a respirar más pesadamente, signo de que cada vez me siento más fatigada. Debo estar consumiendo demasiada energía para sentirme así en un lapso tan corto de tiempo.

—Quiero que mires la nieve frente a ti y que imagines que se deshace creando un pequeño túnel de forma ascendente.

—¿Por qué de forma ascendente?

—Porque no queremos que el resto de nieve alrededor caiga sobre nosotros.

—¿Crees que pueda tener algún control sobre eso? —Lo miro sorprendida, la verdad es que tiene sentido—. Muy bien, creo que puedo hacerlo.

Tras unos momentos sin conseguir nada empiezo a impacientarme.

—¡Joder nada!

Pateo frustrada el suelo.

—Tranquila, tan solo concéntrate.— Le lanzo una mirada asesina— sé que estás muy cansada pero es nuestra única opción. Inténtalo pensando en cosas cálidas, en cosas que te hagan sentir calor.

—¿Cómo una estufa? —se ríe sin poder evitarlo al escuchar mi desconcierto.

—Si eso te sirve, hazlo. Más bien me refería a cosas que te hagan arder, como en la comida muy picante o en un fuego muy cercano, o incluso en algo que te haga enfurecer.

—Cosas que me hagan arder....

Si pienso en eso en este mismo momento solo veo una imagen en mi cabeza y es a él. A Adriel mientras me besaba con ardor, mientras me acariciaba y me hacía cosas que si no llega a ser porque se ha detenido, lo podríamos haber terminado.

Concentrada y débil, siento como poco a poco un calor abrasador comienza en mi vientre e imagino que se va extendiendo por todo mi cuerpo hasta llegar a mis manos y, al mirarlas, no noto nada extraño en ellas solo el calor intenso en las palmas por lo que sin saber muy bien que hacer le pregunto a Adriel.

—Creo que está funcionando, siento las manos en llamas, pero no quema. —Le miro asombrada—. ¿Qué hago ahora?

—Bien, ahora concéntrate en ese calor y sin movimientos bruscos redirígelo hacia la nieve, quiero que crees una especie de túnel por el que podamos salir sin que se nos caiga encima.

Hago lo que me pide viendo como poco a poco un agujero más o menos de mi estatura se va formando delante de nosotros. Voy siguiendo las instrucciones de Adriel mientras mi respiración se hace cada vez más trabajosa y el sudor comienza a perlar mi frente, hasta que por fin los rojizos rayos de luz de última hora de la tarde se filtran a través del agujero en la superficie, permitiéndome por fin respirar tranquila después de una eternidad.

—¡Lo he conseguido! —Me giro con una gran sonrisa—, ¿has visto eso?

—Bien hecho Bruja —dice divertido y añade con orgullo—. Sabía que podrías.

Le abrazo efusivamente más feliz que una perdiz al ver de lo que he sido capaz en tanto Adriel me corresponde con un gran suspiro de alivio.

Sé que todo esto ha debido de ser muy duro para Adriel. Soy su protegida, su deber y después de los sucedido antes de la avalancha creo que alguien muy especial para él y el tener que dejar que toda la responsabilidad de salir de este embrollo recayera en mí cuando estoy absolutamente segura de que se siente el único responsable a pesar de que fui yo la estúpida que lo inició todo, ha tenido que causarle mucha frustración e impotencia.

Quiero consolarlo, decirle que todo irá bien pero lo único que salen de mis labios es:

—Adriel no me encuentro muy bien —le susurro sin fuerzas antes de caer sin sentido en sus brazos.

$$)C)C)C)C)C$$

Adriel no estaba preocupado cuando dejó el cuerpo inerte de Zoe en la cama y le quitaba toda esa ropa térmica para cambiarla con su pijama favorito; llevaba mucho tiempo cuidando de ella desde las nubes para saber que le encantaba ese viejo pijama de piruletas de colores. Al igual que también sabía que el desmayo se debía a la cantidad ingente de energía psíquica que había consumido en tan poco tiempo y ella todavía no estaba entrenada para soportarlo.

Decidió no confesarle la pérdida parcial de sus poderes. No quería que se sintiera culpable de ello, tan solo recuperó lo suficiente para poder traerla de vuelta sana y salva, de manera que había tenido que cambiarla con sus propias manos— tampoco es que Adriel tuviera ninguna queja de ello— a pesar de que no le iba muy bien para apagar el deseo que sentía por la bruja.

Al custodio no le preocupaba la falta de sus dones, en el fondo era consciente de que lo peor aún estaba por llegar. La inesperada avalancha solo había sido un método de su señor para detener el error que estaba cometiendo, aunque él había reaccionado a tiempo antes de que la situación hubiera ido a más. Había transgredido, en parte, una de las leyes más sagradas de los cielos al confraternizar con una humana y a pesar de no haber culminado, el castigo por su desliz sería muy duro.

Su señor no era conocido por su misericordia con aquellos que lo merecían.

Por algo era el arcángel de la justicia.

Como si solo el pensar en él lo hubiera invocado, la voz del Supremo se oyó en su cabeza.

—Adriel. —Su voz más fría de lo normal resonó con eco dentro de su mente.

—¿Sí, mi señor? —No terminó de decir esas palabras cuando se encontró en las mismas montañas donde había estado con Zoe.

El ángel custodio al verse ante su señor, adoptó la postura que debía mostrar en presencia de uno de los Señores del cielo.

Con una rodilla anclada en el suelo, apoyando un brazo en ella, el otro brazo situado por debajo de sus alas retraídas y con la cabeza inclinada hacia el suelo, sin mirarlo directamente a la cara a no ser que se le ordenara. Iba a comenzar a disculparse y a pedir clemencia, no para él, sino para ella, pues no quería que la castigara por su insubordinación en las montañas, ya que nadie que se atreviera a hablarle así a un supremo salía impune, sin embargo antes de poder hacerlo su señor comenzó a hablar.

—¿Y bien? ¿Cómo ha estado La Llave en los entrenamientos? —preguntó como si no hubiera presenciado nada de lo ocurrido.

Tras recomponerse de la sorpresa inicial, Adriel logró responder con objetividad.

—Ha estado realmente bien, mi señor. —Hizo una pausa para intentar disimular el orgullo que captaba en su propia voz—. No tenemos que preocuparnos por el combate cuerpo a cuerpo. La bruja Zahira supo qué hacer para prepararla.

—¿Y sus poderes? —Su señor continuaba de espaldas a él—. ¿Ha conseguido despertar alguno más que la psicometría?

—Sí, con el último demonio que Remiel envió, pudo utilizar la telequinesia para hacerse con un puñal y matar al demonio Xëd. Durante el entrenamiento de hoy ha utilizado un campo de fuerza, supongo que ha sido más bien un rasgo de su telequinesia, no estoy seguro y teniendo en cuenta que desconocemos la identidad de su padre, no podemos saber qué poderes ha heredado de él.

Tras sus palabras se mantuvo en silencio esperando la sentencia que lo llevaría a cumplir el castigo por su desliz, sin embargo al ver que esta no llegaba, levantó ligeramente la cabeza para poder mirar con detenimiento la actitud de su señor.

El arcángel Raguel era impresionante.

Todos Los Supremos eran fácilmente reconocibles por su gran tamaño, casi dos metros y medio de altura y una fornida musculatura, ejercitada por los siglos de lucha ancestral contra los más temidos demonios que los diferenciaban del resto de la jerarquía celestial y por la singularidad de sus alas. Cada uno de ellos tenía las alas diferentes al resto de ángeles y por supuesto, al resto de sus hermanos.

Las del supremo Raguel eran gris plata, que brillaban como si cada pluma tuviera miles de cristales incrustados en ellas, por lo que hacía que pasaran del gris al azul cielo y viceversa. Esas alas, en un día despejado, podrían pasar perfectamente desapercibidas en el cielo. Sus ojos de un gris brumoso, que quienes se habían atrevido a mirarlo directamente alguna vez, decían que se volvían de un gris carbón casi negro al ponerse furioso. Pero eso eran leyendas contadas durante siglos, ya que quienes se hayan atrevido a mirar los furiosos ojos del Arcángel Raguel no volvía a ver la luz de día.

Por ese motivo Adriel esperaba estoico el dictamen de su castigo, porque ante sí y de espaldas a él estaba uno de los arcángeles más temido y respetado de los cielos, no por su fría crueldad sino porque Raguel era el destinado a impartir la justicia entre todos los soldados y criaturas de la tierra, el cielo y el infierno. Era el arcángel de la justicia, la imparcialidad y la armonía y se encargaba de que todos cumplieran las normas que Los Supremos dictaminaban para mantener el cielo y la tierra pulcro y limpio y de toda corrupción y maldad. Dependiendo de tu posición en la jerarquía en los cielos y el grado de transgresión que se ha incumplido, el castigo sería menor o mayor.

El problema de Adriel era que él no era un ángel custodio común.

Él era la mano derecha de Raguel desde antes de que el mundo fuera mundo, el ejecutor de los castigos que El Supremo impartía a los pecadores, por lo que era consciente que su condena sería superior al de cualquier otro y lo asumiría con entereza.

Tras varios minutos en silencio con un Raguel inusualmente más pensativo de lo habitual sin que ninguno de los dos moviera un músculo, Adriel se atrevió preguntar a pesar de que sabía que no era muy buena idea.

—¿Mi Señor?

—¿Sí, Adriel?— Raguel se giró parcialmente hasta poder tener una visión de su capitán—. ¿Algo más que añadir?

—Tan solo quería disculparme por lo ocurrido con La Llave, asumo toda la responsabilidad —dijo con toda la humildad que pudo reunir.

—Sabía que no me fallarías y que asumirías las consecuencias de tus actos —dijo con una pequeña sonrisa de orgullo—. Por algo eres mi mano derecha. —Hizo una pequeña pausa—. ¿Cuál crees tú que sería el castigo más justo para este tipo de caso?

—Cualquier castigo que consideréis oportuno será lo más justo, —Y con atrevimiento sugirió—sin embargo mi señor y aunque no tengo ningún derecho a pedíroslo, desearía que por favor no tengáis en cuenta las palabras de La Llave hacia vos.

—Por eso no debes preocuparte —respondió restándole importancia con un aspaviento de su mano— La verdad me resulta muy graciosa, es interesante ver como el miedo puede hacer reaccionar a los humanos, incluso llegar a tener esas absurdas agallas para enfrentarse a mí. Sin embargo Adriel te aconsejo que trabajes en esa imprudencia. —El capitán asiente aceptando su consejo—. He de añadir pues que estoy sumamente complacido a que mi sutil mensaje haya servido para crear un campo de fuerza tan potente, es evidente que realmente le importas —Con más seriedad dijo—. Además del hecho de que no me has decepcionado al reaccionar a tiempo, anteponiendo tu misión ante tu deseo, eso me demuestra que no me equivoqué al encomendarte esta valiosa misión.

—Gracias mi señor, me siento honrado —Adriel se inclinó más en señal de agradecimiento y respeto.

—Sin embargo, a pesar de sentirme orgulloso, sabes que nuestra labor es sumamente importante. Es de vital importancia mantener el equilibrio en el mundo y toda acción conlleva una consecuencia. Lamentablemente para ti y por ser mi segundo sabes que no deberías haber permitido que esos hechos fueran a más, por eso no puedo dejar que esta transgresión a las normas pase impune.

—Por supuesto mi señor, estoy dispuesto a aceptar lo que considere oportuno.

—Bien, espero que te haga recordar en todo momento qué podrías perder si decides violar las leyes sagradas de nuevo—. Esas palabras provocaron en Adriel un escalofrío por todo el cuerpo.

Sin más, Adriel sintió un dolor agónico en la espalda y a pesar de no ser la primera vez que sufría un dolor de esa envergadura y de sus esfuerzos por mantenerse estoico, no pudo evitar caer inconsciente a los pies de Raguel.

Sin apartar la vista de los dos apéndices ensangrentados desprendidos a los lados de su capitán, el arcángel se dirigió a alguien que había presenciado todo.

—Espero que tengas una buena razón para todo esto —dijo a la figura alada que estaba escondida tras un espejismo de invisibilidad—. No es de mi agrado castigar a uno de mis soldados tan cruelmente sin razón alguna y menos a mi capitán.

—Bueno técnicamente sí que se ha saltado las normas y lo has dejado inconsciente para que no sienta dolor, que es más de lo que hubieras hecho en otras circunstancias.—Le recordó divertida la imponente figura mientras se colocaba a su lado.

—Debido a que estás haciendo de las tuyas —contestó de mala manera Raguel—. No deberías ponerlos a prueba de esta manera. Las cosas a veces no salen como uno espera que suceda...podría salirte el tiro por la culata.

—¿Utilizando expresiones humanas, hermano? —preguntó divertido.

—No te regodees tanto, tú eres quien está más humanizado de nosotros —replicó burlón. Y volviendo al tema que les concernía preguntó—. Ahora ¿Qué quieres que haga?

—Ahora hermano, lo mandas de vuelta a ella.

—¿Crees que le irá bien? —preguntó el arcángel mientras se inclinaba y acariciaba el pelo con cuidado de su segundo al mando— No quiero dejarlo indefenso de posibles ataques, Adriel es mi mejor soldado, sin duda alguna.

—Vamos Raguel —exclamó con una sonrisa el recién llegado—. Ni que lo vayas a mandar al mismísimo infierno de Belial... estará bien te lo aseguro, ella es la indicada para que cuide de él, de la misma manera que Adriel es el indicado para cuidar y adiestrar a La Llave. Confía en mí, por algo soy el más inteligente de todos nosotros.

—Porque confío en ti, Rafael, es por lo que me dejo llevar por tus descabelladas peticiones —contestó Raguel divertido mirando a su hermano—. Hazme un favor y no hagas que me arrepienta, ¿Quieres?

—Eso nunca hermano —Rafael le asegura con una radiante sonrisa, propinándole un amistoso golpe en la espalda.

Echándole un último vistazo, Raguel suspiró resignado, chasqueó los dedos y mandó el cuerpo herido de Adriel donde el destino, o el entrometido de su hermano pequeño querían que estuviera.

CAPÍTULO 7

M e despierta un gemido de dolor.

Acostada de lado en la cama pienso, desorientada, cuanto he dormido desde anoche, pero abro los ojos de golpe al recordar todo lo vivido en las montañas. Miro el reloj y compruebo que son las cuatro de la tarde, seguro que lo que me ha despertado ha sido el ruido de mi estómago pidiendo comida. Aparto las sábanas con energía dispuesta a hacerme algo de comer y vuelvo a oír el ruido de protesta a mi espalda y al girarme me llevo una mano a la boca horrorizada.

— ¡Ay por favor!...

A mi lado tengo mi enorme y brillante ángel custodio acostado sobre su estómago.

Trago saliva convulsamente ante las repentinas ganas de echar la pota y es que, donde deberían estar sus hermosas alas, hay dos heridas abiertas. Aunque parece que ya han dejado de sangrar me han dejando el colchón perdido, pero seamos sinceros...

¿A quién coño le importa el colchón?

Sin perder tiempo, corro hacia el baño para coger el botiquín que siempre tengo a mano, lo dejo todo a los pies de la cama y vuelvo a desaparecer para regresar cargada de un recipiente con agua y toallas limpias.

—¿Adriel puedes oírme? —Intento que recupere el sentido sin éxito y al tocar su frente en un gesto inconsciente noto que está ardiendo. No sé muy bien si los ángeles pueden enfermar pero

106

teniendo en cuenta las enormes heridas en su espalda, es normal que tenga esa elevada temperatura, las mejillas enrojecidas y los continuos temblores.

No pierdo el tiempo intentando despertarlo, cojo una toalla pequeña, la empapo de agua fría y se la pongo encima de la frente para intentar refrescarlo. Una vez hecho me dedico a prestarle toda mi atención a las dos heridas de su espalda.

Son dos cortes limpios, alargados, de unos aproximadamente quince centímetros y por la forma impecable de la herida, sin ningún tipo de rasgadura, me hace pensar que quien lo hizo tenía la intención de que fuera lo más rápido posible para no causarle mucho más dolor del estrictamente necesario. A pesar de eso sigue siendo una herida horrible que tiene que doler muchísimo. Mirándolas bien, un calor como el que sentí en las montañas comienza a instalarse en mi pecho y el cuenco lleno de agua que tengo entre mis manos en este momento, comienza a calentarse con rapidez, llegando en unos pocos segundos a ebullición.

Lo suelto con rapidez apoyándolo en el suelo.

La verdad es que no ha ido nada mal ese pequeño episodio, el agua caliente va mejor para limpiar las heridas, sin embargo y como no tengo con quién desfogar mi furia, decido emplearlo en poner verdes a los de arriba mientras curo a mi guardián.

—Y yo que pensaba que los ángeles eran todos misericordiosos —murmullo indignada mientras escurro una toalla extendiéndola con cuidado sobre el primer corte—. Desde luego que si así es como cuidáis a los vuestros no me extraña que existan los ángeles caídos... tened narices a plantaros aquí delante ahora mismo, ya veréis que pronto os quito a mamporros las ganas de herir a personas inocentes, pedazo de bárbaros cavernícolas y brutos....

Continúo con las curas refunfuñando y dándoles una buena tunda mentalmente a los verdugos que le han hecho esta crueldad. De Adriel no sale ni una sola queja y estaría verdaderamente aterrada sino hubiese comprobado que respiraba en cada momento. Lavo bien las heridas para que no se infecten y, mordiéndome el labio inferior, reflexiono sobre si coserle las heridas o no. Alcanzo el botiquín con manos temblorosas.

No sé si voy a ser capaz de hacerlo, pero mis ojos vuelven a dirigirse a la brillante cara de Adriel y de nuevo a sus heridas y sé que dejarlo de esta manera no es una opción, así que tras respirar profundamente me armo con todo el valor posible y con aguja e hilo de sutura me acerco con cuidado para unir la carne abierta de su espalda.

—No deberías hacer eso. —La repentina voz en mi cabeza me asusta provocando que me pinche yo misma con la aguja.

—¡¡¡Auuuch!! Me cago en.... —Miro hacia arriba chupándome el dedo para eliminar la gota de sangre—. ¿Por qué no? ¿Has sido tú el monstruo que le ha hecho esto? —pregunto en voz alta y sintiéndome como una estúpida por hablarle al techo de mi habitación.

—Él sabía cuales podían ser las consecuencias de su actos —dice con cierta nota de humor—. Transgredió una de las reglas más sagradas de los cielos.

—Él no hizo nada —replico con dureza. Me cabrea mucho la ligereza con la que habla de hacerle daño a alguien—. ¿Con quién estoy discutiendo si puede saberse? me gustaría saber a quién tengo que ponerle dos velas negras.

Su carcajada resuena por toda la habitación. No me había dado cuenta de que su voz es como la de Adriel, con cientos de voces juntas. La diferencia es que con ésta no es solo un eco cualquiera de la suya propia, sino que está llena de matices y tonos diferentes desde risueños y divertidos —como el que predomina al hablar conmigo— a otro más oscuros que hacen tenerle respeto y cierto miedo.

—Eres divertida —me dice con un elogio—. Soy el arcángel Rafael, de verdad que deberías hacer lo que te digo y no cerrar esas heridas. Si lo haces no permitirás a sus alas crecer de nuevo.

—¿No se las habéis cortado para siempre? —Libero un suspiro de alivio—. ¿Entonces, por qué le habéis hecho pasar por esto?

—A mi no me culpes, esa no es mi labor. —Parece que todo este asunto le divierte porque siempre hay un matiz burlón en su voz—. Mi condición como sanador me impide hacer daño a nadie. Esto es obra de mi hermano Raguel, pero no le digas que te lo he chivado, se enfadaría mucho conmigo.

No puedo evitar sonreír ante su tono de fingido miedo. La verdad es que parece bastante simpático.

—A pesar de que Adriel consiguió recapacitar a tiempo, eso no significa que no haya roto, parcialmente, por supuesto, la regla de la no confraternización. Por ese motivo el justo de mi hermano tan solo ha aplicado un castigo acorde con su desobediencia y su rango de capitán, esto hará que en un futuro, tanto él como cualquier otro ser celestial, se lo piense dos veces antes de hacer nada que conlleve a un castigo permanente.

—¿Por qué me estás contando todo esto? —Tanta información gratis me hace desconfiar.— No lo entiendo.

—Te lo he dicho, soy El Supremo Rafael, no puedo ver a un par de tortolitos sufrir, soy el ángel del amor.

—Nosotros no... yo no... y él... —Al escuchar su risa burlona cierro el pico.

—No intentes arreglarlo querida, aunque todo esto me divierta, no he venido aquí solo para advertirte de sus heridas.

Sabía que había gato encerrado.

—¿Qué quieres entonces?

—Vengo a advertirte que la pérdida permanente de sus alas, es lo que puede pasar si seguís con esto que tú dices que no es nada. Esto es un castigo provisional para que, tanto Adriel como tú, seáis conscientes de lo que sería dejarse llevar por unos instantes de placer. ¿Realmente te gusta verlo en este estado, inconsciente y sufriendo un dolor agónico, tanto físico como espiritual?

Bajo la cabeza apesadumbrada.

Hasta ahora no he sido consciente de las consecuencias de mis actos. Solo he estado pensando en mí, en mi satisfacción, sin importar nada ni nadie más y eso me hace sentir la peor persona del mundo. Ni puedo ni imaginar por el dolor que debe estar sufriendo Adriel.

—Lo siento, yo no quise hacerle pasar por esto. — Me disculpo mientras me limpio las mejillas surcadas en lágrimas.

—Lo sabemos querida, ese es el motivo por el que hemos sido indulgentes con vosotros —por su voz parece que eso haya sido un consuelo aunque no me haya sonado como tal—. Este castigo es provisional, tan solo durará unos días y entonces sus alas retornarán, pero Zoe —dice más serio—, recuerda que eres La Llave, nosotros confiamos en ti y necesitamos que seas cauta en tus decisiones y consecuente con tus actos para que, de esta manera, nos ayudes a restablecer el equilibrio y evitar que El Gran Final acabe con todos aquellos a los que amamos. Cuida a Adriel pequeña, en estos momentos necesita de alguien que se preocupe por él.

El silencio reina en la habitación y sé que Rafael ya se ha ido, así que vuelvo a centrar mi atención en Adriel, quien ha girado la cabeza de cara hacia mí. Alargo la mano para recoger la toalla ya seca que ha caído de su frente, volviendo a humedecerla para ponérsela esta vez en la nuca y me quedo más tranquila al notar que la fiebre casi ha desaparecido, lo que me permite concentrarme el terminar de limpiarle la zona de alrededor de las heridas abiertas y cubrirlas con unas gasas.

Recojo todo una vez terminada la tarea devolviéndolo a su lugar y del armario del dormitorio cojo sábanas limpias para cambiarlas por las ensangrentadas. Me paro a los pies de la cama y miro con detenimiento el panorama.

No soy enfermera, nunca he cambiado ropa de cama con un enfermo imposibilitado y por el escaso pero placentero momento que tuve al aguantar el cuerpo de Adriel encima en las montañas, sé que pesa una tonelada.

Después de diez minutos y ninguna idea resultante, por fin se me enciende la bombilla. Inclino hacia un lado la cabeza, calculando la viabilidad de mi idea y me decanto por hacer una prueba antes. Con una sonrisa divertida, corro hasta el cuarto de invitados empezando mi experimento y regreso a mi dormitorio con la sonrisa más amplia. Dejo a mi alcance todas las piezas de ropa limpias y me concentro en el ángel acostado en la cama.

Proyecto la imagen en mi cabeza, imaginando a Adriel flotando por encima del colchón lo suficiente para que me permita hacer la cama con comodidad sin llegar a perturbarlo.

Unos minutos más tarde sigo frente a la puñetera cama sin que se mueva nada de nada. Cabreada redoblo mis esfuerzos mirando cabreada las sábanas y por fin mi voluntad se hace realidad cuando, inestable al principio y con más firmeza después, el cuerpo de mi ángel custodio se para a medio metro por encima de la cama.

Sin perder tiempo, retiro las sábanas ensangrentadas del colchón y me apresuro en colocar las limpias antes de que mi mente decida que ya está bien de hacerme caso. Una vez terminada la faena y con sumo cuidado, bajo a Adriel volviendo a tumbarlo en la cama.

He conseguido por segunda vez en el día utilizar mi telequinesia con éxito, estoy tan contenta que comienzo a canturrear.

—Sí señor. —Mientras voy dando saltitos por toda la habitación—. Soy una bruja súper molona, soy una bruja súper molona, soy una bruja...

—Eres una bruja súper molona —La voz ronca y divertida de Adriel interrumpe mi pequeño baile—. Te aplaudiría pero eres muy capaz de darte ánimos tu sola.

—¡Adriel! —Corro para tocarle la cara con cuidado, comprobando su temperatura—. ¿Cómo te encuentras?

—No estoy en mi mejor momento, — dice cansado— sin embargo al menos el espectáculo que acabo de presenciar entretiene lo suficiente para no pensar en el punzante dolor de mi espalda.

Hago una mueca entre preocupada y divertida.

—Si con eso consigo que te animes un poco, puedo volver a hacerlo —le sugiero guiñándole un ojo—, pero si tienes fuerzas para reírte y bromear es que no estás tan grave después de todo.

—¿Cómo he venido a parar aquí? —me pregunta extrañado mirando alrededor.

Le acerco un vaso de agua fresca con una pajita que había preparado para cuando despertara.

—Pues no sé si ha sido ese arcángel Rafael o el otro, Raquel o Rapel o yo que sé... en fin, que uno de los dos o ambos han decidido hacer de mí tu enfermera personal... ¡Eh cuidado, bebe despacio!

Separo la pajita de sus labios cuando lo veo atragantarse.

¡Vaya! No se esperaba esa respuesta.

—¿Estás segura que era uno de ellos? —su voz ronca suena sorprendida e intenta levantarse, pero un ligero empuje mío lo obliga a tumbarse de nuevo y le vuelvo a acercar la pajita a la boca.

—Sí, segurísima —mientras asiento enérgicamente—. Cuando he ido a coserte las heridas de la espalda ha aparecido Rafael y hemos mantenido una breve conversación. La verdad, quitando el hecho de la barbaridad que te acaban de hacer, parecía simpático.

Adriel volvió a atragantarse.

—Vaaale... creo que ya está bien de agua por ahora —le digo alejando el vaso—. Me ha explicado el por qué te han hecho esto. Aunque será temporal, me ha advertido que se puede convertir en algo permanente si ellos consideran que has violado la norma de confraternización en su totalidad.

—Zoe, ¿Puedes ver qué aspecto tengo? —me pregunta con desconfianza.

—Nop, sigues siendo brillante excepto tus heridas —le digo señalando su espalda con la cabeza—. Supongo que para facilitarme la tarea a la hora de curarlas o para darme un susto de muerte, creo que un poco de ambas.

—Bien— dice tras sonreír brevemente— eso significa que no he perdido mis poderes del todo, que solo me han quitado las alas como escarmiento. ¿Te ha dicho mi señor Rafael cuánto va a durar el castigo?

—Me ha asegurado que solo serán unos días... —Hago una pausa para seguir con voz arrepentida—. Adriel lo siento muchísimo... si llego a saber que iba a pasar esto, jamás te hubiera besado. No quería que pasara nada malo y mucho menos ser la causante de tanto dolor.

—Shhh Zoe tranquila, tú no eres la culpable de nada.

—Pero...

—Pero nada —me corta con firmeza mientras levanta la mano izquierda para quitarme un mechón de pelo de la cara—. Cierto que me besaste primero, pero yo te correspondí y por eso acepto este castigo sin más. El Supremo Raguel no es conocido por su misericordia para aquellos que merecen ser castigados. Si mi señor consideró que ésta era la condena que debía cumplir pues que así sea.

Sus palabras me dejan perpleja.

No estaban dichas con resignación sino con aceptación, asumiendo sin ningún tipo de enfado o disconformidad lo que se le ha sido designado. Miro a su brillante cara y le acaricio con cuidado como si fuera una pieza delicada como las que recibía Olivia en su museo.

—Eres un ser extraordinario, Adriel —le digo con una sonrisa—. Estoy orgullosa y agradecida de haberte sido encomendada.

—Lo mismo digo —me dice con ternura—. Y ¿Zoe?

—¿Si?

—Gracias por cuidar de mí.

—No hay porque darlas, siempre estaré aquí para ti. —Y para destensar un poco el ambiente que se había vuelto demasiado íntimo sin haberlo pretendido, miro la hora y me levanto en un rápido movimiento—. Mierda se está haciendo tarde y no sé tú, pero llevo todo el día sin probar bocado ¿te apetece que cocine algo en particular?

—Cualquier cosa estará bien.

—Perfecto, pues descansa mientras voy a ver qué encuentro.

Dicho esto huyo hacía la cocina abanicándome la cara con la mano.

¿Desde cuándo mi dormitorio es tan diminuto? y entrecerrando los ojos malhumorada murmuro:

—Desde que ese endemoniado ángel ha aparecido en ella.

Estoy terminando de hacer los filetes y la figura radiante de Adriel aparece despacio y sujetándose al quicio de la puerta que separa el salón del resto de la casa.

—No podrías estarte quietecito, ¿verdad? —Me acerco corriendo temiendo que caiga de bruces cogiendo su brazo para pasarlo por encima de mis hombros y pueda utilizarme de apoyo.

—Gracias, pero no me gusta quedarme en la cama sin motivos.

—El hecho de que te hayan arrancado las alas de cuajo y te estés recuperando no creo que sea nada —le reprocho ayudándolo a sentarse en el taburete donde ya se sentó el día anterior.

—Sí, bueno, parece más grave de lo que es —dice mientras apoya los codos en la barra americana agachando la cabeza, cansado—. ¿Necesitas que te eche una mano?

Como no recibe respuesta alguna por mi parte, levanta la cabeza y suelta una pequeña risa al ver mi ceja levantada junto con mi mirada de «¿estás loco?». Ese sonido es como campanillas resonando en mi pecho. Lo sé, parece muy cursi, pero es lo que siento.

Preparo la mesa que tengo a un lado del salón y ayudo a Adriel a sentarse.

—Dios, eres mucho más pesado de lo que pensaba a simple vista —Adriel vuelve a reír, sonriéndole a su vez caigo en la cuenta que antes nunca me había lo replanteado—. Ahora que lo pienso, ¿Tenéis un dios o existe alguno? nunca he venerado a ningún Dios, ni seguido ninguna religión en particular hasta ahora pero teniendo en cuenta que existen los ángeles, es de suponer que existe algún ser superior y todopoderoso, ¿no?

Adriel se queda pensativo mientras espera a que me siente al otro lado de la mesa con nuestros respectivos platos para empieza a narrarme:

»*Actualmente no existe un Dios como tal, por lo menos no cómo el que es venerado en algunas de las religiones o culturas. El cielo se rige por una jerarquía celestial, parecida a cualquier ejercito humano.*

Hace eones un ser todo poderoso, al que nosotros consideramos el padre de todos, creó mediante su poder supremo a siete hijos que lo ayudarían a mantener el orden y la paz en todos los cielos: El mayor Miguel, seguido de Gabriel, Raguel, Sariel, Uriel, Rafael y el pequeño pero no menos importante, Remiel. Cada uno de sus hijos, a los que denominamos Los Supremos, tenían una misión para con su padre, siendo Miguel el general de todos.

Pero todo en este universo tiene su contraparte, así que el mal que habitaba en lo más profundo de los infiernos y al que una vez el padre de todos consiguió mantener cautivo huyó, llenando todo lugar por donde pasaba de maldad y miseria. Así que el padre de todos volvió a luchar para traer la paz de nuevo y consiguiéndolo, no sin antes, recibir una estocada, hiriéndolo de muerte.

En su lecho de muerte, El padre de todos pidió a sus hijos que se mantuvieran unidos ante las adversidades para mantener el equilibrio por el bien común. Declaró que cada uno de ellos siguiera encargándose para lo que habían sido designados y que entre todos, gobernaran los cielos con justicia, honradez y humildad, pero siendo Miguel quien, en última instancia y siendo el mayor y más preparado, encabezara el ejército y a sus hermanos ante cualquier que osara perjudicarlos.

A partir de ese momento, todos los hermanos unidos gobernaron con equidad y sabiduría hasta la horrible traición de su hermano pequeño, Remiel.

Nadie, salvo Los Supremos, sabe realmente lo que sucedió para que fueran traicionados por uno de sus hermanos, pero eso los llenó de tristeza y unió aún más al resto de hermanos, amándose como el padre de todos hubiera querido.

Es así que existe la jerarquía celestial.

En lo más alto de la jerarquía existen los Supremos, o como mejor se conocen entre los humanos, Los Siete Arcángeles celestiales.

Por debajo de ellos estamos los Soldados del ejército celestial. Existían siete regimientos, uno destinado a servir a cada Supremo, no obstante tras el destierro de Remiel, cientos de sus soldados cayeron con él y el resto se dispersaron y fueron destinados entre los seis regimientos restantes.

Y por último, y no menos importantes, están los ángeles custodios. Ángeles nacidos para custodiar y guiar el alma de los mortales. Son los únicos seres que, antes de ser destinados a ser custodios, han tenido una vida como mortal y, tras su muerte, se les designa la guardia y custodia de un ser querido. Eso hace que para ellos la misión sea de vital importancia y pasen el resto de su existencia cuidando de alguien a quien han amado.»

La cena se ha quedado ya fría. No he probado bocado escuchando embelesada la historia de Adriel.

—Hay algo que no logro entender. —Lo miro con el ceño fruncido— Has dicho que formas parte de los soldados y que los ángeles custodios son seres queridos que han muerto. ¿Quiere decir que eres mi abuelo o algún primo? porque que yo sepa no he perdido a ningún familiar cercano.

—Tú eres un caso especial —contesta tras reírse durante unos momentos—. Yo soy el Capitán del regimiento del arcángel Raguel, el ángel de la imparcialidad y la justicia.

—¡Vaya! —suelto un silbido de admiración—. ¿Y qué hace un capitán de los cielos haciendo de niñera?

—No menosprecies la misión de un custodio —me sermonea mientras me señala con un dedo—. Me han designado a ser tu custodio porque es lo que nuestra Oráculo predijo. Al ser tú La Llave necesitaban de un ángel experimentado en combate para cuidar de ti, en caso de que fueras atacada por demonios, cosa que no para de suceder continuamente, así que entre los Supremos se decidió que sería yo el encargado de hacerlo.

—De nada, por cierto —Le guiño con una sonrisa.

—¿Y por qué debería darte las gracias? —me pregunta con sorna.

116

—Oh, vamos, no me dirás que no te estoy dando suficiente diversión para que la recuerdes el resto de tu existencia —le digo mientras me enderezo en la silla y me señalo con los pulgares—. Así, cuando en el futuro estés en alguna aburrida misión castigando a algún querubín malote, me recordarás con una sonrisa.

No llego a terminar mi sensata explicación que Adriel rompe en carcajadas, uniéndome a él un segundo más tarde hasta que termino limpiándome las lágrimas.

)❨)❨)❨)❨)❨

Terminamos la cena en un cómodo silencio y, tras obligarlo a descansar, me dirijo a la cocina y lo dejo todo listo para que cuando mañana me vaya a trabajar Adriel pueda tener todo a mano y así no se canse demasiado.

No quiero ir a trabajar y tener que dejarlo solo con las heridas tan recientes, pero Adriel me ha asegurado que los ángeles se curan muy rápido, por lo que espero que mañana esté lo suficientemente bien como para quedarse solo. Además al haber terminado el curso escolar, solo trabajo hasta las dos de la tarde por lo que no estaría desatendido mucho tiempo.

Una vez todo listo entro en el salón y la estampa que me encuentro me deja perpleja. Un ser alado, sin alas, todo brillante y místico acostado boca abajo en mi sofá viendo una película de Sandra Bullock.

Lo dicho, una estampa muy surrealista pero que me hace sentir bien y en paz a pesar de las circunstancias que lo han llevado a estar aquí conmigo.

Terminada la película, lo ayudo a instalarse en la habitación de invitados. No quiero alejarme de él por si le sube la fiebre durante la noche, pero dudo que pueda dormir algo con la constante luz que desprende, así que me voy a la cama arrastrando los pies y como me está ocurriendo desde que Adriel llegó a mi vida, no he apoyado del todo la cabeza en la almohada cuando me quedo dormida.

Me despertó el sonido de los pájaros y la suave brisa veraniega.

Abrí los ojos y me encontré tumbada en mi cama en mitad de un verde y colorido prado, no sé donde exactamente. Me levanté frotándome los ojos con fuerza y descalza toqué la esponjosa hierba, mojada por el rocío de la mañana.

Las vistas eran increíbles.

La mezcla de colores de las flores con el verde de la hierba y el azul del cielo hacían que todo pareciera salido de un sueño y aunque debería pensar que así es porque todavía seguía en pijama, sabía que el paisaje era así en realidad. Lo sabía porque ese prado me lo había descrito mi madre durante toda mi vida. Por eso y, porque al mirar a mi espalda, pude ver como ante mí se levantaban los árboles milenarios que habitaban en el gran *Kutsal Koru.*

Me encontraba en Turquía, en las tierras de mi familia.

Quedé fascinada.

No sabía por qué estaba soñando con el Bosque Sagrado, pero seguro que era por alguna razón importante y es que en veinticinco años nunca había pasado, así que deduje que mis poderes estaban haciendo de las suyas.

Me alejé de mi cama para disfrutar del mayor tiempo posible de las maravillas de mi sueño —no sabía en que momento despertaría— y me acerqué a la gran cantidad de hierbas medicinales y mágicas que habían crecido salvajes entre las flores.

Me agaché sonriendo al ver una gran plantación de violetas silvestres, una de las pocas plantas que pude memorizar y diferenciar con facilidad desde mi inicio en este cada vez apasionante mundo. Sonriendo recogí un ramillete y lo acerqué a la nariz para poder apreciar su olor. Cerré los ojos cuando el floral aroma me inundó, abriéndolos unos instantes después estando en paz conmigo misma. Relajada miré a mi alrededor cuando un detalle llamó mi atención.

A mi derecha, una modesta casita se hallaba medio escondida entre las altas vegetaciones del prado, impidiendo que fuera fácil fijarse a simple vista. Mirándola más detalladamente me dio el presentimiento de que esa era la castita que mi abuelo Asil utilizaba para secar y almacenar las hierbas y donde mi madre llevó a mi padre para curarlo.

Con el corazón a punto de salirse de mi pecho me acerqué con cuidado y tras tomar aire un par de veces llamé a la puerta con firmeza, pero al no recibir respuesta, giré el pomo y metí la cabeza por la hoja entreabierta para investigar.

—¿Hola? —Mi voz resonó con eco—. ¿Hay alguien en casa?

Entré con cuidado sin querer asustar a nadie en el caso de la casa estuviera habitada y comencé a inspeccionar el lugar.

Estaba humildemente decorada.

Justo al lado de la entrada había una pequeña cocina antigua, con unas repisas arriba y una vitrina de madera en la pared de la derecha que guardaban todos los utensilios necesarios. A su lado, una enorme ventana decorada con visillos dejaba entrar la luz del Sol. Frente a ella, al otro lado de la cabaña, estaba situada una sencilla cama y junto a su cabecero, una pequeña mesita de noche con un antiguo quinqué, por lo que deduje que la casita carecía de electricidad.

A sus pies, había un mueble que sostenía una preciosa palangana de cerámica y su jarra a juego para poder utilizarla de lavamanos. Por último, al fondo de la estancia, había una pequeña chimenea que se encontraba apagada en ese momento.

Sin duda tendré que contárselo todo a mi madre en cuanto me despierte.

Estaba tan concentrada que no oí como la puerta se abría del todo dejando de ser la única ocupante de la estancia.

—Aquí es donde empezó todo —dijo una voz a mi espalda.

CAPÍTULO 8

Me volví deprisa para ver a un hombre parado en el umbral de la puerta.

Un hombre guapísimo y enorme que desprendía poder por los poros y que a pesar de todo me resultaba extrañamente familiar.

—Por favor no te alejes, no voy a hacerte daño.

Fruncí el ceño desconcertada hasta que noté el frío muro de la chimenea a mi espalda y supe que instintivamente había dado marcha atrás para alejarme de él lo máximo posible mientras él continuaba con las manos levantadas en señal de rendición. Tras un inseguro asentimiento de cabeza por mi parte me permití el observarlo con más detenimiento.

Media casi dos metros y tenía unos suaves rizos dorados que le llegaban a la altura de los hombros con un mechón rebelde cayéndole por la frente y tapando parcialmente uno de sus ojos, del mismo dorado brillante que los míos. La boca también era parecida a la mía y tenía los labios carnosos con una sonrisa blanca y perfecta. Iba vestido con una camiseta gris de manga corta y unos tejanos y por alguna razón iba descalzo, aunque ese detalle poco importaba.

—Zoe, hija —dijo con una gran sonrisa—. ¿No vas a darle un abrazo a tu padre?

Estaba en shock.

Después de veinticinco años imaginándome como sería mi padre, por fin lo tenía delante y no podía quitarle la vista de encima mientras lo seguía con los ojos y la boca abierta de par en par.

Siempre pensé que era calcada a mi madre, pero teniendo delante a la otra mitad de mis genes, no podía engañarme, también tenía algo de él.

Y estaba asustada porque, ¿Si tenía algo de él físicamente, en qué más me parecería? ¿Tendría poderes capaces de absorber los poderes de otros brujos? ¿Y en el caso de los humanos? Les absorbería algo a ellos?

Demasiadas preguntas.

—Siempre supe que serías preciosa pero viéndote superas con creces mis mejores sueños —me sonrió con calidez.

Dio dos pasos hacia mí y al ver que me pegaba más a la pared a mi espalda, se detuvo en mitad de la casita.

—Lo siento, no quería asustarte. —Volvió a levantar las manos en señal de paz—. Soy consciente de que es muy repentino para ti, pero no he podido resistir el venir a verte. Llevo toda tu vida esperando este momento.

—¿Y se supone qué eso debe alegrarme? —pregunté cortante, recuperándome del aturdimiento inicial.

Estaba indignada, ese hombre utilizó a mi madre. La conquistó, la usó, y cuando consiguió lo que quería de ella, la abandonó a su suerte. ¿Y ahora pretendía que lo recibiera con los brazos abiertos?

Este tío no me conocía para nada.

Mi "padre" suspiró resignadamente e intentó de nuevo un acercamiento.

—Sé lo que debes estar pensando, pero te juro que nunca quise hacerle ningún mal a tu madre. —Su voz, aunque parecía sincera, no lograba convencerme.

«El día que conocí a tu madre creí que la herida que me causó la caída era más grave de lo que parecía y que estaba viendo alucinaciones. Pero al despertar aquí, en esta cabaña y vi que había

sido ella la que me salvó supe que había encontrado al amor de mi vida. Sabía que me acabaría casando con ella y cuando aceptó mi proposición me convertí en el hombre más feliz de la Tierra.

Pero la noche en que fuiste concebida pasó algo que no supe como afrontar.

Me desperté a medianoche para beber algo de agua y sin saber cómo el vaso vino volando a mí. Me asusté mucho y al observar más detenidamente a tu madre, plácidamente dormida, noté el mechón blanco que le había salido durante la noche. Cabe decir que nunca me había pasado nada así. Yo era muy joven y me asusté, de modo que huí de madrugada en busca de respuestas. Unos días después y, sin haber conseguido nada, corrí en su busca para pedirle perdón y para poder casarme con ella, pero había desaparecido sin dejar rastro.

He pasado años buscándola hasta que por fin, descubrí donde estaba ella y que del fruto de nuestro amor había nacido una preciosa niña.»

Lo escuché queriendo con todas mis fuerzas creerle, porque eso significaría que mi padre nunca nos abandonó, que volvió a buscarnos y, que cuando lo hizo, no pudo saber nuestro paradero. Sin embargo, aunque sus palabras sonaran sinceras, no podía ignorar el pellizco que sentía.

Había algo que me hacía desconfiar.

Recordé que mi madre tenía el don de la empatía, podía saber qué o cómo se sentían las personas y, por lo tanto, saber si eran o no sinceras. Pues bien, yo no sabía cómo, ni por qué razón, lo que sí sabía con absoluta certeza era que todo lo que salía por esa boca era mentira.

Había algo negro en su interior y no pararía hasta saber el qué.

—¿Cómo me has encontrado? —Suavicé el tono para intentar ganarme un poco su confianza—. ¿Por qué has tardado tanto en dar con nosotras?

—Después de lo ocurrido, regresé a buscarla y así poder devolverle sus poderes pero al no encontrarla tuve que aprender a utilizarlos —dijo con pesar mientras se apoyaba en la ventana—. Así que ahora poseo un gran control de los poderes que obtuve de ella.

—¿Y dices que antes no poseías ningún tipo de poder?

Caminé aparentemente relajada hasta intercambiar nuestras posiciones y siendo yo, en esta ocasión, la que estaba más cerca de la puerta.

—No, ninguno —dijo mientras negaba con la cabeza todavía mirando por la ventana—. Conocí a una anciana bruja que dijo que lo más probable fue tu madre quien me los cedió porque no quería seguir teniéndolos.

Y una mierda.

Cualquier duda que pudiera tener sobre su sinceridad desapareció en ese mismo momento. El sueño de mi madre era convertirse en matriarca de su aquelarre. Nunca hubiera regalado sus poderes y hacer sufrir al resto de la familia con algo así.

—De modo que si tuvieras la oportunidad de entregárselos, ¿lo harías?

—Por supuesto, todavía amo a tu madre —dijo contundente—. Lamentablemente estoy seguro que no los aceptaría, sobre todo si su intención fue la de regalármelos.

—Claaaro, —Asentí con la cabeza como si realmente entendiera ese absurdo racionamiento—, ¿y qué es lo qué quieres de mí? ¿Restablecer la unión padre—hija?

—Por supuesto, cielo —me dijo ya girándose hacia con una sonrisa, que para mí ya no veía cariñosa sino taimada—. Después de todo soy tu padre, aunque tu madre nos haya mantenido alejados.

Negué rotundamente con la cabeza.

—Mi madre no hizo tal cosa.

—Yo no estoy de acuerdo. —La sonrisa no se le quitaba de la cara—. Yo no tengo la culpa de que ella me cediera sus poderes, así que, ¿Por qué castigarme? no, ¿por qué castigarnos a los dos con evitar que nos conociéramos? Eso no dice nada bueno de Zahira.

—Creo que no deberías ir por ese camino —le aconsejé con el ceño fruncido—. Después de todo sigues siendo un extraño para mí.

—Tienes razón pequeña, mis disculpas —dijo aparentemente arrepentido—. No obstante espero no serlo por mucho tiempo.

Nos quedamos los dos mirándonos, Melek sonriendo y yo con evidente desconfianza.

—Sé que a lo mejor estoy fuera de lugar —me dijo conciliador—, me preguntaba si sería mucho pedir que me dieras, aunque fuera un abrazo... por supuesto si lo deseas, no quiero obligarte a hacer nada que no quieras pero me gustaría mucho poder abrazarte.

Melek abrió los brazos en señal de invitación y ahí fue donde dudé.

En el fondo deseaba poder sentirme protegida dentro de los brazos de mi padre. Di un paso vacilante hacía él y volví a parame mientras lo miraba con anhelo.

—Lo siento, —dejó caer los brazos cómo si entendiera perfectamente la situación—, para ti solo soy un extraño, ¿Tal vez te sentirías más cómoda con un apretón de manos? Desde que supe de tu existencia solo he podido pensar en sentir tu calor, en tocarte aunque solo fuera una vez.

Eso sí que podría hacerlo. Sonreí en respuesta y alargué la mano dispuesta a estrechársela pero algo en sus palabras me hizo titubear.

«Poder tocarte aunque solo fuera una vez».

Melek absorbió los poderes de mi madre al estar con ella... ¿Y si después de veinticinco años ha desarrollado ese poder hasta el punto de poder absorberlos con solo tocar a alguien?

Reaccioné justo a tiempo en el que nuestras manos estaban a punto de entrar en contacto y las retiré llevándomelas a la espalda y retrocediendo despacio hacia la puerta.

La sonrisa hasta ahora perfecta de Melek se congeló y en su lugar apareció una más fría y su mirada, hasta ahora aparentemente cálida, adquirió un brillo despiadado que me dejó un sabor amargo en la boca, paralizándome y deteniendo así mi huida.

Melek suspiró impaciente.

—Es un consuelo ver que no eres tan estúpida como tu madre. —Me tensé ante el insulto—. Al menos has heredado algo de mí, además de unos rasgos físicos atrayentes. Está bien preciosa, vamos a hacer las cosas de otra manera, no tengo tanta paciencia como para intentar ganarme tu confianza —Seguía quieta en el umbral de la puerta con los ojos abiertos por la sorpresa. Melek sin importarle en absoluto como pudiera sentirme continuó—. Ahora Zoe, necesito que seas una niña muy buena y que vengas aquí para darme la mano a papi, ¿sí?

Sin saber cómo, logré preguntar.

—¿Por qué necesitas que te toque? Ya tienes los poderes que le quistaste a mi madre, yo solo los he heredado.

—Pobre niña ingenua. —Movió la cabeza de un lado al otro—. Tú tienes los poderes de los dos. Eres la fuente de un gran poder y yo necesito expandir los míos.

—Pero ¿por qué? —Lo miré extrañada, necesitaba sacar algo de información de todo esto—. ¿Por qué tengo tanto poder? ¿Qué soy?

—Tú eres La Llave —dijo con sonrisa lobuna—, y te necesito para tener el control sobre todo.

Tras esas palabras no me lo pensé y huí fuera de la casa corriendo con todas mis energías. A lo lejos la voz de Melek siguió provocándome escalofríos.

—Por mucho que corras nunca saldrás de este lugar, yo te traje aquí y seré yo el que decidirá cuando podrás salir.

Corrí sin mirar atrás, clavándome en las plantas de los pies las piedras y la grava del suelo. Las ramas y las espinas de los arbustos me arañaban las piernas, cortándome durante mi huida. Mientras corría y, con el poco aliento que podía reunir a causa del terror, llamaba a la única persona que sabía que podría protegerme.

—¡Adriel! ¡Adriel, por favor ayuda!

Seguía corriendo y nunca conseguía ver el final del Kutsal Kitap, a pesar de que sabía que el pueblo y el aquelarre de mi familia tenían que andar cerca. Por fin, y tras un grupo de robles, el pueblo perteneciente a mi familia apareció a cierta distancia y entonces me pude permitir algo de esperanza y alivio.

No duró mucho.

Apareciendo de la nada, la figura de Melek se situó entre mí y mi única salvación.

En mitad de la vorágine de pensamientos, un nombre como si de una plegaria se tratase, se repetía sin cesar.

«Adriel, Adriel, Adriel, Adriel, Adriel».

—¿Ya te has cansado de correr? —preguntó con sorna.

Intenté girarme hacia un lado, pero volvió a desaparecer y a colocarse delante de mí. Así que, reuní todo el valor que pude, cerré la mano y fui a darle un puñetazo, pero sin saber como, mi cuerpo se paralizó quedándose mi puño a tan solo a centímetros de su cara.

—¿Tú madre no te enseñó a respetar a tu padre? —Con un susurro de satisfacción y acercando su mano a mi cara, Melek continuó—. Ahora... por fin podré conseguir aquello por lo que perdí mi lugar entre los grandes.

Cerré los ojos esperando el momento en el que dejaría de ser la tan ansiada Llave, pero cuando noté sus dedos fríos en mi mejilla no pasó nada.

—¡¡¡Qué demonios!!!!

Su voz frustrada y enfurecida me animó a abrir uno de mis ojos. Estaba asombrado, no entendía que la absorción no hubiera tenido lugar. Una ola de satisfacción me recorrió y tras ella otra más grande de poder, que me dio la suficiente confianza para sonreírle a Melek con arrogancia.

—¡Jódete, pedazo de cabrón!

Tras mis palabras, sentí un calor inmenso en mi pecho y una luz poderosa y brillante salió de él golpeando en pleno centro a Melek, lanzándolo por los aires.

—¡¡¡Zoe, Zoe vamos despierta Bruja!!!

126

Mis ojos se abren de golpe, incorporándome en la cama temblando y con el pulso acelerado.

Adriel está sentado delante de mí ligeramente inclinado, con las manos agarrando fuertemente mis hombros y ha sido su voz desesperada la que me urgía a despertar.

Puedo imaginar en qué estado me está viendo: La tez pálida con la boca y los ojos desencajados por el miedo, temblando a pesar de ser una noche calurosa y el pelo alborotado y húmedo debido al sudor frío que me empapa todo el cuerpo. Lo más extraño de todo esto es que me encuentre de esta manera por un sueño, cuando en los ataques anteriores siendo muy reales supe guardar la compostura.

—¿Zoe, estás bien? ¿Qué ha pasado? no parabas de gritar mi nombre—pregunta preocupado y sus manos encierran mi cara para que me centre en él —dime bruja, ¿Qué es lo que has soñado?

—¿Dónde está? ¿Tú también lo has visto?

—¿De quién estás hablando Zoe? — Me pregunta Adriel apremiante.

—¡A Melek!— Me aferro con fuerza a sus muñecas sin creerme que esa voz tan aterrada sea la mía.— Estaba allí Adriel. Apareció de la nada, quería que lo tocara y yo no pude... me obligó y le disparé. No pude ver dónde cayó o si estaba mal herido o muerto y...

Soy consciente de que hablo atropelladamente pero a cada segundo que pasa el pánico es mayor.

— Ey, detente Bruja, habla más despacio ¿quieres?— me agarra la cara con más fuerza para mirarlo a la cara, obligándome a entrecerrar los ojos, deslumbrada.— Bien, ahora respira profundamente, solo ha sido una pesadilla.

Niego con la cabeza intentando aclarar mis ideas mientras el terror inicial va remitiendo.

—No creo que fuera un sueño Adriel. Todo parecía demasiado real como para suponer que fuera una pesadilla. Él estaba allí, estoy segura, me está buscando y no sé cómo podré detenerlo...

Siento como mi corazón vuelve a latir más rápido por el miedo.

—Tranquila, concéntrate en explicarme detalladamente todo lo que recuerdes. —Vuelve a forzar mi cara para que me centre únicamente a él—. Una vez lo hagas, entre los dos averiguaremos cómo solucionarlo, ¿de acuerdo? —Asiento no muy convencida y él, al notarlo, vuelve a insistir—. Vamos bruja, respira hondo y empieza desde el principio sin dejarte ningún detalle, por insignificante que te parezca. Ya estás a salvo, no va a pasarte nada.

Cojo aire poco a poco, e intentando no volver a entrar en pánico, le relato mi encuentro con Melek.

No dejo detalle para ver si con la ayuda de Adriel podemos encontrarle sentido a algo, por minúsculo que sea. Según van pasando los minutos y el sueño va llegando a su fin, el cuerpo de mi custodio va tensándose hasta dejarlo en una extraña quietud.

—Lo que me aterraba era que por más que me esforzaba en intentar salir de allí, no podía, Melek me dijo muy convencido que estaba allí porque él así lo quería y que hasta que no consiguiera de mí lo que necesitaba, no lograría escapar. —Adriel cogió mis manos para detener el temblor que comenzaba a apoderarse de mí otra vez—. De lo que estoy segura, Adriel, es de que el hombre de mi sueño era mi padre, lo sentía aquí —digo convencida golpeándome el pecho—. Y tengo auténtico pavor a que vuelva a encontrarme, porque si tiene ese poder en un sueño, ¿Cómo de poderoso será en persona?

Adriel atrapa con su pulgar la solitaria lágrima que se me escapa, acariciándome la mejilla en el proceso.

—No creo que esto fuera solo un sueño, Zoe. —Su voz denota inseguridad. Creo que no está muy convencido en decirme la verdad—. Es muy probable que esto sea más bien una proyección astral.

—¿Qué? — niego con la cabeza mientras parpadeo repetidamente a causa de la sorpresa—. Yo no tengo ese poder. ¿Quiere decir esto que Melek es lo suficientemente poderoso para hacer que mi cuerpo se proyecte? ¿Puede hacer eso un brujo?

—Sinceramente no lo sé Bruja. —Suspira con cansancio dejando la tensión anterior a un segundo plano—. En teoría y con tus poderes tendrías que haber podido salir de ese supuesto sueño con facilidad y no ha sido así. Además del hecho que yo llevaba más de diez minutos intentando sacarte de ese trance sin éxito alguno, incluso utilizando mis poderes. Había algo o alguien que bloqueaba mis intentos de traerte de vuelta. He estado a punto de pedir ayuda a uno de los supremos hasta que he sentido una fuerte oleada de poder te envolvía y con un pequeño tirón por mi parte, has podido despertar.

—¿Y ahora qué hacemos? Si Melek lo intenta de nuevo, ¿cómo sé que podré escaquearme de él? —pregunto con desesperación.

—Veré que puedo hacer al respecto, por ahora dudo que vuelva a intentarlo. De lo que sí estoy seguro es que tenemos que averiguar quién demonios es tu padre. Ningún brujo ha podido ni tenido jamás el poder de la proyección astral, eso es algo que solo alguien dentro de la jerarquía celestial posee.

—¿Por qué ahora? ¿No deberíais haberlo sabido desde el principio? Si soy La Llave alguien tendría que saber qué tipo de ser era la otra mitad de mis genes ¿no? ¿Cómo puedes haber aceptado esta misión sin tener todos los cabos sueltos bien atados? —Mi voz ha ido pasando de la incertidumbre al reproche conforme iba haciéndole a Adriel todas las preguntas.

—Esto no funciona así Zoe. — Aprieto con fuerza los labios al oír su tono condescendiente— En ocasiones hay misiones, como por ejemplo ésta, en las que los Supremos tienen la información completa y nosotros los soldados tan solo tenemos los datos estrictamente necesarios para llevarlas a cabo.

—¿Cómo puedes hacer algo tan peligroso a ciegas? —Ante mi incredulidad Adriel sonríe indulgente.

—Confianza —dice sin dudar—. Esa es la clave. Se precisa una gran confianza en tu superior para saber que, pase lo que pase y tenga las ordenes que tenga, nunca bajo ningún concepto, me ordenará nada que ponga en peligro mi integridad. De la misma manera que mis soldados confían en que su capitán sabrá cubrirles las espaldas ante los posibles peligros. Yo confío plenamente en que El Supremo jamás pondrá en peligro a uno de sus soldados imprudentemente. Por eso no hago preguntas, tengo fe en ellos.

Lo miro como si le hubieran salido dos cabezas.

—Sí, pues lo siento Adriel, pero yo no confío con tanta facilidad. —Niego con la cabeza y me levanto de la cama para rondar por la habitación y así intentar aclarar mis ideas un poco—. No sabemos nada de Melek, bien podría ser un brujo *absorbe—poderes* o uno de los demonios siervos de Remiel y no me creo que tus señores supremos estén con la misma incertidumbre. Apostaría mi colección de minerales a que ellos saben exactamente lo que pasa y de dónde viene Melek y, a pesar de todo, permiten que uno de sus capitanes venga a protegerme y luchar indefenso. Dime una cosa, ¿Qué habrían hecho tus señores si Melek hubiera conseguido lo que se proponía?, es más, ¿Cómo han podido permitir que esto se diera lugar? deberían habernos advertido que algo así podría ocurrir. —No doy lugar a que conteste—. Así que, o le dices a tus señores que me expliquen todo lo que saben o su preciada Llave lo averiguará por su cuenta. Y si lo que encuentro es lo suficiente importante como para que me lo hubieran dicho desde un principio, ya se pueden ir olvidando de utilizarme para su Gran Final. Está claro que si no puedo confiar en los buenos, bien, ¡ya pueden irse a la mierda!

He acabado gritando la última frase mirando al techo con la clara intención de que los grandes y todo—poderosos arcángeles me oigan. Doy media vuelta y, con paso airado, dejo la estancia con un Adriel enmudecido por mi arrebato.

Estoy realmente furiosa.

Yo no pedí que despertarán mis poderes, ya sean los de La llave como los de mi propia herencia familiar. Estaba feliz con mi vida. Tenía una familia a la que quería y que me adoran; unos amigos con los que podía contar en las buenas y en las malas; un trabajo que me encantaba y del que me podía mantener y vivir cómodamente; ¿Todo para qué? ¿para que un día un grupo de grandullones alados me matará y me reviviera para luchar con demonios asquerosos y ser la Llave que determine no se qué estúpida lucha? ¿Acaso a alguien le importa mi opinión?

No.

Para nada.

Porque desde que me desperté hace dos semanas no hay nada que haya hecho por propia voluntad. Todo se ha basado en lo que otros seres, ya fuera un arcángel caído como Remiel o el resto de arcángeles del cielo, han querido y decidido que hiciera. Para ellos no soy más que una marioneta y estoy empezando a cansarme de toda esta mierda.

Necesito encontrar la manera de saber quién es en realidad Melek y qué tipo de poderes tiene.

Una de las opciones puede ser despertando todos mis poderes, porque si he heredado casi todos los poderes de mi madre también habré heredado algunos de él ¿no? y así, a lo mejor, solo a lo mejor, a través de estos poderes puedo saber algún detalle sobre el hombre que me engendró.

Lo que me preocupa es que, según mi madre, ella intentó averiguar lo mismo y no tuvo éxito. ¿Qué me hace pensar que yo voy a tener más suerte que ella? además del hecho de que no soy ni policía ni detective privado, soy profesora de preescolar por lo que no tengo ninguna experiencia buscando a desaparecidos y dudo mucho que Melek tenga un perfil de Facebook.

¿Podríais imaginar algo así? Ya estoy viendo una solicitud de amistad del mismísimo Lucifer invitándolo a una Rave en el infierno o ya puestos creando un evento para asistir al fin del mundo.

Me siento en una de las sillas de mi balcón, cruzando los pies por encima de la barandilla y mirando al vacío divagando sobre estupideces. Por primera vez desde que se mudó allí, no miro a la ventana de enfrente por si, con un poco de suerte, puedo ver a Adrian a través de las cortinas. Por lo que parece, mi mente prefiere centrarse en disparatados perfiles de Facebook antes que en mi guapo vecino para intentar aliviar un poco mi mala leche.

Salgo de mi ensoñación cuando aparece delante de mis narices una taza de chocolate.

—Gracias —digo mucho más calmada.

—¿Qué pasa? —me pregunta cuando nota que lo miro fijamente entrecerrando los ojos.

—¿No crees que deberías meterte dentro? Cualquiera podría mirar hacia arriba y ver una bombilla gigante —le digo señalando la calle desierta.

—Primero, son las dos de la mañana —dice como si no me hubiera dado cuenta mientras apoya un hombro en el quicio de la puerta— Y segundo, ¿Cuántas veces he de decirte que nadie excepto tú puede verme?

—Perdona. —Escondo una sonrisa tras un sorbo de chocolate— A veces olvido que la única loca aquí soy yo.

—No estás loca por el hecho de estar hablando en voz alta y contigo misma. Creo que podría encontrar otros factores que sí lo determinen. Por si no lo recuerdas, hace apenas unas horas te he pillado canturreando y bailando la danza de la victoria.

—Ja, ja. —Le tiro una hoja seca que recojo de una de mis plantas—. Eso ha sido porque he sido capaz de utilizar la telequinesia para levantarte por los aires y poder hacer la cama. Deberías sentirte orgulloso en vez de burlarte.

—Lo estoy, créeme. —Con más seriedad me pregunta—. ¿Estás más tranquila? No deberías hablarles con tan poco respeto —dice señalando con un dedo el cielo estrellado.

—¿Y cómo tendría que hacerlo? —pregunto con más dureza de la que pretendía—. Son ellos los que me necesitan como a su Llave Adriel, no yo. Yo estaba feliz con mi vida. Sinceramente en estas dos últimas semanas siento que no tengo ningún control sobre ella y mucho menos sobre mí misma y no puedo evitar hacerlos a ellos responsables.

—Te entiendo Bruja. — Adriel se aleja de la puerta para situarse frente a mi apoyado en la barandilla y de espaldas a la calle—. Pero necesito que entiendas que esto no ha pasado por que ellos te necesiten, sino porque estaba escrito que sucediera. Ellos solo te han dado un pequeño empujón para acelerar un poco las cosas y, aunque ahora no estés de acuerdo, también te han dado tiempo para que aprendas a conocer y controlar tus poderes.

Si no hubiera sido así, puede que en el momento que realmente los necesitaras no podrías haber accedido a ellos y hubieras muerto en manos de algún demonio, como por ejemplo del *Garalutch*.

—Aquel *Garalutch* apareció precisamente porque mis poderes despertaron —Me rehúso a darles las gracias.

—No, Remiel ya te había encontrado antes de que me designaran a ti.

—¿Sabían eso pero no tienen ni idea de quién es mi progenitor?— le refuto desconfiada.

—Zoe no empecemos —Adriel suspira frustrado mientras se deja caer pesadamente en la barandilla con la espalda encorvada.

—Lo siento, debes de estar hecho polvo. — Tan solo hace unas horas de que le cercenaran las alas. Bajo los pies al suelo y me inclino para ayudarlo a enderezarse—. Venga vamos a dormir, poco podemos hacer ahora.

—Si te sirve de ayuda, mañana solicitaré una audiencia con mi señor Raguel para ver si puedo averiguar algo sobre tu padre, ¿de acuerdo?

—Gracias, eso me haría sentir un poco mejor.

Rodeando su cintura y evitando tocar las dos heridas de su espalda, lo llevo de vuelta a la cama.

CAPÍTULO 9

Pensaba que ahora que era la súper mega Llave y la gran esperanza para el Gran final, todos los males terrenales desaparecerían. Males como el enorme sueño que tengo ahora mismo.

Pobre ilusa.

Me froto los ojos con fuerza mientras le doy un sorbo a mi segundo tanque de café. Estaba tan asustada de que mi padre volviera a aparecer, que después de ayudar a Adriel a acostarse, estuve más de una hora dando vueltas hasta que conseguí quedarme dormida.

Reprimiendo el enésimo bostezo de la mañana me dirijo a la habitación de invitados para comprobar el estado de Adriel, pero después de llamar y de estar varios minutos esperando tras la puerta sin obtener respuesta, me decido a entrar para encontrar que Adriel ha desaparecido.

La cama ya está hecha y si no llega a ser porque veo una nota en la almohada parecería que todo lo sucedido ayer no hubiera ocurrido. Me acerco con el ceño fruncido para agarrarla y comienzo a leer el trazo limpio y ligeramente cursivo de mi custodio.

«Bruja, regresaré lo antes posible. Voy a intentar averiguar algo sobre la identidad de tu padre. Estaré aquí antes de que te des cuenta.

Adriel. »

Aunque estoy preocupada, no puedo evitar una pequeña sonrisa.

Este hombre no tiene remedio. No hace ni veinticuatro horas que le han arrancado las alas y ya anda por ahí haciendo a saber qué cosas. Sé que lo hace por mí, pero no puedo evitar preocuparme por su estado, aunque sea un ser alado y se curen más rápido, según el supremo Rafael, las horrorosas heridas de la espalda tardarían unos días en curarse, por lo que dudo que en caso de que esté en peligro, pueda defenderse al cien por cien de sus capacidades.

—¡Adriel! ¡Sé qué me estás escuchando, así que mueve tu angelical culo hasta aquí! —le grito a la habitación vacía intentando impregnar en mis palabras que no estoy para juegos.

Por la rapidez con la que todo se ilumina, Adriel sabe que hablo muy en serio.

—¿Por qué estás enfadada? Te he dejado una nota.

Suelto un bufido sin poder contenerme.

—He visto notas más largas entre mis alumnos de cuatro años —digo con las manos en las caderas y el ceño fruncido—. Lo que no entiendo es que se te ha podido pasar por la cabeza para irte a buscar información sobre mi padre a saber dónde, herido como estás.

—Herido, no inválido —dice ofendido—. Soy un soldado, Bruja, he estado en peor estado, puedo apañármelas solo y no es que haya estado buscándola entre el infierno de Belial precisamente. Tan solo he preguntado a mis contactos habituales antes de reunirme con El Supremo Raguel.

—Me da igual donde hayas estado— le resto importancia con un aspaviento de mano— ¿Y si a Melek no le gusta que vayan husmeando en sus asuntos y decide mandarte alguna sorpresita?

—¡Por todos los infiernos Zoe! —gruñe frustrado—. ¡Soy el capitán del regimiento de Raguel, creo que soy muy capaz de encargarme de un brujo por mí mismo, gracias!

Pego un respingo sorprendida.

Es la primera vez que me grita y, en el fondo, puedo entender el por qué.

Puede que sea una bruja recién iniciada y que por lo tanto no tenga ni idea de prácticamente nada sobre los seres mágicos que habitan nuestro mundo y mucho menos entienda nada sobre el cielo y el infierno. De lo que estoy segura es de que no soy estúpida y no hace falta ser una lumbreras para ver lo poderoso que tiene que ser Adriel para haber llegado a ser capitán de un ejército y nada menos que el segundo al mando de un Arcángel.

Por ello dudo mucho que Adriel se haya visto en una situación semejante en la que los papeles se hayan invertido tan drásticamente, siendo él quien tenga que depender de su propia protegida para hacerle de niñera.

El orgullo puede hacer estragos en alguien como Adriel.

—Para que conste, no dudo que puedas apañártelas solo, pero eso sería si supiéramos que Melek es solamente un brujo.

Intento explicarle como si uno de mis alumnos se tratara. Está comprobado que los hombres, sean humanos o ángeles son muy sensibles cuando se pone en duda su masculinidad, lo cual me está costando un esfuerzo enorme intentar que no se note demasiado lo divertido que me resulta para que Adriel no se enfurezca más de lo que ya está.

— Recuerda que tú mismo me dijiste anoche que el tipo de poder que utilizó para proyectarme astralmente no podía tenerlo un simple brujo, de modo que, ¿quién no te dice a ti que sea un demonio o algún ángel caído como Lilith?, yo que sé Adriel. — Encojo los hombros porque no sé si me explico con claridad.

Adriel se acerca cansado.

—Zoe entiendo que estés preocupada, —Intenta tranquilizarme agarrándome por los hombros—, pero estoy absolutamente convencido de que tu padre no es uno de los ángeles caídos que cayeron con Remiel. Además, si fueras hija de alguno de ellos no tendrías este hermoso aspecto. —Enrojezco ante el inesperado piropo para fruncir el ceño un segundo más tarde.

—¿Qué quieres decir? ¿Los ángeles caídos han tenido hijos con humanas?

—Sí, pero son muy diferentes al de un humano o un ángel. Los llamamos Nefilims —responde— Son seres gigantes enormemente fuertes a la vez que estúpidos, pero dudo que alguna vez puedas conocer alguno, ya que tras su nacimiento viven en lo más profundo del Infierno de los Grigori. Por ese motivo estoy convencido de que es imposible que seas la hija de un caído. Lo que nos lleva al principio de toda esta conversación absurda. No puede pasarme nada.

—Eso no lo sabes Adriel, no eres adivino. —Me niego a dar mi brazo a torcer—. Rafael dijo que no estarías curado hasta pasados unos días y Melek ha demostrado ser más de lo que pensábamos, así que no sabemos que es, ni de lo qué es capaz y lo siento si mi falta de confianza hiere tu estúpido ego masculino, pero ahora no estás tú solo, tienes a alguien que depende de ti. —Utilizo la baza de su fuerte instinto de protección para hacerlo reaccionar—. Necesito que estés en plenas facultades, porque dudo que pueda ser capaz de afrontar todo lo que se supone que viene si tú no estás conmigo.

El silencio reina en la habitación y sé que he logrado convencer al estúpido cabezota de que mi razonamiento no es tan descabellado.

—Está bien, tú ganas, me portaré bien hasta que me recupere. —Pero nada más ver mi sonrisa orgullosa me señala con el dedo—. Pero sí que voy a salir para reunirme con mi señor Raguel, necesito informarle de lo que pasó e intentar conseguir algo de información extra.

—Hecho, no pongo ningún tipo de objeción... Peeero...

—Ay, por favor ¿ahora qué? —sonrío divertida al escucharlo tan frustrado.

—Tienes que prometerme que te quedarás tumbadito en el sofá o en la cama descansando.

—Prometo que mientras permanezca aquí me quedaré descansando cómo un débil humano —gruñe.

—¡Perfecto! —asiento orgullosa—. Ahora será mejor que me vaya si no quiero llegar tarde y recibir una reprimenda de mi nuevo jefe, capaz que me castigue mirando a la pared.

Oigo el bufido desdeñoso de Adriel a mi espalda mientras me dirijo al salón.

—Tampoco será para tanto, estoy empezando a ver lo mucho que te gusta quejarte por todo.

—Sí, bueno, tú no lo conoces como yo. —Recojo mi bolso y algún papeleo que necesito mientras voy dándole instrucciones—. Hay algo de comida en la nevera, solo necesitas calentarla en el microondas además de algún tentempié en los armarios. También te he dejado una botella de agua con algunos calmantes por si los necesitas en la mesita de café cerca del sofá, así no tendrás que moverte mucho... y por lo que más quieras, no estés levantado mucho tiempo que eso puede hacer que se te abran las heridas y vuelvas a sangrar.

—¡Oh por todos los demonios del infierno! —Adriel levanta sus brillantes brazos con exasperación.— ¿Quieres largarte de una vez?

—Está bien, está bien, ya me voy. —Pero justo antes de cerrar la puerta principal asomo la cabeza y con una sonrisa burlona le digo—. Ah ¿y Adriel?

—¡¡¿¿QUÉ??!!

—Que tengas un buen día. —Guiñándole un ojo cierro la puerta evitando que el cojín volador me dé en plena cara.

)()()()()(

En algún rincón del Gran Cañón del Colorado.

—Mi señor, —con mucho esfuerzo Adriel dejó caer su rodilla al suelo colocándose en la posición reglamentaria—, gracias por concederme esta audiencia.

—No lo hubieras hecho si no fuera importante —respondió Raguel sin apartar la mirada del horizonte—, pero antes de nada, ¿Cómo te sientes?

—Estoy bien, señor.

—Eso no es cierto y ambos lo sabemos, al igual de que el castigo que has recibido ha sido el más justo —dijo compasivo—. Ahora Capitán dime pues, ¿qué ha ocurrido?

Mantener el orden y gobernar la Tierra, los cielos e intentar mantener a raya los infiernos conllevaba mucho trabajo, por lo que de vez en cuando, los Supremos, necesitaban un descanso. Los Arcángeles solían escapar a los lugares donde pudieran empaparse de la belleza de la Tierra y de sus preciados humanos y, a pesar de ser uno de los Supremos más serios, el Arcángel Raguel no era una excepción, aunque en su caso, prefiriera los lugares un poco más solitarios.

Esta vez su señor decidió reunirse en pleno desierto.

—Esta madrugada ha sucedido algo que me preocupa mi Señor…

Al escuchar su sincera preocupación, el Supremo se volvió para quedar frente a Adriel.

—La Llave recibió una visita de su padre.

Al instante, Adriel notó como una sobrenatural quietud se instaló en el entorno.

El viento desapareció, el descenso en picado de un cóndor de California se detuvo como si de una imagen en video se tratara. Sin embargo, nada le preocupó más a Adriel que la tenebrosa quietud que invadió a Raguel.

—Explícate. —Adriel no se inmutó ante la concisa orden que recibió de su señor.

—Anoche oí a La Llave gritar, pidiéndome ayuda en sueños y, por más que intentaba despertarla, alguien bloqueaba mis intentos para hacerla volver. Permaneció encerrada varios minutos hasta que unas vibraciones parecidas a las que proyectamos con nuestros poderes astrales salieron de ella y, con un último empujón por mi parte, conseguí traerla de vuelta. —Levantó ligeramente la vista y alcanzó a ver la mirada concentrada de su señor—. Más calmada me contó que su padre, un tal Melek, había aparecido en su sueño con la intención de conocerla mejor, pero al no lograr ganar su confianza, dio a conocer sus verdaderos propósitos. Necesitaba tocarla para arrebatarle sus poderes como La Llave.

—¿Lo ha conseguido? —Adriel apreció cierto matiz de preocupación en la voz de su señor, algo que solo había sucedido en contadas ocasiones en los siglos que llevaba a su servicio.

—Gracias a los cielos no, mi señor —le confirmó Adriel—. Al tocarla Melek se quedó sorprendido porque no se había producido ninguna absorción y La Llave pudo mandarle, lo que a mi parecer y según su explicación fue un disparo de luz astral.

—Bien. —Esa única palabra restableció todo a su alrededor, retornándolo a su normalidad—. Continúa como hasta ahora Adriel, estás haciendo un gran trabajo.

—Sí, mi señor —asintió Adriel. Iba a retirarse, sin embargo, en el último instante y haciendo algo impropio de él, preguntó—. ¿Permiso para hablar, mi señor?

—¿Uhm? —La mirada distraída del Arcángel se centró en Adriel con curiosidad—. Sí Capitán, ¿algo que añadir?

—Hay algo que no consigo discernir, mi señor —dijo el ángel custodio intentando decidirse si era buena idea intentar obtener la información que sabía que El Supremo se guardaba por alguna razón—. ¿Por qué una bruja recién iniciada es capaz de proyectar luz astral? Es sabido que solo los ángeles tenemos ese poder. Además ese tal Melek no parece ser un simple brujo, tal vez si supiéramos más de él....

—Eso es algo que de momento no necesitas saber, Capitán. —Aunque lo dice en tono firme, podía percibir el respeto y el cariño que ese arcángel le tenía a Adriel—. Lo único que has de saber es que no te designé esta misión a la ligera. Todas las piezas están donde deben estar y todo se sabrá a su debido tiempo. Pero lo más importante para que todo llegue a buen puerto es que esa chica permanezca con vida. Eso para ti, mi querido Adriel, es lo único que debe importarte. No te preocupes por Melek, nosotros nos ocuparemos de él.

—Como ordenéis mi señor, —Y murmurando más para sí que para el Supremo añadió—: Aunque esto va a traerme problemas con Zoe.

—Eso qué denoto en tu voz, ¿es miedo, Adriel?, ¿Te asusta una simple bruja? —pregunta con diversión Raguel.

—Miedo no señor. Pánico. Le sorprendería el terror que puede a llegar infundir cuando La Llave se enfada sin saber que poder oculto puede despertar y siendo yo el objetivo. No me gustaría acabar siendo un querubín regordete y sonrosado en pañales.

El comentario dicho con resignación, mientras Adriel movía la cabeza de un lado al otro arrancó una carcajada en el Arcángel Raguel.

—Chico listo, si le temes. No olvides que su destino es salvar a todos en el Gran Final. —Y más serio añadió—: Ahora déjame solo, tengo que reunirme con mis hermanos para valorar nuestro próximo movimiento.

)C)C)C)C)C

Al menos consigo llegar cinco minutos antes al trabajo, eso sí, creo que he perdido los pulmones por el camino del esfuerzo. Nunca me había pasado, pero teniendo en cuenta que he salido muy justa de casa podría ser peor. El único consuelo que me queda al entrar en la sala de profesores es ver que Adrian todavía no ha llegado.

Preparo todo lo que necesito para la reunión de hoy y, una vez hecho, me uno a un par de profesores de primaria. Estamos hablando de nuestros planes para el curso siguiente e Izan y Sara se nos unen a la conversación. El señor Teodoro, el profesor de quinto curso y el más antiguo de la escuela mira su reloj de pulsera por segunda vez con preocupación.

—Es extraño —murmura con el ceño fruncido—, Adrián tendría que haber llegado ya. En el tiempo que lleva al frente de la escuela siempre ha llegado el primero.

—No se preocupe hombre —interviene Izan y haciendo un ademán con la mano para restarle importancia—. Seguro que se ha pasado con las fiestas este fin de semana y tiene resaca, le estará costando salir de la cama de alguna dulce rubia.

—Vigila tu lengua jovencito —le amonesta El señor Teo, como le llamamos casi todos con cariño—. No olvides que es tu jefe, además nunca ha dado motivos para pensar de él de ese modo.

—Vale, vale tampoco se ponga así hombre —Se disculpa Izan mientras le miro divertida—. ¿Y desde cuándo lo llama Adrian? No es que nuestro nuevo director sea un modelo de amabilidad.

—Puede que para ti no lo sea, porque siempre te pilla haciendo de las tuyas, Izan —vuelve a regañarlo—, sin embargo a mí y al resto del profesorado, siempre nos ha tratado con el máximo respeto posible. Tal vez si te comportarás como un adulto en vez de como uno de los críos a los que das clases, te trataría de la misma forma.

Izan abre la boca intentando buscar una réplica coherente pero al no encontrarla agacha la cabeza avergonzado, murmura una disculpa y se aleja para sentarse.

Al señor Teo no le gusta nada Izan, la verdad y ahora que lo pienso no a mucha gente le cae bien, dicen que se comporta de forma inmadura a pesar de su edad y que tiene el don de fastidiar las cosas en cuanto abre la boca. Supongo que en mi caso es que ya estoy acostumbrada a su forma de ser porque me resulta más divertido que molesto.

—Debería apiadarse de él en alguna ocasión, señor Teo —le digo sonriente.

—Ay hija, siendo amigo tuyo ya podría tomar ejemplo de ti. Tú si que eres una buena chica.

—Eso lo dice porque me adora. —Le sonrío mientras le abrazo brevemente con cariño.

—Siento llegar tarde, empecemos con la reunión.

La voz de Adrian interrumpe el resto de nuestra conversación y pone en movimiento a todos los presentes. Sentándome en mi silla junto a Izan, levanto los ojos para mirarlo y lo que tengo ante mí me deja perpleja.

Está hecho un asco.

Aunque impecablemente vestido como siempre, con unos tejanos negros y una camisa verde clarita, a juego con sus ojos y zapatos negros, es su cara el verdadero problema. Por encima de su tez ligeramente tostada por el sol, hay una enfermiza palidez, que hace que sus grandes ojeras moradas resalten más, además de la capa de sudor que le cubre la frente.

Sin mirar a nadie en particular, camina despacio hasta sentarse en su asiento habitual frente a mí y, con el cuidado que tiene al sentarse, tiene que sentirse muy mal.

A juzgar por la cara de sorpresa de todos los presentes, sé que se han dado cuenta de lo mismo que yo, aunque viendo la amenaza velada en su rostro nadie se atreve a decir nada. Excepto como siempre, el bocazas de Izan, quien inclinándose ligeramente hacia mí me dice con un murmullo audible.

—Retiro lo dicho, imposible que con esa cara haya estado con una rubia. Bueno ya puestos ni con ninguna otra.

Me giro hacia él pasmada ante el infortunado comentario, que en vista del incómodo silencio en la sala, ha sido oído por todos, incluso por el aludido.

Al darse cuenta de su mayúsculo error, Izan carraspea incómodo y se dispone a pedir disculpas, pero la voz áspera y profunda de Adrian no deja que tan siquiera abra la boca.

—Bien, después de las ya habituales meteduras de pata del señor Rey, empecemos con la reunión. Como podrán comprobar no estoy en mi mejor momento, por lo tanto, me gustaría terminar cuanto antes para poder descansar.

Los sucesivos *«Por supuesto»* y *«como no»* suenan con rapidez a la petición de Adrian, quien aunque evidentemente enfermo, comienza la reunión como si de un día cualquiera se tratara.

Pasada media hora de aburridas explicaciones por parte del profesorado, estoy tan absorta pasando en qué puede tener a Adrian en ese estado, que no soy consciente de todas las miradas puestas en mí. Miro alrededor hasta que me centro en mi paliducho jefe, el cual, me mira con una ceja levantada.

—¿Zoe, tienes pensada ya tu lista de actividades previstas para el curso siguiente? —pregunta él.

—¿Eh? —Sacudo la cabeza para despejarme y disparo una mirada asesina a Izan al oírlo reírse con disimulo—. Sí, sí claro.

Me aclaro la garganta y logro concentrarme en el papeleo que tengo delante.

—Son ideas muy buenas, Zoe, creo que podremos incluirlas casi todas en el próximo curso escolar —me elogia con una pequeña sonrisa cansada y recibiendo una mía de agradecimiento.

—Perfecto compañera —me susurra Izan a mi lado y con expresión más burlona añade—. Vas a tener que decirme como lo haces para meterte a todo el mundo en el bolsillo.

—Con mi encanto, idiota —le contesto sonriendo.

Aprovecho que todo el mundo está pendiente de otro profesor para acompañar mi insulto con un manotazo en el brazo.

Mala idea.

Al entrar en contacto con el brazo desnudo de Izan, se activa mi psicometría hasta ahora aletargada.

«Estoy de pie ante lo que creo que es un gran trono o una sala de audiencias como las que existían en los antiguos palacios. Está tenuemente iluminado con antorchas en cada tenebrosa columna, decorada con figuras de esqueletos o almas en pena y colocadas estratégicamente alrededor del gran salón. Miro hacia arriba para captar todos los detalles posibles porque mi intuición me dice que esta visión es importante. Pudiera ser por un posible don de adivinación, una alteración de la psicometría heredada por mi madre o por el enorme y oscuro ser alado que está sentado despreocupadamente en el trono al fondo del espacioso salón y

144

custodiado por dos enormes seres, que por la descripción que me dio Adriel en su momento, deben de ser Nefilims.

No puedo ver su aspecto, como ocurre con Adriel, con la diferencia de que este en particular lo rodea una bruma tan oscura y espesa que solo me deja distinguirle las alas, de un negro profundo en el centro hasta convertirse en un rojo carmesí en sus extremos.

Pero lo que más me preocupa de esta escena, lo que realmente me tiene el corazón en un puño, es la presencia arrodillada de Izan a sus pies, mientras que otro ángel de alas marrones lo retiene evitando que escape.

No sé muy bien por qué, pero no puedo oír toda la conversación en su totalidad, solo retazos aquí y allá, muy similar a las interferencias de los móviles.

—Izan, Izan, Izan... —La voz del ángel oscuro se escucha distorsionada impidiendo que pueda reconocerla si alguna vez tuviera la oportunidad de tenerlo cerca. Una nueva interferencia hace que no pueda escuchar lo que sea que Izan está diciendo, pero por la expresión de su cara seguro que está impregnado de un miedo absoluto al estar en presencia de seres tan extraños. El ángel a su espalda, al ver el intento de Izan por levantar la cabeza y mirar directamente al ángel sentado en el trono, ejerce presión obligándolo a mirar hacia el suelo, provocando una expresión de dolor por parte de mi pobre amigo.

—No tienes el permiso de mi señor Remiel para mirarlo. —Capto la frase y la frialdad del ángel de alas marrones.

Remiel.

Estoy ante el arcángel que traicionó a sus hermanos y fue desterrado a los infiernos.

Él es uno de los que quiere conseguir el poder de La Llave, doy gracias de que solo sea una visión porque da un miedo atroz y madre mía... por mi culpa Izan está pasando por eso. Lo utilizarán para llegar hasta mí. Suerte que al menos esté prevenida de lo que pasará en un futuro.

—Tengo entendido que eres muy amigo de La Llave, vas a hacer algo por mí, humano.

145

La respuesta de Izan y las palabras que siguen a la frase de Remiel, se pierden ante más interferencias, aumentando la impaciencia y el enfado ante mi pasividad forzada. Me acerco para ver si puedo captar mejor los planes del arcángel, si lo lograra, sería una ventaja muy provechosa. De esta manera estaría a un paso por delante de ellos y podría protegerme mejor de sus ataques. Lentamente me acerco un poco más al centro de la sala pero una especie de campo de fuerza me impide llegar hasta ellos. Con mi telequinesia ejerzo un pequeño empujón a la barrera transparente para intentar romperla sin éxito.

Sigo presionando mientras mi atención se centra en el ángel de alas marrones. Es un poco más corpulento que Remiel y viste con una especie de chaleco lleno de tiras, que es lo que lo mantiene unido alrededor del pecho y que no caiga, ya que está abierto por la espalda para dejar libre movimiento a las alas. Los brazos están prácticamente cubiertos de cicatrices antiguas, en su mayoría hechas de cuchillos o algo mucho más grande como espadas. El pelo negro y rizado le llega por los hombros, con la parte superior recogida en una pequeña coleta y sus ojos son de un marrón profundo, casi negro.

Pero lo que me llama la atención de todo su atuendo no es solo el aura fría y peligrosa que lo envuelve, sino un extraño colgante de oro sujeto con una tira de cuero negro. Miro fijamente el colgante para poder memorizarlo bien y veo que es una espada dorada apuntando hacia abajo con la punta ensangrentada y desde su centro nacen dos alas negras y rojas brillantes.

Una réplica exacta de las alas de Remiel.

De repente doy un sobresalto cuando oigo abrirse las enormes puertas dobles a mi espalda, dejando entrar a un ser acompañado por un soldado caído.

Memorizo los rasgos al demonio para buscarlo en el Libro Sagrado más tarde o que Adriel pueda decirme de qué tipo de demonio se trata. Se acerca hasta llegar justo delante de mí, pero al otro lado del campo de fuerza. Esto me da la oportunidad para mirarlo más de cerca.

Tiene una apariencia parecida a la de los humanos, aunque con unas extremidades más largas de lo normal y la piel de color café, áspera y rugosa. Involuntariamente apoyo las manos en la pared transparente que nos separa y pego mi cara a ella para poder mirarle más de cerca la cara, comparándola con los rasgos típicos de los humanos. La mayor diferencia entre ellos y nosotros son los ojos excesivamente separados, un poco saltones, con las pupilas amarillas y un doble párpado parecido a los que tienen los reptiles. Por lo demás todo era prácticamente igual a unas facciones humanas.

—Este ser repulsivo que tienes a tu derecha es lo que llamamos un poseedor de almas, un Yingb — Oh mierda, esto no es bueno, nada bueno. Remiel señala en nuestra dirección mientras le dice algo a Izan, el cual, cambia la expresión de su cara ya pálida por el miedo a una de absoluto terror y la sonrisa que aparece en el Yingb se hace más avariciosa.

Lentamente se acerca hasta quedar delante de Izan quien, en vano, trata de huir moviendo las piernas con desesperación intentado arrastrarse hacia atrás, pero el cuerpo corpulento a su espalda lo impide.

—Semyazza agárralo ¿quieres? Acabemos con esto de una vez —El ángel de alas marrones del que ya sé su nombre sigue las órdenes de su señor agarrando del pelo a Izan e inclinándole la cabeza hacia atrás para obligarle a abrir la boca, mientras sus ojos aterrados miran los movimientos del demonio.

Poco a poco el cuerpo solido del Yingb se va convirtiendo en una especie de niebla marrón con ojos y sin perder tiempo se introduce por la nariz y la boca de Izan ignorando sus gritos, que distorsionados, sonaban aún más aterradores»

Con la misma rapidez con la que empezó la visión, vuelvo a la realidad apartando la mano con la que todavía tocaba a Izan en el brazo y levantándome de la silla, tirándola al suelo por el ímpetu. Los quince pares de ojos presentes en la sala se giran hacía mí sorprendidos y un instante después preocupados cuando ven mi cara desencajada por el pánico.

Recojo apresuradamente todas mis cosas, murmurando palabras inconexas y disculpándome mientras muevo la cabeza de un lado al otro, corro hasta la puerta con el único pensamiento en mi mente de intentar evitar a toda costa que esa pesadilla se haga realidad.

)❍)❍)❍)❍)❍(

—¡¡Adriel!! —Tiro todo al suelo en cuanto abro la puerta de casa sin importarme dónde cae y recorro la estancia con la mirada buscando el cuerpo que supuestamente debería estar tumbado en el sofá pero para variar, este hombre no ha hecho ni caso—. ¡¡Adriel!!

Me dirijo a la habitación dónde tampoco está y el miedo que todavía tengo metido en el cuerpo se convierte en enfado al ver la imprudencia de Adriel. Estoy a punto de volver a gritarle enfurecida cuando me percato del sonido de la ducha apagándose y mi custodio sale de la ducha todo brillante, anudándose una toalla a la cintura. Aunque mirándolo más fijamente me doy cuenta de que ya no le veo tan luminoso, supongo que tiene que ver con el aumento progresivo de mis poderes.

—¿Se puede saber por qué gritas tanto? ¿Y qué haces aquí tan temprano?

Se para apoyado en el quicio de la puerta entre el lavabo y el pasillo.

—Pensaba que te habías ido y ya iba a buscar la escopeta que tengo guardada en el armario para usarla contra ti —me detengo mirándolo con el ceño fruncido cuando me percato de la tensión de su espalda bajo esa postura aparentemente despreocupada y de que su voz ha sonado mucho más cansada de lo que sonaba esta mañana. —Está bien, desembucha. ¿Qué has hecho que te ha dejado tan agotado?

Al oírme suspira cansado.

—He tenido una audiencia con mi señor Raguel y por lo visto el traslado no me ha sentado muy bien. —El tono ligeramente evasivo con el que me lo dice sé que hay algo que me oculta, aún así y teniendo en cuenta lo que me acaba de decir, debe estar peor de lo que da a entender—. ¿Ahora vas a decirme por qué llegas tan temprano? Hace tan solo un par de horas que te fuiste.

—Ven vamos al sofá, no quiero que te derrumbes en mitad de mi pasillo.

Sujetándolo por la cintura como ya es costumbre estos días, llegamos al salón y lo ayudo a que se recueste en el sofá de tres plazas mientras yo me arrodillo a su lado para chequear que las heridas no hayan vuelto a sangrar mientras se lo cuento todo sin dejarme nada en el tintero.

—¿Cómo estás tan segura de que la visión es del futuro? Según nos consta la psicometría de tu madre solo servía para ver el pasado de lo que tocas.

—Sí, pero tú mismo dijiste que cabe la posibilidad de que haya alguna variante, así que éste tiene que ser el caso, porque es imposible que lo que he visto sea el pasado. Estamos hablando de mi amigo Izan, si le hubiera poseído un *Yingb* lo sabría, ¿no crees? Somos amigos desde hace años.

—¿Estás segura que no has visto nada extraño en tu amigo en los últimos meses?

—Nada, Izan es solo Izan. El mismo patoso, despreocupado y divertido de siempre.

—Bien, lo vigilaremos de cerca. Si en tu visión aparece Remiel capturando a tu amigo, no dudes de que no saldrá vivo de allí, sobre todo si es poseído por un *Yingb*. Cuando estos carroñeros poseen un cuerpo, se alimentan de su alma lentamente hasta no dejar nada.

Asiento lentamente mientras un escalofrío me recorre por entera y Adriel, percatándose de ello, me aprieta afectuosamente la mano que tengo sobre su hombro.

—No te preocupes Bruja, vamos a intentar por todos los medios salvar a tu amigo, ¿de acuerdo? —Asiento y sonrío más tranquila.

—Gracias.

—¿Por qué?

—Por saber siempre que decir para tranquilizarme.

—Para eso estamos, bruja.

De repente palidezco al recordar mi abrupta salida de la escuela.

—¡¡Ay, mierda!! — me pongo en pie y comienzo a pasearme nerviosa por la casa— Soy una irresponsable...

—¿Por qué? — Aún con el tono cansado en su voz, denoto diversión en la pregunta de Adriel.

—Pues porque he salido disparada en mitad de una reunión sin dar explicaciones, mientras que mi jefe ha venido, por lo que me ha parecido, bastante enfermo. Soy una irresponsable, debería haber aguantado el poco tiempo que faltaba para terminar y entonces venir corriendo hacía aquí. —Miro mi reloj de pulsera—. Creo que será mejor llamar al colegio para disculparme, aunque por el aspecto que tenía ya habrá vuelto a casa.

Termino diciendo mientras me acerco hasta el balcón y miro al otro lado de la calle. Parece que el piso está vacío, o por lo menos no se ve a Adrian por ningún lado por lo que voy hasta la mesita que tengo en una esquina del salón y cojo el teléfono inalámbrico para llamar al colegio.

—¿Qué haces? —me pregunta Adriel con incertidumbre.

Levanto un dedo para indicarle que guarde silencio cuando la recepcionista de la escuela, la señora Márquez responde a la llamada:

—Hola Teresa, soy Zoe —le digo con voz cantarina—. ¿Podrías ser tan amable de decirme si Adrian sigue por allí?

—Ay hola bonita, pues la verdad es que se ha ido poco después de salir tu pitando, ¿Te encuentras mejor?

—Sí gracias, he tenido una emergencia familiar que ya se ha solucionado, siento molestar. Que tengas un buen día Teresa.

—Gracias bonita, tú también.

Cuelgo frunciendo el ceño y me giro hacia Adriel que está observándome en silencio.

—¿Todo bien?

—¿Estarás bien si te dejo solo un rato? Necesito disculparme con mi jefe por haberme ido tan bruscamente del trabajo.

—Tranquila estaré bien, ve y haz lo que tengas que hacer. Pero si vuelve a pasarte algo fuera de lo normal grita mi nombre y apareceré allí en un destello, ¿Vale?

—Vaaale. —Como voy al otro lado de la calle decido coger tan solo las llaves de casa y mientras me dirijo a la salida le digo a Adriel—. Aprovecha que no estoy para descansar ¿quieres?, sé que no te doy mucha tranquilidad, perdona.

—¿Cuándo vas a dejar de darme consejos como a un niño cada vez que salgas por la puerta de casa?

—Lo haré cuando deje de oír tanto cansancio en tu voz —Y en un impulso me acerco corriendo a él y le beso con cuidado en el pelo—. ¡Haz lo que te digo!

Tres minutos después, entro al portal de Adrian, aprovechando para entrar al ver salir a un vecino, y busco su nombre en el buzón para averiguar el número de puerta.

—¿Adrian? Soy Zoe.

Espero a que abra, pero cinco minutos después sigo plantada frente la puerta dando ligeros toques impacientes con el pie —Adrian, vamos abre la puerta—. Vuelvo a insistir llamando con más fuerza.

Al otro lado de la puerta oigo un golpe sordo seguido de una maldición y los pesados y arrastrados pasos de Adrian se oyen cada vez más cerca, hasta que entreabre la puerta un desmejorado Adrian con la frente perlada de sudor.

—¡Madre mía, estás hecho un asco! —Una sombra de sonrisa aparece en su paliducha cara—. ¿Puedo entrar?

Sin decir nada abre la puerta lentamente para darme paso y me detengo justo a su lado. Sin poder evitarlo alargo la mano para tocarle la frente y frunzo el ceño.

—Al menos no tienes fiebre, pero este sudor frío no es normal. —Me alejo un poco para mirarlo con cara de madre preocupada—. ¿Se puede saber qué te pasa?

Con dificultad se acerca hasta el sofá y se deja caer sin ceremonias.

—No preguntes Zoe.— se inclina hacia delante para apoyar los codos en las rodillas y frotarse la cara—. ¿Qué haces aquí? Has salido pitando de la reunión como alma que lleva al diablo.

—Lo sé y esa es una de las razones para haber venido. — Le doy la espalda antes de que pueda ver la mentira en mi cara—. Mi madre me ha escrito diciendo que había pasado algo con mi abuelo pero tan solo ha sido un susto.

—Me alegro que todo haya quedado en nada, pero la próxima vez párate un segundo para dar algún tipo de explicación, ¿de acuerdo? Si hubiera sido otro profesor le hubiera caído una amonestación formal y de las gordas.

—Sí, créeme que lo siento de verás, Adrian, no volverá a pasar —me disculpo arrepentida y volviéndome para mirarlo de frente le pregunto—. ¿Y bien? ¿Qué te pasa?

—Es solo una mezcla de gripe y agotamiento, nada que un poco de descanso no arregle.

—Si solo es eso, entonces bien. —Me acerco a la ventana y miro en frente por si veo el brillo de Adriel —. Ya ha vuelto a desaparecer.

—¿Quién?

—¿Qué? —Me giro hacía él distraída.

—¿Qué quién ha vuelto a desaparecer? —pregunta desde el sofá.

—Ehh... nada una planta que tengo colgada en el balcón y que la vecina de al lado siempre acaba robándomela . No sé por qué sigo colgándola justo al lado de nuestra separación.

Vuelvo la cabeza mordiéndome el labio inferior con fuerza para impedir gemir. No puedo creer todas las mentiras que estoy diciendo en los diez minutos que llevo a su lado. Culpable me acerco al otro extremo de la sala de estar para entrar en la cocina.

—¿Has comido hoy? puedo hacerte algo antes de irme, seguro que te alimentas a base de comida congelada —grito desde la cocina.

—No está tan mal como parece, hoy en día las hacen muy nutritivas — Su voz suena amortiguada por sus manos.

Sin molestarme en contestar abro la nevera buscando algo más sano que las pizzas congeladas que tenía en el congelador. Me sorprendo al encontrar en el cajón de la nevera unas cuantas verduras frescas, así que saco todo lo necesario y me pongo a trabajar. Mi madre siempre me hacía esta sopa cuando estaba enferma, así que espero que al menos le sirva para que pueda encontrarse mejor. Una vez todo listo tan solo necesito tiempo, por lo que vuelvo a la sala y veo a Adrian en la misma posición que cuando me fui.

—¿Seguro que estás bien? no te ofendas pero tu cara va empeorando por momentos... parece que te hayan dado una paliza —le digo mientras me siento a su lado.

—Si te soy sincero, sí que he recibido una paliza. —Gira la cabeza parcialmente hacía mí y me mira con el ceño fruncido—. Justo ahora mismo me están acribillando a preguntas.

—Ja, ja, muy gracioso. Siento si soy una pesada pero odio ver a nadie mal.

—Pues no deberías preocuparte, ya te he dicho que solo es cansancio. No hay nada como el descanso para mejorar.

—Lo sé, ¿por qué no te acuestas un rato? yo esperaré a que se termine la sopa y me voy, necesito saber que al menos he servido de ayuda.

—Gracias Zoe —dice tras un largo suspiro—. Perdona por mi brusquedad, no suelo ser un buen paciente.

—No eres el único, conozco a uno muy parecido, seguro que tiene que ver más con la testosterona —bromeo—. ¿Cómo está tu amigo? ¿Zacarías se llamaba, no?

—Sí, está bien. ¿Por qué? —Ahora está prestándome toda su atención. Ha girado totalmente el cuerpo, ahora tenso, hacía mí—. ¿Por qué te interesa mi amigo? Ya está cogido por si eso es lo que te interesa.

—¿Por qué crees eso? ¡¡Solo he preguntado cómo estaba, eso es todo!! —Estoy entre sorprendida y divertida. Parece que está celoso y eso no me desagrada, por cierto.

—¿Solo quieres saber cómo está? ¿En serio? No sé porque me da la sensación que quieres preguntarme algo más.

Mierda, me conoce tan solo de unos días y parece como si lo hiciera desde hace años. O es muy intuitivo o yo no soy tan disimulada cómo creía. Me muerdo el labio mientras cierro los ojos con aire de culpabilidad confirmándole a Adrian sus sospechas.

—Está bien Zoe, desembucha. ¿Qué pasa? —Se sirve del mismo tono que utiliza con los alumnos que han hecho algo malo. Pensareis que eso conmigo no sirve siendo adulta... pues bien, os equivocáis, porque ese tono da un poco de miedo cuándo lo acompaña con esa mirada intensa de ojos verdes.

—Nada importante, es solo que, no sé... su actitud me dejó algo inquieta. La manera en cómo reaccionaba únicamente con Olivia fue un tanto extraña la verdad. No me malinterpretes, no estoy diciendo nada malo de él, pero tienes que reconocer que le echaba unas miradas muy largas e intensas para no haberla visto nunca, según él. Aunque a Olivia le resulte familiar y sé que has dicho que está comprometido y todo eso... —Cierro la boca al darme cuenta de que estoy dando vueltas a lo que realmente quiero preguntar, así que cogiendo aire disparo—. ¿Es tu amigo un acosador chalado o algo parecido?

Adrian me mira entrecerrando los ojos brevemente pero al menos no parece que le haya sentado mal la pregunta.

—Olivia se parece a una persona que significó mucho para Zacarías. Solo estaba un poco sorprendido y desconcertado por la gran similitud entre las dos.

Por su lentitud al responderme sé que ha escogido cuidadosamente las palabras adecuadas para no delatar nada importante sobre su amigo. Una vez satisfecho con el resultado añade en un tono más socarrón—. De modo que si lo que te preocupa es que Zacarías sea un acosador o algún tipo de psicópata que va detrás de tu amiga, quédate tranquila.

—¿Sabías que puedes llegar a ser muy impertinente cuándo quieres? —le digo con el ceño fruncido.

—Lo sé, pero solo con aquellos que se lo merecen.

—Con Izan lo haces continuamente. —Me rio cuando veo su mueca de desagrado—. Creo que deberías pensar en cambiar un poco tu actitud hacia él. El pobre cada día lo pasa peor.

—Tal vez el que debería cambiar su actitud sea él —escupe enfadado—. Reconoce que no sabe mantener la bocaza cerrada. Tiene suerte de que solo lo reprenda un poco, cualquier día esa lengua tan larga que tiene puede llevarle a más de un problema. —Y señalándome con un dedo me recrimina —. Además creo que ya va siendo hora de que seas un poco más dura a la hora de rechazarlo, sino lo haces, nunca podrás quitártelo de encima. Siempre y cuando eso sea lo que quieres en realidad.

Tuerzo la boca porque, aunque sé que es cierto, no puedo evitar que me duela su comentario.

—Soy muy consciente ello, créeme, pero es que no quiero hacerle daño— me lamento quejumbrosa- , siempre me ha tratado muy bien y aunque no quiera nada con él sentimentalmente, no quiero perderlo como amigo. Pero me niego a admitir que en alguna ocasión le he dado esperanzas a que pudiera haber algo más, porque no es verdad — Le digo contundente apuntándolo con un dedo—. A pesar de haber sido amigos durante años, nunca jamás hemos quedado los dos a solas y siempre he mantenido una actitud distante en cuanto a contacto físico se refiere. Es por eso que no entiendo la continúa insistencia para salir juntos. Nunca le he dado motivos para pensar que lo nuestro sea algo más que simple amistad.

—Bien, pues parece que además de bocazas es corto de entendederas si no capta tus señales.

—Sí, eso parece... —Y tras un suspiro le digo—. Hablaré con él si vuelve a insistir. Aunque también debo decir que nada de esto es de tu incumbencia.

—Ya te lo dije en la sala de profesores la semana pasada Zoe. Es asunto mío en el momento que se distrae de su labor como profesor para intentar ligar contigo, aunque si te soy sincero, también debo admitir que aparte de mi pésima opinión sobre su actitud en el trabajo haya una cierta antipatía personal.

Su último comentario dicho con la boca pequeña, me arranca una carcajada.

—¿Una cierta antipatía? ¡Si es de dominio público que no lo soportas! —se lo digo entre carcajadas.

—Ya veo que te resulto gracioso —me dice con una sonrisa. Noto que conforme va pasando el tiempo sentado y hablando conmigo Adrian va recuperando algo de color en la cara.

—Lo cierto es que un poco gracioso sí que me resultas, pero tranquilo, soy consciente que eso no es algo que se vea con frecuencia—. Miro el reloj que tiene en una repisa y me levanto corriendo—. La sopa ya tiene que estar lista, quédate aquí mientras voy a echarle un vistazo.

Corro a la cocina y al comprobar que ya está lista, la dejo a un lado para que Adrian pueda comérsela cuando le apetezca y como no quiero dejar a Adriel solo mucho tiempo más,— a saber que puede estar tramando— no puedo evitar volver a mirar por la ventana buscando el brillo de Adriel.

—No paras de mirar hacia tu casa, ¿temes que tu vecina vuelva a robarte algo?

Ya sabía yo que no se había tragado la mentira de antes, de modo que opto por encogerme de hombros.

—Pensaba que me había dejado una luz encendida.

Respondo con evasivas y, a juzgar por su cara al mirarlo de reojo, tampoco se ha creído esta.

Por favor... no sé ni mentir bien. Siento mi cara en llamas a causa de la vergüenza.

—Te he dejado la sopa en la encimera, cómetela ahora que está caliente. Mi madre me la hacía cuando era niña y estaba enferma y, te lo creas o no, acababa mejorando al día siguiente.

—¿Tu madre no es bruja? Seguro que tenía que ver más por algún remedio casero que por el cariño con el que te lo hacía.

—Tú búrlate, pero espero que me des las gracias mañana cuando despiertes más fresco que una lechuga.

Al pasar por su lado en dirección a la puerta y oler su perfume a sándalo me contengo a acariciarle el pelo, ya he sobrepasado el límite entre jefe y empleado al hacerle de enfermera.

—Ya es tarde, será mejor que me vaya, además tú tienes que descansar. Cuídate ¿vale? nos vemos mañana.

—Gracias por la visita y por la sopa —Sonríe agradecido.

—No hay de qué ¡Hasta mañana! —Le guiño juguetona y cierro la puerta.

CAPÍTULO 10

Lo primero que hago nada más llegar a casa es buscar a Adriel, lo he dejado solo demasiado tiempo y no creo que haya sido muy buena idea, considerando el estado en el que estaba y, apuesto a que Adriel se encontraba peor de lo que me había dicho. También está el ligero problema de que no puedo ver su cara entre tanto brilli—brilli, así que tengo que fiarme de mi dudoso instinto y de lo que Adriel quiere confesarme, el cual es poco.

Por otro lado, después de mi abrupta salida durante la reunión y de haber visto el aspecto de Adrian, mi conciencia no estaba tranquila sin saber si tenía a alguien que pudiera cuidar de él como yo cuidaba de Adriel y como el alquiler no se paga solo, necesitaba saber si todavía conservaba mi trabajo. Además, ausentarme una hora tampoco es mucho, ¿no?

Lanzo un suspiro más largo de lo habitual porque esta situación va acabar matándome. Si bien es cierto que cada día tengo sentimientos más profundos por Adriel, también he de admitir que ver a Adrian pasando por un mal momento me ha hecho sentir algo por dentro que no sé muy bien identificar, pero de lo que estoy segura es que es muy diferente a la simple atracción física evidente que ya existe entre nosotros.

Como ya imaginaba en casa de Adrian, Adriel no está en el salón donde lo dejé y al entrar en la cocina compruebo que tampoco ha comido nada del almuerzo que le dejé. Frunciendo el ceño preocupada, aligero el paso hasta llegar a su habitación y tras llamar suavemente a la puerta, entro para ver su figura iluminada acostada boca abajo con las sábanas a la altura de sus caderas.

Me acerco con cuidado para no despertarlo y apoyo el dorso de la mano en la frente de Adriel, quien se revuelve sin llegar a despertarse y, aunque no tiene fiebre, una pátina de sudor frío le cubre el cuerpo y que su brillo es un poco más tenue, por lo que cogiendo el borde de la sábana, la subo hasta taparlo un poco más.

Ayer cuando lo encontré con las alas recién cercenadas no parecía tener ese cansancio tan extremo. Eso ha aparecido esta mañana, después de llegar del trabajo y temo que pueda ser algo más aparte de las heridas ya existentes.

No sé cuánto tiempo me quedo absorta intentando discernir qué narices es lo que puede tener a Adriel tan extenuado.

—¡Seré imbécil, cómo no he caído antes!

Retiro la sábana y los vendajes con cuidado cuando por fin, me puedo permitir un gran suspiro de alivio.

Las dos heridas en su espalda que tenía completamente abiertas y profundas, en las cuales podías vislumbrar tendones y hueso, ahora son completamente diferentes.

Me acerco un poco más y veo que han aparecido unas extrañas protuberancias, que junto con lo que dijo Rafael, es evidente de que sus alas ya están en proceso de curación y de ahí a que Adriel esté tan cansado todo el día. Se necesita una gran energía y un gran poder para regenerar unas alas tan impresionantes como las que tenía.

Vuelvo a taparlo y tras acariciarle la mejilla una última vez, me voy a la cocina para comer algo.

Sentada en la barra americana y atacando el pollo que hice ayer para los dos, me devano los sesos para encontrar algo que me ayude a saber más sobre mi padre y por el momento no sé si Adriel ha podido conseguir alguna información, aunque dudo mucho que lo haga. Si sus señores hubieran querido que supiera algo de Melek ya se lo habrían dicho, esa gente no da ese tipo de información así como así, por muy ángeles del cielo que sean.

Esto es algo que tengo que hacer yo, aunque sigo sin tener ni pajolera idea de cómo.

Quiero saber quién y qué es Melek, pero no quiero volver a encontrármelo cara a cara, ya tuve suficiente una vez. Si fue tan terrible en un sueño no quiero ni pensar cómo podría ser en persona. La sola idea de que pueda volver a ponerme una mano encima sea para quitarme mis poderes o simplemente por un simple toque paternal fingido, me pone los pelos de punta.

Tal vez pueda haber algún tipo de conjuro para encontrar información sobre él, o encontrar a alguien que pueda decirme algo.

Cualquier cosa.

Aparto el plato desganada y, después de recoger la cocina me dirijo a la habitación que la otra noche habilité como mi pequeña y privada salita de rituales.

Gracias a mi madre y al abuelo Samu, quienes me proporcionaron todo lo necesario, tengo un rincón digno de cualquier buena bruja que se aprecie. Fue pura coincidencia que ya estuviera pintada con colores cálidos, justo como mi madre sugirió para que la energía y la magia fluyan con facilidad.

Me dejo caer sobre los mullidos cojines estampados que rodean la mesa corta de madera de cedro con símbolos grabados en ella y donde está colocado el atril con el Libro Sagrado cerrado encima.

Empiezo a leer por la primera página sin saber muy bien qué es lo que estoy buscando. Una página tras otra, leo todo tipo de conjuros y hechizos, pero ninguno que me sirva para mi propósito.

Hay de todo, desde conjuros para matar a distintos demonios como un *Rushêg*— un pequeño demonio carroñero que habita en unos de los infiernos— pasando por varios seres mágicos con gran bondad como duendes y hadas e incluso explicando los diferente tipos de infierno que existen.

Detengo mi búsqueda realmente interesada. Si ya dudaba de la existencia de un infierno, el hecho de que existan tres nada menos supera mis límites, además creo que es realmente necesario saber contra qué lucho y los lugares de dónde provienen.

El primero de los infiernos es el que conocemos los humanos como tal, el Infierno de Lucifer.

Lucifer, también conocido como el ángel de la luz, fue uno de los ángeles más conocidos en ser desterrado de los cielos. Es taimado, traicionero y se le conoce por tener su reino lleno de esclavos que han sido engañados a entregar sus almas por toda la eternidad a cambio de deseos banales y superficiales que no merecen tal precio. Allí están destinados a no encontrar la paz eterna y son torturados por los esbirros diabólicos que no tienen ningún tipo de piedad.

El segundo de los infiernos y, el que más parece preocupar a los arcángeles, es el Infierno de los Grigori. El Libro Sagrado no dice mucho sobre él, tan solo que es regido por el arcángel Remiel y tiene a sus órdenes doscientos ángeles caídos, aunque en realidad son unos cuantos cientos de miles más, que junto con él, fueron desterrados.

Todo lo que sé es por lo que Adriel me explicó, que al menos es más de lo está escrito aquí.

Miro la página que está prácticamente en blanco y considero la idea de preguntar un poco más a Adriel sobre ello para poder poner mi pequeño granito de arena a la herencia familiar.

El tercero de los infiernos es el de Belial, el Príncipe de los Infiernos y Señor de la Arrogancia. Aquí dice que Belial, otro ángel caído —algo tiene que haber ahí arriba para que se larguen de los cielos— es frío, orgulloso, calculador y de una crueldad extrema. Su infierno está más allá de los dos infiernos anteriores, donde es difícil llegar hasta para los propios demonios, por sus áridos paisajes y los cráteres en constante erupción. A Belial, no le interesan las almas humanas, su crueldad está destinada especialmente para aquellos ángeles o seres mágicos que tienen la desgracia de caer en sus manos.

Paso la página con un escalofrío de temor.

—Una idea brillante lumbreras.—mascullo irritada— Si ya te aterroriza el antiguo arcángel Remiel y su infierno, ha sido una idea esplendida leer sobre los otros dos Infiernos, si señora.

La siguiente media hora me la paso leyendo una página tras otra buscando algo que me ayudara a saber de Melek y por el momento lo único que he podido encontrar es un conjuro para atraer la suerte, pero francamente necesitaría todo un campo de tréboles de cuatro hojas para que tuviera éxito en algo así.

Frunzo el entrecejo volviendo hacía atrás en el libro cuando me doy cuenta de que tampoco he encontrado ninguna mención sobre La Llave. Ni una anotación sobre lo qué es, para que sirve o que poderes propios posee.

Absolutamente nada.

He estado tan ocupada intentando dominar mis poderes que no me he detenido a pensar en nada más, de hecho creo que ya es hora de saber cuál es el verdadero significado de ser La Llave.

Me hago un recordatorio mental de preguntarle a Adriel sobre el tema, pero por ahora lo mejor será ir paso a paso y centrarme en averiguar de quién he heredado el cincuenta por ciento de mis genes y eso me está crispando los nervios y cómo consecuencia de eso mi cabreo es cada vez más y más grande.

No ha habido un solo momento desde que desperté en el que me hayan sucedido cosas buenas, solo ataques hacía mi persona... ¡Si hasta me han agredido en sueños!

Una ya no puede ni soñar tranquila.

Estoy a punto de tirar la toalla, paso las páginas del Libro Sagrado con desgana mientras apoyo la cabeza en mi mano, todavía me queda la cuarta parte por leer y con un resoplido frustrado sigo buscando, hasta que por fin, quince minutos después creo que he dado con algo.

«Aquello que más deseas:

Con este conjuro podréis obtener todo aquello que se desea en lo más profundo de vuestro corazón. Para ello se precisa:

— Seis velas blancas.
— Cinco velas verdes.
— Un grano de oro de un duende de la suerte.
— El néctar de una corona sangrante.
— Dos gramos de polvo de hueso.
— Las esporas de una seta felinus.
— Pluma blanca de garza.
— Sangre del brujo o bruja que realice el conjuro.»

De tres conjuros realizados hasta ahora y ésta es la segunda vez que me piden un poco de sangre. Suelto un bufido desdeñoso y sigo leyendo.

«Colocar en un gran círculo, las cinco velas verdes y cinco de las velas blancas y en su centro un cuenco de cobre y la vela blanca restante. Encender todas, menos la del centro, y mezclar en el cuenco todos los ingredientes excepto la sangre del brujo.

En un papel en blanco escribir con la pluma de garza, empapada con la sangre del brujo, aquello que más deseéis encontrar. Retorcer el papel y quemarlo mientras recitáis las palabras siguientes:

Te invoco a ti Hécate,
reina de las brujas
Invoco a tu poder divino,
nos concedas aquello que mi corazón desea.
Impregna de fuerza mis palabras,
Así mi más profundo deseo me confieras.

Recitadas las palabras lanzar el papel en llamas al cuenco, para que todo junto, no queden nada más que cenizas.

ADVERTENCIA: Para realizar este conjuro se ha de tener muy claro cuál será el deseo a pedir, pues no siempre aquello que se desea es lo que el individuo necesita y otros seres pueden salir perjudicados en el proceso. Realizarlo con cautela y sin egoísmos.»

¡Guau! Acabo de leerlo sorprendida. Para que haya una advertencia al pie de este conjuro, tuvo que haber salido algo realmente mal al realizarlo con anterioridad y es que la escritura de la nota de advertencia final es otra distinta a la original.

Con todas mis alarmas puestas en mi cabeza, llego a la conclusión de que hoy por hoy no hay nada que desee más que saber quién es mi padre, de modo que poniéndome manos a la obra, dedico los siguientes diez minutos a reunir todo lo necesario. Aparto de la mesa el atril con el libro dejándolo a mi alcance en el suelo, coloco las velas alrededor del caldero y mezclo el polvo, el grano de oro, el néctar y las esporas y con una pequeña daga, parecida a la daga de la familia, limpio el extremo de la pluma y la afilo hasta dejar afilada su punta.

Ahora llega la parte más macabra del conjuro.

Con la misma daga me hago un corte profundo en la palma de la mano y lleno con mi sangre un pequeño tintero que he encontrado entre las cosas que me regaló mi madre y con letra clara escribo el deseo.

«Deseo saber quién es Melek, mi padre»

Enciendo la vela blanca del centro y haciendo un canuto con la hoja de papel, quemo su extremo mientras recito el conjuro, echándolo al cuenco junto con el resto de ingredientes.

Miro las llamas de su interior y aunque en el libro no lo especifica, continúo repitiendo la frase en un susurro suplicante, deseando que con toda mi alma que surta efecto.

Asombrada veo como segundos más tarde las llamas consumen todo el contenido con rapidez y el humo blanco resultante se concentra dentro del círculo de las velas, sin que éstas dejen salir nada, creando una espesa columna de humo blanco que comienza a brillar cada vez más mientras poco a poco se va formando una imagen.

En medio de todo ese humo y con la luz de la vela central tras ella, aparece la figura de un ángel, quien tiene grabado en su centro, como si de un tatuaje se tratase, un símbolo que ya había visto con anterioridad, una espada dorada con dos alas negras y rojas sobresaliendo de ella.

El símbolo que el ángel llamado Semyazza tenía como colgante.

Miro la imagen más a conciencia, buscando cualquier cosa que pueda decirme más sobre él, lamentablemente segundos más tarde, la columna de humo se disuelve apagando todas las velas del círculo excepto la vela central.

Me quedo mirando la suave llama pasmada.

Soy la hija del ángel caído Semyazza, uno de los soldados de Remiel.

164

Ahora todo está claro. Ése es el motivo por el que nadie ha podido averiguar jamás su verdadera identidad y el por qué su poder es mucho más grande que el de cualquier otro brujo. Tiene los poderes de un ángel, como los de Adriel, y por lo tanto la capacidad para utilizar luz astral.

No obstante, y según mi custodio, ningún ángel caído ha tenido nunca un hijo con mi aspecto. Dijo que todos aquellos seres que nacían mitad humanos, mitad ángeles caídos, eran unos seres horrendos llamados Nefilims. Puede que esa sea la razón por la que soy la tan ansiada Llave. Tal vez se deba al hecho de haber nacido como La Llave, que haya sido el único ser a lo largo de toda la historia en nacer con un aspecto tan normal y con más poder que el resto de mestizos.

Abriendo la cámara frontal del móvil observo mi reflejo con otros ojos.

Paso el dedo por la pronunciada arruga que tengo en el entrecejo por haber fruncido el ceño a lo largo de toda mi vida, sin encontrar ninguna marca ni cicatriz que pudiera indicar la posible existencia de un tercer ojo. No me refiero al ojo místico del que siempre habla mi madre, sino de uno bien real.

Soy una Nefilim. Mucho más bajita y más guapa, pero una Nefilim a fin de cuentas.

Dejando a un lado el móvil, empiezo a recoger los restos del conjuro sin dejar de darle vueltas al comparar la visión de Izan con la proyección astral de mi padre.

El ángel que recuerdo de la visión y el aspecto que tenía en mi sueño eran distintos. Mientras que con Izan revela a un ángel corpulento con cicatrices en los brazos y el pelo y los ojos castaños, en la proyección astral eran todo lo contrario.

El Melek que se presentó ante mí, aunque tenía el pelo igual que Semyazza, no eran del mismo color, sino de un dorado brillante al igual que sus ojos, y su cuerpo no era tan corpulento como el ángel caído.

Por eso sigo sin poder entender cómo puede ser cierto de que Semyazza, el capitán del regimiento de los caídos de Remiel, y Melek, mi padre, sean la misma persona, porque si bien es cierto

165

que el conjuro me ha dado lo que deseaba, eso no ha hecho que deje de tener preguntas, más bien todo lo contrario. Seguro que a eso se refiriera la advertencia al final del conjuro.

Un ligero movimiento en la puerta me saca de mis divagaciones mentales— sin percatarme de que dejado de recogerlo todo para quedarme mirando embobada la vela central prácticamente consumida— para encontrar el cuerpo luminoso de Adriel, con los brazos cruzados en el pecho y apoyado despreocupadamente en el quicio de la puerta. Una postura destinada para parecer relajada, y que sin embargo y apostaría todo mi dinero, a que si se lo propusiera y fuera necesario, no tardaría ni una milésima de segundo en entrar en acción.

Reanudo mi labor lo más natural posible, como si hubiera estado jugando a las cartas en vez de haciendo un conjuro bastante revelador, e inclinando la cabeza hacia un lado le digo con una ligera sonrisa:

—Buenas tardes dormilón, al fin despiertas. —Lo miro un instante antes de girarme para guardar el frasco de polvo de huesos en uno de los estantes.

—Dirás buenas noches, son más de las diez. —Sonríe tras ver mi expresión de sorpresa—. ¿Qué has estado haciendo aquí para no haberte dado cuenta de la hora que era?

—He estado practicando un poco y de paso descubriendo un par de cosillas bastante interesantes.

—¿El qué?

—Ah no, no, no listillo— Lo apunto con el dedo, negando con la cabeza— Cuando me digas qué has podido averiguar tú sobre mi padre, te diré mi pequeño gran secreto.

Incluso estando al otro lado la estancia, siento la tensión repentina de Adriel, quien suspira tras un silencio incómodo.

—Lo cierto es que absolutamente nada. Le he contado a mi señor el altercado que has tenido con tu padre durante una proyección astral. Aparte de oírme y decirme de que siga protegiéndote, se ha cerrado en banda. Lo único que he sacado en claro es que ellos saben más de lo que han revelado.

—¿Eso no te cabrea?

Cierro el libro sagrado con más fuerza de la que me gustaría y acaricio la tapa con cariño a modo de disculpa.

—Ya te dije nuestra forma de trabajar, Zoe, se trata de absoluta confianza en lo que los Supremos te ordenan sin cuestionar ninguna decisión.

Dejo el atril y el libro encima de la mesa de rituales, doy una vuelta sobre mí misma cerciorándome de que todo esté en su lugar y salgo con paso tranquilo de la sala de rituales, obligando a Adriel a apartarse de mi camino.

—Zoe espera.

Ignorándolo, escucho un suspiro a mi espalda y los pasos de Adriel siguiéndome hasta el salón.

—Sé bien tu desconfianza hacia ellos, pero estás en el bando correcto. Los Supremos son los buenos aquí. Se encargan de que exista armonía y de protegernos a todos, incluso a mí, a pesar de ser uno de sus capitanes. Si ellos han decidido callar y no revelar nada es por alguna razón de importancia. Solo necesitas un poco de paciencia.

Esto ya es el colmo, me giro para enfrentarme a él

—¿Paciencia? ¿Me pides paciencia con ellos? ¿Con todo? Mi paciencia tiene un límite Adriel y está a punto de estallarte en toda la cara como sigas pidiéndome paciencia con seres alados que están tan absortos en no perder su gran estatus angelical, que les importa una mierda que les puede pasar a uno de sus grandes capitanes y a una simple humana.

Sé que en el fondo Adriel no tiene la culpa de nada, solo es un peón más de este asunto con los supremos y el puñetero Gran Final y, para más inri, el resultado del conjuro me crispa enormemente los nervios. Respiro hondo un par de veces intentando calmarme antes de decir algo que pueda lastimarlo

—Mira, sé que tú no tienes la culpa y que realmente confías en ellos pero siempre acabamos teniendo la misma discusión. Es de mi vida de la que estamos hablando Adriel, no de la de ellos. Tal vez no les importe mucho mi futuro, excepto para hacer mi función como La Llave para el Gran Final y de lo que por cierto tenemos que discutirlo en más profundidad, pero a mí sí que me importa y deberían preocuparse un poco más de lo que están haciendo ahora porque, si como dices, ellos nos están protegiendo del malo malísimo, tal vez no están haciendo muy buen trabajo, sino explícame, ¿cómo ha podido Melek llegar hasta a mí con tanta facilidad? Si Los Supremos tienen un ojo puesto en mí o si como ellos te han dicho, lo tienen controlado. ¿Cómo ha podido sortear esa vigilancia? ¡Explícamelo Adriel, porque no lo entiendo!

Adriel se mantiene en silencio, dándome un minuto para que me calme antes de continuar, con mi entrecortada respiración como único sonido en la habitación.

—Entiendo que estés asustada, todo esto es nuevo para ti, de repente te despiertas un día con unos poderes y una vida que no pediste, pero éste ha sido siempre tu destino. Tú no has nacido para ser una humana corriente, nunca lo fuiste. Zoe, has nacido para ser alguien poderoso y con un futuro tan grande como la mujer extraordinaria que eres. Sé que todavía no sabemos la verdadera identidad de tu padre pero lo averiguaremos, aunque mis señores no me lo hayan ordenado, si lo que necesitas es saberlo, entonces haré lo que esté en mi mano para ayudarte a averiguarlo. Mi misión en esta vida es protegerte y hacer que seas feliz, nunca he fallado en una misión y no voy a empezar a hacerlo ahora.

No sé como lo consigue pero con sus palabras Adriel ha dado justo en el clavo, ya siento como el nudo del estómago que se ha ido formando durante toda la tarde va despareciendo.

—Gracias. —Sonrío agradecida.

Necesitaba oír esas palabras sobre todo después de la enorme revelación de mi conjuro, voy a necesitar más que nunca el apoyo de Adriel.

— Bien, ahora que mientras me ayudas a recoger un poco el desastre que tengo por casa, ¿Qué tal si pedimos unas pizzas y me cuentas exactamente cuál es la finalidad de ser La Llave?, porque déjame decirte que eres un experto en dar por sentado muchas cosas— recojo los restos del desayuno y sonrío al oírlo farfullar a mis espaldas—. Lo más extraño es que no he encontrado absolutamente nada en el Libro sagrado de mi familia que hiciera referencia a ella.

—Es lógico que no hayas encontrado nada,— prosigue Adriel después de verme colgar el teléfono— porque jamás ha existido una Llave anteriormente a ti. Cualquiera que haya oído hablar de ella, lo hizo como una mera leyenda más de nuestra historia.

—¡Venga ya!

Adriel asiente categórico en tanto lo miro con ojos desorbitados a causa de la sorpresa.

—Nadie sabe con exactitud cuál es el verdadero origen de La Llave, exceptuando claro está a Los Supremos y, cuando me designaron a ti, el Supremo Raguel me lo explicó todo. Verás...

Obligándome a mantenerme activa para evitar mirar a Adriel estupefacta, continúo con el proceso de poner orden a la casa mientras Adriel con gestos más estudiados me ayuda con la tarea mientras comienza a relatarme el origen de La Llave.

Al parecer y, según los Supremos, La Llave es el resultado de la creación del segundo de los Infiernos. Desde los albores del tiempo, El gran padre creó el primer Infierno—aquel que ahora pertenece a Lucifer— como destino para aquellos seres, tanto mágicos como humanos, que eran castigados para enmendar sus pecados.

Sin embargo, nadie esperaba que Los Supremos se vieran en la obligación, después de la muerte del Gran padre, de desterrar a uno de sus hermanos, por lo que entre todos ellos crearon una fortaleza más poderosa donde poder encerrar a su hermano Remiel y de ese modo no pudiera escapar.

Los Supremos eran conscientes de que esto acarrearía consecuencias, ya que desde el principio de los tiempos existía cierto equilibrio entre el bien y el mal. Este fatídico hecho hizo que uno de los seres más poderosos, junto con todo su séquito que hasta ese momento pertenecían al bien, les diera la espalda para inclinarse hacia el bando contrario, de modo que el equilibrio del mundo se volvió extremadamente inestable. En consecuencia y, justo tras el nacimiento del Infierno de los Grigori, una explosión de poder se dio lugar y la expansión que surgió de ella desapareció sin más.

A ese poder resultante se le otorgó el nombre de La Llave.

Ninguno de los bandos pudo encontrarla ni poseerla, a sabiendas de que de poder hacerlo, les inclinaría la balanza hacia su bando y lograrían el dominio en el universo, pudiendo determinar en el fin de los días tal y como los conocemos y con las puertas de los Infiernos abiertas de par en par, para la total liberación de aquellos que están encerrados en ellos; o bien devolviendo a Los Supremos el equilibrio que perdieron al desterrar a uno de ellos y equilibrando la balanza de nuevo a su favor.

Es por ello que desde entonces nadie ha cesado en su empeño en buscarla, con el tremendo error de que buscaban un objeto, algo inanimado que al obtenerlo y abrirlo les otorgaría el poder.

Nadie podía imaginar que el poder de La Llave estaba oculto en el interior de una bruja que determinaría el resultado final en la Gran Batalla final entre el bien y el mal que estaba por venir. Todo estaba en manos de ella, pues dependiendo de en qué bando luchara, se decidiría el destino del universo.

Cuando Adriel termina la historia, ya hemos finiquitado de recoger toda la casa y estamos sentados en las hamacas del balcón. Yo con uno de mis cojines de colores entre mis brazos, estrechándolo con fuerza.

—No me lo puedo creer—no puedo dejar de mover la cabeza con incredulidad— así que mi poder proviene directamente de los Supremos —lo miro con el ceño fruncido— ¿Quiere decir eso que soy algo así como su hija?

Adriel, sentado a mi lado, sonríe divertido.

—Tú eres sin duda humana, hija de Zahira y del misterioso Melek, —oculto una mueca al oír esto último— ahora bien, si te sientes mejor y eso hace que no te cabrees constantemente con ellos, puedes pensar que indirectamente eres hija de ellos. Aunque más bien es el poder de La Llave, que por consiguiente te pertenece, el que forma parte de Los Supremos. Pero tiene su lógica que el poder que determine el futuro de todos provenga de ellos. Nadie más que los Supremos tiene tanto poder.

Asiento no muy convencida, pero muy satisfecha por cómo ha resultado el final del día. Cierto que acojona bastante descubrir que tu padre es un ángel caído y que el poder que te ha sido otorgado proviene de los Supremos, pero al menos ya no vivo en la inopia total. Con todo eso en mente y antes de meternos en ese tan serio, necesito aplacar mis nervios, por lo que decido aplazarlo para más tarde.

—He comprobado cómo estaban tus heridas mientras dormías y parece que tus tejidos están regenerando bien. No creo que tardes mucho en que esas bonitas alas que tenías vuelvan a crecer. Ya tengo ganas de volver a verlas —le digo con una sonrisa.

—¿En serio? debía estar verdaderamente cansado para no haber notado nada. Menudo guardián estoy hecho —dice con fingida preocupación.

—Bastante has hecho ya en el estado con el que Rafael te trajo. Deberías estar descansando y has hecho de todo menos eso.

—Estaba bien —se le escapa la risa cuando suelto un bufido—. De acuerdo, regular. Pero debía informar al Supremo Raguel sobre tu padre y averiguar algo más sobre él. —Al ver que mi sonrisa desaparece Adriel prosigue más serio—. Lo único que he sacado en claro es que tu padre no es un brujo normal, dudo incluso de que sea humano. Porque si fuera un simple brujo, Los Supremos no estarían tan preocupados.

Esto último me forma un pellizco en el estómago.

—¿Están preocupados? —susurro asustada.

Adriel me agarra la mano con suavidad.

—Sí, nunca había visto una reacción como la que mi señor Raguel tuvo cuando supo lo que sucedió. —Apretando mi mano ligeramente prosigue—. No obstante cuando le conté la supuesta luz astral que salió de tu pecho, se quedó mucho más tranquilo y dijo que todos los Supremos lo tenían controlado, de modo que no has de preocuparte.

—¿Y te lo crees? —pregunto desconfiada.

—Sé que no te han demostrado mucho, pero al menos confía en mí. Los Supremos no están acostumbrados a tener que demostrar nada a nadie, saben que todos creemos en ellos sin ningún tipo de temor y que alguien tan importante para el bien común, como es La Llave, no lo haga sin objeciones, es muy difícil. Confía en que yo no haría nada que te pusiera en peligro y que si yo confío tan ciegamente en mis señores, mis razones tendré. Así que si tú no confías en ellos, cree en mí. Yo tengo la suficiente fe por los dos.— Continúa con un tono más ligero cuando asiento con una sonrisa.— Ahora dime que has averiguado tú. He aguardado a que terminaras de esclavizarme con la casa y esperando paciente a que sueltes alguna palabra.

Suelto una carcajada y, antes de poder decirle nada, suena el timbre indicando la llegada de la cena. Pago las pizzas al repartidor, las dejo encima de la mesa y veo que Adriel ya ha preparado la mesa. Cojo una porción de barbacoa y Adriel está tan concentrado en pegarle un buen mordisco a la suya de queso, que no se espera lo que le digo:

—Mi padre es el ángel caído Semyazza.— Mascullo con la boca llena de pizza.

En cuanto suelto la bomba, la porción que sostenía Adriel en su mano cae al plato olvidada, mientras se golpea el pecho intentando coger el aire que ha perdido al atragantarse con el trozo que tenía a medio tragar.

Intento que esa misma conmoción no me afecte y me obligo a seguir comiendo como si lo que acabara de decir no fuera tan importante. No sé cuánto tiempo se queda en esa postura pero cuando empiezo a comer mi segunda porción y Adriel sigue igual, dejo mi trozo de pizza en el plato y chasqueo los dedos delante de su cara para hacerlo reaccionar.

Tras ese repentino gesto por fin veo alguna reacción en él, quien aturdido, niega con la cabeza varias veces hasta que me mira y me dice en un tono no muy seguro.

—Eso es imposible Zoe, no es viable.

—¿Cómo que inviable? —Intento razonar con él porque, a mi entender, no me parece tan descabellado.— Sé que de la unión

172

de un ángel caído y de un humano salen esos Nefilims que dijiste, pero, ¿No crees que puede existir la remota posibilidad de que, en vez de ellos haya nacido yo? ¿no crees que por eso él, siendo un ángel, haya tenido más facilidad para acceder a mí? ¿Y no crees también que tal vez, solo tal vez, la razón de que yo sea La Llave es porque nunca ha nacido alguien así de este tipo de unión? Mi madre no es una humana común, es una de las brujas más poderosas— por no decirte que la más poderosa— y Semyazza por lo que pude ver en mi sueño, es un soldado muy importante en el regimiento de Remiel, así que dime por qué es una idea tan descabellada.

Adriel permanece pensativo durante unos instantes intentando discernir mi teoría.

—Semyazza no es solo un soldado muy importante en el regimiento de Remiel, es su capitán. —Aclara aunque por su tono es como si se encontrara a kilómetros de aquí.— Él, junto con el capitán del Supremo Uriel y yo éramos como hermanos antes de su destierro. Creía que lo conocía mejor que nadie hasta que caí en la cuenta de que nunca conoces del todo a nadie. Para mí, Semy no solo traicionó a sus señores sino también a sus hermanos y a sus propios principios. Aún a día de hoy y después de tantos siglos, sigo sin saber la principal razón de por qué hizo lo que hizo.

Terminada su confesión siento su mirada fija en mí y sé que está intentando encontrar alguna similitud entre mi padre y yo. No sé cómo, pero con solo ver su esplendor dorado y sin poder llegar a verle la expresión de su cara y sus ojos, sé que exactamente en lo que está pensando.

—Sé que no encuentras ningún parecido entre los dos. Yo tampoco lo hacía, además del hecho de que el aspecto con el que apareció en mi sueño y el que tenía durante mi visión tampoco se parecen. ¿Cabe la posibilidad de que vosotros, los ángeles, tengáis la capacidad para cambiar de aspecto o forma?

—Se necesita un gran poder para ser capaz de cambiar tan drásticamente de aspecto, aunque si lo que Remiel pretende es acceder a tus poderes como La Llave, es posible que le haya otorgado a Semy la capacidad necesaria para hacerlo. Pero sigo sin verlo todo claro. Sé que hace mucho tiempo que no lo veo y que nunca llegué a conocerlo en realidad, pero no creía a Semy capaz de abandonar y utilizar así a un hijo— agacha la cabeza como si de repente recordara algo que pasó hace mucho tiempo atrás— . Muchas noches de guardia nos quedábamos hablando de la increíble posibilidad de tener hijos propios, aunque no sea algo muy común en los soldados de nuestro estatus y, por la forma con la que Semy hablaba de ello, daba a entender que era uno de sus profundos anhelos— negando con la cabeza continúa hablando más para sí mismo que para mí—. Tal vez por eso se le desterró, tal vez sucumbió a la idea de ser padre y fue su gran deseo de tenerte, lo que hizo que en vez de haber nacido como Nefilim, nacieras como La Llave.

La pizza ha quedado olvidada, y un ligero sentimiento de esperanza aligera un poco el resentimiento que tengo hacia mi padre. Solo un poco, todavía recuerdo la forma tan cruel con la que me trató en la proyección astral. Al menos las palabras de Adriel han hecho que viera mi nacimiento, no como algo depravado para seguir con un plan ruin, sino para conseguir un hijo que llevaba tiempo soñando.

Pero si lo que dice Adriel es cierto, entonces ¿por qué me trató de forma tan cruel en la proyección astral? No voy a hacerme ilusiones pensando que tal vez mi nacimiento se produjo por el deseo profundo de un ángel caído de ser padre, porque si no es verdad, la desilusión me dolerá mucho más de lo que me duele ahora pensar que mi padre está en el bando contrario de esta guerra.

—Si eso fuera cierto, si sus intenciones hubieran sido ésas, lo más lógico es que hubiera estado cerca ejerciendo su derecho como padre en vez de utilizar a mi madre como lo hizo, robándole sus poderes y luego no contento con eso, intentar apoderarse de los míos.

Suspiro al entender las dudas de Adriel.

En el fondo queremos creer lo mismo: que Semyazza no es el ángel mezquino y oscuro que sacrificó su estatus, sus amigos y a su propia hija por puro egoísmo.

—Mira, sé que para ti tiene que ser difícil pensar que el ángel que querías como a un hermano no fuera el ser bondadoso que creías. Pero creo que tener la esperanza de que todavía queda algo bueno en él sabiendo dónde está ahora mismo y bajo las órdenes de quién está, no te hace ningún bien. —Alargo la mano para darle un apretón de consuelo—. No quiero hacerte daño diciéndote esto pero sé que si no lo hago y teniendo en cuenta lo que significó Semyazza para ti, te llevarás una decepción mucho más grande si se da el caso que tengas que enfrentarte a él en algún momento. Esa fe ciega que tienes hacia los tuyos puede que te salga bien cuando la depositas en Los Supremos, sin embargo, no creo que ése sea el caso con mi padre, más bien al contrario, realmente creo que llegado el momento te hará más mal que bien y eso puede hacerte más débil en un enfrentamiento.

Mierda, sé que la he cagado con este último comentario en cuanto veo la rapidez con la que Adriel levanta la cabeza hacia mí.

—¿Me estás diciendo que no me crees capaz de enfrentarme a Semyazza si se da la oportunidad?

—No he dicho eso —replico rápidamente al oír el tono herido en su voz—. No dudo que seas capaz de ganar, lo único que digo es que si, aún con lo que sabemos de él ahora, decides seguir manteniendo una ligera esperanza en que recapacite, puede que llegado al caso de que tengas que enfrentarte a él, sea esa fe hacia él, la que te impida matarlo y, en consecuencia, que sea mi padre el que aproveche esa ligera ventaja para matarte a ti. Pero por supuesto que creo en tu capacidad....

—Será mejor que no digas nada más Zoe, creo que ya has dicho suficiente. —Me encojo cuando vuelve a aparecer el tono áspero y frío de cuando nos conocimos, recorriéndome un escalofrío de temor por todo el cuerpo.

—Adriel espera, no quise decir...

—¡Ya basta! —me interrumpe cortante. El que utilice ese tono en vez de estar gritándome, me hace saber que está muy, pero que muy enfadado conmigo—. Sé perfectamente lo que has querido decir Zoe. No obstante creo que no eres consciente de con quién estás hablando. Yo soy el Capitán del arcángel de la justicia

Raguel, soy yo el que ejerce la disciplina y los castigos en el mundo celestial a todos aquellos que no han cumplido con las normas establecidas y fui yo el que desterró a Semyazza a los infiernos cuando se me ordenó hacerlo.

Conforme Adriel va diciéndome estas palabras noto como la palidez se va estableciendo en mi cara. Ajeno a mi malestar, se levanta de la mesa, apoya las manos en ella para inclinarse hacia mí y con la nariz prácticamente pegada a la mía me dice con un desprecio que jamás había utilizado conmigo antes:

—Así que permíteme que te diga una cosa, Zoe: a pesar de que seas La Llave, no dejas de ser una humana, que hasta hace bien poco, despreciaba su herencia y sus poderes como bruja solo porque era lo bastante inmadura para no creer en aquello que no puede ver a más de un palmo de sus narices. De modo que abstente de darme consejos sobre como hacer mi trabajo y preocúpate más por intentar hacer bien el tuyo, porque déjame decirte que cómo no espabiles, los demonios enviados por Remiel o ya puestos, tu propio padre, te merendarán viva.

Dicho esto el destello brillante y totalmente inesperado hace que cierre los ojos con fuerza y, al abrirlos, veo que mi ángel custodio ha desaparecido de mi salón.

Espero y deseo con todas mis fuerzas que no lo haya hecho de mi vida.

CAPÍTULO 11

Las pesadillas empezaron hace un par de meses de manera ocasional, pero desde hace unas semanas las tiene todas y cada una de las noche. Lo peor no eran tener pesadillas, sino que esas en particular no eran normales.

Cada noche se levantaba con un grito aterrador y sudando profusamente por todos los poros de su piel, daba la sensación que había pasado en ese lugar caluroso y terrorífico durante días, a veces incluso semanas o meses en vez de los pocos minutos que solían durarle los sueños.

Al principio Marc se levantaba asustado cuando la oía gemir o gritar asustada, sin embargo conforme seguían apareciendo, Olivia había aprendido a guardárselo para sí. Ya no se levantaba gritando a pleno pulmón, asustando hasta a Bolita, su gato persa, sino que lo hacía con un grito que nunca llegaba a salir de ella aunque por dentro estuviera haciéndolo hasta quedarse sin voz.

Todo le parecía tan real que estaba empezando a preocuparse de verdad y la culpa la tenía el estúpido y pequeño hechizo que hizo a modo de broma en la tienda de Zahira.

Estaba ayudándola en una de esas tardes en las que su aquelarre se reunió de improvisto, había estado limpiando las estanterías de libros sobre magia y como la curiosidad siempre pudo con ella, escogió un libro de hechizos antiguo escrito a mano por la madre de Zoe— reconoció la letra— y un hechizo en particular llamó su atención.

Olivia siempre había creído en la magia y todo lo místico, por eso cuando conoció a Zahira fue como si un mundo nuevo y especial se abriera ante ella, dándole la oportunidad de aprender todo aquello que su mami postiza— como a ella le gustaba llamarla a veces— estuviera dispuesta a enseñarle. Ella no era ninguna bruja de nacimiento, pero según Zahira, no hacía falta nacer como bruja si no ser una en espíritu y ella realmente quería formar parte de ese mundo. Por eso mientras que Zahira estaba en la trastienda con el resto de brujas ella, inocente, leyó un hechizo en particular que llamó su atención.

Un hechizo para saber quién fue en una vida anterior.

Olivia nunca pensó que recitar esas palabras surtieran efecto, porque al fin y al cabo los hechizos son para brujas y almas poderosas y ella era una persona corriente; pero después de dos meses de soñar con personajes y paisajes extraños que nunca había visitado y que no conocía empezó a pensar que tal vez, esa estupidez de una tarde de aburrimiento surtiera efecto y tal vez los sueños que la acechaban todas las noches no fueran simples pesadillas sino los lugares donde su alma había estado.

Si eso era cierto, no creía que todos los años que se pasó queriendo ser alguien especial y mágica hubieran sido una buena idea, porque después de todo lo visto en esas largas pesadillas, el pensar que ella había estado pasando por esos horrores la hacían ponerse enferma.

Y es que no eran solo los paisajes y la gente deforme y aterradora que aparecían en ellos, sino también el insufrible dolor por todo el cuerpo causado por las continuas torturas que sufría cada noche, el miedo y el nauseabundo olor que persistía incluso después de despertar.

Eso la hacía pensar qué tipo de persona había sido antes de reencarnarse para haber merecido un castigo tan atroz como aquél.

Al mirar el reloj de la mesita de noche y ver que tan solo eran las cinco de la mañana y que como todas las noches después de las pesadillas sería imposible conciliar el sueño de nuevo, se levantó de la cama, con cuidado de no despertar a Marc, pues no quería preocuparlo más de lo que ya sabía que estaba, cogió su móvil de la mesita de noche y salió de la habitación para beber un vaso de agua fresca y sentarse en el sofá en plena penumbra.

No le había dicho nada a Zoe ni a Zahira sobre el hechizo de aquella tarde, realmente no creía que fuera relevante, pero mientras veía como el cielo cambiaba con la salida del sol, llegó a la conclusión que tal vez no sería una mala idea tener una pequeña charla con su amiga y explicarle sus miedos porque estaba muy, pero que muy asustada.

)❨)❨)❨)❨)❨

He pasado una noche horrible. No he podido pegar ojo recordando todas y cada una de las palabras que Adriel me dijo anoche. No ha sido por lo que me dijo, sino en el tono con el que lo hizo, se notaba que estaba muy dolido.

Nunca fue mi intención insinuar que no hiciera bien su trabajo, todo lo contrario, creo que es el único que puede mantenerme a salvo, no confío en nadie más que en él. Le entregaría mi vida con los ojos cerrados si me lo pidiera sin cuestionar nada. Pero el muy tozudo no me ha dejado explicarme y ahora no tengo ni idea de dónde está.

Lo llamé durante una hora suplicándole que me perdonara, que volviera y aclaráramos las cosas, pero si me oyó se hizo el loco. Así que, con lágrimas surcando mis mejillas sin poder detenerlas, he estado gran parte de la madrugada buscándolo con un hechizo que encontré en el Libro Sagrado, que consistía en dejar caer en un mapa una mezcla polvo de cuarzo blanco y zafiro mientras paso las manos por todo el mapa nombrando a Adriel. Visto que me era imposible encontrarlo en el país, conforme pasaban las horas, iba agrandando el mapa hasta llegar a un mapa del mundo.

Todo y con eso sigo sin saber dónde puñetas está. La única conclusión a la que he podido llegar es de que debe estar en algún plano al que solo pueden acceder los seres como él, porque me niego a pensar de que le haya pasado algo.

Tiro la toalla una vez utilizados todos los recursos que han estado en mi mano y confiando que Adriel aparecerá tarde o temprano, ya sea por propia voluntad o simplemente para cumplir las órdenes que tiene de Raguel para protegerme, aunque sinceramente espero que dé señales de vida antes que muera de preocupación.

Decido salir a correr antes del trabajo y así aliviar la tensión muscular que todo esto me está produciendo. Antes de las siete y media de la mañana ya estoy duchada y maquillada con tres kilos de maquillaje para disimular las profundas ojeras que han aparecido durante la noche.

La mañana pasa entre una bruma de confusión a causa del embotamiento que tengo en la cabeza por la falta de sueño, por la preocupación de Adriel y por el modo distante con el que Adrian me ha saludado esta mañana. No sé qué bicho le ha picado la verdad, la última vez que lo vi fue ayer en su apartamento y nos despedimos en buenos términos, por lo que no sé qué puede haberle pasado para que haya estado toda la mañana sin apenas mirarme y, cuando lo hace, es con una frialdad inusual en él; pero dado que hoy no estoy para preocuparme por nadie más, sea lo que sea tenga en la cabeza, espero que se le pase pronto sino ya habrá tiempo para solucionarlo más adelante.

Lo mismo pasa con Izan, el pobre no ha elegido un buen momento para intentar que vuelva a salir con él y, después del rapapolvo que se llevó por parte de Adrian al hacerlo en horas de trabajo, aprovecha para hacerlo a la hora de salir del trabajo.

—¡Hey morena! —Izan se acerca corriendo hasta alcanzarme en la puerta—. ¿Estás bien? Hoy te noto distraída, has estado toda la mañana en tu mundo.

—Lo sé, no he dormido muy bien. —Me giro haciendo un ademán para poder irme a casa—. Mejor hablamos mañana, ¿de acuerdo?

—Espera, no tengas tanta prisa Zoe. —Me agarra del brazo para evitar que me aleje más—. Sé que te puede relajar.

—Yo, también. Una ducha y una agradable siesta—. Doy un ligero tirón para poder soltarme de su agarre y con un tono más cansado vuelvo a decirle—. De verdad Izan, estoy muy cansada, hablamos mañana.

—Vamos no seas así morena —vuelve a aferrarme con un poco más de fuerza con esa sonrisa risueña que nunca desaparece de su cara, mientras que yo frunzo el ceño mirando el punto dónde me tiene agarrada—. ¿Qué tal si nos vamos a comer fuera? así te da un poco el aire y el sol. Una buena comilona te subirá el ánimo.

—No insistas, de verdad, que no me apetece—. Vuelvo a tirar de mi brazo, pero esta vez no tengo éxito y sigo con su mano firmemente sujetándolo—. Solo quiero irme a casa Izan, ahora ¿podrías por favor devolverme el brazo? Si sigues sujetándolo así me harás un moratón.

—¡Venga Zoe, no seas aguafiestas, tampoco te estoy sujetando tan fuerte!—. Tira un poco para poder acercarme hasta él—. Siempre dices que no, pero hoy estoy dispuesto a hacerte cambiar de parecer.

El cansancio que llevo arrastrando durante toda la mañana está siendo sustituido por un cabreo cada vez más grande a medida que Izan va insistiendo en su petición.

—¡Izan he dicho que me sueltes! —espeto con brusquedad, dando un fuerte tirón y recuperando por fin mi brazo—. Te he dicho que no me apetece y ya de paso te digo que no vuelvas a insistir en algo así, porque mi respuesta siempre será la misma. No.
—Quería hablar con él de otra manera, pero su insistencia me ha cabreado mucho. Para intentar aligerar la tensión del momento le digo tras un suspiro cansado—. Mira, lo siento, eres mi amigo y te tengo mucho cariño, pero no quiero darte la impresión de que entre nosotros pueda haber algo más, porque nunca será así. Entre nosotros no puede haber nada más que amistad.

—¿Y has esperado todo este tiempo para decírmelo?. Sabes Zoe pensaba que eras diferente al resto de mujeres, pero por lo que veo eres igual al resto de zorras que he conocido.

—¿De qué diablos estás hablando? ¡Nunca te he dado a entender lo contrario Izan! —Le estoy gritando a su espalda, porque en cuanto ha dicho la última palabra se ha ido enfurecido.

No sé qué reacción es la que esperaba después de tantos años de amistad, pero desde luego ésta no. Nunca, ni en un millón de años, se me hubiera pasado por la cabeza que Izan pensara que

181

estaba interesada en él. Sí que es cierto que nunca he sido tan directa en mis negativas, pero no sabía que él se lo tomaría como que yo solo necesitaba tiempo o que me estaba haciendo la difícil, creía que me conocía mejor.

Me equivocaba.

Negando con la cabeza veo como Izan desaparece tras una esquina y me dispongo a volver a casa cuando capto un movimiento por el rabillo del ojo. Al volver la cabeza veo que Adrian se ha quedado parado en la puerta a cinco metros de distancia y por su expresión sé que ha presenciado toda la escena.

Suelto un bufido maleducado y que a mi madre no le haría ni pizca de gracia mientras lo miro con cara de enfado:

—Si tú también vas a gritarme o a enfadarte conmigo adelante, ponte a la cola, porque por lo visto hoy lo único que hago es cabrear al personal. —Hago un ademán con la mano esperando el sermón.

—La verdad es que no tengo nada que decirte, Zoe. —Aunque su tono sigue siendo el mismo con el que me ha hablado toda la mañana, parece que presenciar la discusión con Izan ha hecho que se ablande un poco, porque se acerca hasta ponerse a mi altura e iniciamos la vuelta a casa juntos—. Creo que ya has tenido suficiente con el enfado de tu amigo. ¿A quién más has cabreado?

—Dirás a quién no, hasta tú tienes algo hoy en mi contra. —La mirada acerada que me dirige Adrian hace que cierre la boca antes de arrepentirme, así que lo único que puedo hacer es disculparme—. Perdona, he pasado una noche horrible. Ayer metí la pata con un amigo y he estado toda la noche intentando disculparme sin éxito. Así que estoy cansada y de un humor de perros, para que encima llegue un supuesto amigo y me diga que todos estos años me he comportado como una calientabraguetas con él.

—No creo que debas preocuparte mucho por Izan, estoy seguro que se le pasará tarde o temprano, solo lo has herido en su orgullo. Los hombres tenemos mucho de eso.

— Supongo que lo dirás por experiencia.

Tras una breve ojeada, Adrian hace oídos sordos.

— Tu otro amigo, sin embargo, es otro cantar.

—¿Qué quieres decir?

Me detengo en seco repentinamente pálida y Adrian sonriendo ligeramente, derritiendo un poco la frialdad ante mi preocupación, apoya una mano en mi espalda para instarme a seguir avanzando.

—¿Crees que nunca me va a perdonar?

—No lo sé Zoe. Todo dependerá de tu metedura de pata y de cómo sea tu amigo.

Hago una mueca pensando en cómo podría contarle mi discusión con Adriel sin llegar a confesar toda la verdad.

—Solo fue un malentendido, de verdad. Creyó que estaba dudando de su capacidad para hacer bien su trabajo y lo único que hice fue preocuparme por él, pero lo hice de pena porque se cogió un enfado de tres pares de narices.

—¿Y has estado toda la noche intentando disculparte?

—He intentado ponerme en contacto pero ha estado ignorándome.

—Entonces creo que deberías darle espacio para que se calme, tal vez necesita alejarse para poder ver las cosas en perspectiva. —Nos detenemos frente a mi portal—. Si realmente le importas, volverá, y entonces tendrás la oportunidad de disculparte.

—Espero que tengas razón, aunque sigo muy preocupada por él. Ha estado enfermo y tengo miedo que pueda ocurrirle algo.

—Como ya he dicho Zoe, si le importas la mitad de lo que parece que te importa él a ti, es cuestión de tiempo que recapacite y vuelva, solo necesitas un poco de paciencia, aunque por tu cara no creo que tengas mucho de eso. Además, si como dices está herido, ten un poco de fe en que pedirá ayuda en caso de que la necesite.

Me deshincho como un globo al oírlo, no sabía que estaba conteniendo la respiración hasta que he dejado de sentir los pinchazos en el pecho.

—Espero que tengas razón —tras una pausa no puedo contenerme y le pregunto— ¿Y a ti que te ha pasado para estar tan distante esta mañana?

—Nada de lo que debas preocuparte —responde evasivo—. Tengo asuntos serios que resolver y lo he pagado con vosotros. Perdona si te he dado a entender que era especialmente contigo.

Asiento no muy convencida.

—Está bien, será mejor que me vaya. Voy a intentar dormir un poco—. Sujeto la puerta con una mano antes de entrar y me giro hasta quedar frente a él—. Gracias por los consejos Adrian, de verdad. No imaginas lo mucho que necesitaba oír algo así.

Y tras pensarlo un segundo suelto la puerta, me pongo de puntillas y le echo los brazos al cuello para poder darle un fuerte abrazo.

Me aparto antes de darle tiempo a reaccionar, vuelvo a darle las gracias y entro en el portal.

Cuando llego a casa la falta de sueño puede conmigo dejándome hecha un guiñapo, así que me dirijo a mi habitación y, sin haber comido, me tiro despreocupadamente en la cama, quedándome dormida en el mismo instante en que apoyo la cabeza en la almohada.

Me despierta el sonido del teléfono y sin ganas descuelgo sin mirar el identificador de llamada.

—¿Diga?

—Hola, soy yo. —Me despierto de golpe al escuchar la voz de Olivia.

—¿Estás bien?

Su respuesta es otra pregunta dicha con ese tono tan extraño en ella.

—¿Estás en casa? Necesito hablar contigo.

—Claro lo que necesites, cariño, vente para aquí y te espero.

—Ya estoy abajo, ¿Podrías abrirme?

—En seguida, espera—. Cuelgo y salgo disparada hacia la puerta para.

Algo muy gordo tiene que pasarle para que aparezca tan de repente en casa. Ahora que lo pienso, no la veo desde el sábado pasado cuando fuimos a comer y ya entonces estaba muy rara. Todos mis temores se confirman en cuanto la veo entrar por la puerta. Tiene un aspecto horrible.

Olivia siempre ha sido guapísima, sin embargo hoy su habitual frescura se eclipsa por unas profundas y oscuras ojeras, además de una palidez extrema provocada por el cansancio, la falta de sueño o una combinación de ambas cosas.

—Pero que narices... —me llevo una mano a la boca alarmada y Olivia al llegar a mi altura lo único que hace es mirarme con lágrimas en los ojos y acercarse corriendo a abrazarme cuando abro los brazos en señal de invitación.

Nos quedamos así un buen rato. Ella con la cara escondida en el hueco entre cuello y el hombro y yo acunándola de un lado al otro murmurando palabras de consuelo.

A trompicones la llevo hasta el sofá para sentarla mientras yo lo hago a su lado. Alcanzo un paquete de pañuelos de papel que tengo siempre a mano y le limpio la cara surcada de lágrimas.

—Livia —le regaño suavemente mientras sigo limpiándola—. Si no paras de llorar nunca podrás decirme que es lo que te ha pasado y no podré consolarte después con una tarrina de helado del que tanto te gusta—. Mi comentario provoca una pequeña reacción en ella al soltar una pequeña sonrisa llorosa—. ¿Has discutido con Marc?

Sorbe la nariz negando con la cabeza.

—No, nada de eso, ojalá esto fuera por una simple pelea. —Se deja caer hasta apoyar la cabeza en el respaldo del sofá y suelta un largo suspiro de cansancio—. ¿Recuerdas que te comenté que no estaba durmiendo muy bien? —prosigue al verme asentir confundida— Pues eso es lo que ocurre. No duermo Zoe, no estoy durmiendo nada desde hace un par de meses.

—¿Has ido al médico? Tal vez podría recetarte algo para que puedas dormir mejor, tal vez... —me callo al verla negar con la cabeza.

—Lo he intentado todo: remedios de tu madre, meditación, infusiones, medicación... he intentado de todo para poder dormir y nada, no consigo dejar de tener esas pesadillas todas y cada una de las noches.

—¿Tienes idea de por qué empezaron?

Le aprieto la mano con fuerza, dándole un poco de consuelo. No sé qué hacer para ayudarla, lo único que puedo hacer es escucharla.

—Todo empezó por un estúpido hechizo que hice una tarde en la tienda de tu madre. —Sonríe un poco cuando ve mi sorpresa—. No soy una bruja como vosotras, si te lo estás preguntando, por eso no entiendo como fue posible que funcionara cuando comencé a leerlo, solo lo hice por diversión. —Hace una pausa para aclararse la garganta—. Sabes que siempre he creído en la reencarnación de las almas y todo eso, así que limpiando las estanterías de la tienda encontré un libro de hechizos de tu madre y al ver uno sobre descubrir quién habías sido en tu vida anterior, decidí leerlo en voz alta. Te juro Zoe que no creía que fuera a funcionar, ¡Por el amor de Dios, si solo soy una persona normal y corriente! Pensaba que las únicas que podrían hacer que funcionaran estas cosas son las brujas como vosotras y si yo fuera una, tu madre o Samuel se habrían percatado, ¿no?

Nos miramos en silencio, ella expectante y yo negando con la cabeza sin tener ni idea de que decirle. Me levanto para ir a la cocina y coger dos vasos de chupito y la botella de tequila. Vuelvo a sentarme al lado de mi mejor amiga y tras llenar los vasos con dos dedos del líquido transparente, le alcanzo uno a Olivia y yo me quedo con el otro.

—Sé que tan solo son las siete de la tarde, pero está claro que tú y yo lo necesitamos hoy más que nunca.

Tras la sorpresa inicial, Olivia agarra su vaso divertida y tras brindar golpeamos nuestros vasos contra la mesita de café y nos lo bebemos de un trago sin tan siquiera respirar.

Comienzo a toser en cuanto noto el ardor en el pecho. Odio el tequila pero sé que a Olivia le gusta y es la primera botella que tenía a mano, aunque tampoco es que importara mucho lo que fuera. Lo único que sé es que el alcohol es la manera más rápida para calmar los nervios, que las dos necesitamos aplacar.

Escucho la risa burlona y al mirarla veo que las líneas de tensión de su cara van suavizándose, haciendo que sus facciones se hagan más suaves.

—Deja de burlarte. —le señalo con un dedo regañándole—. Ahora vamos a lo que nos ocupa. ¿Dices que recitaste un en voz alta sobre almas reencarnadas y desde entonces no paras de tener pesadillas? —Cuando veo que asiente prosigo—. ¿Los recuerdas? ¿Sabes si siempre sueñas lo mismo o son diferentes pesadillas?

—Son diferentes pesadillas, pero todas tienen dos cosas en común: la primera es que siempre se basan en torturarme y la segunda es que el hombre que me tortura es el mismo.

Su confesión me deja de piedra.

Sacudo la cabeza mientras relleno una segunda ronda, cuando dejo de carraspear —esta vez al menos ya no hay atragantamientos por mi parte— intento encontrar algún tipo de explicación, porque para empezar ella no debería haber podido realizar ese conjuro. Respirando hondo vuelvo a centrarme en ella.

—¿Es por eso que no puedes dormir, porque te acuerdas de todas?

—Ese es el problema Zoe. No solo es que me acuerde de ellas si no que cuando estoy teniendo esos sueños, no lo veo todo como una mera espectadora, puedo sentir todos y cada uno de los latigazos, los azotes, las quemaduras, las palizas, las humillaciones... todo Zoe.

Se sirve una tercera ronda y, cuando se la bebe de un trago, aparto la botella antes de que se nos vaya de las manos. La necesito en condiciones. La veo llorar y siento como se humedecen mis propias mejillas, conmovida y sufriendo por todo el dolor de Olivia.

Con el vasito ya vacío dando vueltas entre sus dedos, Olivia prosigue:

—Cuando llega la hora de acostarse, el miedo es inmenso y no me deja pensar con claridad. Me quedo en el sofá hasta que mis parpados caen solos y es Marc quien me lleva a la cama dormida. Pero la tranquilidad apenas dura un par de horas y entonces empiezan las pesadillas. Parece que duran horas, a veces incluso días, me despierto dolorida, cansada y asustada. Después de dos meses he llegado a mi límite.— Me mira con sus enormes y tormentosos ojos azules empañados de horribles pesadillas— Necesito ayuda Zoe y no sabía a quién recurrir, porque en fin, ¿Quién va a creerse que cada noche revivo las torturas que sufrió mi vida anterior? Hasta a mí me cuesta creerlo y eso que he visto muchas cosas pasando las horas con tu madre. Necesito que me ayudes a averiguar si lo que me está pasando es exactamente lo que pienso o simplemente es que me estoy volviendo majara y necesito la ayuda de un profesional.

La estrecho con fuerza entre mis brazos, porque no puedo seguir escuchando la desesperación en su voz. Nos quedamos así hasta que ya no le quedan más lágrimas y, empujándola suavemente por los hombros, la miro a los ojos con determinación.

—Escúchame bien hermosa, vamos a solucionar esto. Mañana tú y yo llamaremos a nuestros respectivos trabajos y diremos que estamos enfermas, llamaré también a mi madre para que ella y el abuelo nos esperen en Mistik Azari, seguro que entre todos haremos que esas pesadillas desaparezcan. Pero lo primero es lo primero, necesitas descansar, así que vas a tomar una ducha bien calentita, cenarás algo y te irás a la cama. —Olivia abre la boca para protestar, pero una de mis miradas asesinas la detienen—. Vas a irte a dormir, porque amiga mía déjame decirte que estás hecha un asco.

Las dos rompemos a reír a carcajadas.

Quince minutos después cuelgo el teléfono. He llamado a Marc para avisarle de que esta noche Olivia se queda conmigo mientras ella sigue en la ducha. Vuelvo a coger el teléfono y espero a que mi madre conteste.

—Hola mamá.

—Hola cariño, ¿Cómo estás?

—Bien, te llamo por Olivia.

—¿Qué ocurre?

—Pues para abreviar, hace un par de meses tuvo la brillante idea de recitar un conjuro escrito por ti sobre recordar sus vidas pasadas o algo así y desde entonces, cada noche, revive torturas una y otra vez.

Se extiende un pesado silencio al otro lado de la línea.

—¿Mamá, estás ahí?

—Sí, sí estaba pensando. Normalmente tan solo una bruja es capaz de hacer funcionar un hechizo, el hecho de que nuestra Olivia lo haya conseguido me confunde un poco.

—Lo sé, por eso te llamo. ¿Te parece bien si mañana nos pasamos antes de que abras la tienda y así, tú y el abuelo, habláis con ella? Yo no sé siquiera por dónde empezar a buscar, al fin y al cabo el hechizo es tuyo.

—Sí, por supuesto, cielo. Hablaré con Samuel en cuanto cuelgue y lo solucionaremos.

Suelto un gran suspiro de alivio, mamá siempre consigue tranquilizarme.

—¿Hay algo que pueda hacer para ahuyentarlas aunque sea por una noche? Deberías verla mamá, está destrozada, necesita con urgencia descansar.

—No hay mucho que puedas hacer por ella de momento cielo. Lo único que se me ocurre es que hagas algún pequeño hechizo de protección y tampoco te aseguro que logres mantenerlas alejadas por mucho tiempo.

—¿Tengo que buscar algo en concreto en el libro?

Pregunto esperanzada. Espero que al menos eso pueda ayudarla un poco. Me siento impotente ante la idea de no poder hacer más.

—Humm, déjame pensar... —Puedo notar como los engranajes en la mente de mamá van a toda pastilla—. ¿Hiciste el hechizo de protección a la casa cómo te dije?

—Sí, en cuanto llegué aquel día, ¿eso servirá?

Me vuelvo hacia la puerta al oír los pesados pasos de Olivia al acercarse y al mirarla a los ojos vislumbro un ligero atisbo de esperanza.

—Como ya te he dicho cielo, eso solo hará que las pesadillas se mantengan alejadas durante un periodo de tiempo muy corto y tampoco puedo asegurarte de que funcione al cien por cien. Pero si lo que le pasa a Olivia es que su vida anterior está volviendo a ella, el conjuro de protección de la casa hará que las pesadillas, es decir las energías negativas y los sucesos traumáticos de su vida anterior no puedan acceder a ella y tan solo lo bueno pueda traspasarlo.

—Vaaale, déjame ver si lo he entendido. ¿Me estás diciendo que el hechizo de protección contra demonios que hice a la casa, puede hacer que las pesadillas que acechan a Olivia no puedan alcanzarla? ¿Cómo un filtro de café?

Sonrío ante la risa divertida de mi madre.

—Sí, es más o menos eso. Tan solo las energías positivas o en este caso los recuerdos buenos y felices de su vida anterior, podrán alcanzarla. No obstante, ya te he dicho que todo esto es hipotético, no sé qué es exactamente lo que le está pasando a mi pequeña loca, pero creo que por esta noche podrá dormir en paz.

Puedo notar en las palabras de mi madre el profundo y sincero cariño que le tiene a Olivia además de su preocupación. Desde que sus padres murieron cuando teníamos quince años en un accidente de coche y tuvo que irse a vivir con su abuela, mi madre puso a Olivia bajo su protección como si tuviera dos hijas en vez de una sola. Además es completamente recíproco, algo que ha ido en aumento después de que la señora Felisa, la abuela de Olivia, muriera.

Nosotros: mamá, el abuelo Samu, Marc y yo somos los únicos que le quedan y haremos todo lo que esté en nuestra mano para ayudarla. Ni siquiera la amenaza de posibles ataques de demonios, el arcángel Remiel y mi padre podrán hacer que dejé de lado a mi hermana.

Seguimos hablando un poco más y, tras darle las buenas noches, cuelgo y me vuelvo hacia Olivia, quien ha estado esperando pacientemente sentada en el sofá.

—¿Y bien?, ¿Qué te ha dicho Zahira?¿Hay algo que se pueda hacer?

—Dice que esta noche lo consultará con el abuelo y que nos espera mañana sin falta para verte e intentaremos solucionarlo. De momento lo único que ha dicho es que por lo que parece tu vida anterior está intentando hacerse un pequeño hueco en tu vida actual y de ahí vienen tantos sueños. Dice que el hechizo de protección contra los demonios y energías negativas que hice a la casa cuando todo este rollo de mis poderes comenzó, servirá por lo menos para que esta noche puedas descansar tranquila y que tan solo habrá cabida para los buenos sueños hoy.

Olivia se deja caer en el sofá con los ojos cerrados dejando salir un gemido de alivio.

Lo único que mi amiga sabe de mis poderes es sobre mi herencia familiar como bruja, ella al igual que mi familia, no tienen ni idea sobre todo el asunto de La Llave y prefiero que continúe siendo así. No quiero ni imaginar los peligros de los que pueden ser objetivo si forman parte de esto.

Cuanto menos sepan, mejor.

Entre las dos hacemos algo ligero para cenar y nos ponemos a ver la tele, aunque la pobre no dura ni cinco minutos despierta, porque cuando voy a comentarle algo la veo acurrucada como un bebé.

No quiero despertarla así que levanto sus piernas para que esté más cómoda y me voy a la cama.

Creo que éste es uno de los días más largos que he tenido en mucho tiempo.

CAPÍTULO 12

Olivia parece una persona nueva.

—Buenos días bellezón, por tu sonrisa me da la sensación que has podido descansar.

Ha tenido que despertarse en mitad de la noche, porque esta mañana al levantarme, la cama en la que ha estado durmiendo Adriel estos días la ocupaba ella.

A pesar de tener ojeras por tantas semanas sin dormir, la tensión que se le apreciaba nada más mirarla ha desaparecido y es algo de lo que me alegro mucho. Sin embargo, y para mi desgracia, la falta de sueño ha pasado de ella a mí. Ésta es la segunda noche que no he pegado ojo, mi cabeza no paraba de dar vueltas a la desaparición de Adriel, la falta de respuestas a mis llamadas y la preocupación por el problema de Olivia.

Ella ajena a lo que me ronda por la cabeza, se sienta en la barra de la cocina para quitarme la taza de cacao de las manos.

—He podido dormir toda la noche, algo que no había hecho desde que empezaron las pesadillas.

—¿Así que no has tenido ningún sueño? —pregunto mientras recupero mi taza y le entrego una de café que ya tenía lista.

—Oh ni mucho menos, he soñado, muuucho, pero nada que ver con las pesadillas que me han estado volviendo loca.— Alzo las cejas curiosa —. Tu conjuro de protección ha funcionado a las mil maravillas, no he soñado ni con mi torturador ni con la gente tan extraña que a veces aparecían. Con quien sí lo he hecho ha sido con un hombretón muy atractivo que me ha hecho cosas que dañarían a tus sensibles e inocentes oídos.

—¿Me estás diciendo que has estado toda la noche montándotelo con un tío? —Con el enérgico asentimiento de mi satisfecha amiga contesto entre divertida e incrédula—. Me alegro de haber servido de ayuda. Recuérdame que no le diga nada de esto a tu novio, ¿Te acuerdas de él? ¿Ese chico tan mono llamado Marc?

—Bahh... solo ha sido un sueño pero me alegro muchísimo de que haya sido uno de ese tipo en vez de los que estoy acostumbrada. —Más seria esta vez, me coge las manos para estrecharlas con fuerza—. Gracias por regalarme esta noche, Zoe. De verdad que te lo agradezco mucho, creía que no iba a volver a hacerlo nunca más.

—¿Para qué están las amigas? —le doy un apretón cariñoso—. Muy bien será mejor que te arregles, porque tú y yo tenemos una cita con la bruja de mi madre —le digo guiñándole el ojo haciéndola sonreír.

Nos separamos a nuestras respectivas habitaciones y conforme me arreglo, voy llamando a Adriel y hablando con él, explicándole todo lo que pasó ayer. Soy consciente de que quiere espacio y por ese motivo me ignora, pero tengo la intuición de que no se ha ido muy lejos y que todavía tiene un ojo puesto en mí. Sé que su misión para mantenerme segura está muy por encima de sus sentimientos o sus deseos y además quiero pensar que le importo lo suficiente para no alejarse del todo.

Estoy en mitad de mi historia cuando Olivia me grita desde el otro lado del pasillo.

—¿Se puede saber con quién estás hablando? Pensaba que la única que se estaba volviendo loca aquí era yo.

—Ja, ja... muy graciosa. —Termino de ponerme las sandalias—. Solo estaba intentando aclarar un poco mis ideas, ¿Ya has llamado al trabajo?

—Sí, es una suerte que parezca una muerta viviente, me han creído a pies juntillas, ¿y tú?

Pregunta cuando nos encontramos en el pasillo.

—Sí, ya he avisado de que no me encontraba bien, ¿lista?

Asintiendo con la cabeza, Olivia y yo salimos de casa dirección la tienda de mi madre. Al estar en plenas vacaciones de verano no hay mucho tráfico, así que no tardamos mucho en llegar, de hecho y por una vez entre un millón, lo hemos hecho antes que mi madre y el abuelo, por lo que la tienda sigue cerrada.

—Genial, ahora a esperar en la calle —refunfuño.

—No hace falta, tengo las llaves.

Miro sorprendida a Olivia mientras la ayudo a subir la enorme persiana de metal. Muevo la cabeza de un lado al otro con divertida incredulidad.

—Si no fuera porque sé que me adora, creería que mi madre te quiere más a ti que a mí.

)☾)☾)☾)☾)☾(

Estamos en la trastienda encendiendo las luces de la tienda mientras yo sigo bromeando sobre quien de las dos es la favorita de mi madre cuando su voz nos interrumpe:

—Oh cariño, no pienses así —dice risueña—. Solo la quiero un poquito más, pero no es algo que deba preocuparte.

—Es bueno saberlo mamá.... —le digo con una mueca burlona.

—Tranquila Pastelito, todavía te queda el amor incondicional de este viejo. —El abuelo me rodea los brazos con fuerza.

Ellos tres son las personas más importantes que tengo en la vida y, si para protegerlas tengo que acatar las órdenes de unos arcángeles que hasta la fecha lo único que me han demostrado es que no se puede confiar plenamente en ellos, lo haré. Al menos tengo a mi lado a Adriel, si es que el condenado aparece de una vez.

Veo a mamá encerrando la cara de Olivia entre sus manos para mirarla detenidamente y luego hacer lo mismo el abuelo.

Ella solo se deja hacer, depositando toda su confianza en ellos con ese simple gesto. Una vez libre de esas manos tiernas y huesudas, Olivia me mira con confusión por la falta de palabras y lo único que atino hacer es encogerme de hombros volviéndome hacia ellos para preguntarles impaciente:

—¿Y bien? ¿Hay algo que se pueda hacer?

Olivia asiente con decisión, está claro que si yo no hubiera preguntado, lo hubiese hecho ella.

—Ui Zoe tenemos que trabajar esa paciencia —me amonesta mi madre—. No siempre se pueden tener respuesta enseguida, ahora sé buena y cierra la persiana del todo para que nadie pueda interrumpirnos, mientras nosotros nos llevamos a esta hermosa criatura dentro, ¿de acuerdo?

Vuelvo los ojos pidiendo esa esperada paciencia, acompañándolo con un quejoso gruñido que se queda a medias en mi garganta cuando veo la mirada regañona que vuelve a lanzarme mi madre desde la puerta de la trastienda. Voy hacia la entrada y cierro la persiana despacio, quiero darles algo de tiempo y espacio sabiendo que hoy no sirvo de mucha ayuda, más bien todo lo contrario.

Diez minutos después entro en silencio donde mi madre y el abuelo Samu caminan alrededor de Olivia, parada de pie con los ojos cerrados dentro de un círculo de velas blancas y cuarzo.

Recordando las lecciones de mi madre, las velas blancas son unos de los instrumentos más importantes y poderosos que existen en la magia. La combinación del blanco más puro con la llama de una vela nos iluminará el camino para que podamos ver con claridad aquello que estemos buscando, además de llenar todo con una luz tal que impida al mal entrar en el hechizo y se malogre. Por otro lado el cristal de cuarzo les ayuda a ampliar y potenciar el poder mágico y la energía psíquica.

Con el libro de hechizos de mi madre donde Olivia leyó el conjuro entre mis manos y, que he cogido prestado de su librería personal, me dirijo hacia un rincón de la estancia. Sé cual es porque lo he visto cientos de veces en sus manos, lleva con ella toda mi vida y no solo contiene hechizos, sino también consejos, advertencias y toda clase de comentarios que sé, son de gran ayuda para iniciar a cualquier bruja en el camino de la buena magia.

Mamá me contó que empezó a escribirlo al huir de Turquía, porque ya que no poseía el *Kutsal Kitap* de los Ölmez, al menos tendría un libro para la nueva familia Kaya.

Comienzo a ojearlo hasta encontrar el hechizo que busco. No dice mucho, tan solo una breve explicación sobre cómo encontrar tus vidas pasadas y frunzo el ceño mientras termino de leerlo. No le encuentro mucho sentido con lo que está pasando, ya que según esto no se basa solo en recitar unas palabras sino que hay que acompañarlas con un pequeño ritual por parte de Olivia.

—Dime una cosa bombón, ¿Solo recitaste el conjuro o hiciste algo más? —le pregunto a Olivia señalando el libro con un dedo.

—Tan solo lo leí, ¿qué importancia tiene eso?

—Creo que mucha, dudo que un hechizo de este calibre funcione con las palabras de una supuesta no bruja. —Y mirando a mi madre con una ceja levantada le pregunto—. ¿O me equivoco?

La sorpresa en la cara de Olivia y la repentina quietud de mamá y el abuelo me indican que ninguno de ellos había caído en ese punto. Al final resultará que no seré tan inútil después de todo.

—Según dice aquí, tenías que haber leído el conjuro junto con la ingesta de un tipo de poción en luna menguante.

—¿Luna menguante? —pregunta Olivia extrañada.

Asiento con la cabeza mientras repaso los apuntes del libro.

—Esta fase en concreto hubiese ahuyentado las vidas pasadas traumáticas, eso en caso que te hubieras reencarnado más de una vez, pero creo que en tu caso, solo lo has hecho una y tu alma no tuvo una vida plena y feliz. Así que, si hubieras hecho este conjuro en la fase lunar correcta, habría mantenido alejado de ti todos esos recuerdos, porque en este conjuro, a no ser que la bruja que quiera usarlo lo modifique, no está hecho para sufrir.

La habitación se queda en silencio mientras tres pares de ojos me miran estupefactos.

—¿Cómo sabes todo eso? no está escrito en el libro —pregunta sorprendida mi madre.

—He estado estudiando —digo socarrona. Miro al abuelo, quien sonríe de oreja a oreja entre divertido y orgulloso.

Mi madre se acerca para darme un abrazo de oso mientras me susurra en el oído:

—Estoy muy orgullosa de ti cariño, serás una gran bruja.

Cierro los ojos correspondiendo a su abrazo, su perfume a vainilla me calma los nervios.

—Perdonad que interrumpa este achuchón ñoño entre madre e hija, pero, ¿alguien podría decirme cómo vamos a solucionar esto?

Mamá me suelta, con una risita, al oírla y se acerca a la estantería de libros antiguos que tiene a un lado de la estancia.

—Sabría qué hacer si hubieras hecho el conjuro de forma apropiada. — Disimulo una sonrisa al ver la mueca de Olivia ante la ligera reprimenda—. Pero Zoe tiene razón. Creo que aquí el asunto más importante es saber como ha sido posible que el hechizo funcionara aún sin haberlo completado, ¡Aquí estás!— exclama cogiendo un libro del estante de arriba y comienza a buscar—. Si el motivo fuera porque en realidad tuvieras algún tipo de poder, lo habría notado en el examen preliminar que te he hecho al llegar, pero no había ningún rastro residual en ti, de modo que eso lo descarto.

—Pues nos estamos quedando sin opciones.

—No te desanimes mi pequeña Macarra —la consuela el abuelo—. No todo está perdido, yo sí que he sentido algo en ti que antes no había. Tu aura está diferente.

—¿Diferente de bueno o de malo? —le pregunto preocupada— Ten en cuenta que ha sido torturada en sueños durante dos meses. ¿Crees que puede ser debido a eso?

—Su aura indica que ha estado expuesta a mucha tensión y sufrimiento,— asiente el abuelo — más no me refiero a eso. El cambio está a un nivel mucho más profundo.

El abuelo Samu niega con la cabeza resignado al ver nuestras caras de no tener ni idea de lo que está hablando.

—Deberías dejar de estudiar sobre estúpidas fases lunares y centrarte más en la importancia de las auras —replica señalándome con el dedo.

Me llevo una mano al pecho simulando un gran agravio.

—¡Oye! lo haría si pudiera verlas, pero la única luz que veo en ella es la que hacen las llamas de las velas a sus pies.

Olivia y mamá ríen con disimulo recibiendo una mirada acusatoria del abuelo.

—Ya verás tú luces cuando te de un sopapo por contestona —me reprende sin esconder la sonrisa en su cara—. Ahora volvamos a lo que nos ocupa. Lo que quiero decir es que a pesar de que nuestra Livia siempre ha tenido una sensibilidad hacia lo mágico poco habitual, nunca ha tenido un halo como el que tiene ahora. Es como si su alma, como si la conexión cuerpo—espíritu hubiera transcendido a unos niveles que no debería tener un humano.

—Vale abuelo y ¿eso qué es lo que significa exactamente?

—Significa que cabe la posibilidad que Livia en su otra vida hubiera sido algún tipo de ser mágico.

—¿Una bruja? —Olivia comienza a dar saltitos entusiasmada—. ¿Por eso he sido siempre tan sensible a la magia como dices?

—Una bruja no, cielo— mi madre le aparta un mechón de pelo de la frente—. Creo que Samuel se decanta más por alguien más poderoso.

—Zahira tiene razón —asiente el abuelo—. Cuando un brujo se reencarna, el cuerpo que habita presenta un color espiritual característico y normalmente, cuando vuelve a nacer, continúa siendo brujo. Tus colores, tu aura tienen un halo con unos niveles que no poseen los brujos. Este tipo de auras solo las he visto en seres mágicos como duendes o hadas.

—¿Me estás diciendo que los elfos y las hadas existen? ¿Y que los has visto? —le pregunto como si se hubiera vuelto loco.

—No te sorprendas tanto, niña. ¿De veras crees que solo existen las brujas en este mundo? Estos seres existen, más no cohabitan con nosotros, son muy reacios a relacionarse con humanos, por eso muy pocos afortunados hemos tenido la suerte de poder verlos, aunque solo fuera una vez, pero eso no es relevante. —Niega con la cabeza decidido—. Lo importante aquí es que Olivia tiene un aura parecida, si bien no igual, a los seres que os he dicho. Tal vez la diferencia radica en que esos colores se hayan mezclado con los colores que ella ha ido desarrollando a lo largo de toda su vida humana. De lo que estoy seguro es de que el halo anaranjado que la envuelve nunca lo he visto en un humano corriente y, ya puestos, en ningún brujo tampoco.

La habitación queda en silencio.

Cada uno de los presentes intenta entender de la mejor manera posible, lo que el abuelo acaba de contar. Por mi parte, intento recordar todo lo que me ha enseñado a lo largo de estos años sobre las auras.

Sí bien es cierto que tendría que estudiarlas en más profundidad, tampoco soy una negada en el tema, después de todo me he criado con las enseñanzas del abuelo y él en el mundo mágico es todo un eminencia.

Recopilo todas las conversaciones con el abuelo que puedo recordar.

Aquellos domingos por la tarde, sentados en el suelo de su salita de estar y rodeados de libros sobre auras mientras él me describía todos los secretos sobre colores y la relación que había entre cuerpo y espíritu.

Ahora que lo pienso, aún sin haber creído en todas esas cosas hasta hace bien poco, adoraba esas tardes con él.

Volviendo a Olivia y según el abuelo, ella siempre ha estado rodeada de vibrantes colores azulados y violetas que muestran la persona pacífica y altamente energética que es, de ahí que haya tenido más desarrollada la intuición para entender y dejarse llevar por las energías místicas.

Pero es ahora cuando un halo anaranjado ha aparecido alrededor de su cabeza.

Tener un halo de ese color significa que el ser que lo posee tiene una gran habilidad para ser un maestro, un guía para aquél que lo necesite, no solo a un nivel mágico sino a un nivel profundamente espiritual.

Así que la idea de que Olivia en una vida anterior haya sido un ser mágico no me resulta tan descabellado, no obstante dudo que se trate de algo tan simple como una hada o un duende o cualquier otra criatura mística que exista. Creo que esto va más allá de lo que dice el abuelo. De la misma manera que no creo que todo esto haya pasado en este momento por casualidad, justo cuando despiertan mis poderes y he sido reclamada como La Llave.

Algo en las entrañas me dice que nada de lo que está ocurriendo sea mera coincidencia.

Más bien comienzo a pensar que es obra del destino.

Y en este instante, una idea disparatada chisporrotea en mi mente.

Me concentro en Olivia, quien no se ha movido del círculo de velas y piedras en tanto escucha atentamente las ideas que intercambian el abuelo y mi madre.

—Me gustaría probar algo. — Cierro el libro de hechizos, dejándolo junto a otra pila de libros y me acerco hasta Olivia ante la atenta mirada de mamá y el abuelo—. ¿Cuando tienes esas pesadillas eres capaz de ver algo a tu alrededor? ¿Puedes saber dónde estás, si hay algún prisionero más contigo o quienes son lo que te torturan?

Olivia niega con la cabeza tras pensarlo varios segundos.

—Lo siento, tan solo soy capaz de recordar retazos, como el arma que utilizan o fragmentos borrosos de dónde estoy. Lo que sí que puedo recordar sin ninguna duda es el dolor. —Un estremecimiento de miedo le recorre el cuerpo entero—. Eso nunca desaparece. Aún después de horas de despertar, cuando estoy en el trabajo, aparecen ráfagas de ese dolor que hacen que me encoja en mi mesa, seguido de la sádica risa de mi torturador en la cabeza. —Una lágrima solitaria cae por su mejilla—. Esa es la única constante en mis pesadillas. En todas y cada una de ellas siempre es el mismo quien inflige mi penitencia, como él llama a esas sesiones.

—Está bien tranquila. — Miro a mi madre sin saber bien si mi idea es factible—. ¿Podría mediante mi psicometría acceder a sus pesadillas? tal vez pueda ver algo que nos indique por qué han aparecido ahora. Llamadme loca pero creo que esto no ha pasado por la lectura incorrecta de un hechizo sino porque estaba escrito que sucediera. De modo que si consigo entrar, podríamos saber quién anda detrás de ella o quién era en su vida anterior y quizá podamos hacer algo más que ahuyentar las pesadillas temporalmente.

Mi madre y el abuelo intercambian una extraña mirada.

—¿Podríais intentar no parecer tan sorprendidos? Ya sé que soy una novata, pero de verdad creo que podría funcionar. Además ésta no será la primera vez que haya utilizado mi psicometría, aunque nunca he intentado forzarla.

Esto último lo digo más para mí misma que para ellos.

—No dejas de sorprenderme Pastelito. Te has adaptado y aceptado tus poderes con mucha rapidez.

El abuelo sonríe ampliamente mostrándome el par de mellas que tiene en la parte inferior de su dentadura. Me pasé años diciéndole que fuera al dentista a arreglárselas, pero decía que si sus dioses místicos hicieron que se le cayeran los dientes sus razones tendría, lo cual era una excusa pésima para esconder que en realidad le aterrorizan los dentistas. A día de hoy sigue diciendo que le da grima ver esos aparatos tan extraños en una camilla igual de rara.

Le devuelvo la sonrisa en parte orgullosa por su halago y divertida. Esas mellas lo hacen más adorable si eso es posible.

—Entonces, ¿os parece una buena idea? —les pregunto esperanzada.

—Creo que es una idea magnífica —asiente mi madre frotándome el brazo con cariño—. Vamos a prepararlo todo para que te resulte un poco más fácil acceder a esos recuerdos, ¿te parece bien a ti Livia? —Se vuelve hacia ella pidiéndole permiso, al fin y al cabo voy a acceder a sus recuerdos y no mucha gente estaría dispuesta a ello.

Olivia realmente confundida con nuestra conversación, asiente lentamente.

Llegados a este punto y bajo las órdenes de mi madre nos ponemos manos a la obra.

Apagamos el círculo de velas y formamos uno más grande con el cuarzo blanco, las velas blancas y añadiendo púrpuras para una mayor invocación, porque siendo honesta conmigo misma necesito toda la ayuda posible. Necesito sentirme útil y ayudar a Olivia porque si ella no está bien, me será mucho más difícil concentrarme en mi futuro como La Llave y eso es algo en lo que tengo que estar al cien por cien por el bien de todos.

Coloco dos cojines dentro del círculo e indico a Olivia que entre conmigo sentándonos una frente a la otra mientras el aromático olor del ramillete de lavanda, salvia y ortiga que está quemando el abuelo Samu inunda la habitación. Una vez todos listos el abuelo retrocede hasta un rincón de la sala, pendiente en todo momento de nosotras. Mi madre fuera del círculo se coloca justo a mi lado para ayudarme durante el proceso.

—¿Estás lista? le pregunto a Olivia con las palmas de las manos hacia arriba—. Si no estás segura...

—Confío en ti Zoe. Eres mi familia, adelante. —Pero antes de cogerme las manos me señala con un dedo—. Solo por tu bien espero que no te metas en el sueño de anoche, no creo que te guste verme de esa guisa.

Rio sin poder evitarlo. Incluso en un momento como este consigue aligerar las cosas para hacernos reír.

—Espero que no, ya tuve suficiente con aquella vez que os pillé en la biblioteca a ti y aquel novio de la universidad— finjo un escalofrío haciéndola reír de nuevo—. Bien allá vamos.

Mi madre asiente mientras se sienta entre las dos fuera del círculo.

—Muy bien niñas, ahora necesito que cerréis los ojos y os concentréis. No penséis en nada más, el exterior no existe en este pequeño universo que hemos creado aquí, tan solo estáis vosotras y el sonido de mi voz. Ahora unid vuestras manos, debe haber una máxima conexión entre vosotras, desde la punta de vuestros dedos hasta la palma al completo. —Al hacerlo una extraña corriente me recorre los brazos y estoy a punto de alejarme cuando oigo la voz de mamá—. ¿Lo habéis notado? ¿Esa chispa? eso significa que vuestra unión es especial, que ya existía antes de iniciarla. Bien ahora Olivia quiero que no pienses en nada más que en tus pesadillas. —Tras decir eso noto la tensión en ella—. Sé que te asusta pero necesito que lo hagas para que a Zoe le resulte más fácil entrar... muy bien, así me gusta, relájate y piensa en ellos. Ahora Zoe, quiero que te concentres en el tacto de las manos de Olivia, nota el calor e imagínate que tu energía se funde con la de ella, hasta que sientas que la energía fluye de una a la otra en sintonía.

Oigo la voz de mi madre como un sonido de fondo y poco a poco lo sustituye un suave y constante zumbido que lentamente va cambiando hasta convertirse en leves quejidos de dolor con otro que no puedo identificar.

La pantalla en negro que he estado visualizando para no permitirme pensar en nada, se va difuminando hasta vislumbrarse en dos enormes criaturas acarreando por los brazos a una inconsciente Olivia por un paisaje árido y seco que estoy segurísima que no es otro lugar que el infierno.

Y son los pies desnudos de ella arrastrándose por la tierra, el otro sonido que no había podido reconocer.

Levanto la mano enfurecida para mandar a cada uno de esos demonios lejos de mi amiga con mi telequinesia. Varios intentos fallidos después, caigo en la cuenta de que no funcionará porque no estoy en el mundo real sino dentro de la mente de Olivia, así que hago lo único que se me permite hacer.

Observar.

Reparo en todo lo que nos envuelve, buscando cualquier cosa que me diga el lugar exacto dónde nos encontramos.

Hasta donde alcanza mi vista no hay más que una enorme extensión de tierra rojiza y negra, fragmentada por montículos de roca y por columnas de lava volcánica que la tierra escupe con fuerza desde los cráteres formados en ella, en tanto que el calor sofocante y los vapores de agua hirviendo y azufre que se escapan por las miles de fracturas del suelo me dejan una sensación irritante en ojos, nariz y garganta.

Pero todo ello desaparece al reparar en las enormes murallas que podemos observar ante nosotros y, detrás de ellas, un enorme y tétrico castillo construido con las rocas que la lava ha ido creando al entrar en erupción.

Es tosco, sin ningún tipo de ornamentos, tan solo las formas naturales que la lava ha formado al enfriarse. Lo más característico de él son las cientos de torres que tiene a su alrededor repletas de pequeñas ventanas rodeadas de barrotes, desde donde salen extrañas sombras que con la ayuda del sonido de los látigos golpeando la carne y los gritos de agónico dolor que les siguen, hacen que me encoja de absoluto terror.

Intento centrarme en la visión de Olivia siendo arrastrada sin miramientos directamente hasta el castillo y decido observar con más detalle en sus captores para buscarlos después en el libro sagrado cuando la visión cambia de repente.

Hemos dejado atrás los alrededores del castillo para estar encerradas en una de esas torres.

Es redonda y espaciosa, tan solo decorada por una mesa de madera en el centro de la habitación y una pila de instrumentos de todos los tamaños colgados en un lado de la pared y de los que estoy segura que son utilizados para causar el mayor daño posible.

En el otro extremo de la estancia y colgada de los brazos por unas cadenas enganchadas a unos pernos ensamblados de la pared está Olivia mirándome fijamente.

Lleva una venda comprimida y sucia rodeándole todo el pecho y unas sencillas braguitas de algodón. Todo su cuerpo está repleto de heridas en todas sus fases de cicatrización con sangre pegada en ellas, pero lo que me llama la atención es su rostro. Está parcialmente cubierto por el pelo mugriento, que le llega a la altura de la cintura, cubierto de sudor y sangre seca, pero que a diferencia del resto de su cuerpo desfigurado, está libre de cualquier daño.

Quién sea que le está haciendo esto, quiere su cara intacta.

Lo peor de todo no son las numerosas heridas, ni las feas cicatrices que tendrá de por vida sino el profundo vacío que veo en su mirada. Ahí dentro no hay nada, no hay ningún alma que salvar, tan solo un caparazón vacío.

Noto una repentina frescura en mis mejillas a pesar del calor sofocante que reina por todo el lugar y me doy cuenta de que son mis lágrimas que no han dejado de caer por ver a mi amiga del alma, a mi hermana, muerta en vida.

Abro la boca para intentar decirle que estoy aquí, con ella, para decirle que todo va a salir bien pero el susurro suplicante que sale de ella me detiene en seco:

—La Llave.

Abro los ojos asombrada.

Olivia no sabe nada sobre La Llave, la he mantenido al margen de eso. Antes de poder preguntarle cómo es posible que pueda verme y sepa quién soy en realidad, pego un brinco asustada al oír una persuasiva voz a mi espalda, ya que en ningún momento he advertido su presencia.

—Eso he dicho Libi, La Llave.

En el instante en que voy a volverme, algo traspasa mi cuerpo provocándome un escalofrío de arriba a abajo.

Entrecierro los ojos al ver la espalda de un hombre acercarse a Olivia.

A pesar de la escasa iluminación del torreón puedo distinguir cierto detalles como el pelo liso rubio oscuro, tal vez rojizo, el cual lo lleva recogido en una trenza hasta la mitad de la espalda. Es de constitución atlética, viste completamente de negro y va descalzo a pesar de los restos de sangre del suelo. Aprieto los puños al ver como se acerca hasta Olivia, quien parece que además de la apariencia conserva también el mismo nombre en su vida pasada y le acaricia con dedos delgados y fuertes un trozo de piel todavía intacto por encima de la clavícula y que provocan que ella se encoja ante su tacto.

—Vamos mi amor, sabes perfectamente que no me gusta hacerte daño, eres la mujer más importante para mí. No obstante, es de vital importancia para mí anticiparme a los demás y saber dónde y cuándo nacerá La Llave.

Esa voz tan melodiosa al hablar con ella y la delicadeza con la que le coge un largo mechón de pelo y se lo mete detrás de la oreja me pone los pelos de punta.

Al no obtener respuesta de Olivia, el hombre suspira resignado.

—¿Vas a obligarme a hacerte más daño?

—Ya lo hiciste hace siglos, Belial, tus costumbres no han cambiado —responde ella en un cansado susurro—. Llevas años esperando este momento para volver a hacerlo, La Llave es tan solo una excusa más ante tu despotismo.

Este hombre que está en medio de una sala de torturas con una calma extrema y vestido con un elegante desenfado, desentonando pero absolutamente cómodo con su entorno, es el ángel de la arrogancia.

Belial, el príncipe del tercer de los infiernos, aquel dónde solo se castiga a los seres mágicos.

La risa del ángel caído suena hueca y fría.

—¿Me culpas por ello Libi? recuerda que estoy aquí por tu culpa.

—Estás aquí por tus pecados, no por mí, al menos ten el valor de admitirlo.

El estallido que provoca la bofetada en la cara de Olivia resuenan con fuerza por toda la torre.

—¡Dime dónde Libi!

Voy a matar a ese hijo de puta con mis propias manos.

La paciencia de Belial parece haber llegado a su fin porque de un tirón le arranca la venda del pecho, la voltea con la ayuda de las cadenas y revelando dos protuberancias sangrantes paralelas a la columna vertebral que ocupan la mitad de su espalda. Las mismas heridas de Adriel tras haberle arrancado sus alas.

Olivia es la reencarnación de un ángel.

—Dime una cosa mi Libi, —dice Belial con una frialdad extrema mientras pasa un dedo por el costado de una de las heridas, provocando un encogimiento por parte de Olivia—. ¿Cuántas veces crees que puedo arrancarte tus hermosas alas antes de que dejen de crecer para siempre? déjame decirte que según mi conteo ya van seis... ¿Cuántas más necesitaré?

Sin esperar respuesta, Belial estira el brazo y unas enormes tenazas colgadas en la pared flotan hasta él y sin misericordia se dirige al pequeño apéndice creciente en su espalda.

Los gritos agónicos de Olivia son el peor sonido que he oído en mi vida.

CAPÍTULO 13

Salgo de la visión estrepitosamente ante la atenta mirada de mi madre y el abuelo.

Todavía con las manos unidas a las de Olivia, le doy un ligero apretón para comprobar que también haya salido del trance y, tras mirarme con ojos y sonrisa somnolienta, me confirman que no recuerda nada de esa espantosa visión.

—¿Y bien, has podido ver algo? —me pregunta ansiosa ante la atenta mirada de todos los presentes.

¿Qué le digo? ¿Que ella es la reencarnación de un ángel? ¿Que la capturaron y la torturaron a sangre fría por mi culpa, porque querían saber mi paradero?

No puedo hacerlo, si lo hago estará en un peligro mayor y ya no ella solamente sino también mamá y el abuelo. Antes solo hacía falta defenderlos de Remiel, que no es cualquier insignificancia, pero me da la sensación que sufrirían el doble de lo indecible si caen en manos de Belial. Está claro que este ángel caído no se anda con chiquitas y después de la manera con la que le he visto tratar a la vida anterior de Olivia y por la que parecía sentir una especie de amor retorcido, sé que los seres mágicos, unos brujos tan poderosos como los miembros de mi familia serían un delicia para él.

Así que con un nudo en el pecho me preparo para mentirles, una vez más, a las tres personas que constituyen mi familia. Ya pensaré más tarde algún modo de enfrentarme a esta difícil situación. Lo que sí tengo claro, sin ningún tipo de dudas, es de cuanto echo de menos los consejos y el apoyo de Adriel, pero si lo que necesita es un tiempo alejado de mí para estar mejor, se lo daré. Aunque me esté constando una barbaridad.

Miro a Olivia a los ojos y sin poder soportar ver la esperanza en ellos, agacho la mirada avergonzada, negando con la cabeza.

—Lo siento.

Un pesado silencio llena la estancia y sé que estoy en un lío.

Al ver la decepción en la cara de Olivia sé que ella me ha creído a pies juntillas, ¿por qué no debería hacerlo si nunca, jamás, le he mentido? sin embargo también sé que si ella no estuviera tan asustada ni tan cansada, me hubiera costado la vida hacer que me creyera.

Mamá y el abuelo son otro cantar.

A ellos es imposible mentirles, no solo porque me conozcan mejor que nadie sino porque mi madre posee el don de saber cuándo miento y el abuelo, bueno, él no tan solo lo sabe al verme la cara sino que cuando lo hago, esas mentiras se reflejan en mi aura transformando los colores, embruteciéndolos y haciéndolos menos brillantes.

Aprovecho que Olivia está cabizbaja para echarles una rápida mirada suplicante, diciéndoles sin palabras, que por favor esperen a más tarde para tomar represalias.

Vuelvo la atención a mi amiga y con un dedo le levanto la barbilla para obligarla a mirarme a los ojos.

—He visto una escena en concreto, con un personaje en particular que deduzco es la persona que siempre está presente en tus sueños. —Intento acercarme lo más que pueda a la verdad sin llegar a exponer lo verdaderamente problemático—. Lo cierto es que me ha dado bastante grima al verlo, pero no he podido verlo con claridad y aparte de los golpes no ha habido nada que me indicara sobre que podrías ser. — Recordando un par de comentarios de Belial y mi intención de intentar ser lo más sincera posible, agrego—. Lo que sí que me ha parecido es que parte de tu encarcelamiento se debe a un capricho de tu torturador.

Ante mi comentario Olivia abre los ojos sorprendida.

—¿Quieres decir que me torturaba porque estaba encaprichado conmigo? ¡Eso no tiene ni pies ni cabeza Zoe!

—Lo tiene si el verdadero problema es el rechazo que sufrió por parte de tu vida anterior. Hablaba como si te conociera de hacía mucho tiempo o como si hubierais estado relacionados. ¿De verdad que no recuerdas nada de lo que te haya podido decir? —Le insisto para cerciorarme de que no recuerde más que yo no sepa, no quiero dejarla desprotegida en caso que recuerde algo de La Llave y alguien venga a buscarla.

—Nnn...No nada —balbucea, todavía sorprendida por mi declaración—. Lo único que consigo recordar es el dolor por todo el cuerpo, sobretodo en la espalda. Ése es el peor de todos, nunca desaparece.

Mi madre quién se ha mantenido en silencio y supongo que determinando cuánto de lo que he dicho es cierto, interrumpe nuestra conversación.

—Bien, algo es algo, al menos sabemos los posibles motivos por los que pudiste ser retenida, ahora vamos a trabajar sobre eso, ¿de acuerdo? —Tras el asentimiento de Olivia mi madre le aparta el flequillo de la cara con cariño—. Creo que lo mejor por ahora es que te marches a casa y descanses, nosotros crearemos un conjuro de protección como el que Zoe tiene en casa, con un par de variaciones para que se adapte más a tus necesidades. Lo único que necesitamos es un poquito de tu sangre y una vez esté listo, Zoe te lo llevará a casa. Vamos a mantener esas pesadillas bien lejos ,el máximo de tiempo posible hasta que averigüemos algo más, ¿de acuerdo Livia?

Olivia vuelve a asentir enérgicamente y mi madre le hace un corte en la palma de la mano para extraerle la sangre necesaria para el conjuro. Diez minutos después se despide de nosotros con un abrazo y cabizbaja sale de la tienda.

Vuelvo a respirar en cuanto la veo desaparecer por la puerta pero el carraspeo a mi espalda hace que la vuelva a contener al recordar el rapapolvo que me espera.

Miro el reloj de la tienda y doy un respingo al ver que ya son las doce del mediodía. No sabía que había estado en trance tanto tiempo.

—No sabía que fuera tan tarde, siento que hayas tenido que cerrar la tienda toda la mañana.

—Conmigo no intentes escaquearte jovencita —mamá aparta la cortina que separa la trastienda y me obliga a entrar en ella con un movimiento de cabeza—. Ahora vas a explicarme que narices es que lo que has visto y por qué le has mentido a tu mejor amiga.

Cierro los ojos intentando no mirar la decepción que seguro siente el abuelo y comienzo a apagar las velas y a reordenarlas en su lugar en la estantería. No me presionan, saben que tarde o temprano soltaré la lengua y les explicaré lo que necesitan saber, pero todavía sigo sin saber que contarles exactamente. Cuando ya no tengo nada más que me mantenga las manos ocupadas me dirijo a la mesita baja y me siento apoyando la cabeza entre mis manos.

—Zoe cielo, sea lo que sea puedes contárnoslo. —La voz del abuelo está llena de ternura y no de la decepción que esperaba—. No puedes guardártelo para ti todo, sé que hay algo que te perturba desde tu accidente, lo veo en tu aura, además de otros colores que antes no habían estado y que no deberías poseer tan solo por haber despertado tu herencia como bruja.

Levanto la cabeza de golpe para mirarlo con la boca abierta.

El abuelo siempre ha sido muy perspicaz, pero esto ya raya la premonición.

—¿Creías que no advertiríamos el gran cambio que has dado desde que despertaste? olvidas que fuimos nosotros quienes te hemos visto crecer, ¿qué tal si nos cuentas de una vez que está pasando?

Hay tanto cariño y tantas ganas de ayudar en su voz que me derrumbo y mandando la preocupación al garete, termino contándoles absolutamente todo.

Olvido todo a mi alrededor incluso a las personas presentes, relato cómo mi destino ya estaba escrito desde antes de mi nacimiento, cuando un ángel utilizó a mi madre para poder crear a La Llave y como ésta será esencial para determinar el futuro de todos.

Veo cómo las caras de mamá y el abuelo pasan de la más absoluta incredulidad ante la existencia de los arcángeles; al miedo ante mi combates contra los demonios; al orgullo ante mis victorias y mi éxito en los conjuros y a la compresión, cuando me oyen hablar con tanto cariño de Adriel, mi ángel custodio.

—Por eso no he podido decirle a Olivia nada de su sueño, si lo hago tendré que decirle todo lo que os he contado y en su estado no creo que deba añadir más presión de la que ya tiene. Termino por confesarles mientras me revuelvo más el pelo pareciendo así más loca de lo que ya me siento. Apartándome el pelo de la cara los miro para confesarles uno de mis mayores miedos:

— Aunque si tengo que ser totalmente sincera, una parte de mí no quiere ver la acusación en sus ojos cuando le diga que gran parte de sus torturas fueron para saber mi paradero.

Mi madre se acerca hasta sentarse a mi lado.

—Nada de esto es culpa tuya, cielo —me consuela peinándome con los dedos—. Simplemente éste es tu destino, todo esto está sucediendo porque alguien ahí arriba ha creído que tú eres la indicada para poder conseguir que reine la paz.

—Pero ya no estamos hablando solo de conseguir la paz, mamá, si no de que soy el instrumento para que ya sean Los Supremos o Remiel consigan ganar... —Niego con la cabeza—. ¿Qué pasa si logran llegar hasta mí? no quiero ser la causante de que se abran las puertas de los infiernos y miles de demonios se paseen por ahí para crear destrucción y dolor. Y ya no solo eso... ¿Qué pasa si mi padre nos encuentra? ¿Has pensado en eso? si ya te utilizó una vez para crearme, ¿Quién te dice que no vuelva hacerlo para tener mi colaboración? por eso no os lo dije desde un principio, porque no quería que estuvierais involucrados en todo este follón angelical.

—Has hecho bien en hacerlo Zoe —me dice el abuelo Samu—. Tal vez tu madre y yo seamos un estorbo si se trata de tu labor cómo La Llave, pero no olvides que seguimos siendo tu familia, de modo que vamos a proponerte un trato.

Eso despierta mi curiosidad.

—¿Cuál?

—Te prometemos que no vamos a inmiscuirnos en las decisiones que tomes como La Llave. ——Cuando voy a asentir enérgicamente, levanta la mano para detenerme—. Sin embargo... tienes que prometernos que no volverás a mentirnos nunca más, da igual si crees que estamos en peligro o no. Tenemos que confiar en que nos mantendrás informados de todo lo que ocurra. Es cierto que no estamos capacitados para luchar contra demonios, porque al fin y al cabo no somos más que dos brujos con los poderes aletargados, pero seguimos siendo brujos de corazón y espíritu y tenemos la experiencia y los conocimientos suficientes para serte de ayuda con cualquier cosa relacionada con la magia, ¿trato hecho?

—Hecho, lo prometo.

Estrecho su mano cerrando así el trato con una sonrisa, entonces recuerdo por qué he tenido que contarles la verdad, volviendo así la preocupación.

—¿Y qué hacemos con Olivia? Una cosa es ahuyentar las pesadillas y otra muy distinta es intentar mantener alejado a Belial, si él ya la capturó una vez podría volver a hacerlo.

—No estoy tan segura de eso. Cierto que ya llegó hasta ella una vez pero recuerda que se ha mantenido a salvo durante más de veinticinco años, eso que nosotros sepamos. No sabemos con exactitud cuántos años ha esperado el alma de Olivia en reencarnarse en la que ahora es tu mejor amiga. Si Belial tuviera la oportunidad de capturarla ya lo habría hecho, así que por lo momento creo que está a salvo.

—En tal caso, ¿Por qué han aparecido las pesadillas? ya hemos descartado que haya sido por haber leído en voz alta un conjuro.

—Tienes razón, las pesadillas no son por ese hechizo, creo que simplemente es debido a que era el momento correcto.

—Tu madre tiene razón, Zoe.

Vuelvo la cabeza para mirar al abuelo, estoy empezando a entender lo que quieren decir.

—Así que lo que creéis es que Olivia está conectada a mí, no solo por nuestra amistad sino que también por el despertar de La Llave.

—Exacto, —Asiente mi madre—, según el sueño que has visto, Belial le preguntó dónde y cuándo ibas a nacer, así que ella tenía que tener esa información o algún tipo de conexión con La Llave para que lo creyera de ese modo.

—Entonces.... ¿Qué? lo siento mamá pero me está costando mucho llegar a tu conclusión tan lógica.

Estoy frustrada y cansada y eso se me nota en la voz, algo que también percibe el abuelo porque me da un ligero capón detrás de la cabeza.

—¡Ay! —Me froto la cabeza sonriendo, nunca se cansa de hacer eso.

—Desde luego Zoe que cuando te obcecas, no hay manera... lo que tu madre te está diciendo es que está convencida de que las pesadillas de Olivia empezaron porque era el momento de hacerlo —Viendo mi cara de "no entiendo nada" niega con la cabeza frustrado—. Según la información de Olivia, ella leyó el dichoso hechizo hace un par de meses y durante este tiempo ha ido teniendo esas pesadillas esporádicamente, pero que no ha sido hasta hace unas semanas, es decir, la semana en que tuviste el accidente, que las pesadillas retornaron con fuerza, teniéndolas todas las noches.

La bombilla en mi cabeza se enciende por fin.

—Ahhh... Ahora lo entiendo! —Chasqueo los dedos mirando al abuelo—. Si es mi destino como La Llave lo que me conecta a Olivia aparte de nuestra amistad, entonces quiere decir que no solo desperté mis poderes si no también desperté los suyos, o al menos lo ha hecho su vida anterior.

—¡Exacto!... desde luego hija que ese retardo para entender algunas cosas no lo has heredado de tu madre.

—Seguro que lo ha heredado del tío Ender—mi madre asiente con la cabeza mirando al abuelo socarrona.

—¡Oye, no soy tan lenta! es solo que llevo dos días sin dormir, estoy cansada. —Frunzo las cejas ante un detalle—. ¿Tu abuelo le puso a su hijo de nombre: tío raro? ¿Por qué un padre le haría algo así a su hijo? ¡Es cruel!

Ante mi cara de horror mi madre y el abuelo comienzan a reír.

—En realidad se llama Ekrem, pero conforme fueron pasando los años vimos que le faltaba algún que otro tornillo, así que todos los del aquelarre acabaron por llamarle Ender. A él no le gusta mucho, pero no ha podido evitar que continúen llamándole así.

Lentamente aparece una sonrisa en mi cara hasta que los tres volvemos a reír. Necesitaba este pequeño momento de normalidad, me estaba preocupando al pensar que tal vez los estaba perdiendo pero mirándolos sé que no lo haré nunca.

La tensión y el miedo han desaparecido prácticamente, permitiéndome poder respirar con más facilidad, por lo que una vez ya más relajados sigo las instrucciones para crear el conjuro de protección para Olivia.

Mi madre me alcanza la réplica del Libro Sagrado que tiene desde que se fue de Turquía, abierto por la página del hechizo y mientras ella va abrir la tienda —porque ya se le ha hecho bastante tarde— comienzo a realizar el hechizo ante la atenta supervisión del abuelo:

«Cómo proteger vuestro hogar de todo mal:

Este conjuro evitará que el mal penetre e intoxique vuestro hogar. Tiene diversos usos. Ya sea para negar la entrada a demonios o seres mágicos malignos, como para ahuyentar las energías y vibraciones negativas. Dependiendo de la cantidad utilizada de los ingredientes, variará la potencia del conjuro.

¡Más id con cautela!: Es muy fácil malograr este conjuro, pues sus cantidades son muy sensibles, por ello se recomienda utilizar las escritas aquí. Estas cuantías son perfectas para proteger vuestro hogar de todo mal.

Que la magia sea con vosotros:

— Siete semillas de Quina.

215

— Dos cucharadas de jugo de bayas de Espinosa Cerval (la cantidad desproporcionada en este caso podría tener consecuencias negativas).
— Tres gramos de polvo de Turmalina.
— Una corteza de Nogal mediana.
— Cinco gotas de la sangre de la bruja propietaria de la casa.

Mezclarlo todo y una vez machacado, meterlo dentro de pequeños saquitos de algodón y colocarlos en todos los quicios y las puertas de entrada.
Purificar el entorno antes de la colocación de dichos saquitos con una mezcla de incienso de romero, tomillo y sándalo, eso eliminará las energías malignas ya existentes en el hogar y el conjuro tendrá un mayor éxito.»

Una vez finalizado el conjuro y después de hablarlo con el abuelo, decido modificar y añadir un par de ingredientes, ya que teniendo en cuenta de quién quiero proteger a Olivia es de Belial y de las pesadillas que la consumen, una ayuda extra no está de más.

Así pues, añado once granos de Quina, es la cantidad que el abuelo me aconseja para que no haya peligro de malograr el hechizo y además añado un ramillete de Hierba de San Juan.

Antes de repartir la mezcla en los saquitos miro al abuelo pensativa.

—Abuelo, ¿crees que serviría de ayuda que además de la sangre de Olivia pusiera una gota de la mía? Puede que el hecho de ser La Llave exista mucho más poder en mi sangre y ayudaría a potenciar el conjuro.

—Es posible —asiente pensativo—. Tal vez esa sea la razón de que Olivia no haya tenido pesadillas durmiendo en tu casa, aunque no recomendaría más de una gota, así nos aseguramos de no alterar la función del conjuro ¡Muy bien Pastelito! —Me tira del moño medio desecho con el que me he peinado para preparar el conjuro.

Alcanzo el pequeño puñal para pincharme en el dedo, dejando caer una gota de sangre en el preparado. Lo repartimos entre todos los saquitos y lo guardamos en una bolsa para llevárselo a Olivia.

—Bueno ya está, ya hemos terminado, se lo llevaré a Olivia de camino a casa y así le enseñaré como tiene que hacerlo por si tenemos que volver a repetirlo. —Me acerco al abuelo y lo abrazo con fuerza—. Muchas gracias por todo abuelo, sois los mejores. Os llamaré pronto.

—Eso espero, ya sabes que para cualquier cosa que necesites estamos aquí, ¿de acuerdo? No dudes en pedirnos consejos o en llamarnos si necesitas hablar.

—Lo sé, gracias abuelo.

Le doy un último abrazo y un beso en su delgada mejilla y salgo fuera a despedirme de mi madre.

)( )( )( )( )( )(

Han pasado tres días y al menos el problema con Olivia está contenido.

Las pesadillas han desaparecido, el conjuro de protección que le hicimos a su casa surtió efecto durante dos noches, por lo que anoche tuvimos que volver a renovar los saquitos y mi amiga ahora tiene muchísima mejor cara, no como la mía.

No tengo noticias de Adriel desde hace cinco días y yo he pasado por todas las fases posibles con él.

Los dos primeros días con sus respectivas noches las pasé disculpándome por haber herido sus sentimientos; el tercer día ese sentimiento de culpa desapareció y el enfado se apoderó de mí. Le dije de todo lo que se me ocurrió para que apareciera, aunque fuera para seguir discutiendo. Lo llamé crío, le dije que se estaba comportando como un neandertal y más cosas que mejor no repito para no herir los sentimientos de nadie. Aunque ese enfado tan solo duró esa noche, porque en cuanto desperté al cuarto día volví a pedirle disculpas por mi comportamiento y, por último, llegó la resignación. Acepté que daba igual lo enfadada o arrepentida que estuviera.

Adriel solo aparecería cuando él así lo quisiera.

De modo que aquí estoy, el quinto día sin mi custodio y resistiendo las ganas de hablar con él, porque a pesar de que

Adriel no ha estado a mi lado físicamente, sé que no ha dejado de protegerme jamás.

Y aunque los sábados suelo descansar, hoy he hecho la excepción y he salido a correr para descargar el exceso de energía con el que me he levantado esta mañana. Vivo cerca de la playa y en días tan buenos como éste, disfruto muchísimo. Además el aire fresco me ayudará a calmar la ansiedad que no consigo hacer desaparecer del todo y, una parte considerable de ésta, es por la incertidumbre de no saber en qué estado se encuentra Adriel. No sé cuánto tiempo tardan unas alas en crecer y por más que le he preguntado de mil formas distintas, no ha contestado ni tan siquiera mandado una señal, ya fuera por código Morse o por señales de humo. Nada. No sabía que fuera tan terco el muy desconsiderado.

Una hora después y cuando el calor se hace insoportable, me doy un rápido chapuzón en la playa y vuelvo a casa más relajada de lo que lo he estado estas últimas semanas.

Después de limpiar la casa y darme una ducha, me preparo un tentempié y una copa de sangría fresquita y salgo al balcón a seguir disfrutando del verano.

Es una suerte que ya no tenga que volver a trabajar hasta septiembre. Al ser profesora de preescolar tenemos un horario mucho más relajado y nuestra tarea no es tan complicada como la del resto de profesores, así que al menos, en lo referente a mi trabajo en la escuela puedo decir que me lavo las manos alegremente. Bueno no tan alegre.

De acuerdo, no tan feliz, creo que voy a echar de menos al volátil de mi jefe.

Soy consciente de mi comportamiento errático durante toda la semana, lo cual, teniendo en cuenta todo lo que tengo en la cabeza, no es de extrañar. Pues bien, a todo eso hay que añadirle el extraño comportamiento que ha tenido Adriel conmigo.

Ha sido como si padeciera de trastorno de personalidad múltiple.

Tan pronto me ignoraba como no me quitaba los ojos de encima. Un día me hablaba con una frialdad aterradora y al siguiente lo hacía con una calidez que hacía que me derritiera por dentro. No me importaría si hubiera pasado algo entre los dos, pero ése no ha sido el caso. No hemos discutido y tampoco nos hemos visto fuera del trabajo como para que haya querido mantener una relación estrictamente profesional e intento que no me afecte demasiado.

Definitivamente creo que he llegado al límite de mi tolerancia respecto a los hombres, porque si no tuviera suficiente con Adriel y Adrian, hay que sumarle el estúpido comportamiento infantil de Izan.

Juro por lo que más quiera que nunca, ni en un millón de años, hubiera imaginado que Izan actuara como lo ha estado haciendo desde nuestra discusión.

He intentado hablar con él, ya que no quiero que nuestra amistad se malogre por un malentendido, esperando que recapacitara sobre su excesiva reacción ante mi rechazo, pero nada más lejos de eso. Al día siguiente no solo me ignoró, sino que se pasó todo el santo día lanzando indirectas —bueno y no tan indirectas— cada vez que pasaba por su lado, incluso en mitad de la reuniones, hasta el punto de que Adrian tuvo que intervenir para bajarles los humos.

Así se ha pasado toda la semana, lleno de ira, resentimiento, orgullo herido y crueldad.

Incluso llegué a pensar que tal vez la visión acerca de su posesión ya se había cumplido y era la influencia del demonio *Yingb* el que lo obligaba a actuar de ese modo, pero en ningún momento ha saltado mi alarma natural contra demonios estando él cerca, así que deseché la idea en cuanto se me ocurrió. Además Adriel aseguró que ya tenían un ojo puesto en Izan, por lo que cualquier posible ataque a Izan queda descartado.

Bebo un poco de mi sangría y cojo un puñado de patatas fritas, dejando de lado todo pensamiento negativo, por lo menos durante un ratito. Miro la hora y tras pensarlo cojo el móvil y aprieto la marcación rápida que tengo para Olivia, quien no tarda en descolgar. La oigo mucho más relajada que los últimos días, incluso parece que está volviendo a ser un poco ella misma, hasta el punto de volver a bromear de vez en cuando.

Seguimos hablando de todo y nada, simplemente disfrutando de estos pequeños momentos que antes eran muchos más cotidianos.

—¿Sabes? —El tono despreocupado de Olivia se vuelve un poco más serio—. Echaba de menos estas pequeñas conversaciones. Sé que has estado muy liada con tu introducción al nuevo mundo de las súper—brujas y bueno yo, ya sabes, he estado muy ocupada siendo torturada en sueños diabólicos con el mismísimo Príncipe del infierno. —No puedo evitar sonreír a pesar de la seriedad del momento—, pero creo que a pesar de todo no debemos dejarnos de lado, al fin y al cabo siempre hemos afrontado todos nuestros problemas juntas, como hermanas de otra madre.

Así nos hacíamos llamar de pequeñas.

—Lo sé, es solo que no quería agobiarte. —Me siento fatal por tener que mentirle—. Te prometo que a partir de ahora no me lo guardaré para mi sola e iré a buscarte... ¡Eso sí! luego no te quejes cuando te llame a las tantas de la mañana porque estoy liada con algún hechizo o algo.

—¿Estás de guasa? Ya sabes que me encanta... aunque te juro que a partir de ahora voy a tener la boquita bien cerrada y no volveré a leer nada que tú o tu madre hayáis escrito. Seguro que sois capaces de convertirme en algún animal mitológico o extraño.

Suelto una carcajada y no puedo evitar tomarle el pelo.

—Pues ya sabes, entonces no intentes nada raro conmigo... podría convertirte en... por ejemplo... no sé... ¿Un adorable conejito?

—¡Dios, no!

Cuando oigo el grito aterrado al otro lado de la línea vuelvo a reírme. No sé qué trauma tuvo Olivia de pequeña que hizo que odiara y temiera a partes iguales a los conejitos. Lo peor de todo era que cuanto más adorables fueran, más irracional era su reacción y ése es el as que me guardo bajo la manga para chantajearla o meterme con ella.

Sigo riéndome mientras oigo a Olivia lanzando insultos a la especie de los conejos y a todas sus variantes. Cuando levanto la vista me encuentro con el único par de ojos verdes que hace que me tiemblen las piernas con solo mirarlos. Sin poder evitarlo suelto un jadeo ahogado ante la sorpresa de haberlo encontrado observándome.

—¿Qué te pasa? —pregunta Olivia por el teléfono—. Has interrumpido mi disertación de por qué tendríamos que exterminar a esos roedores rechonchos, y déjame decirte que los blancos son los peores. Sobre todo, el estúpido conejo de Alicia en el país de las maravillas, ¿desde cuándo un conejo va con chaleco y corbata y mirando un reloj de bolsillo? ¡Por el amor de Dios, si es un conejo! solo se preocupan por comer zanahorias.

Ignorando descaradamente a Olivia, sigo manteniendo el contacto visual con Adrian y la sonrisa que tenía mientras hablaba con Olivia se ha quedado congelada en mi cara al ver la intensidad con la que me mira a pesar de la distancia.

— ¿Zoe me estás escuchando?

—¿Qué? lo siento ¿qué decías?

Intento retomar el hilo de nuestra conversación al oír la frustración de Olivia.

—¿Se puede saber qué te pasa?

—Perdona Livia, pero Adrian no me quita los ojos de encima.

—¿Qué Adrian no para de mirarte? ¿Desde su ventana?

Olivia se ríe sin disimulo.

—Me alegro de que mi sorpresa te divierta. —frunzo el ceño aumentando la diversión en ella—. No sé qué narices le pasa, en serio, un día está amable y tontea conmigo, y al siguiente me rehúye como a la peste o se enfada conmigo como si le hubiera hecho algo imperdonable... deja de reírte de mí ¿Quieres? parece que tenga un cruce de cables dentro de su cabeza, nunca sé con qué humor va a recibirme cuando llego a trabajar.

No recibo contestación ninguna por la otra línea, porque mi mejor amiga, la que se supone que me tendría que estar dando algún consejo, está partiéndose de risa. Cualquier otro día me importaría, pero llevo tantos días sin oírla tan contenta, que me alegro aunque sea a mi costa.

Adrian continúa mirándome, así que decido coger el toro por los cuernos antes de que acabe por ponerme de mal humor.

—Oye macarra... —espero a que las carcajadas disminuyan en intensidad y así pueda oírme—. Voy a dejar que te calmes y hablamos luego, ¿vale? Llámame si necesitas cualquier cosa, te quiero bonita, adiós.

No oigo las quejas de Olivia antes de colgarle el teléfono, sé que no parece muy educado pero Adrian ya me está crispando los nervios.

Me levanto y apoyo los antebrazos en la barandilla mientras levanto una ceja, preguntándole sin decir una palabra que es lo que le pasa, lo que parece sacarlo de su ensoñación, enfocando la mirada hasta mis ojos con la sorpresa pintada en su cara. Por lo visto no ha sido consciente de que se ha pasado los últimos cinco minutos sin despegar los ojos de los míos.

Para mi desconcierto, agacha la cabeza avergonzado y desaparece dentro de su piso en menos de un segundo.

¿Qué narices acaba de pasar?

—Y luego dicen que las mujeres somos difíciles de entender... no conocen a este tío —murmuro.

Sacudo la cabeza incrédula ante el extraño comportamiento de Adrian, cada vez extraño. Con ese pensamiento en mente recojo los restos de mi improvisado tentempié y vuelo dentro de casa a terminar las cosas pendientes que me quedan por hacer.

CAPÍTULO 14

Cualquiera que mirara al poderoso ser sentado en el trono central, pensaría que tenía todo lo que quisiera en sus manos.

Nada más lejos de la realidad.

En apariencia solo era un arcángel caído aburrido, repantingado despreocupadamente con una pierna pisando la lujosa alfombra burdeos y negra, mientras la otra colgaba del reposabrazos de la enorme silla que él mismo creó cuando los todopoderosos de sus hermanos los desterraron a este asqueroso y caluroso lugar.

Pero todo ese oscuro y emperifollado palacio y el terreno donde se extendía su reino de poder y sometimiento era tan solo temporal. Todo por lo que había renunciado y por lo que había trabajado para poder llegar a la cima y ser el amo y señor de los cielos y los infiernos estaba a punto de obtener su recompensa.

Esa fachada aburrida en él era eso, una fachada. Por dentro comenzaba a impacientarse y a enfadarse por momentos cuando aquello que más deseaba no estaba en sus manos.

La tan ansiada Llave.

Cuando La Oráculo predijo que precisaba de una Llave si quería ser el dios supremo de todo y todos no esperaba que vendría en forma de una diminuta y aparentemente débil bruja.

No.

Pensaba que era algún tipo de instrumento o arma que le ayudaría a derrocar a Miguel y al resto de sus hermanos y así ocupar el puesto que le correspondía desde su nacimiento.

Todavía después de tantos siglos, seguía sin entender la razón por la que su padre le cedió la máxima autoridad, la última palabra decisiva a Miguel. El hecho de que fuera el mayor de todos no significaba que fuera el más indicado para tal responsabilidad. Demonios, incluso si no pensara que él mismo era el más idóneo para eso, hubiera preferido que el encargado de las decisiones fuera Raguel, al menos él era el más lógico e imparcial de los siete y no un cabrón sensiblero como su hermano mayor.

Hermanos, menuda palabra más vacía y sin sentido.

A ninguno de los suyos les dolió ni les costó una mierda encerrarlo allí abajo y todo porque no se encargó de un puñado de insignificantes humanos en su resurrección y que acabaron como juguetes de Lucifer. Eso no fue tan terrible como para que el resultado fuera su caída de los cielos, o por lo menos la razón por la que se le castigó, no fue lo peor que hizo estando allí arriba. Una suerte que desde muy joven aprendiera a escaquearse del radar justiciero de Raguel, sino el castigo hubiera sido mucho antes y peor. Después de todo, ellos todavía no tenían ni idea de la verdadera causa por la que murió su amado padre.

Ahora lo que Remiel necesitaba era encontrar la forma de arrebatarle los poderes a La Llave o en el caso que eso no fuera posible, la manera de apartarla lo suficiente de su perro guardián para poder tomarla prestada y traerla hasta allí.

Una repentina ráfaga de aire seguida de un torbellino de luz plateada y negra le indicó a Remiel la llegada de Lilith.

En esta ocasión llevaba más ropa de la que normalmente utilizaba en su presencia, lo que le hizo suponer que venía de una de sus misiones de espionaje, como a ella le gustaba llamarlas, en vez del típico espionaje de vecina vieja chismosa, que es lo que realmente era. Porque la bella y traicionera pelirroja tenía de espía lo mismo que de virgen, absolutamente nada.

Ataviada con un pantalón de pitillo negro, un top de tirantes sin sujetador con una abertura central que bajaba hasta el ombligo, enseñando prácticamente esos exuberantes pechos y unos zapatos de tacones de aguja, Lilith sonría juguetona a Remiel.

—¿Cómo lo lleva mi hombretón todopoderoso? —le preguntó echándose la melena pelirroja hacia atrás.

—Hoy no estoy de humor para tus juegos Lilith, ¿a qué debo el placer de tu compañía? ¿No tuviste suficiente la última vez que nos vimos?

—Mmmm.... Contigo nunca tengo suficiente, mi señor —respondió mientras se pasaba la mano por un costado hasta apoyar la mano en una cadera—. Pero hoy no he venido para eso, al menos por el momento.

—¿Has estado husmeando por ahí?

—Uix, husmear es una palabra muy fea. —Lilith frunció los labios juguetona y se aproximó hasta el trono sentándose en el último escalón, acariciando la pantorrilla de Remiel de arriba abajo—. Más bien he estado haciendo algún que otro trabajito por ahí arriba y de casualidad me he enterado de una cosita muy interesante.

—Quieres decir que te has estado tirando a algún pobre iluso y de paso le has absorbido la energía hasta matarlo.

—Hoy estás muy gruñón... no sé si me interesa decirte lo que he averiguado.

Apartó la mano que había llegado hasta al muslo y el torbellino habitual que aparecía siempre que Lilith se tele—transportaba comenzó a envolverla, sin embargo en un rápido movimiento la mano de Remiel detuvo el proceso en el acto, tirando de su pelo con brusquedad y acercándola hasta que sus narices se rozaron.

—Vuelve a hacer algo semejante y no vivirás lo suficiente para poder tirarte a tu próximo vasallo, ¿estamos?

Le gruñó con fuego en los ojos, mientras que con la otra mano le acariciaba con extrema suavidad el cuello, provocando en Lilith un estremecimiento de absoluto terror. Tras el trémulo asentimiento de ella, Remiel prosiguió:

—Nadie, ni mucho menos una zorra caída y oportunista, que el único poder que tiene es calentarme la cama cuando estoy aburrido, va a venir a mi reino, a mi casa, a chantajearme. Así que ya me estás diciendo aquello que te ha hecho sentir tan poderosa como para desafiarme.

Remiel soltó el férreo amarre con el que la tenía cogida del pelo para lanzarla a un par de metros al suelo. Tras el golpe seco con el que cayó y con el pelo ocultándole la cara, Lilith intentó recuperar el aliento. Unos instantes después, se echó el pelo hacia atrás y se levantó con torpeza y sin que el miedo desapareciera de su cara.

Remiel volvió a su posición anterior con las plumas de sus alas ligeramente crispadas, indicando que no estaba tan relajado como pretendía aparentar y Lilith, bien conocedora de ese hecho, puso su mejor cara de arrepentimiento agachando la cabeza en señal de respeto.

—Lo siento mucho, mi señor, no pretendía ofenderos, tan solo quería jugar un poco. —Debajo de aquel tono juguetón, se apreciaba uno más profundo de miedo.

—Eso está mejor, por esta vez. —Asintió Remiel más complacido—. Ahora di lo que tengas que decir, antes de que pierda del todo la paciencia contigo.

—Por supuesto, mi señor. —dijo un tanto más aliviada—. Después de saber por tu interés en La Llave, he estado haciéndole pequeñas visitas de vez en cuando.

Lilith captó el instante en que tenía toda la atención de Remiel, cuando dejó de balancear la pierna para mirarla con un brillo peculiar en sus ojos.

—No tengo todo el día Lilith, arranca.

—Por supuesto, perdona. La cuestión es que llevo unos días sin sentir la presencia de Adriel a su alrededor, lo que me hace suponer que o bien han bajado la guardia, dada la falta de ataques que ha tenido La Llave, o por alguna razón más profunda que todavía no he alcanzado a descubrir.

—Interesante...— Remiel apoyó la cara en un puño sin dejar de observarla—. ¿Estás segura que su guardián no anda cerca?

—No lo he visto cerca de ella en ningún momento.

—El hecho de que no hayas podido verlo, no significa que no esté atento. El capitán de Raguel es muy astuto y mucho más poderoso que tú. Es muy capaz de estar justo en frente de tus narices y si él así lo quisiera, no detectarías su presencia —la insultó sin miramientos—. ¡Semyazza! —gritó Remiel.

La corpulenta figura de su capitán apareció de la nada entre un torbellino de aire brumoso.

—¿Sí, mi señor?

—Ve a vigilar a La Llave y averigua si está desprotegida. Sería el momento idóneo para dar nuestro siguiente paso. Informa en cuanto sepas algo.

—Como ordenes, mi señor. —Desapareciendo con la misma rapidez con la que apareció.

Aunque la prudencia no era su fuerte, Lilith supo mantenerse al margen de ese último intercambio, aunque no le duró mucho.

—¿Y qué hay de mí?

Remiel la miró fijamente y, por la expresión de su cara, Lilith supo que había vuelto a salirse con la suya, librándose de un castigo peor que la muerte por intentar jugar con el arcángel de los infiernos.

—Tú, pequeña víbora, vas a venir aquí a recibir tu castigo por insubordinación.

Tras sus palabras y con una sonrisa gatuna, Lilith subió lentamente a gatas los peldaños que la separaban de Remiel mientras le preguntaba juguetona:

—Pero mi señor... ¿No dijiste que hoy no estabas de humor? —Se situó entre las piernas abiertas de Remiel mientras le arañaba con las uñas hasta detenerse en el botón de sus pantalones.

—Ahora lo estoy, de modo que haz lo mejor que sabes hacer.

Con esas palabras Remiel desplazó sus pensamientos sobre La Llave a un segundo plano para centrarse en algo mucho más placentero por el momento.

)()()()()(

Los días en Junio son los más largos del año, por lo que aún podemos disfrutar de un poco de luz cuando debería haber anochecido, y es algo de lo que antes no me había dado cuenta, hasta que han querido matarme dos veces y en ambas ocasiones de noche.

Así que por precaución, evito salir después del anochecer sola y, de hacerlo, siempre he sabido que Adriel estaba conmigo en todo momento. El problema es que como ahora no tengo ni la más remota idea de dónde se encuentra, he creído que lo mejor para mi estabilidad mental y nerviosa es recogerme en casa temprano y evitar posibles futuros ataques.

Pero nunca sale nada como una espera, al menos a mí.

He aprovechado la tarde de sábado para ir a la playa y tomar algo en una terraza con Olivia y Marc. Ahora vuelvo andando tranquilamente a casa disfrutando de la brisa fresca que me calma las rojeces del sol.

Las luces de las farolas no se han encendido todavía, lo que me tiene bastante inquieta porque aunque todavía haya un poco de luz no quiero correr el riesgo de que anochezca y me pille a mitad del camino a casa. He estado tan distraída que no me he dado cuenta que son las nueve y media de la noche, ya está oscureciendo y yo sigo en la calle.

Sola.

Aligero el paso, queriendo llegar a casa lo antes posible mientras inspecciono todo a mí alrededor. Tan solo me quedan un par de calles para llegar y comienzo a suspirar más tranquila.

—Puedo entender que te enfadaras por mi desafortunado comentario, pero Adriel esto comienza a ser ridículo —murmuro malhumorada—. Si lo que estás intentando demostrar es que te necesito no hace falta montar este teatro, ya te lo digo yo... pero en serio, dejar que me ponga de los nervios no sé cómo va a ayudar en algo... así que hazme el inmenso favor de mover tu angelical culo hasta aquí y ejercer tu papel como niñera.

Sé que me estoy comportando como una paranoica, pero no puedo evitar sentirme desprotegida sin él a mi lado, algo que es un poco estúpido por mi parte porque en todos los enfrentamientos que he tenido, nunca ha intervenido y he sido yo quién ha matado a esos demonios, así que no entiendo la histeria que se está apoderando de mí por momentos.

A lo mejor es una reacción al estrés al que he estado sometida.

Espero a ver si Adriel se decide a contestarme o algo, pero nada y eso me pone de peor humor.

—Estúpido macho cabrío, cabezota, idiota, terco, orgulloso... —Al menos insultarlo me hace sentir un poquito mejor—. ¿Sabes qué? no aparezcas, déjalo estar, se acabó el disculparme por un estúpido y minúsculo comentario. ¿Estás enfadado? pues adelante, yo también lo estoy ahora, así que corre y quédate flotando entre tus esponjosas nubes o dónde sea que duermas... ya me las apañaré como sea, no necesito a un troglodita con alas que....

Giro la última esquina para entrar en mi calle y antes de darme cuenta un par de manos me sujetan de los brazos como si fueran dos tenazas, mientras doy un salto hacia atrás y maldiciendo por el susto.

—¡¡Me cago en la mar!!...

Aunque haya estado tan distraída como para no haberme fijado en quién tengo delante y el radar anti—peligros no ha hecho acto de presencia, eso no me impide reaccionar con rapidez. Así que en un santiamén, he cambiado el chip de vieja gruñona a la de Jackie Chan y poniendo en práctica mis clases, dejo caer todo el peso de mi cuerpo con fuerza hacia atrás llevando a mi atacante conmigo y antes de caer los dos al suelo, agarro su pechera con fuerza y coloco mi pie derecho en su abdomen, para cuando por fin noto el suelo en mi espalda, utilizar su peso y la velocidad para lanzarlo varios metros por encima de mi cuerpo.

En situaciones como éstas es cuando adoro la fuerza extra con la que desperté después del accidente.

Sin perder tiempo me levanto y me giro hasta él para enfrentarlo, pero en vez de levantarse para atacarme de nuevo, el cuerpo tendido a mis pies gime de dolor y se mueve lentamente y dolorido.

Muda por el asombro, lo miro sin pestañar al descubrir que no se trata de un demonio ni de un delincuente común, si no de alguien que además me resulta extrañamente familiar. Poco a poco la confusión va desapareciendo permitiendo fijarme más en su forma de vestir, en su pelo y la voz ronca y poco a poco comienzo a pensar con claridad.

Con gruñido y unas pocas palabras soeces, mi presunto agresor se gira para apoyar rodillas y manos en el suelo, mientras me acerco un poco más.

Pensareis que estoy loca, que tendría que salir huyendo y no quedarme delante del psicópata que acaba de atacarme, porque podría ocurrir lo mismo que en las películas de terror que tanto odio y que esto fuera una maniobra de distracción para que bajar la guardia y así pillarme desprevenida y tener la oportunidad de clavarme un cuchillo o un garfio de pesca.

Pues no.

¿Y sabéis por qué? pues porque antes de que mi agresor, ahora convertido en pobre víctima, levante la cabeza y fije sus ojos verdes en mí, ya sé que a quién acabo de atacar es a Adrian.

—¿Pero se puede saber qué narices te he hecho yo para que me lances por los aires?

Al escucharlo gritarme ofendido y, tras mi sorpresa inicial, la única cosa que se me ocurre hacer, en vez de interesarme por su estado, es estallar en carcajadas.

Sé que no debería, que parece cruel, pero lo cierto es que esto ya es el colmo de los desastres en lo que respecta a mis encuentros con Adrian.

Primero, me pilla completamente desnuda en el balcón de mi casa; segundo, le tiro una botella de agua en los zapatos; tercero, lo pongo perdido de bebidas en mitad de un restaurante provocando un efecto dominó.

Y por último, y más gordo, le lanzo varios metros por los aires tirándolo de espaldas contra el suelo.

Ésas son las más gordas, por no olvidar las innumerables veces que me ha pillado haciendo el ridículo de diferentes maneras en el trabajo.

La cuestión es que cuando se trata de este hombre nunca sé cómo voy a reaccionar.

Adrian se pone en pie con esfuerzo, sin mi ayuda claro, estoy demasiado ocupada intentando detener las carcajadas.

—Me alegra que te divierta Zoe.

—Lo siento muchísimo Adrian, de verdad —me disculpo entre risas—, pero la culpa es tuya. No puedes ir por ahí, asustando a pobres chicas solitarias.

— ¿Tú una pobre chica? ¡Estaba evitando que te hicieras daño al chocar conmigo! —exclama indignado.

Vuelvo a reír sin poder evitarlo.

—Pues yo creía que querías hacerme daño, he actuado por instinto. —Ya más calmada lo miro un poco arrepentida—. Perdona.

—Sí, bueno, te creeré cuando me lo digas sin reírte.— Acusa con una sonrisa— Buen movimiento, por cierto. Tienes más fuerza de la que aparentas. —Apoya las manos en la zona lumbar y mueve el cuerpo de un lado a otro intentando desentumecer la espalda que sé, por experiencia, le dolerá durante varios días.

—Gracias, creo. —Me mira y volvemos a reírnos—. ¿Estás bien? ¿Te he hecho mucho daño?

—Solo en mi ego. —hago una mueca burlona y él sonríe—. Estoy bien Zoe, tranquila.

—Me alegro, no quiero que pienses que voy agrediendo a mis jefes por calles solitarias cuando está anocheciendo...

—No me preocuparía si fuera la primera vez. El problema es que estás empezando a acumular un sin fin de intentos de agresión contra mi persona, voy a empezar a pensar que no te gusto mucho.

—Ppfflll... Por favor no sigas por ahí. —Niego con la cabeza mientras levanto la mano impidiendo que continúe—. Bastante avergonzada estoy ya como para que me recuerdes todo eso. Lo siento...

En este instante las farolas se encienden y soy consciente que aún estoy en la calle desprotegida. No sé cómo despedirme de él sin llegar a ser una maleducada además, me siento un poco culpable por haberlo atacado, así que le digo lo único que se me ocurre:

—Siento mucho todo esto. —Hago un amplio gesto con las manos para señalar el suelo y a nosotros dos—. Tengo que irme a casa, pero a modo de disculpa te invito a cenar, tenía pensado pedir algo de comer.

—No hace falta disculparse por nada Zoe, debería haber tenido más cuidado, no sabía que iba a asustarte.

—No, no... No es molestia, en serio, me siento muy culpable. Debería haberme fijado por donde iba y luego mirado con quién había chocado antes de hacer lo que he hecho... —Veo la duda en los ojos de Adrian—. No quiero obligarte a aceptar sino te apetece, Adrian, simplemente es una cena entre amigos, pero si no te sientes cómodo...

—No se trata de eso. —Doy gracias en silencio por haberme interrumpido porque no sabía cómo salir de ese balbuceo—. Es solo que no sé si sería lo más conveniente... en fin...

Estoy asombrada, nunca había visto a Adrian tan nervioso como hasta ahora.

— Soy tu jefe y tú eres parte del profesorado y no...

—¡Ey, para! —decido interrumpirlo a tiempo, aunque es muy divertido verlo tan nervioso y balbuceando como un quinceañero. Pensaba que eso solo me ocurría a mí—. Tenemos claro que tú eres mi jefe y que, por lo tanto, trabajo para ti, pero no se trata de una cita como tal, solo te estoy invitando a cenar a casa, cooomo coooompañeros. —Eso se lo digo despacio y claramente burlona—. Ya sabes... para disculparme por haberte lanzado por los aires, no hay ninguna intención oculta aquí.

No puedo evitar reírme mientras le aclaro la situación, es tan mono. Tras varios segundos pensativo, Adrian sonríe mientras asiente con la cabeza.

—Está bien, acepto.

—¡Perfecto! —le dedico una gran sonrisa—. ¿Te va bien pasarte por casa en una media hora?

—De acuerdo, será mejor que me vaya, tengo cosas que hacer antes de la cena.

—Oh claro, no te entretengo entonces, además necesito una ducha con urgencia después de estar todo el día fuera de casa. —Me giro mientras le hablo dándole la espalda y con una última sonrisa me voy alejando.

—Perfecto, hasta luego. —Me devuelve la sonrisa caminando en dirección contraria a la mía.

)( )( )( )( )( )(

—¿Eres consciente que te estás metiendo en algo de lo que luego va a ser imposible salir?

La repentina tensión en Adrian desapareció en cuanto vio de quién se trataba. La sombra que había permanecido oculta esperando a que Zoe desapareciera tras la esquina, salió para apoyarse en una pared a dos metros de Adrian.

Se quedaron parados uno frente al otro mirándose a los ojos hasta que Adrian suspiró y se pasó las manos por la cara con cansancio.

—¿Crees que no lo sé?

—Siendo así, no deberías haber aceptado su invitación. —No lo estaba juzgando, todo lo contrario, la preocupación por él estaba impregnada en todas las palabras—. Te estás involucrando demasiado y puede ser peligroso. No podemos permitirnos que esto vaya a más.

—¡Maldita sea Zac, ya lo sé! —Adrian lo miró enfadado—. Por eso me he mantenido al margen de su vida y me he limitado a mirarla en la distancia, esperando que todo esto que estoy sintiendo desapareciera, o que al menos se enfriara un poco, pero me está ocurriendo todo lo contrario. En lo único que puedo pensar es en ella.

—Escucha. —Zacarías se acercó a él con los puños fuertemente apretados en los costados—. Sé exactamente cómo te sientes, pero tenemos órdenes Ad. Esto va mucho más allá de nuestros deseos y no podemos anteponerlos a nuestra misión o todo puede irse al infierno en un pestañeo.

—¿Por qué? —Preguntó con desafío sorprendiendo a Zacarías—. ¿Quién ha decidido que el estar con ella impida que ganemos? ¿Quién demonios ha decidido que está prohibida?

Zac lo miró completamente conmocionado.

—¿Te estás oyendo? Nunca has puesto en duda nuestras órdenes, jamás en todo el tiempo que te conozco… Precisamente por este motivo no es buena idea que te involucres. Detén esto hermano, ahora.

Zacarías se tensó al oír el bufido despectivo de Adrian.

—Tiene gracia que seas tú precisamente quién me esté diciendo esto—. El comentario provocó que Zacarías apretase los puños hasta dejarse los nudillos blancos—. No eres el más indicado para hacerlo Zac… No cuando los dos sabemos que no te has mantenido lejos de ella ¿Crees que no sé lo que estás haciendo? ¿Que fuiste tú quien le dio el empujón que necesitaba para que ella por fin recordara el pasado… te recordará a ti?

Adrian sabía lo que vendría después de decirle todo eso y se quedó esperando. No pasó ni un segundo que un enfurecido Zacarías le estampara el puño en la cara. Adrian no hizo nada para defenderse, todo lo contrario, aceptó el golpe como un gesto de disculpa, arrepentido en cuanto esas palabras salieron de su boca.

Sabía que no tenía ningún derecho a juzgarlo de ese modo. Nadie más que Adrian sabía por todo el dolor que Zacarías estaba sintiendo cuando después de tanto tiempo buscándola, encontró a su alma gemela, y comprobó que ella no recordaba nada de su vida anterior con él. De modo que no hizo nada cuando, por segunda vez ese día, caía de bruces al suelo, ni cuando se limpió la sangre del labio partido. Simplemente esperó a que Zacarías respirara hondo unas cuantas veces hasta calmarse y disculpándose sin apenas hablar, Adrian arrastró el enorme cuerpo de su amigo en un abrazo de consuelo.

—Lo siento mucho hermano, no tenía ningún derecho. —Zacarías asintió rígidamente—. Si yo estuviera en tu lugar hubiera hecho exactamente lo mismo para poder traerla de vuelta.

—Sé que no estoy actuando correctamente, que ya tiene su vida rehecha… pero Ad, en el fondo sé que ella no es feliz, que no

234

se siente completa y sé que más tarde o más temprano, aún sin mi ayuda, ella hubiera conseguido recordarlo todo. Lo sé, la conozco, siempre ha sido y siempre será mi otra mitad y no voy a descansar hasta tener a mi Libi de vuelta.

Adrian le dio un fuerte apretón en un hombro dándole el consuelo que necesitaba.

—Mira, está claro que no vamos a sacar nada en claro de esta conversación —suspiró cansado—. Sé que tienes razón Zac, por eso me he estado manteniendo al margen, pero se acabó. No entiendo por qué quieren que estemos separados cuando ahora tengo la certeza de que no está prohibido. —Se pasó la mano por el pelo—. Estoy enfadado y frustrado con ellos por hacernos esta faena sin darnos ningún tipo de explicación, pero sobre todo porque al hacerlo me hacen pensar que no creen en mi capacidad para hacer mi trabajo debidamente si estamos juntos.

—¡Déjate de gilipolleces Ad! —lo interrumpió Zac—. Ellos saben, tan bien como yo, que no hay nadie más capaz de mantenerla a salvo que tú. Tienes que creer que hay algo más importante por lo que ellos se han mantenido en silencio con respecto a Zoe. Ten fe y todo se solucionará.

Adrian asiente con la cabeza.

—Será mejor que me vaya, no quiero que se impaciente, Zoe puede llegar a tener muy mala leche cuando quiere.

—¿Me estás diciendo que le tienes miedo a una simple chica? —le preguntó socarrón.

—De simple no tiene nada. Y tú también se lo tendrías si la hubieras visto en acción.

—¿Así que no hay nada que te haga cambiar de opinión respecto a esta noche?

—No, llevo demasiado tiempo alejado de ella, necesito tenerla cerca —dijo decidido—. Aunque no creas que todo lo que me has dicho ha caído en saco roto. Tengo muy presente cuál es mi trabajo y hago todo lo posible para no cagarla pero por ahora, esto es mucho más importante.

—Realmente la quieres.— no era una pregunta —Nunca pensé que vería al gran capitán de Raguel caer rendido a los pies de nadie y menos de una humana bruja.

—Mitad humana —le corrigió—. Recuerda que es mitad humana y mitad ángel, si sus investigaciones son correctas.

Zacarías levantó las manos hacia arriba disculpándose en silencio divertido.

—Me largo antes de que sigas burlándote.

Se dio la vuelta para dirigirse a casa de su bruja.

—Adriel. —Zacarías lo llamó con su verdadero nombre, esperando a que se volviera a mirarlo—. Ten mucho cuidado y no bajes la guardia. Remiel está cada vez más impaciente y sabes lo extremadamente peligroso que es.

Adriel asintió con decisión.

—La tendré. Tú también, si Belial encuentra a Libi, no habrá nada ni nadie que consiga pararlo hasta que sea suya.

$$) ( ) ( ) ( ) ( ) ($$

El timbre en la puerta llega justo en el momento en el que he terminado de ponerme mi vestido de flores favorito. Como he visto la duda en Adrian a la hora de aceptar mi invitación a cenar, intento que todo se vea lo más informal posible, así que nada de maquillaje ni ropa arreglada, por eso me he puesto ese vestido, no solo porque me hace que la cintura se vea más estrecha ni porque me haga unas piernas de infarto —que lo hace, para que nos vamos a engañar—, sino por lo cómodo que es para llevarlo en una cena informal. El pelo medio húmedo por la ducha, lo llevo recogido en un moño alto suelto para evitar que cuando se seque, se me vean los pelos de loca, y para rematar unas sandalias planas de cuero marrón.

Abro la puerta y, como siempre la figura de Adrian me deja sin habla, no puedo negar que es mi tipo de hombre, ya no solo por su físico, sino también por su forma de ser. Desde que lo conozco he pasado muchas horas admirándolo en silencio desde el otro lado de la mesa de reuniones y, si las circunstancias fueran las apropiadas, estoy segura que podría haber pasado algo entre nosotros. El problema es que aunque me atraiga como no lo ha hecho nadie en mucho tiempo, no estoy enamorada de él, sino de Adriel.

He mantenido esta conversación conmigo misma millones de veces, pero nunca he estado más segura en mi vida de algo como lo estoy ahora y el haberme visto separada de él durante toda esta semana, está hundiéndome en la miseria.

Lo echo muchísimo de menos.

Sin embargo, y a pesar de tener mis sentimientos muy claros, cuando estoy con Adrian parece que la línea existente entre lo que siento por los dos se desdibuja poco a poco, lo cual me confunde muchísimo, pues no puedo evitar ver demasiadas similitudes entre ellos. El mayor problema de todo, es que mi relación con Adriel está completamente prohibida, mientras que una relación con Adrian podría ser complicada por nuestros puestos de trabajo, más no imposible.

Tal vez por eso me siento tan atraída hacia Adrian, quizás por ese motivo proyecto mi amor por Adriel en él al verlos tan parecidos, o bien sea para convencerme, y así poder tener una relación amorosa sin prohibiciones de ningún tipo.

Estoy tan metida en mis cavilaciones que no reparo en el hecho de que llevo parada en la puerta mirando a Adrian con la cabeza ligeramente torcida y bloqueando la entrada.

Él, lejos de molestarse parece más divertido que impaciente, como si en el fondo pudiera ver a través de mí y saber qué estoy pensando.

—¿Sabes Zoe?—Adrian me mira divertido con la ceja levantada— Aunque la idea de admirar las vistas que tengo ahora mismo sea algo tentador, dudo que sea cómodo cenar en la puerta de tu casa, de pie y a la vista de posibles vecinos chismosos, sobre todo si se trata de tu vecina la roba—plantas —Sonríe más ampliamente cuando lo miro horrorizada.

—¡Madre mía, lo siento mucho! —Ahora mismo metería la cabeza debajo de la tierra como los avestruces con tal de no seguir viendo esa expresión burlona—. Pasa por favor, me he quedado completamente en blanco pensando en mis cosas.

—Me he dado cuenta. ¿Y bien? —dice entrando en casa mientras mira todo a su alrededor.

—¿Y bien qué? —le pregunto confundida.

–¿En qué estabas pensando para abstraerte tanto? —El muy cretino seguía burlándose de mí.

A falta de mi ingenio y una buena excusa, me atrevo por confesarle parte de mis preocupaciones sin llegar a revelarle nada demasiado íntimo.

—Estaba pensando en mi amigo, ¿recuerdas que te hablé de él el otro día? —Al verlo asentir mirándome atento, continúo con la preocupación por Adriel pintada en la cara—. Pues sigue sin dar señales de vida.

La próxima vez que lo vea vamos a tener que hablar seriamente sobre conseguir algún tipo de walkie—talkie celestial o algo así. Esta situación no puede volver a pasar.

—¿Sigue sin dar señales de vida? —Asiento mordiéndome el labio inferior con fuerza, porque ahora tengo muchísimas ganas de llorar—. Estás preocupada por él.

No me lo está preguntando.

—Muchísimo. —Asiento mientras me limpio una solitaria lágrima y haciendo acopio de fuerzas para no soltar ninguna más—. Es una tontería, lo sé, es imposible que haya podido pasarle nada, en fin, es poco probable que alguien se atreviera a plantarle cara. Puede tener una mala leche que ni te imaginas —Sonrío ante este último comentario—. Es solo que esta falta de comunicación se debe a algo más que a una simple discusión o por haber herido su orgullo…

Suspiro cansada y ya me está empezando a doler la cabeza. Llevo demasiadas noches sin dormir.

—Estoy segura de que está manteniendo las distancias, como si no quisiera saber nada más de mí y no me gusta.

Adrian me mira pensativo con las manos metidas en los bolsillos de sus pantalones de lino crema.

—Puede que tengas razón aunque dudo mucho que esté mucho más tiempo así. Tengo la impresión de que eres una persona que harás lo que sea necesario para conseguir aquello que desea y si lo que quieres es saber de él o encontrarlo, tarde o temprano lo harás.

—¿Cómo estás tan seguro? —Le sonrío divertida.

—Porque sé que en el fondo de esa apariencia diminuta e inocente, eres una verdadera bruja.

Lo miro con los ojos desorbitados por la sorpresa. La forma con la que me ha llamado bruja, me ha recordado más que nunca a Adriel.

—¿Qué? —me pregunta extrañado.

—Él me llama así, bruja —digo en apenas un susurro—. Por un momento me has recordado a él.

La sonrisa de Adrian se congela, dejando una expresión más hermética que no deja entrever lo que puede estar pensando.

—Lo siento, no quería incomodarte —me disculpo sincera e intento cambiar de tema. —¿Qué tal si decidimos que vamos a pedir para cenar? Lo cierto es que me muero de hambre, podría comerte a ti. —Abro los ojos con horror al oírme a hablar—. No me refiero a comerte a ti porque quiero comerte de comerte... sino porque tengo mucha hambre. Tampoco digo que no estés para comerte... —Ay por favor, que cada vez la estoy cagando más y él no hace más que reírse.— No te estoy lanzando ningún tipo de invitación para que tú y yo... ya sabes...nos comamos, ¡Ay madre del amor hermoso! —levanto los brazos al aire con impotencia—. ¿Podrías pararme para que no haga más el ridículo?

Dudo que pueda hacerlo, porque mientras yo estoy pasando un bochorno horroroso, Adrian está encogido sobre su estómago riéndose a carcajadas.

Me quedo en blanco mirándolo, porque nunca lo he visto tan relajado desde que lo conozco y de nuevo la sensación de que se parece muchísimo Adriel vuelve a mi mente. La verdad es que, hasta ahora, nunca me había fijado en las similitudes entre los dos, incluso la voz es parecida... solo que Adriel la tiene ligeramente más ronca y siempre está acompañado de ese eco que parece que hayan más voces en vez de únicamente la suya.

Dejo que se calme mirándolo con una mueca, intentando disimular la sonrisa que intenta hacerse hueco y con los brazos cruzados por delante de mi pecho golpeo el suelo con un pie, impaciente.

—Lo siento, —¡Y una porra! No lo siente en absoluto, el caradura sigue intentando, sin conseguirlo, aguantarse la risa mientras se limpia las lágrimas—. Tendrías que haberte visto la cara en cuanto te has dado cuenta de lo que estabas diciendo. —Y vuelve a estallar en carcajadas.

En este punto ya no puedo aguantar más y me uno a él, riéndome ante la absurda situación en la que mi boca me ha metido, sin embargo en mi defensa diré que siempre que tengo a este hombre delante, dejo de tener control sobre mi cuerpo y mi boca y acabo siempre por hacer el ridículo de la peor de las maneras.

Poco a poco las risas desaparecen, quedándonos en un cómodo y relajado silencio.

Adrian, aún con una sonrisa en los labios, se acerca lentamente hasta mí y encerrando mi cara entre sus manos acaricia mi labio inferior con el dedo, provocando que miles de sensaciones me atraviesen el cuerpo entero.

Sin apenas darme cuenta, me encuentro completamente absorbida por un par de brillantes ojos verdes que no parecen humanos y es aquí, en este momento en el que ya no pienso en nada más que en él, en su forma de mirarme; llena de algo más que simple lujuria, con un cariño tan profundo que mis ojos vuelven a llenarse de lágrimas.

No intento evitarlo, no puedo, así que levanto las manos hasta su pecho y agarrándolo por la camisa, acorto la distancia entre nuestros labios.

CAPÍTULO 15

Mi cerebro deja de funcionar en cuanto nuestros labios se devoran.

No puedo pensar a causa de la oleada de calor que se ha extendido por todo mi cuerpo cuando en un arranque de lujuria, Adrian presiona con fuerza mi espalda contra la fría y dura pared.

Emito un ronco gemido de satisfacción que parece enardecerlo y hace que comience a pasarme las manos por todo el cuerpo como si no supiera donde tocar primero.

Envuelta en un mar de sensaciones, suelto el amarre con el que me aferraba a su cuello, emprendiendo el recorrido hacia el bajo de su camisa, desabrochando los botones con la mayor rapidez posible, ansiosa por tocarlo. Una vez abierta, deslizo la prenda por sus anchos hombros para poder dejarla caer descuidadamente al suelo. Con la punta de los dedos, renuevo el recorrido por su amplio pecho hasta dejar apoyada la palma de mi mano a la altura de su corazón, sintiendo como late a mil por hora.

Nos permitimos unos instantes para recuperar el aliento.

Sosteniendo mi mirada, Adrian retira un mechón de pelo de delante de mis ojos, y tras enterrar sus dedos entre mi pelo ya libre de amarre, acorta la distancia entre nosotros hasta apoyar su frente contra la mía.

Respirando entrecortadamente sin poder llenar del todo mis pulmones, me recreo en el oscuro y rizado vello de su abdomen mientras observo como la mirada de Adrian se oscurece por la intensidad de su deseo y sin poder contenerme, alcanzo la cinturilla de su pantalón para ejercer más presión entre nuestras caderas, conteniendo la respiración en el instante en que siento el duro bulto que tensaba su pantalones en mi estomago.

Tras compartir una trémula sonrisa, volvemos a acercar nuestras bocas.

La pasión regresa con fuerza mientras lenguas, dientes y labios entran en una pelea de la que los dos queremos salir ganadores.

Mis manos se trasladan con rapidez hacia su espalda, bajándolas hasta poder alcanzar su trasero, el cual puedo comprobar—después de haberme quedado mirándolo tantas veces— que es tan duro y firme como parecía. Apretándolo con ganas, no puedo evitar sonreír entre besos, al oír el ronco gemido que a duras penas Adrian consigue contener y que hacen que sus manos se desplacen por mi trasero hasta agarrarme por la parte posterior de mis muslos, alzarme sin ningún esfuerzo y permitiéndome rodearle la cintura con las piernas.

Al primer contacto a través de nuestra ropa, una ardiente sacudida me obliga a echar la cabeza hacia atrás con un profundo gemido, dejando vía libre a Adrian para besarme con la boca abierta por todo el cuello.

—La cama.

Consigo decir entre jadeos, mientras ladeo la cabeza para darle un mejor acceso a mi cuello.

—El sofá está más cerca.

Apenas logramos llegar al sofá entre besos, mordiscos y lametones, donde Adrian toma asiento conmigo a ahorcajadas encima suyo, facilitando una mejor fricción entre nosotros.

El placer es tan intenso que vuelvo a echar la cabeza hacia atrás cerrando los ojos con fuerza y mordiéndome el labio inferior para intentar sofocar mis gemidos. De nuevo Adrian aprovecha para volver a bajar por mi cuello, mordiéndolo con fuerza y calmando el ligero dolor con un largo lametón.

Entre besos y restregones, un escalofrío me recorre la espalda cuando Adrian me levanta el vestido, sintiendo al instante un ligero frescor en mis nalgas. Tal es el alivio y las ganas de

242

acelerar las cosas que le quito la tela de las manos, arrancándome el vestido por encima de la cabeza.

Al no llevar sujetador, me encuentro encima de Adrian vestida tan solo con unas braguitas de algodón de Minnie Mousse y, aunque en otro momento estaría más preocupada, ahora lo único en lo que puedo pensar es en los estragos que Adrian está provocando en mi pecho mientras, sin misericordia, comienza a tirar con los dientes de un pezón, en tanto juguetea con el otro entre sus dedos, endureciéndolos y enviando pequeñas descargas de placer hacia mi entrepierna.

—¡Por Dios santo! —No puedo evitar gritar cuando retuerce uno de mis pezones entre los dedos.

Adrian, con el otro pecho todavía entre sus labios, suelta una risita.

—Creía que no eras religiosa —exclama burlón.

—¿Estás de coña? Tiene que haber algún tipo de Dios para haber creado esta boca tuya —le digo resollando—. Ahora deja de hablar y bésame.

No le doy oportunidad para contestar ni para que vuelva a reírse, porque me concentro en mantener ocupada esa maravillosa boca con otro profundo beso.

Desde ese instante ya no hay más palabras, tan solo una serie de suspiros, gemidos y expresiones como: «Ay por dios» o «madre mía», sobre todo cuando la mano de Adrian traspasa el límite de mis bragas.

Después de separar los resbaladizos pliegues y extender con habilidad los fluidos por el hinchado clítoris, Adrian juguetea brevemente en mi hendidura con la punta del dedo antes de introducirlo hasta el fondo. Entre besos, siento como encuentra un ritmo constante entre el dedo y la palma de su mano, la cual presiona contra el clítoris sin dejarme más opción que moverme a la par mientras no puedo dejar de gemir.

Al primer dedo se le suma un segundo, aligerando un poco más la sensación de vacío.

Me retuerzo sobre su cuerpo sin cesar, saliendo al encuentro de sus dedos sin ningún tipo de inhibiciones. Existe tal coordinación entre sus manos y su lengua, que de repente me veo envuelta en una sobreexposición sensorial, sintiéndome tocada, lamida y acariciada por todas partes, sin dejar ninguna zona importante de mi cuerpo sin manosear y lo único que puedo hacer es murmurar el nombre de Adrian justo antes de que todo a mi alrededor explote en miles de fragmentos.

Nunca, ni en mis mejores sueños eróticos, he sentido un placer tan grande como el que Adrian me ha hecho sentir tan solo con tocarme. No puedo ni llegar a imaginar qué sentiré cuando consigamos llegar hasta el final y lo haremos, justo después de que mis piernas dejen de ser gelatina. Por el momento me conformo con dejarme caer sin fuerzas encima de Adrian metiendo mi cara en el hueco de su cuello, mientras él apoya posesivamente la mano en mi entrepierna y me acaricia lánguidamente la espalda con la otra, trazando círculos relajantes que me hacen ronronear como a un gatito.

Al sentirme más yo misma, levanto ligeramente la cabeza para poder posar mis labios en un delicado beso.

Lo miro detenidamente desde su pelo corto despeinado a su sonrisa de absoluto orgullo masculino y esos ojos que sigo jurando y perjurando que tienen vida propia. Lo que es innegable es que Adrian es uno de los hombres más increíbles que he tenido la fortuna de conocer.

Paso un dedo por su ceja con cariño y cierra los ojos unos instantes para mirarme después con una intensidad con la que nunca he visto en él.

—Por ti, soy capaz de renunciar a todo lo que he conseguido a lo largo de toda mi vida.

Lo miro conmovida y antes de poder decir nada sus palabras parecen ser un mecanismo detonador para una nueva y aterradora visión.

«Atrás dejo mi felicidad post—orgásmica y mi casa para encontrarme en medio de la nada. A mi alrededor solo hay montañas y árboles, los cuales serían preciosos si no fuera por la destrucción que ha asolado todo el paisaje.

Lo que tendría que haber sido una enorme montaña rocosa estaba parcialmente destruida y sus restos se habían derrumbado, arrasando todo a su paso, sobre el lago que había en su base, pero como ocurre siempre que tengo estos flashes, la desolación del lugar es algo secundario.

Mi prioridad es saber si el cuerpo inerte tumbado y medio enterrado entre los escombros está todavía con vida.

Se encuentra inmóvil sobre su estómago, sin su habitual halo dorado, el cual impedía saber su verdadero aspecto. Aún así desde donde me encuentro es imposible verle la cara al tenerla ladeada y medio sepultada entre sus brazos, protegiéndola de los restos de roca a su alrededor.

Sé que se trata de Adriel, pues reconocería en cualquier parte sus extraordinarias alas, ya crecidas. Lamentablemente, está en un estado deplorable ya que una de ellas tiene un ángulo extraño, señal inequívoca de rotura y su ropa de combate está toda rasgada y ensangrentada.

En esta ocasión no tengo ninguna duda de que se trata de una visión del futuro, puesto que justo a diez metros de mi ángel custodio, me veo a mi misma en un estado prácticamente idéntico al suyo.

Estoy sentada sobre mis piernas, sujetándome el brazo izquierdo intentando detener la hemorragia del profundo corte que tengo en él, con la cara pálida y surcada de lágrimas mirando a un punto en el cielo.

Es extraño ser espectadora de algo dónde yo misma soy la protagonista, con la impotencia de no poder hacer nada para evitarlo, puesto que básicamente no tengo ni idea del por qué hemos acabado los dos de esta guisa.

Quiero gritarme a mí misma y reprenderme por no correr a socorrerlo, pero tras un breve vistazo al cielo, justo al punto donde mi yo futuro no puede apartar la mirada, me hace comprender el por qué.

Arriba observando la escena, impasibles, se encuentran Semyazza —llamarlo mi padre me sería imposible—, detrás de la figura borrosa con alas negras y rojas de Remiel. Semyazza aunque en pie, o más bien flotando, está en un estado mucho peor que yo, lleno de heridas sangrantes con la cara prácticamente desfigurada y tremendamente agotado a juzgar por la inestabilidad de su vuelo. Parece que le está costando tremendos esfuerzos mantenerse a flote.

—Tú eres la culpable de que tu querido guardián esté muerto.

Su voz distorsionada y cargada de una cruda crueldad resuena alta y clara por todo el valle.

Ante tan desolado espectáculo no puedo evitar comenzar a llorar.

— Yo no he hecho nada. —mi otro yo reacciona a tiempo escupiendo esas palabras,—. Tú y tus esbirros —dice echándole una despectiva mirada a Semyazza— sois los causantes de todo este desastre, solo para conseguir un poder que nunca tendrás en tus manos.

Remiel ni se inmuta por mi insolencia, todo lo contrario, parece divertirle bastante.

—Claro que has sido tú, —dice él riéndose—. Para empezar no tendrías ni que haber nacido.— Tanto yo como mi yo futuro nos encojemos—. El poder de La Llave debería haber sido mío desde el principio, sin embargo creo que no me has entendido querida. Cuando te digo que tú eres la culpable, me refiero al hecho de que has sido tú quién ha provocado la muerte de tu amante.

Las lágrimas de mi otro yo siguen cayendo sin cesar y veo como en la distancia palidece todavía más.

—¿Qué quieres decir? —Susurra ella.

—¿Crees que solo has heredado de tu padre un puñado de poderes angelicales?

Su forma de preguntarlo nos pone los pelos de punta y un escalofrío nos recorre a las dos temiendo lo que pueda decir a continuación.

—Deberías haber hecho caso a las advertencias de mis hermanos al prohibiros cualquier tipo de contacto carnal —mueve la cabeza de un lado al otro riendo burlón—. Aunque el hecho de que le hayas absorbido gran parte de sus poderes nos ha sido de gran ayuda. Tendríais que haberos acostado más veces, de esa forma hubieras consumido todos sus poderes, si bien Adriel se ha vuelto más fuerte con el paso de los siglos, a juzgar por la dificultad de

Semy para acabar con él. De nuevo gracias querida, nos has facilitado el camino para conseguir La Llave.

De la nada, aparece una enorme espada dorada en la mano de Remiel.

Con horror veo como Remiel, en un fluido movimiento y sin apenas darnos cuenta, vuela hasta mi yo arrodillado, la agarra del cuello y levantándola en vilo a unos centímetros por encima del suelo la mira a los ojos susurrándole:

—Que tengas dulces sueños, mi niña.

El por qué siento el mismo dolor que mi yo de la visión no lo entiendo, pero cuando la espada de Remiel se hunde en su pecho, atravesándola, caigo sobre mis rodillas sujetando el mío —el cuál al mirarlo no tiene ningún rasguño—, sintiendo un dolor como nunca antes había sentido y que explota en absoluta agonía, cuando rematando la faena, Remiel gira la empuñadura retorciendo la espada en su interior.»

Vuelvo a la realidad, gritando y medio desnuda sentada encima de Adrian.

Agarra mi cara entre sus manos, mirándome asustado y preocupado, en tanto limpia las lágrimas que no cesan de caer.

—Hey Zoe... ¿estás bien preciosa?

Al oírlo hablar reacciono levantándome de golpe y recogiendo mi vestido tirado en el suelo. Me alejo de él y de espaldas vuelvo a vestirme.

—Lo siento mucho Adrian, pero será mejor que te vayas. — Quiero parecer segura de mi misma, pero algo en mi voz lo insta a levantarse más preocupado si cabe.

—¿Qué sucede? Hace un momento estabas bien y, de repente, te has quedado paralizada en mis brazos llorando sin parar. Llevo cinco minutos intentando hacerte salir del trance en el que te has visto envuelta.

Da un paso tentativo hacia mí como si yo fuera un cervatillo asustado, que de hecho creo que así es como debe ser mi aspecto en este momento: pálida, temblorosa y llorando sin parar, mientras me rodeo el cuerpo con los brazos, en una clara postura de protección. Yo reacciono dando un paso hacia atrás, chocando contra la pared, dejando claro que no quiero que me toque.

Adrian levanta las manos impotente.

—Hey tranquila cielo, no voy a hacerte daño solo quiero abrazarte, estás temblando.

—Lo sé. —le aclaro con la voz rota—. Lo siento Adrian, pero necesito estar sola en este momento. Hablaremos más tarde, ¿de acuerdo?

Desvío la mirada cuando siento la intensidad de la suya atravesándome, intentando averiguar el motivo que ha podido ponerme en este estado y llenando la habitación de un incómodo silencio, mientras me abrazo a mí misma con fuerza para evitar temblar tanto.

Unos segundos después Adrian suspira dándose por vencido mientras se dirige hacia la puerta.

—Está bien Zoe, será como tú quieras. —y añade antes de salir—. Si necesitas cualquier cosa, solo tienes que cruzar la calle. Ya sabes dónde estoy.

Asiento sin mirarlo, esperando a dejar de oír sus pasos bajando las escaleras para dejar salir el llanto.

No se me quita de la cabeza la imagen del cuerpo destrozado e inerte de Adriel, enterrado entre los escombros. Lo peor de haberlo visto tan indefenso es saber que seré yo, en caso de que la visión y las palabras de Remiel sean ciertas, la causante de su muerte.

Tenía la vana esperanza de que tan solo hubiera heredado de Semyazza algún que otro poder sin importancia, sin embargo ni en un millón de años se me ocurrió que pudiera tener el poder con el que le arrebató los poderes a mi madre.

Y si Remiel tiene razón y he sido yo, la que mediante el sexo, le arrebataré a Adriel parte de sus poderes o su fuerza, o lo que sea que hará que no esté en las mejores condiciones para un combate de esas dimensiones, la pequeña esperanza de que algún día pudiéramos estar juntos, ha desaparecido en el momento de ver aquel horror.

Nunca podría perdonarme si algo le pasara por mi culpa.

Pero la visión no ha sido tan mala, bueno sí que lo ha sido.

Ha sido horrible.

Lo peor.

Ojalá no vuelva a sentir nunca nada así. No quiero volver a sentir toda esa furia, miedo, resentimiento, impotencia y dolor que he sentido en los segundos, minutos u horas que ha durado la dichosa visión, pero sucederá si no hago algo para evitarlo.

Así que desde mi punto de vista, tener esa visión no ha sido tan malo después de todo. Si eso logra evitar que me acueste con Adriel y por consiguiente evita debilitarlo o matarlo... pues bendita seas visión.

Lo que no entiendo es por qué la he tenido mientras me enrollaba con Adrian.

Normalmente la psicometría funciona cuando toco a alguien o algo relacionado con la visión en sí, pero ya he tocado a Adrian en otras ocasiones y esta noche de una manera mucho más íntima que de costumbre y no ha pasado nada.

Lo que la ha activado han sido sus palabras:

«—*Por ti, soy capaz de renunciar a todo lo que he conseguido a lo largo de toda mi vida.*»

Sí, estoy segura que esas palabras han sido el detonante de la visión.

Si es cierta y acabo acostándome con Adriel, significaría que él ha renunciado a todo para poder estar juntos y, aunque no lo hubiera hecho antes de hacerlo, lo perdería todo de igual manera en el instante en el que Los Supremos lo descubrieran y el castigo entonces no sería arrancarle las alas por unos días, sino para el resto de su vida.

Y no estoy dispuesta a permitir que eso ocurra.

Ser un soldado celestial es su vida y Adriel no es un soldado raso cualquiera, sino la mano derecha de un arcángel. Si bien no conozco mucho la función de cada uno de los hermanos sé, por lo poco que me ha contado Adriel de su señor, que aunque justo, el Supremo Raguel es uno de los más duros, pues no ha de ser nada fácil tener que castigar incluso a los de tu propio bando. Lo que nos lleva a la cuestión de que si Adriel ostenta ese grado de autoridad y poder entre los suyos ha debido de ganárselo a pulso.

Por lo tanto lo mejor será mantener las distancias, o al menos intentar evitar cualquier contacto de índole más íntimo y personal al estrictamente necesario y permitido entre custodio y protegida.

Sin duda mucho más fácil decirlo que hacerlo.

Con el piloto automático puesto, empujo mi cuerpo hasta la cama, sin preocuparme en quitarme el vestido y abrazando la almohada cierro los ojos con fuerza, deseando que nada de lo que ha pasado en la última media hora hubiera sucedido.

—Zoe.

Contengo el aliento mientras niego con la cabeza desesperada, deseando que no sea mi imaginación jugándome una mala pasada.

—Bruja, vamos abre los ojos.

Bruja.

Al oír el nombre con el que le gusta llamarme, me atrevo a abrir los ojos llenos empañados en lágrimas para ver parado a los pies de la cama, la figura luminosa de Adriel con las alas medio extendidas.

Sus preciosas, enormes y ya crecidas alas blancas.

Si alguien me hubiera dicho que podría echar de menos las alas de alguien me habría reído sin parar, sobre todo después de ver la atrocidad a la que fueron sometidas. Por eso, al verlas ahora de nuevo en todo su esplendor, no quepo en mí de alegría porque Adriel las haya recuperado de nuevo.

Aunque lo que verdaderamente me abruma es no haberme dado cuenta de lo tantísimo que he echado de menos a Adriel hasta que he oído su voz.

Adriel, después de un buen rato y al ver que soy incapaz de articular palabra alguna, se acerca lentamente hasta la cama arrodillándose frente a mí, apoyando las manos en la cama para evitar tocarme, consciente de que si lo hace arrancaré a llorar de nuevo. Yo me limito a mirarlo sin parpadear, como si eso bastara para evitar que desaparezca de nuevo, lo que ante la posibilidad de que eso vuelva a ocurrir, dos enormes lágrimas resbalan por mis mejillas.

—Oye... vamos Bruja, cálmate y dime por qué lloras.

Su ternura, junto con el constante recuerdo de mi visión, rompe en pedazos la esclusa y llenando el silencio reinante en la habitación de mis angustiosos sollozos.

Escondo la cara en la almohada sin parar de estremecerme, cuando el colchón a mi lado se hunde, y siento el cálido cuerpo de Adriel a mi lado rodeándome con sus brazos mientras me susurra dulces palabras de consuelo.

Creía que no podría llorar más, pero estaba equivocada.

Soy una persona horrible.

Me siento como la mujer más vil del mundo por jugar con los sentimientos de dos buenas personas. Aquí estoy yo, abrazada a un hombre del que ya he admitido estar enamorada hasta las trancas, apenas media hora después de haberme metido mano con mi jefe, el cual me ha proporcionado uno de los mejores orgasmos que he tenido jamás.

¿Qué pasa conmigo?

No estoy enamorada de Adrian, si bien es cierto que la atracción que siento por él es muy fuerte, pero quiero a Adriel, de eso no tengo la menor duda. ¿Entonces, por qué lo he hecho?

Nunca he actuado de esa manera. Jamás he jugado con los sentimientos de nadie y por lo visto últimamente es lo mejor que se me da hacer. Primero Izan cree que he jugado con él cuando lo único que he hecho ha sido tratarlo como un amigo, al menos eso creía yo, ahora visto lo visto ya no estoy tan segura.

Tal vez el ser La Llave me hace más propensa a la maldad.

Según Adriel La Llave es un poder neutral capaz de ayudar tanto al bien como al mal, sin embargo lo que para todos ellos es una ventaja para mí es un gran inconveniente, pues me hace ser más susceptible a cualquier influencia negativa que haya a mi alrededor. Y si La Llave resulta ser la hija de una bruja mortal y un ángel caído ¿No es posible que dado que mi padre es más poderoso, yo sea mucho más sensible para el Mal? Si Semyazza siendo un ángel puro pudo sucumbir a él, ¿por qué no voy a hacerlo yo?

Sé que todo esto son los pensamientos de una persona con la moral por los suelos y que cuando todo pase me sentiré ridícula por haber siquiera llegado a pensarlo porque en fin, mi madre no ha criado a una llorica inútil pero justo ahora mismo es lo único que puedo hacer, así que junto con mis pésimos pensamientos, sigo llorando entre los brazos de Adriel hasta caer rendida por el sueño.

)☾)☽)☾)☽)☾)☽)☾

Ay mierda.

Anoche no me acordé de bajar las persianas y ahora la luz entra a raudales por la ventana.

¿He comentado alguna vez que odio despertarme con la luz del sol dejándome medio ciega? Pues lo hago ahora y lo peor de todo no es solo eso lo que me está poniendo de muy mal humor, sino el inmenso dolor de cabeza que tengo, parecido a cuando me bebo una jarra entera de sangría yo solita. La diferencia es que no lo acompañan las típicas náuseas matutinas, todo lo contrario, creo que podría zamparme una vaca entera y aún tendría hambre, lo que es extraño porque ayer estuve cenando con Adrian. No espera, ayer no llegué a cenar nada... Oh mierda, mierda, mierda...

Adrian.

Adrian tocándome hasta conseguir que alcanzara el orgasmo.

La inesperada visión.

Adriel muerto.

¡¡¡Adriel!!!

Todo por lo que pasé anoche me explota en la cabeza en rápidas diapositivas y me incorporo con prisas en la cama, sujetándome la cabeza entre las manos al sentir de repente un estallido de dolor. Unos minutos después y muy lentamente vuelvo la cabeza para encontrarme con que Adriel no se encuentra tumbado a mi lado. Estiro el brazo para tocar las arrugadas y frías sábanas al tacto, lo que indica que hace tiempo que se ha ido.

Porque Adriel ha estado conmigo toda la noche, ¿no?

No quiero pensar que todo ha sido cosa de mi imaginación y que en realidad Adriel todavía sigue sin dar señales de vida. Tras revivir varias veces todos los acontecimientos de anoche, llego a la conclusión de que todo ha sido real, que Adriel por fin ha regresado, pero lo que hice con Adrian me consume y la felicidad se desvanece hasta quedar solo un sentimiento de culpa y desprecio hacia mi misma. Me abrazo las piernas haciéndome un ovillo y escondo la cara entre ellas hasta que oigo la voz de Adriel junto a la puerta.

— ¿Tienes pensado quedarte así mucho tiempo más?

—Como si te importara—le recrimino en un amortiguado susurro.

Levanto la cabeza para mirarlo cuando lo oigo carraspear nervioso.

Contengo el aliento al percatarme de que la brillante luz que lo rodea se ha atenuado lo suficiente como para poder distinguir sus músculos definidos a través de su camiseta sencilla de algodón gris y sus vaqueros cayendo holgadamente por sus caderas. Y a pesar de que todavía no puedo verle los rasgos definidos de su cara, si que puedo ver que tiene el pelo mucho más corto que la última vez que lo sentí entre mis manos, pero lo que no puedo dejar de mirar son los tatuajes, los cuales logran traspasar la luz y que le cubren toda la extensión de sus brazos.

Desde donde estoy veo de que se trata de algún tipo de lenguaje antiguo y en tinta negra, suben en espiral envolviendo todos sus músculos como si se tratara de algún conjuro protector, desde las muñecas hasta desaparecer dentro de las mangas de su camiseta.

Trago saliva impresionada ante el portento que tengo delante.

Adriel ladea la cabeza expectante, pero ¿quién puede estar prestando atención a lo que dice, cuando por fin he podido vislumbrar algo del misterioso hombre que apareció en mis sueños cuando yo menos lo esperaba?

Y puesto que la paciencia de Adriel nunca ha sido su fuerte vuelve a decirme lo que sea que me ha dicho antes.

Sacudo la cabeza intentando despejarme y prestar algo de atención.

—Perdona, ¿qué?

—Pregunto si ya te encuentras mejor —repite lentamente como si le hablara a una deficiente mental—. Aunque a juzgar por tus ojos desenfocados parece que todavía estás a miles de kilómetros de aquí.

Eso me trae de nuevo al aquí y ahora, al recordar todo el tiempo que ha estado desaparecido en combate, así que con toda la calma de la que soy capaz, me levanto de la cama para acercarme a él lentamente. Adriel cerrando los puños con fuerza espera expectante para saber cuál va a ser mi próximo movimiento.

Ante mi sorpresa no ve venir el golpe hasta que le planto un puñetazo en plena cara y sin haber ejercido apenas fuerza, le hago retroceder varios pasos hacia atrás hasta perder el equilibrio y hacerlo caer sobre su rodilla.

Adriel levanta su cabeza, ligeramente ladeada por el golpe, para mirarme. Desde mi posición de pie y frente a él parece que sea yo quien ostenta el poder, si bien los dos sabemos perfectamente que si él quisiera podría liquidarme antes de que terminara de parpadear, no porque sea más fuerte que yo— lo que en estos momentos pongo en duda después de ver de lo que puedo conseguir cuando estoy suficientemente motivada— sino por su experiencia en combate.

Se levanta despacio pasando el pulgar por su labio inferior y horrorizada veo como a pesar del brillo, tiene el dedo manchado de sangre. Levanto la mano para tocarle la herida queriendo disculparme con ese simple gesto, pero las palabras de Adriel me detienen a tiempo.

—¿Te sientes mejor ahora?

Eso me pone de peor humor y la mano con la que iba a tocarle el labio vuelve a cerrarse en un puño, no obstante mi instinto de auto—conservación me dice que Adriel no permitirá

254

un segundo golpe, de modo que en el último segundo lo empujo por el pecho con las dos manos.

—¡¡Pues no, Idiota desconsiderado!! —Vuelvo a empujarlo pero esta vez está más preparado, lo que supone empujar un muro de ladrillos—. ¿Te parece bonito desaparecer por tanto tiempo? ¿Sabes lo preocupada que estaba?

—Como para no saberlo, gritas mucho —murmura entre dientes.

Al verme abrir los ojos sorprendida se da cuenta de que lo he oído y vuelve a tensarse esperando a que le atice de nuevo.

—¿Llevas toda la semana ignorándome? ¿Y todo porque herí tu estúpido orgullo? ¿Pero a ti qué demonios te pasa? ¡¡Argggg!!

Grito frustrada empujándolo a un lado para poder salir de la habitación.

Tenía la ligera esperanza de que en el lugar dónde Adriel ha estado escondiéndose no tuviera la suficiente cobertura angelical para oírme, pero saber que no ha respondido porque no ha querido, me dan ganas de estrangularlo con mis propias manos.

La furia me da el empujón necesario para hundirme en la decepción, así que me voy a desayunar con las energías ligeramente renovadas.

Compruebo la hora en el reloj de la cocina y, aunque no suelo salir a correr tan tarde y con el sol tan arriba en el cielo, me decido por hacer una excepción. Debería estar más cansada, sobre todo teniendo en cuenta los acontecimientos de ayer, pero tener a Adriel de vuelta ha sido como un chute de energía extra.

Siento la presencia de Adriel en todo momento mientras me preparo, cerrándole la puerta del baño en las narices y luego la de mi dormitorio para poder cambiarme. Una vez lista, salgo con la intención de seguir ignorándolo y me lo encuentro esperando apoyado en la pared con los brazos cruzados y maldiciendo por lo bajo cuando paso por su lado sin mirarlo, lo cual me hace sentir de maravilla.

La próxima vez se lo pensará dos veces antes de volver a ignorarme.

—¿Cuánto tiempo vas a seguir ignorándome?

Mi respuesta es ponerme los cascos de mi móvil y salir a la calle con la música a todo volumen.

Llevo corriendo una media hora y durante todo el trayecto Adriel ha estado a mi lado siguiéndome el ritmo sin el menor problema. Mirándolo por el rabillo del ojo no puedo evitar maldecirlo en silencio, convencida de que Adriel está corriendo muy por debajo de sus posibilidades mientras que yo comienzo a notar las consecuencias de la extrema carrera a la que nos hemos sometido desde el principio, pero antes muerta que hacerle saber las ganas que tengo por un descanso y por beber algo fresquito. Ajeno a mi lucha interna, parece que Adriel ha perdido la suya propia cuando, sin previo aviso, siento un tirón en el brazo y deteniendo la música de golpe.

Extrañada voy a alcanzar el móvil que tengo enganchado en el brazo para ver que ha desaparecido. Le lanzo una mirada asesina después de una hora resistiendo las ganas de hacerlo.

—Sí, creo que ésta ha sido una buena táctica. ¿Ahora tengo toda tu atención?—pregunta con engañosa suavidad.

—¿Cuántos años tienes? Francamente después de tu comportamiento de esta última semana diría que no superas los diez —le gruño con la mandíbula apretada fijándome en las miraditas que me dirigen algunos transeúntes.

Lo cual es de esperar si te cruzas por la calle con una chica aparentemente normal que habla con su transparente amigo, porque claro como Adriel está en modo espejo o invisible o como sea que lo llame él, nadie puede verlo... así que a partir de ahora seré la loca del barrio.

Miro a mi alrededor buscando un sitio dónde pueda gritarle a gusto sin que me encierren por chiflada y me dirijo a un parque donde tan solo hay un par de personas paseando a sus perros. Me muevo hasta un rincón desierto donde no creo que acapare muchas miradas compasivas y me vuelvo a mirarlo con los brazos en jarras y los dientes apretados.

—Antes de empezar a gritarte de nuevo, ¿Te importaría chasquear los dedos y ejecutar tu magia celestial para que la gente no crea que soy una neurótica hablando sola?

—¿Por qué no lo haces tú solita? Eres La Llave, tienes el suficiente poder y la capacidad para poder hacer prácticamente todo lo que quieras.

—Lo intentaría, pero voy estar demasiado ocupada despellejándote como para concentrarme en algún hechizo mientras lo hago.

Farfullo entre dientes, en parte para contener mi enfado pero sobre todo para evitar que las personas presentes que comienzan a mirarme recelosas terminen por llamar al loquero. Me estoy replanteando fingir que estoy estirando y así justificar que esté plantada sola, pero Adriel chasquea los dedos y una ligera onda nos envuelve como una burbuja, librándonos de miradas indiscretas.

—Bien, di lo que tengas que decir para que pueda seguir ignorándote —le digo malhumorada.

Adriel se frota la cara con las manos.

—Sé que estás enfadada conmigo...

—Enfadada no, furiosa Adriel. — exclamo aclarando muy bien ese punto—Me he pasado la última semana disculpándome por algo que la verdad, ya puestos tampoco era para ponerse así —le señalo con un dedo acusador—. Y luego cuando seguía sin saber de ti, empecé a preocuparme por si te había ocurrido algo malo. Por si el dolor y el cansancio que te provocaban el crecimiento de tus alas no te habían dejado inconsciente en alguna nube lejana allí arriba. —Adriel se atraganta intentando contener la risa mientras lo vuelvo a fulminar con la mirada—. Si lo que necesitabas era un tiempo alejado de mí lo entiendo, pero no hubiera estado de más una nota por medio de algún querubín o enviada por correspondencia celestial o como sea que os comuniquéis vosotros allí arriba.

Terminada mi reprimenda me quedo plantada delante de él con los brazos todavía en jarras esperando cómo pretende justificarse.

—Sé que no actué correctamente. —Es un buen comienzo—. Pero no esperaba volver a saber de Semyazza y mucho menos descubrir que es tu padre. Me he pasado siglos preguntándome sus razones para haber actuado como lo hizo y después tu comentario me hizo replantearme si sería capaz de enfrentarme a él cuando llegara el momento. Por eso me fui, no fue porque estuviera enfadado contigo sino conmigo mismo por poner en duda mis capacidades.

Tras unos interminables segundos donde lo único que se escuchan son los ladridos de unos perros jugando, miro a Adriel negando con la cabeza mientras suelto una risita incrédula.

—Puede que tú tuvieras dudas, pero yo nunca he dudado de tu valía como mi guardián. Sé que estoy en las mejores manos y que si se diera el caso, lo ganarías con creces.

La imagen de Adriel muerto a manos de Remiel aparece en mi mente estremeciéndome por dentro pero la destierro sin contemplaciones. Eso solo sucederá si acabamos haciendo el amor y le arrebato sus poderes y eso es algo que no va pasar.

Adriel nota mi repentina tensión.

—Hey Bruja —dice mientras se acerca y pasa sus manos por mis brazos, reconfortándome— no dejaré que nadie te haga daño. Por encima de mi cadáver, te lo juro.

Eso es lo que más temo.

Suspiro aliviada al percatarme de que Adriel ha malinterpretado mi tensión, lo cual creo que es lo mejor. No quiero que sepa por ahora nada de mi visión, ya estoy lo suficientemente preocupada por los dos, así que asiento con la cabeza para dar por zanjado.

—¿Ahora vas a decirme que sucedió anoche para que te encontrara en ese estado? Capté una repentina subida de energía antes de desplazarme de vuelta al piso y encontrarte echa un mar de lágrimas.

Abro la boca para mentirle como una bellaca, pero de repente el árbol a nuestro lado explota en cientos de astillas.

CAPÍTULO 16

Es una suerte que la burbuja mágica de Adriel sirva de escudo protector, sino las cientos de astillas del enorme árbol que ha volado por los aires hubiera dejado a Adriel en muy mal estado, pues en el instante en el que oyó la explosión se me echó encima protegiéndome con su cuerpo.

Tras comprobar rápidamente de que el campo de fuerza no se hubiera malogrado, Adriel con el cuerpo rígido por la tensión, hace un barrido de la zona buscando a nuestro atacante. Lo cual no resulta difícil, pues Lilith se halla a unos metros de nosotros mientras se columpia como una niña.

—Lo que faltaba, la demonio putón ataca de nuevo. — Mascullo al tiempo que levanto los brazos al aire y Adriel se vuelve, visiblemente sorprendido—. ¿Qué? He leído sobre ella y lo que más destaca es su facilidad para abrirse de piernas y absorber los poderes de la gente. — me encojo por dentro ante la maldita similitud—. Mmm... dime Adriel ¿Es algo típico en los caídos? porque entre ésta y Semyazza podrían montar un club... a saber cuántos más de ellos tienen esa capacidad...

—¡Zoe céntrate! —exclama Adriel-. Soy consciente de la peculiar capacidad de Lilith para absorber poderes y energía.

Mis ojos se entrecierran en dos pequeñas rendijas.

— ¿Estás hablando en serio Adriel? En ese caso olvídate de lo que te dije antes. Retiro mi confianza sobre tu capacidad para defenderme, porque si lo único que se necesita para que caigas es abrirse de piernas frente a ti, dejas mucho que desear.

No sé de dónde ha salido esa voz tétrica pero me da miedo hasta a mí. No sabía que tenía una vena de psicópata celosa y vengativa, lo que también sorprende a Adriel que vuelve a mirarme sin dejar de estar pendiente de la pelirroja para decirme incrédulo:

—¿Estás celosa? —no dejo de captar un atisbo de satisfacción tras esa pregunta, lo cual me enerva.

—¿Yo celosa? ¿De ésa? —digo señalándola con un dedo y mirándola con desprecio de arriba a abajo, mientras ella sigue columpiándose con ese aire ridículamente inocente—. PPfffllll.... Por favor... Si te gustan las pelirrojas de piernas largas con dientes en su entrepierna adelante... toooda tuya, soldado idiota.

Vale, ese pequeño insulto me ha salido con demasiado sentimiento porque escucho la risa ahogada que Adriel intenta esconder tras un carraspeo.

—Bruja, será mejor que dejemos esta conversación para más adelante, no puedo estar pendiente de tus celos mientras intento evitar que te mate.

—Por mí no hace falta que lo hagáis. — La voz aterciopelada como papel de lija de Lilith me llega desde los columpios—. Está resultando ser muy entretenido ver como intentas salir del hoyo en el que te has metido tu solito *Cariñín*.

Otra vez ese estúpido apodo. Cada vez le tengo más coraje a esta tía y no por celos.

Yo no soy celosa.

Bueno, tal vez un poco.

Lilith prosigue completamente ajena a mis pensamientos sobre las diferentes maneras de cómo dejarla calva.

—Mmm... tal vez yo podría ayudarla para aclarar nuestra relación, ¿Qué te parece Adriel? —ella lo mira con su perfecta ceja depilada arqueada—. Podría contarle aquella vez en que casi nos pilla Raguel en el cuarto de armas durante una de tus guardias. — Se ríe ante el recuerdo.— Esa vez fue divertida.

—¿Esa vez? —pregunto sin poder evitarlo—. ¿Sabes qué? da igual. —le suelto cortante—. Vamos a hacer una cosa, como veo que la que está de más aquí soy yo, voy a seguir corriendo en cuanto tú, —señalo enfadada a Adriel con un dedo—, me devuelvas el teléfono, así podéis seguir removiendo la mierda del baúl de los recuerdos. ¿Os parece bien a los tortolitos?

—Pero si yo no...

Esta vez es la sanguijuela chupa—poderes la que interrumpe a Adriel.

–Oh cielo, eso no puedo permitirlo. —De veras que odio ese tono empalagoso—. No me malinterpretes *Cariñín* —le lanza una sonrisa ladina a Adriel—. Aunque me encante jugar al policía y a la presa arrepentida contigo—. Me dan arcadas solo de imaginarme la escena—. Lo cierto es que he venido a verte a ti, querida Zoe.

Se me ponen los pelos de punta por el miedo.

Parece que hoy será el día en que vea el lado más peligroso de la caída Lilith. Adriel opina lo mismo, porque antes de que ella termine de hablar ya se ha colocado entre las dos, impidiéndome ver parcialmente el cuerpo de Lilith.

Ahora que me fijo, creo que ésa ha sido su idea antes de aparecer porque no está vestida como de costumbre. Atrás ha dejado las minifaldas y los corsés de cuero para sustituirlos por unos pantalones y una camiseta de algún tejido que, a pesar de que se adapten a cada una de sus curvas como si fueran una segunda piel, parecen muy cómodos de llevar.

A lo que es incapaz de renunciar son a sus ya típicos tacones de aguja. Si esa mujer es capaz de luchar contra cualquiera con esos tacones sin llegar a partirse la crisma en el proceso, tendrá mi respeto ipso facto.

Bueno si no fuera una malvada súcubo/ángel caída.

Vuelvo a mirarla cuando la escucho decirme eso, ya en estado de alerta máxima y preparada para cualquier cosa que tenga pensado hacerme. Aunque sé que Adriel es muy capaz de protegerme, no me fio ni un pelo de la pelirroja.

—¿Qué quieres decir con que vienes a verme a mí? —pregunto ya en estado de alerta máxima. De repente se me ocurre una descabellada idea—. No estarás pensando en hacerme cochinadas para quitarme los poderes de La Llave, ¿no?

Francamente, y no te ofendas, pero las ninfómanas demoníacas no me ponen nada.

Ese comentario causa diferentes reacciones.

En tanto que a Lilith le resulta bastante gracioso a juzgar por sus carcajadas, a Adriel parece que más bien todo lo contrario.

—¡Por todos los demonios Zoe!, por una vez en tu vida te agradecería que cerraras el pico o al menos pensaras antes de hablar —me gruñe con los dientes apretados y sin apartar la vista de la caída.

—¿Qué? —Intento poner mi mejor cara de no haber roto un plato en la vida—. Tampoco he dicho nada del otro mundo, solo estoy aclarando algunos puntos.

—Unos puntos que nos meterán en problemas si consigues enfadarla, lo que acabarás haciendo si continúas por ese camino.

—Vale, vale ya me callo.

Centro de nuevo mi atención en Lilith y veo que ha comenzado a golpear el suelo rítmicamente con el pie mientras se mira las uñas impaciente.

—¿Habéis terminado ya? No me gusta que me ignoren.

Resoplo divertida.

—Es evidente por tu forma de vestir.

—¡Zoe!

Me encojo ante la advertencia de Adriel y al ver que la postura de Lilith ha cambiado sutilmente. Tal vez me esté pasando de la raya y esté haciendo justo lo que Adriel no quería que hiciera, enfadarla.

—¿Sabes? Precisamente estoy aquí para averiguar qué hay en ti para que todo el mundo ansíe tenerte... en fin, no me malinterpretes, ya sé que eres La Llave y que tienes todo el poder para conseguir el reino de los cielos dentro de ese diminuto cuerpo y bla bla bla... —Eso último lo acompaña moviendo la mano como si se tratase de una boca—. Pero para obtenerlo es tan sencillo como encontrarte sola en tu diminuta casucha y matarte mientras duermes.

Lo dice con tanta naturalidad y sencillez que no dudo de su capacidad para hacerlo. Mierda, a partir de ahora va a resultar muy difícil conciliar el sueño.

Esta tía es peor que el hombre del saco para los niños.

—Lo que no entiendo es por qué Remiel ordena que no te perdamos de vista, en vez de ordenar tu captura para poder matarte él mismo. —La ceja de Lilith se eleva cuando mira a Adriel—. En un principio pensaba que era por ti, *Cariñín,* pero has estado ausente durante toda la semana y no ha hecho ningún movimiento.

La tensión de Adriel llega a un punto crítico al recordarle su negligencia dejándome sin protección.

—Te creía más lista Lilith. —Lilith no parece notar más allá que su comentario burlón a juzgar por la confusión en su cara.

—¿Ahora quién es el que va a cabrearla? —le susurro.

Adriel continúa hablando como si yo no hubiera dicho nada:

—No sé qué te hace pensar que la dejaría desprotegida tanto tiempo.

—Oh, ¿Te refieres a Zac? —Qué asco le tengo a esa sonrisa de dentífrico—. Bueno, si es cierto que ha estado echándole un ojo, pero ambos sabemos nuestro rubito tiene otros asuntos mucho más importantes entre manos como para hacer de niñera veinticuatro horas al día.

—No por ello va a dejar de lado sus responsabilidades —le recalca Adriel sin negar el comentario de Lilith hacia el otro ángel—. Los dos sabemos que no durarías ni un segundo si decides enfrentarte a él, al menos de la manera convencional, con honor —¡Vaya! Eso vuelve a cabrearla. Ya veo que Adriel tiene el mismo don que yo de irritar a la gente cuando se lo propone—. Ahora bien, si lo haces como es tu costumbre, en silencio y por la espada, tal vez podrías tener una oportunidad de sorprenderlo. Pero seamos claros querida, tú en todo este asunto entre Remiel y La Llave solo sirves para informarle sobre algún posible sucio secretillo que puedas captar chismorreando como una vulgar rata y para calentarle la cama cuando se aburre.

Uy... eso sí que ha conseguido enfurecerla.

Conforme Adriel iba soltando todas esas lindeces, la piel de porcelana de Lilith fue adquiriendo un intenso rojo y sus rasgos cambiaron hasta convertirse en una máscara de absoluto odio.

Sus labios se contraen para sisearle a Adriel, mientras que alrededor de sus pupilas azul pálido se forman dos círculos de un intenso rojo que juraría que irradian fuego desde aquí.

En un arrebato y con una rapidez que no esperaba de ella, Lilith estira el brazo derecho y una onda expansiva de energía se precipita contra la burbuja protectora de Adriel, dejando una pequeña brecha en ella.

Al ver la quietud en Adriel, sé que esperaba algo así. A lo que no creo que estuviera preparado es a la aparición de dos enormes demonios golpeando el sitio exacto donde está la brecha y, que sin darle tiempo a mi custodio para reforzarla, consiguen romperla dejándonos a los dos frente a una ángel caída hecha una furia y dos demonios que claramente tienen las órdenes de matar y mutilar.

Y no exactamente en ese orden.

Me preparo para enfrentarme a los dos demonios, convencida por el cabreo de Lilith que quiere darle una tunda a Adriel, pero para nuestra sorpresa ninguno de ellos se dirige hacia mí sino que atacan simultáneamente a Adriel y de este modo no tenga ninguna oportunidad de protegerme.

Es aquí cuando entiendo la verdadera intención de la caída.

—Tranquila querida, Adriel se deshará de ellos en cualquier momento.

—Pero no con el tiempo suficiente para que tú hagas lo que has venido a hacer aquí, ¿no? Ése ha sido siempre tu plan original, tenerme para ti sola y poder hacer lo que se te antoje.

La risita diabólica de Lilith me pone de los nervios.

—Vaya, vaya, vaya... —Aplaude lentamente—. Me has sorprendido, no sabía que pudieras ser tan perceptiva. Quizás por eso Remiel no quiere despojarte de tus poderes todavía. Quizás haya visto algo en ti después de todo. —sonríe fríamente—. Aunque, si crees que voy a dejar que me quites sus favores, no eres tan lista después de todo.

Está tan cegada por haber perdido la atención de Remiel, que no es consciente de la verdadera razón por la que el arcángel me quiere con vida y es porque no tiene ni idea de cómo quitarme los poderes.

Ya lo intentó una vez enviando a mi padre sin conseguirlo, así que es evidente que me necesita con vida para averiguar cómo matarme sin perder con ello el poder de La Llave. Por descontado esta información se queda conmigo porque ni de coña pienso decirle nada de esto a la caída, vaya a ser que se le ocurra una manera de hacerlo y yo acabe tirada en alguna cuneta.

Sé el momento exacto en el que va a atacarme y me coloco en posición de defensa dispuesta a bloquearla, pero mi sorpresa es mayúscula cuando de repente un par de alas multicolor aparecen en la espalda de la caída, pillándome completamente desprevenida cuando una onda de energía me lanza varios metros hacia atrás.

—¡Zoe!

Madre mía que duro está el puñetero suelo...

Intento con desesperación llenar mis pulmones de aire, sintiéndome un poco mareada mientras que por el rabillo del ojo veo a Adriel ocupado luchando sin descanso contra los dos demonios que hay entre nosotros intentando, sin conseguirlo, llegar hasta mí.

—Tranquilo estoy bien, solo me ha pillado por sorpresa —le grito tras recuperarme de un ataque de tos e incorporarme en posición.

—¡Hagas lo que hagas no mires sus alas, bruja!

Demasiado tarde.

He visto alas de distintos colores: doradas, blancas, marrones e incluso negras y rojas cómo las de Remiel, pero nunca unas que se asemejan a unos ojos demoníacos mirando en el fondo de tu alma que intentan obligarte a hacer su voluntad. Son blancas por los bordes, oscureciéndose por el centro hasta formar el dibujo de dos ojos del mismo color que los de la caída y moteados con esquirlas rojas y negras que dan mucho grima.

Durante los escasos minutos en que me quedo absorta mirándolas, me invade una extraña sensación de vértigo. Por suerte, la neblina que embotaba mi mente desaparece y puedo centrarme sin impedimentos en la zorra pelirroja.

—Bonitas alas —le digo a la caída—, ¿Así es como consigues engatusar a los pobres diablos para que hagan lo que quieres?

Su risita divertida me confirma que he dado en el clavo.

Deduzco que por ese motivo las mantiene oculta, de ese modo si sus artimañas habituales no funcionan utiliza las alas como distracción.

—Ésa es una de las razones —confirmado—. Si bien también es porque viajo por todo el mundo y una mujer de mi calibre, —dice a medida que acaricia sus curvas—, con unas alas como estas llamaría demasiado la atención. El mundo humano, aunque seamos protagonistas de leyendas y cuento, no sabe de nuestra existencia y tanto los buenos como los no tan buenos queremos que continúe de ese modo. Eso y el hecho de que ahí arriba mis alas captan demasiado la atención y no ayuda a mi trabajo como espía.

En eso le doy la razón. Es imposible pasar desapercibida con unas alas como las suyas y el fugaz comentario de su acceso a los cielos no cae en saco roto.

Vaya con la furcia.

Por lo visto no es tan solo un cuerpo de escándalo, sino que también utiliza la cabeza para algo más que para peinarse.

Lilith extiende más las alas y las esquirlas rojas y negras de sus ojos comienzan a brillar con más fuerza, dejándome fascinada pero no atontada. Sabiendo lo que pretende hacer, y con mi cerebro a mil por hora, ideo un plan para conseguir estar lo bastante cerca de ella y poder noquearla.

Con ese propósito en mente me quedo mirando las alas de Lilith intentando poner mi mejor cara de lela.

—Mmm... eso es cielo, mira mis alas...bien.— murmura acercándose lentamente con un movimiento constante de sus alas para conseguir mantenerme en ese trance— Así que no eres tan especial como dicen, has caído más rápido de lo que esperaba, eso debe ser por tu débil mente humana.

Por mi parte me concentro en seguir con la misma expresión y en intentar que Lilith no se percate de la tensión que me invade conforme se va acercando, en este momento es de vital importancia lograr crearle una falsa sensación de seguridad.

Solo necesito un poco más de tiempo, pero me está resultando muy difícil por culpa de los continuos gritos de Adriel.

—¡Zoe! Tienes que apartar la vista. —Lo escucho, mientras por el rabillo del ojo vislumbro los rápidos movimientos de lucha de Adriel—. ¡¡Vamos Bruja, eres la persona más resistente que conozco, puedes hacerlo!!

Quiero decirle que deje de preocuparse, que lo tengo todo controlado y que es una treta contra Lilith, sin embargo cualquier movimiento en falso sería mi perdición y la de Adriel.

Estamos a unos metros de distancia, aún así no es suficiente, y los ánimos de Adriel están sacando a Lilith de sus casillas.

—Oh, por favor, Adriel cállate ya, me estás dando dolor de cabeza —le dice la pelirroja sin perder el paso—. No te recordaba tan llorica.

La tengo solo a dos metros de mí, en tanto que Adriel ya ha matado a uno de los demonios y le está dando una soberana paliza al que queda.

—Créeme Lilith cuando te digo que vas a saber lo que es el dolor si le pones tan solo una de tus zarpas encima.

—¿De veras? —Se detiene en seco y riéndose como si hubiera encontrado la aguja en el pajar—. Oh, ya veo... Te has enamorado de ella, que tierno.

Una repentina y terrorífica quietud invade a Adriel y el demonio, aprovechando la oportunidad, se lanza hacia él para atestarle el golpe de gracia, no obstante y con toda la tranquilidad del mundo, Adriel gira el torso a la izquierda, esquivando las garras del demonio, agarra la cabeza entre sus manos y con un movimiento brusco hacía el lado contrario, le parte el cuello.

Éste es el verdadero Adriel, el capitán del regimiento del Arcángel Raguel.

Nunca había visto esta faceta de mi custodio. Sé que es un soldado y tiene que ser uno muy bueno, sino el mejor para que los

Supremos le hayan encomendado la misión de proteger a La Llave, pero esta frialdad en él es completamente nueva y sé que es porque Lilith ha conseguido enfadarlo de verdad.

—¡Ja, he acertado! —admite orgullosa Lilith—. Es una pena que tu amorcito no viva más tiempo, tengo la intención de teñir de rojo esa piel tan bonita con su sangre y el poder de La Llave será todo mío para venderlo al mejor postor.

He aquí el momento que he estado esperando.

Lilith está tan concentrada en provocar a Adriel que no se da cuenta de que mis ojos se han movido a unos metros a mi derecha y con ese objetivo fijado abro la mano y una enorme rama astillada vuela hacia mí.

—Inténtalo arpía.

Aprovechando el factor sorpresa, agarro con fuerza la improvisada estaca y la empalo justo en una de sus alas.

Apuesto a que esto sí que no se lo esperaba.

—¡Ja, toma ya!

Salto orgullosísima levantando el puño en señal de victoria, en tanto que Adriel después de la sorpresa inicial, se coloca entre una sangrante Lilith y yo.

—¿Cómo ha sido esto posible? —Oigo a la caída murmurar para sí misma.

Atrás ha quedado el aspecto imponente y orgulloso de la pelirroja. Ahora Lilith está desgarbada en suelo, agarrándose el ala izquierda que cae floja y arrastrándose por el suelo, mientras caen algunas plumas alrededor de la rama que todavía sigue clavada justo en el centro de la pupila dibujada en ellas.

—¿Qué pasa? —le pregunto con una ceja levantada y me agacho hasta quedar al mismo nivel— ¿Esta insignificante humana te ha hecho daño?

—Zoe.

—Nada de Zoe, Adriel.

La mano de Adriel me agarra el brazo obligándome a mantener la distancia con la caída, pero a diferencia de ella no subestimo a quién tengo delante, por muy desvalida e inocente que parezca en este momento. No se me olvida de que la muy traicionera ha querido matarme hace apenas unos instantes, así que con mis sentidos alerta y con toda la seguridad de la que soy capaz de reunir, continúo mirándola a los ojos.

—Estoy harta de ser el objeto de persecución de locos como ella —le digo a Adriel sin quitarle los ojos de encima a la caída—. Tu error, Lilith —le digo con absoluto desprecio en mi voz— es pensar que voy a dejar que tú o quién sea venga y me ponga una mano encima sin oponer resistencia. ¿Creéis que soy una simple humana? Pues bien, ya me va bien que lo hagáis, pero tú... ¡oh Cariñín!, tú ahora ya sabes de qué pasta estoy hecha.

Sin darle tiempo a que me conteste, agarro el extremo de la estaca y tiro hacia mí con fuerza para arrancarla y proporcionar el mayor dolor posible, para dejarle bien claro que no me ando con chiquitas cuando se trata de mi vida.

El grito agónico de Lilith rebota en las paredes de la burbuja protectora que Adriel ha conseguido reconstruir y mantener arriba para aislarnos de posibles curiosos humanos a pesar de haber estado luchando contra los dos demonios. Le estoy muy agradecida, ya que no me hubiera gustado nada acabar saliendo en las noticias apuñalando a sangre fría a la Barbie putón de los infiernos. Por eso y porque durante toda mi *conversación* con la caída, Adriel se ha mantenido al margen, a pesar de estar designado a protegerme, para no mostrarle a Lilith ningún signo de debilidad.

Eso si logro que mis condenadas piernas dejen de temblar o en cualquier momento le harán saber a Lilith que no soy tan valiente como aparento ser.

Sé que debería aprovechar mi ventaja y matarla antes de que lo haga ella, pero al echarle una segunda mirada a la caída, la cual no cesa en su intento por alejarse de mí lo más rápido que puede, me doy cuenta de que no soy ninguna asesina a sangre fría y aunque soy consciente de que volverá, sé que al menos le he metido el miedo suficiente para mantenerla alejada de mí durante un período largo de tiempo.

—Ahora vas a coger tu culo respingón y a irte bien lejos de aquí, porque como vuelva a verte cerca de mí otra vez, juro que no voy a ser tan compasiva como ahora. ¿Queda claro?

—Ss... ssi, sí, sí —asiente rápidamente con ojos aterrados.

Con un parpadeo incierto, el cuerpo maltrecho de Lilith desaparece dejando tras de sí más plumas manchadas de sangre.

Aliviada cojo una bocanada de aire fresco para llenar mis ardientes pulmones y miro preocupada a Adriel.

—¿Debería haberla matado?

Adriel no duda en responder al instante.

—Si lo hubieras hecho, estarías más cerca de convertirte en uno de ellos. El que hayas mostrado tal misericordia hacia ella, dice mucho de la excepcional mujer que eres.

Sonrío para preguntarle orgullosa:

—No ha ido tan mal, ¿no?

La única contestación de Adriel es apretujarme contra él en un abrazo de oso.

—Aquel macetazo que lancé sobre tu cabeza te dejó peor de lo que pensaba, porque hay que estar loca para haberte atrevido a enfrentarte a Lilith de esa manera.

—Es interesante ver como el mayor poder puede venir de un frasco pequeño.

Dice un voz profunda a nuestras espaldas.

En cuestión de décimas de segundos, Adriel vuelve a colocarme detrás de él, mientras una figura borrosa emerge tras el humo de los restos carbonizados del árbol.

Son tantos los sentimientos que me sobrecogen que no sé muy bien que decir o hacer, pero a juzgar por el porte rígido y las alas crispadas de Adriel creo que lo mejor será quedarme justo dónde estoy sin decir palabra, a pesar de las cientos de preguntas que rondan por mi cabeza al ver en persona por primera vez a mi padre.

Una extraña sensación me recorre de pies a cabeza al mirar por encima el hombro de Adriel a Semyazza. No sé qué es lo que debería sentir por él, pero no existe nada más allá que el aterrador respeto que me inspira, como si la persona frente a mí fuera un completo extraño, de lo que estoy segura es que el ángel caído que tengo delante no es un don nadie.

Se detiene justo en el límite de la barrera protectora, sin llegar a entrar en ella, en una clara demostración de lo que poco que le importa ser visto en todo su esplendor, aunque me da la sensación que si se diera el caso de ser descubierto no se andaría con milongas y mataría a quien fuera por haberse atrevido a tan solo mirarlo.

Sus ojos no se alejan de Adriel, consciente de que el verdadero peligro no está fuera, sino en el ángel que antes fue para él un hermano y gracias a eso, puedo por fin mirarlo sin reparos y sin las prisas de mis anteriores visiones en que desapareciera antes de poder hacerlo.

Lleva un atuendo similar al que le vi en aquella visión junto a Izan, con unos pantalones negros de combate y un chaleco lleno de correas laterales, aportándole la libertad necesaria de movimiento para sus alas, las cuales no son de un marrón cualquiera como creí la primera vez que las vi, sino que ahora, a plena luz del día veo que sus plumas son una mezcla de tonos tierras y rojizos, un color muy común entre los caídos que he visto hasta ahora.

Seguro que para que no destaquen en caso de que les salpique la sangre de sus víctimas.

Con la mitad superior del pelo recogido en una coleta y el resto de sus rizos cayéndole por encima de sus hombros, lo que realmente me impacta del caído es la falta de expresión en sus rasgos.

Tanto su rostro como sus ojos no expresan absolutamente nada que indique lo que puede estar pensando, incluso con el hecho de que se haya reencontrado con alguien que antaño fue para él como un hermano y que por fin, después de veinticinco años, conozca a su hija en persona y no por medio de ninguna visita astral.

Al mirar sus ojos, prácticamente negros, no veo ningún tipo de reconocimiento, tan solo un vacío en ellos que nunca había visto en nadie y en el que al mirarlos parece que caigas en un profundo pozo del que sabes que nunca podrás salir.

Adriel, por su parte, no ha dicho nada y ni ha movido un músculo desde que detectó la presencia de Semyazza, evaluando en todo momento la situación y esperando la razón del por qué de la repentina aparición del capitán de Remiel después de tantos siglos en las sombras.

—Por mucho que la chica haya asustado a Lilith, sabes que es cuestión de tiempo que vuelva como la perra traicionera que es.

Tanto por la expresión impertérrita en sus rasgos como por la aspereza en su voz, juraría que Semyazza no es un ángel muy dado a hablar y todo sea dicho de paso, de sonreír.

—¿Eso que oigo es una advertencia por tu parte Semy?

—Advertencia sería si Lilith fuera peligrosa, sin embargo tú y yo sabemos que no dudaría ni un segundo en tus manos, por otra parte... —La mirada de Semyazza se clava en mí por primera vez y no puedo hacer nada más que mirarlo embobada—. La chica no conoce sus artimañas en caso de que quiera vengarse y ambos sabemos que lo hará.

Adriel se mueve lo justo para interponerse más entre los dos, un gesto que no pasa por desapercibido, aunque tampoco es que Adriel haya sido muy sutil. Poso mi mano en su espalda, justo en medio de sus alas, esperando que al menos al sentir mi tacto, la tensión de Adriel disminuya un poco, al paso que va tengo miedo que se le rompa algún hueso. Para mi gran alivio siento a Adriel coger aire profundamente mientras su cuerpo va perdiendo algo de la extrema rigidez, pero con todo los sentidos alertas.

De puntillas y estirando el cuello todo lo que mi cuerpo me permite hecho una ojeada a uno y a otro con los nervios un tanto crispados.

Mi instinto me dice que hay algo aquí que no está bien.

En fin, si me pongo a pensarlo todo desde un punto de vista objetivo, esta visita no tiene ningún sentido.

Puedo llegar a entender que Lilith se haya sentido celosa —teniendo en cuenta su grandísimo ego—. No ha de ser fácil que yo haya acaparado todas las atenciones por mi poder de La Llave y el deseo de todos por conseguirlo y que, por lo tanto, ella se haya visto relegada a un último puesto de atención por parte de quién sea ha tenido que picarle mucho, pero el que Semyazza haya aparecido justo ahora, no tiene ni pies ni cabeza.

Lo que sí tengo claro es que, si hubiera querido proteger a Lilith o apoyarla, lo hubiera hecho mucho antes de que yo la empalara y si lo que quiere es matarme, lo podría haber hecho en toda la semana que Adriel no ha estado presente.

Descartado queda, además, que su intención fuera el conocerme en persona, si ese fuera el caso no estaría ignorándome por completo. Todavía recuerdo el encontronazo en la cabaña del prado y no soy tan ingenua como para creer que esa es su verdadera intención. Aparte del hecho de que he visto un buen puñado de películas de acción —aquí reconozco que llevo a un *Rambo* en mi interior—, para intuir que la verdadera razón de todo esto no me va a gustar ni un pelo.

Lo único que quería esta mañana era olvidarme de todo lo que pasó ayer por la noche, sin embargo no me imaginaba que iba a ser víctima de otro intento de asesinato, esta vez de manos de la psicópata de Lilith y ser espectadora de esta absurda batalla silenciosa de testosterona, así que consciente de antemano de que no debería hacerlo, levanto la mano pidiendo permiso para hablar.

—Perdonad que interrumpa toda esto de a ver quien mea más lejos y eso, pero m gustaría saber algo.

Ante la plena atención de mi desaparecido y adorado padre biológico e ignorando el gruñido de protesta de Ariel, me hago a un lado para salir parcialmente de la protección de su protección mientras me dirijo a Semyazza:

—Bien, aquí hay algo que no me cuadra, ¿sabes? Tú no has venido aquí para rescatar a la pelirroja putón ni para intentar matarme y déjame decirte que no durarías mucho tiempo contra este hombretón. —Le doy un golpecito en el brazo a Adriel enfatizando mis palabras—. Como tampoco has venido para conocerme a mí, porque seamos sinceros ¿Si no lo has hecho en veinticinco años para que molestarte en hacerlo ahora? Y creo que es porque eres lo bastante inteligente para saber que tu aparición haría que, tanto Adriel como yo, nos centráramos únicamente en ti, distrayéndonos de tu verdadero objetivo ¿voy muy desencaminada?

Según voy expresando en voz alta todas mis cavilaciones, más segura estoy de que su propósito no es otro que mantenernos alejados, pero ¿de qué?

Siento encima el peso de la sorprendida mirada de Adriel y sé que él todavía no había caído en ese punto, lo que me lleva a la conclusión de lo atribulado que debe de estar al reencontrarse con su hermano de armas después de tanto tiempo. Lamentablemente para Semyazza, su estrategia se basaba en la que se basa la de la mayoría de imbéciles que aparecen para matarme, en el hecho de que todo el mundo crea que soy tonta del culo, lo que me da la ventaja de sorprenderlos como acabo de hacerlo.

—Sabía que había una razón por la que fuiste elegida para ser el recipiente de La Llave.

Inclino la cabeza a un lado al escucharlo a hablar y veo un brillo en sus ojos que antes no había visto. Admiración o al menos un atisbo de curiosidad que le hacen parecer más humano.

—Sí, sí… deja ya de intentar retrasar lo inevitable y suelta la verdadera razón por la que estás aquí. —Alzo las cejas y muevo la mano para que arranque de una vez.

—Sabía que Lilith estaba maquinando algo la última vez que la vi a pesar de la contundente orden de mi señor para mantenerse alejada de La Llave, por ese motivo que he estado observándola desde entonces, esperando el momento propicio.

—¿Para qué? —Pregunta Adriel con furia apenas contenida.— ¿Qué estás tramando Semy?

Poso mi mano de nuevo en su espalda, sin embargo esta vez no logro calmarlo, y es él quien me transfiere el nerviosismo.

— La Llave ha sido honrada para entrevistarse con el Supremo Remiel. Esperaba el momento idóneo en que estuviera más receptiva para aceptar acompañarme.

Sin poder contenerme comienzo a reír a carcajadas, las cuales aumentan al ver el pétreo rostro de Semyazza. Desde luego que no puede decirse que haya heredado el sentido del humor de mi rama paterna.

Cuando consigo calmarme, me enjuago las lágrimas para preguntarle burlona:

—¿Qué te hace pensar que voy a acompañarte por propia voluntad? Y nada más y nada menos que a lo más profundo del Infierno de los Grigori, para conocer a un supremo al que sus propios hermanos desterraron y del que estoy segura que su mayor propósito después de querer el reino de los cielos es verme muerta. Creo que tantos siglos bajo tierra sin que te haya dado el sol te ha dejado fatal de la cabeza.

El ligero brillo que Semyazza tenía en los ojos ha desaparecido, volviendo el vacío en ellos e impasible me dice:

—Lo harás porque de ti depende que tu amiga viva o muera.

CAPÍTULO 17

Mi alrededor comienza a girar sin parar y solo las manos de Adriel impiden que caiga de bruces al suelo.

Esto es surrealista.

No puedo entender nada de lo que Adriel repite en mi oído y, si soy sincera, me importa una mierda. Lo único que tengo en la cabeza es saber si lo que dice Semyazza es cierto y han secuestrado a Olivia para utilizarla como moneda de cambio.

Con ese propósito en mente agarro con fuerza a Adriel por los brazos, mientras lo miro a la cara ignorando a Semyazza.

—Adriel, tenemos que ir, tengo que saber si ella está bien. Necesito ir, tengo que...

Soy consciente de que estoy repitiéndome y que no veo nada más allá de lo que tengo delante, por eso me sorprendo cuando sin llegar a terminar de suplicarle a Adriel dejo atrás el parque para aparecer de pronto en el dormitorio de Olivia y Marc.

Consigo estabilizarme antes de que el mareo por el repentino viaje me haga caer de culo. Sin detenerme a analizar cómo he conseguido parpadear— así es como pienso llamar a partir de ahora a la curiosa e instantánea forma de viajar de Adriel— como Adriel, miro a mi alrededor buscando algo que confirmen las palabras de Semyazza.

La brisa veraniega mueve la cortina de la ventana.

—¿Livia? ¿Marc?

Al no obtener respuesta, cojo el teléfono inalámbrico de la mesita de noche y llamo al móvil de Olivia mientras toco la cama comprobando que las sábanas revueltas todavía siguen templadas, por lo que no ha pasado mucho tiempo en que la pareja se ha levantado. En ese momento el primer timbre del teléfono suena como eco de fondo, así que corro desesperada hacía la salita pero me detengo en seco en la entrada al ver con el corazón en un puño el caos que vuelve la estancia.

Allí ha habido una pelea y de las gordas.

Los jarrones están hechos añicos, la enorme librería del rincón está vacía mientras sus tablas y sus libros desparramados por el suelo como si algo grande hubiera sido lanzado contra ella rompiendo todo a su paso y no me equivoco cuando me percato que junto a ella está el cuerpo inerte de Marc.

—¿Marc?

Sin reconocer mi propia voz me acerco a él con cuidado de no tropezarme con todos los obstáculos, sin llegar a lograrlo del todo, y las lágrimas comienzan a caer al ver el enorme charco de sangre que hay bajo su cuerpo.

—Vamos grandullón, despierta.

En lo más profundo de mi ser sé que no lo hará. Mis manos tiemblan al agacharme a su lado y agarrándolo del brazo — todavía caliente—, le doy la vuelta intentando parar la hemorragia o al manos hacer algo para salvarlo, no obstante en cuanto miro sus ojos velados y abiertos sin vida sé que he llegado demasiado tarde.

Dos enormes lágrimas salen sin control, conmocionada por el estado en el que se encuentra.

Los golpes en la cara y sus nudillos magullados son una clara señal de defensa y, aunque Marc era un hombre grande y fuerte no sirvió de mucho al luchar contra un demonio o un ángel mucho más fuerte, que un humano cualquiera y que además iba armado con el enorme puñal que ahora tiene clavado en su pecho. Miro sin ver el arma demoníaca clavada hasta su empuñadura y sé que tampoco hubiera servido de mucho que yo llegara antes, porque esa herida ha tenido que matarlo en el acto.

Aún siendo consciente de que es imposible causarle más daño, llevo mi mano a sus ojos y los cierro con toda la delicadeza posible mientras cierro los míos con fuerza. En ese instante ya no puedo soportarlo más y dejo caer mi cabeza en su pecho para sollozar sin control.

Unas manos delicadas me agarran por los hombros reclinándome hacia atrás y estrechándome con fuerza contra el cuerpo caliente a mi espalda, sin importarle que mis manos llenas de sangre le manchen la camiseta.

—Esto no debería haber pasado —digo entre hipidos—. Marc es una buena persona, esto no tenía que pasar. —Más sollozos me impiden seguir.

—Lo sé cariño, lo siento —Adriel me acaricia la espalda con una mano— Tendría que haber estado más atento.

—No es culpa tuya — me alejo de él para decirle mientras lo miro a la cara—. ¿Cómo voy a explicar esto? ¿Cómo le digo a su familia lo que ha pasado?

Estoy aterrada y desconsolada, no sé qué hacer con el cuerpo de Marc, sin explicar la verdadera causa de su muerte.

—No te preocupes por eso Bruja. —Encierra mi cara entre sus manos—. Ahora necesitamos centrarnos en averiguar lo máximo posible sobre lo que ha ocurrido aquí y así poder encontrar a Olivia antes de volver a ver a Semyazza.

Eso atrae mi atención.

—Volver a... espera. ¿Qué?

—Si no hubieras desaparecido tan rápido sin saber cómo... — y apuntándome con el dedo añade frunciendo el ceño—: y eso es otra conversación pendiente, sabrías que Semy quiere hacer el intercambio en territorio neutro para ambos bandos mañana al mediodía.

—¿Iremos, verdad?

—Por supuesto, pero no sin antes averiguar más de lo que nos ha dicho Semyazza. Saldremos de ésta, tranquila.

Asiento llorosa mientras sorbo por la nariz como una niña y de hecho así es como me siento en este momento, cómo una niña llorona y asustada que lo único que quiere es estar con su madre para que la consuele.

Al pensar en ella un detalle del que antes no había tenido en cuenta me hace salir disparada hacia la ventana más cercana.

—¿Qué pasa Zoe?

Adriel, quién se ha mantenido en silencio viendo como rondo por toda la casa inspeccionando las ventanas con esmero, me detiene justo cuando paso por su lado en dirección a la ventana de la cocina.

—Esto no debería haber pasado —murmuro pensativa.

—Lo sé cariño. —Vuelve a repetirme mientras niego con la cabeza y bloquea mi nuevo intento de ir a inspeccionar la última ventana de la casa. —. Sé que es duro pero debes centrarte Zoe.

—No, no, tú no lo entiendes —le digo mientras sigo negando con la cabeza.

—Sí que lo entiendo créeme, yo también he perdido....

—No Adriel, no me refiero a eso —lo miro a la cara resuelta—. Me refiero a que todo esto —abarco toda la desordenada estancia—. No debería haber pasado aquí.

La confusión de Adriel se denota en su voz:

—¿Qué quieres decir con "aquí"?

—Te estoy diciendo que ningún demonio podría haber entrado en esta casa tan fácilmente.

Por el silencio de Adriel sé que sigue sin entender, lo que me causa cada vez más impaciencia, por lo tanto me esfuerzo en calmarme cerrando los ojos mientras masajeo mis sienes y centro mi atención en intentar hablar con un poco más de lógica.

—Vamos a ver... Olivia lleva semanas teniendo pesadillas sobre su vida anterior, así que entre mamá, el abuelo y yo creamos un hechizo para evitar que cualquier fuerza demoníaca entrase tan campante en la casa. —Miro a Adriel y tras un asentimiento continuo—. Sin embargo, aún a pesar de que era un hechizo poderoso, en la última renovación y sin decirle nada a Olivia, decidí añadirle más cantidad de mi sangre y un par de ingredientes extras que según mis cálculos si cualquier demonio o energía negativa conseguía traspasar las barreras protectoras, yo recibiría una señal que advirtiera del peligro, pero no la he sentido, ¿Lo entiendes?

Dejo que llegue a la conclusión de todo él solito y sin decepcionarme Adriel no tarda en unir todos los puntos.

—De manera que si tú no has percibido nada y teniendo en cuenta la potencia del hechizo, era imposible la opción de parpadear aquí dentro siendo demonio, además del hecho de que no hay indicios de forcejeo en puertas ni ventanas. La única opción sería que Olivia o Marc les hubieran permitido el paso voluntariamente.

—¡Exacto! —le digo chasqueando los dedos frente a él—. Por lo tanto uno de los dos conocía a la persona o al ser que se ha llevado a Olivia y matado a Marc en el proceso.

Esto último lo digo con lágrimas en los ojos y sin poder evitarlo miro al cuerpo sin vida de Marc.

—Pero ninguno de los dos conocía a alguien mágico, ¿no?

De repente me invade un mal presentimiento y hago un barrido por la habitación sin saber muy bien que buscar exactamente. Adriel me da el espacio suficiente para moverme sin impedimentos, pero sin alejarse más de un par de pasos de distancia.

—Zoe tenemos que hablar sobre cómo has llegado hasta aquí sin ayuda.

Continuo ignorándolo mientras rodeo el sofá hasta que de repente algo llama mi atención.

A unos metros del cuerpo de Marc, justo al lado de los restos de la mesa de café de Olivia, veo unas pequeñas gotas de sangre e inclinándome hacia ellas estoy a punto de tocarlas, cuando Adriel en un rápido movimiento, me agarra de la muñeca evitándolo.

—¿Qué estás haciendo? Si es la sangre de un demonio y la tocas no sabemos qué puede pasar.

—Mírala Adriel es roja, es humana, seguro que pertenece a Olivia y si no es así te tengo a ti como respaldo por si ocurre algo.

—No porque sea roja significa que sea humana, Zoe. —Adriel niega con la cabeza preocupado—. Hay ciertos demonios que tienen la sangre igual que los humanos.

Lo miro fijamente y sabe que no ha logrado convencerme, sin embargo no vuelve a intentar detenerme cuando mis dedos entran en contacto con el líquido ya cuajado del suelo.

Mi teoría sobre lo que pasaría cuando tocara la sangre se confirma al verme envuelta en una nueva visión.

«Aún estoy en la misma estancia pero tal y como ha estado siempre, sin muebles destrozados ni cristales rotos por el suelo y sobre todo no hay ningún cadáver a la vista. Pego un respingo al oír el timbre estridente de la puerta y unos segundos después se me encoge el corazón al ver a Marc aparecer en la salita bostezando y dando tumbos por el sueño.

—Ya va, ya va... —lo oigo murmurar somnoliento, abre la puerta y sonríe al recién llegado—. Ey buenos días, no sabía que habías quedado con Livia, entra hombre voy a avisarla de que estás aquí.

Abre más la puerta permitiéndole así el paso dentro de la casa y se me cae el alma a los pies al ver de quien se trata.

Marc desaparece por el pasillo y desde su dormitorio se puede distinguir la voz sorprendida de Olivia. Un minuto más tarde aparece mi rubia y despeinada amiga descalza y vestida con una enorme camiseta de Marc.

Sonríe cálidamente al hombre frente a ella mientras se acerca para abrazarlo.

—Vaya que agradable sorpresa, hacia semanas que no te veía.

—Sí, lo sé, siento aparecer de improvisto —se disculpa todo inocente rascándose la nuca—. Es solo que había pensado que podríamos desayunar juntos y así ponernos al día.

Por la cara de Olivia sé que su propuesta la ha sorprendido, no solo porque es algo inusual, sino porque al mirarlo a los ojos sé que ha notado algo extraño en él.

—Oh... claro por qué no... —asiente con una pequeña sonrisa—. ¿Qué tal si mientras me visto vas llamando a Zoe para que se reúna con nosotros?

—Ah... sí... pues verás, es que creo que lo mejor será que vayamos solo los dos. —Olivia lo mira preocupada—. Es que discutimos hace unos días y las cosas están un poco tensas entre nosotros.

—¿De veras? —pregunta con el ceño fruncido—. Zoe no me había dicho nada. ¿Qué ha pasado?

—Sí, bueno... fue justo el último día antes de las vacaciones, pero mejor hablamos tranquilamente frente a una taza de café y churros, ¿no te parece?

El gemido de Olivia me hace sonreír con tristeza, porque sé cómo va a terminar esta escena.

—Tú sabes cómo conquistar a una chica, guapo.

Izan sonríe tímidamente, rascándose de nuevo la nuca y por primera vez desde que entró por la puerta me percato de que su mano derecha nunca se aleja de su cintura.

—Sí, solo quiero animarte un poco, Zoe me dijo que no estás pasando unos días muy buenos a causa de tus pesadillas.

—¿Qué?

Sabe que ha metido la pata al sentir la repentina tensión en la pregunta de Olivia y su despreocupada sonrisa desaparece dejando un rostro desprovisto de sentimientos, mientras que el de Olivia se ha ido llenando de sospecha.

—Si hace unos días que discutiste con Zoe, ¿cómo es posible que te haya dicho que sufro de pesadillas?

—Lo dijo justo antes de empezar a discutir —responde aunque sabe que no ha logrado convencerla al verla negar la cabeza convencida.

—No, eso no es posible. Yo se lo dije después de que ella saliera del trabajo, así que es imposible que tú lo supieras si ya habíais discutido antes. —Va retrocediendo lentamente para no alarmar al hombre del que ha empezado a sospechar—. Además Zoe nunca traicionaría mi confianza confesándote algo tan importante e íntimo para mí, así que dime qué es lo que está pasando aquí Izan.

La mirada de Olivia se centra en la mano derecha del hombre en el que ha confiado durante años, la cual se ha desplazado hasta su espalda para sacar un enorme puñal.

Con impotencia oigo a Olivia ahogar un grito de sorpresa mientras va perdiendo el color de su cara por momentos.

—¿Qué estás haciendo Izan? Guarda eso por favor, podrías herir a alguien.

—Soy muy consciente de ello Livia —dice con frialdad—, pero en este momento necesito que me acompañes y esto ayudará a que tengas una buena razón de peso para hacerlo.

Mueve el puñal lo suficiente para captar la luz que traspasa la ventana y haciendo que parezca mucho más espeluznante de lo que ya es de por sí.

Durante toda la escena me he dado cuenta de como Izan, sin ser ella consciente, ha ido desplazándose en círculo, situándose entre ella y la puerta y bloqueándole una posible huida, pero cuando Olivia por fin se percata, ya es demasiado tarde para intentar hacer nada.

Desde dónde estoy situada veo que, justo detrás de Izan está la sombra de Marc, quién al ir a reunirse con ellos y entender la situación, ha permanecido oculto esperando el momento oportuno para enfrentarse a Izan y a juzgar por el esfuerzo que Olivia está haciendo para no mirar detrás de Izan, sé que ella también ha llegado a la misma conclusión.

—¿Dónde se supone que tengo que acompañarte?

—Eso no es algo que debas saber —niega con una media sonrisa ajeno a la figura escondida detrás de él—. Piensa que es como una mini excursión, lo único que tienes que hacer es estarte quietecita y con la boca callada en presencia de mi señor y te aseguro que esta noche estarás durmiendo con tu novio.

—¿Tu señor? —Lo mira confundida—. ¿De qué estás hablando? ¿Estás metido en alguna secta y por eso estás teniendo este comportamiento tan extraño? Sea lo que sea podemos ayudarte Izan, Zoe y yo no te dejaríamos solo...

Izan la interrumpe riendo como un loco.

—Secta dice... ¿realmente no sabes nada del mundo en el que habitas, no Livia? —No espera una respuesta—. Los humanos no son más que una plaga de hormigas que será exterminada en cuánto mi señor consiga el poder absoluto de todo y de todos. Yo, en cambio, y gracias a la generosidad de mi señor, podré presenciarlo siendo un *demonio más en sus filas que lo venerará como al dios supremo absoluto.*

Por la cara de Olivia acaba de declarar oficialmente majara a Izan.

En el fondo siempre he pensado que tras el despreocupado comportamiento de Olivia hay una mujer sensata que sabe cuándo mantener la boca cerrada al estar ante un peligro real, sin embargo, y tirando por tierra todas mis creencias Olivia abre su maldita bocaza.

—Bueno entonces como por lo visto moriré tarde o temprano, creo que mejor será que vayas tú solito a ver a tu señor todopoderoso.

Un brillo rojizo y sobrenatural sobresale de las pupilas de Izan.

—Esperaba que dijeras algo así.

Antes de poder abalanzarse sobre ella, Marc aprovecha la ventaja y con un placaje digno de un jugador profesional de futbol americano, caen al suelo entre un furioso intercambio de gruñidos y puñetazos.

En un primer momento parece que es Marc quién tiene la ventaja debido a su enorme cuerpo frente a un Izan más escuálido, pero con lo que ninguno de ellos contaba es que no existe igualdad de condiciones, porque tras el errático comportamiento de Izan de los últimos días y el brillo sobrenatural en sus ojos sé que la visión que tuve sobre su posesión ya ha tenido lugar, de manera que Marc no tiene nada que hacer frente al demonio Yingb frente a él.

Pronto el estatus de poder en la lucha se invierte e Izan se ensaña con crueldad en la cara de Marc, si bien es detenido por Olivia cuando se lanza a su espalda tirándole el pelo y arañándole la cara como una tigresa defendiendo a su cachorro.

No sirve de mucho, e instantes después es empujada hacia atrás sobre la mesita de café rompiéndola bajo su peso y dejándola medio desorientada mirando al techo.

Aprovechando el aturdimiento por el golpe, el Yingb —quiero pensar en que todo esto es a causa de su posesión por un demonio y no por la maldad de mi amigo— recoge el puñal medio olvidado junto a él y se levanta para acercarse a Olivia, quien ha logrado

284

recuperarse lo suficiente para retroceder hasta chocar con la pared a su espalda, no obstante Marc vuelve a la carga y con un gruñido salvaje se acerca al demonio.

Lamentablemente en esta ocasión no logra pillarlo con la guardia baja y un segundo antes de poder envestirlo el Yingb, girándose con rapidez, lo agarra del cuello y sin piedad, le clava el puñal en el pecho y con una demostración de fuerza demoníaca lo lanza por los aires atravesando toda la habitación hacia la estantería y dejándolo en la misma posición en la que lo he encontrado nada más llegar.

Al ver la escena no puedo evitar llevar mis manos a la boca y ahogar un grito de angustia mientras que de fondo, como un zumbido, Olivia grita desconsolada pidiendo ayuda con los ojos inundados de absoluto terror.

—No te servirá de nada gritar, nadie va a venir a ayudarte Olivia.

Se acerca con las manos manchadas de la sangre de Marc y sonriendo satisfecho, agarra con brusquedad a Olivia del pelo, levantándola hasta que sus pies dejan de tocar el suelo.

—Te dije que me acompañaras por las buenas, ahora tu novio está desangrándose en el suelo como un perro. Deberías haberme escuchado preciosa.

Olivia le escupe en la cara e Izan, con rabia, le propina una bofetada partiéndole el labio tirándola de nuevo al suelo. Tras limpiarse la cara, el Yingb coge a Olivia del brazo y un instante después desaparecen dejando tras de sí el cuerpo sin vida de Marc y las gotas de sangre del labio partido de Olivia que ha logrado que tenga esta visión».

Vuelvo a la realidad temblando en los brazos de Adriel y miro mis dedos manchados con la sangre de Olivia.

No puedo creer que Izan haya hecho esto.

No me he dado cuenta de estar negando con la cabeza hasta que Adriel me encierra la cara entre sus manos y obligarme a mirarlo a la cara.

—¿Zoe que has visto? .

—Ha sido él —susurro sin aliento—. No puedo creer que haya sido capaz de algo así.

—¿Él? ¿Quién? —Al no recibir respuesta me pregunta con más fuerza—. ¿Quién ha sido Zoe? Si lo conoces necesito que me digas su nombre.

—No puedo creerlo, ha sido culpa mía... yo lo vi y no hice nada. No hice nada y ahora Marc está muerto... todo es por mi culpa.

Sé que he entrado en shock.

Entre las lágrimas derramadas, los temblores, el repentino frío que se ha instalado en mi cuerpo y mis balbuceos sin sentido— excepto para mí—, puedo notar la intensa mirada de Adriel intentando decidir cuál es la mejor opción para traerme de vuelta.

Quiero volver. Quiero sentirme dueña de mí misma de nuevo, pero todo esto se me está escapando de las manos.

Puedo soportar el estar alerta de cualquier peligro las veinticuatro horas del día, el no dormir una noche completa, despertando sobresaltada porque la vecina de arriba haya decidido tirar de la cisterna a las dos de la mañana, pero lo que no puedo soportar es que el chico al que conocí en la universidad, el chico con el que pasé casi todas mis horas de estudio y el que contaba chistes de borrachos entre clase y clase, sea el causante del secuestro de mi mejor amiga y la muerte a sangre fría de mi amigo.

El estallido de dolor en mi mejilla es lo que por fin me hace reaccionar.

Aturdida enfoco la vista en la cara luminosa de Adriel y tras parpadear un par de veces, todo a mi alrededor cobra sentido de nuevo.

Adriel me ha acomodado en el sillón orejero favorito de Olivia, con él arrodillado frente a mi, y todo el desorden ha sido limpiado y restaurado como si nada hubiera pasado, sin embargo esa ilusión desvanece al clavar los ojos en el cuerpo sin vida de Marc.

Miro a Adriel confundida.

—Pensé que querrías despedirte de él antes de llevármelo.

Trago con dificultad el nudo en la garganta al oír su tono compasivo.

—¿Qué vas a hacer con él? No puedes llevártelo así como así, su familia preguntará, lo buscarán... —siento como la histeria va invadiendo mi voz—. ¿Cómo vamos a explicar esto? Esa herida en el pecho no se puede ocultar, ¿Y la desaparición de Olivia? Son demasiados cabos sueltos Adriel...y no podemos llamar a la policía... ¿qué les decimos? Hola llamo para denunciar el secuestro de mi amiga y el asesinato de su novio a manos de un cruel demonio... me encerrarán, creerán que estoy loca....

—¡Zoe, cálmate!

Apoyo los codos en mis rodillas mientras me paso las manos por el pelo sin preocuparme por lo desesperada que parezco, porque realmente no sé cómo narices vamos a salir de este embrollo.

—Respira hondo Zoe, sé que esto es muy difícil para ti pero te necesito entera. No puedo solucionar esto y preocuparme por ti a la vez, ¿de acuerdo?

—Sí... sí, lo siento yo solo... —Agacho la cabeza sin continuar.

—Está bien tranquila, lo entiendo. No vas a llamar a la policía, poco pueden hacer en este tipo de casos, tú déjamelo a mí, ¿de acuerdo?

Vuelvo a asentir de manera automática.

Con un suspiro Adriel se acerca hasta el cuerpo de Marc y decidido le arranca el puñal del pecho, dejándolo a un lado. Luego se inclina hacia él apoya una mano en su frente y la otra en su pecho, donde aparece al instante una ligera luz rodeando el cuerpo sin vida de mi amigo.

Curiosa me acerco lentamente para no distraerlo y cuando esa luz desaparece, Adriel aparta sus manos y se levanta susurrando:

—¿Jeliel?

Cierro los ojos, ya hinchados y irritados de tanto llorar, cuando una luz me deslumbra y al volver a abrirlos sale de ella la figura de un ángel.

Abro los ojos asombrada porque a él sí puedo verlo con claridad. Tiene la misma luz que desprende Adriel, pero mucho más atenuada como si la luz saliera naturalmente por los poros y la cual me permite poder ver sus rasgos.

Mide unos 170 centímetros, delgado, pero musculoso y de piel oscura. Tiene la cabeza afeitada y sus alas blancas tienen las puntas del mismo tono grisáceo que sus ojos que, aunque tristes, puede apreciarse la bondad en ellos.

—Adriel, es bueno verte a pesar de las tristes circunstancias. —Se vuelve hacia mí para decirme suavemente—. Mi más sentido pésame por su pérdida, mi *Nin*. —Inclina la cabeza en señal de respeto.

Su voz tristona me da ganas de llorar, sin embargo consigo contenerme y en cambio miro confundida a Adriel.

—¿*Nin*?

—Es sumerio —aclara él—. Significa señora.

—¡Oh! Gracias.

No puedo reaccionar de otra manera, cada minuto que pasa estoy más confusa.

—Necesito que custodies este cuerpo hasta que sus seres queridos puedan despedirlo como se merece —Al oír el cariño con el que habla de Marc le agarro la mano con fuerza—. Sé que su alma ya está donde pertenece, pero por desgracia no podemos explicar a los humanos las circunstancias en las que ha abandonado este mundo y en estos momentos no hay tiempo para crear una ilusión plausible si queremos salvar el alma de una humana inocente.

—Por supuesto Adriel.

Asiente mientras que con la palma de la mano hacia arriba levanta el cuerpo de Marc, el cual ha comenzado a brillar, dejándolo suspendido entre nosotros. Asustada doy un paso hacia delante, pero Adriel me sujeta por la cintura deteniéndome y, al mirarlo, niega con la cabeza.

—Tranquila mi *Nin*, protegeré este cuerpo con mi vida si es necesario, ése es mi cometido al que fui encomendado después de todo. Avísame cuando quieras que te lo devuelva Adriel, restauraré su cuerpo para dejarlo listo en el momento que convengas.

—Gracias Jeliel. Te debo una.

Una chispa divertida brilla en los tristes ojos del ángel y por primera vez desde que ha aparecido lo veo sonreír.

—Un favor del gran Adriel, ésta es buena.

Adriel ríe ante su comentario.

—Sí, bueno, he tenido que pensármelo antes de ofrecértelo. Aún recuerdo la última vez que te cobraste un favor, sigo recibiendo alguna que otra descarga astral del Supremo Sariel cuando piso sus dominios.

La sonrisa de Jeliel se hace más grande y la tristeza parece disminuir un poco, sin llegar a desaparecer del todo.

—No hay términos ni excepciones cuando se cobra un favor.

—Ésa es una norma que te has inventado, —y ya más serio dice—: aunque por este favor bien merece la pena pagar el precio que sea.

Me muerdo el labio para evitar llorar.

—Será mejor que me lo lleve, cuanto más tiempo pase en este plano más me costará curar el cuerpo. Adriel, mi *Nin*.

Con un asentimiento de cabeza en mi dirección, Jeliel desaparece dejando un vacío en mi pecho.

—¡No, quería despedirme Adriel! ¿Dónde se lo ha llevado y quién era él?

—No te preocupes Zoe, tendrás tiempo de despedirte de Marc, te lo prometo. Jeliel es un teniente del arcángel Uriel. Se encarga de transportar las almas al lugar donde pertenecen una vez se despiden de su vida terrenal y, en casos como éste, también puede proteger el cuerpo de ese alma hasta que puedan encargarse de él como es debido. Esto ha sido lo más conveniente para que el cuerpo de Marc se mantenga en buenas condiciones hasta que podamos darle la despedida que se merece. —Adriel me aprieta el hombro— De todas formas, antes tenemos que traer de vuelta a Olivia y así poder construir una excusa solida sobre su muerte, no podemos decir que ha muerto a manos de un demonio.— Tras una pausa y ver mi expresión añade—: Bien,

289

ahora cuéntame que has visto en tu visión, que a juzgar por tu reacción no ha sido nada bueno.

Asiento con la cabeza y me acerco para volver a sentarme en el sillón orejero,– esta vez con un cojín entre mis brazos– y cuando por fin controlo un nuevo episodio de llanto, respiro hondo y empiezo a contarle.

—Tenía razón con la teoría de que Olivia y Marc conocían al agresor. —Miro a la cara de Adriel y digo en voz alta y clara— Ha sido Izan.

—¿Izan? como... ¿tu compañero de trabajo? ¿El chico del que tuviste la visión de ser poseído por un Yingb? —Sacude la cabeza aturdido—. No puede ser, yo mismo lo he estado vigilando y no ha mantenido contacto con ningún demonio desde el momento en que me advertiste.

—Te creo, lo único que se me ocurre es que esa visión fuera de su pasado, no su futuro. –Abrazo con más fuerza el cojín ante lo que eso conlleva—. Creo y cada vez estoy más segura de que he tenido el mal en mi casa, en mi vida y en la de mi familia mucho antes de que tú aparecieras en ella.

CAPÍTULO 18

Adriel se pasea por la habitación como un animal enjaulado —No es posible, has tenido que interpretar mal la visión.

Lo miro con la boca abierta.

—¿Cómo narices voy a interpretar mal una visión? Lo he visto Adriel. Estos ojazos que mi madre me dió han visto claramente como una persona a la que consideraba mi amigo ha secuestrado y matado inocentes a sangre fría. —Y antes de que vuelva a abrir la boca lo apunto con un dedo—. Y no vuelvas a cuestionarme porque sé lo que he visto, además las dudas sobre su posesión desaparecieron cuando sus ojos brillaron de un horripilante rojo —A duras penas puedo controlar el estremecimiento al recordarlo—. Juro que nunca había visto en un humano semejante expresión de maldad.

—Zoe tú no lo entiendes.

Se detiene ante mí pasándose la mano por el pelo, un gesto que ya he reconocido en él cuando está frustrado.

—Mantuve una estrecha vigilancia en él desde el momento en que tuviste la visión y juro que no detecté nada raro en él. Ninguna señal de que el Yingb ya lo había poseído y es imposible que ni yo ni mi compañero, que también lo vigilaba, no detectáramos señal alguna.

—No sé Adriel, a lo mejor había algo que bloqueara esa señal que dices, yo que sé.

Ante mi disparatada sugerencia Adriel frena su irritante carrera.

291

—¿Bloqueo?

—Sí, como un transmisor mágico o algo así... ya sabes como esos aparatos electrónicos que existen, pero con tecnología punta demoníaca. —Hago un gesto despectivo con la mano— Déjalo no me hagas caso, creo que todo esto me está dejando tonta y ya empiezo a divagar estupideces.

—No son estupideces, de hecho es bastante plausible. Ahora necesitamos saber el por qué.

—No, ahora lo que necesitamos es encontrar a Olivia antes de que el zumbado de Izan le haga más daño, así que por favor, ¿podrías llevarme a casa o cualquier otro lugar? Aquí comienza a faltarme el aire.

Sin responder Adriel se acerca para abrazarme y en un parpadeo me encuentro en el centro de mi salón.

Con esfuerzo me separo del seguro y cómodo lugar entre sus brazos, pero del que tengo que mantenerme alejada si quiero estar centrada.

Sin mediar palabra cojo el teléfono y llamo a mi madre para explicarle el secuestro de Olivia. Omito todo lo relacionado con Marc, porque no me veo con fuerzas de afrontar su reacción y le pido que tanto ella como el abuelo, no confíen en nadie que no sea yo y que si por cualquier motivo Izan aparece, se mantengan alejados de él y me llamen de inmediato.

Cuelgo el teléfono completamente exhausta tras escuchar de fondo las maldiciones y los «te lo dije» del abuelo Samuel con respecto a Izan. Me giro para enfrentarme a Adriel quien se ha mantenido callado y meditabundo en todo momento.

—¿Estás bien? No has dicho ni una palabra desde que nos has parpadeado hasta aquí.

—Sí, solo estoy pensando.

—¿Has llegado a alguna conclusión?

—Más o menos, solo necesito encontrar algunas respuestas, lo mejor sería que te des una ducha y descanses un poco, has de estar alerta y al cien por cien para lo que sea que tenga venir.

Sin esperar respuesta vuelve a parpadear dejándome plantada en mitad del salón sin saber exactamente qué acaba de pasar.

—Serás... —suelto un gruñido y murmuro—. Odio cuando hace eso.

Enfurruñada hago lo que me dice, deseando que el agua limpia borre todas las malas energías y la maldad que parece que se ha adherido a mí como una segunda piel.

Me froto con fuerza bajo el chorro hirviendo, sin importarme las rojeces y las marcas en mi cuerpo, como si eso ayudara a que la tristeza por la muerte de Marc y el miedo por Olivia se fueran por el desagüe y al mismo tiempo intento averiguar la mejor forma de traerla de vuelta.

Es injusto que haya ocurrido todo esto, que por culpa del poder de La Llave mi mejor amiga se haya visto envuelta en el fuego cruzado entre el bien y el mal, siendo secuestrada y perdiendo a su novio en el proceso.

¿Y todo por qué? ¿para utilizarla como moneda de cambio para asegurar mi cooperación a la hora de matarme? Si soy honesta conmigo misma, ésa es una buena estrategia. Izan ha hecho bien su trabajo informándoles sobre mí, porque no hay que ser muy listo para saber que haría cualquier cosa por las personas que me importan.

Me niego a que Olivia pague por algo de lo que ella no sabe ni siquiera que existe.

Ahora bien, tampoco soy tan estúpida exponiéndome a una muerte segura sin un plan para intentar salir con vida de allí. Sé que no puedo esperar que ellos cumplan con su parte del trato sin hacerle daño alguno. He visto demasiadas películas como para saber que los malos siempre son los malos y que nunca se debe esperar una buena acción por su parte, porque de ser así te llevarías un chasco de narices.

Según Adriel, no nos esperan hasta mañana al mediodía, por lo que no creo que se les ocurra pensar que aparezca antes y por lo tanto mantendrán la guardia baja confiados porque en fin, ¿quién en su sano juicio iría sola a enfrentarse a una panda de ángeles caídos ella solita?

Pues ésta loca de aquí.

De modo que solo tengo una oportunidad para sacarnos a las dos de allí sin que se enteren. Solo espero que Adriel no se entere antes de mis intenciones, porque sino será él quien acabe matándome.

Después de salir de la ducha con unos pantalones cortos y una camiseta de tirantes de estar por casa, me trenzo el pelo húmedo para mantenerlo fuera de la cara y dándole un mordisco a la manzana que he pillado de la cocina me dirijo a la sala de rituales.

Rememorando el encuentro con Semyazza, intento encontrar algo que me sirva para encontrar el paradero de Olivia, pero he salido tan escopeteada del parque que no me hubiera enterado de nada de no ser por Adriel. Así que me encuentro en la casilla de inicio sin tener ni idea de su paradero y me niego rotundamente a llamarlo y encontrarme cara a cara con él, no estoy lista para una conversación íntima y a solas con mi reaparecido padre.

Por ahora mi prioridad es saber dónde pueden tener escondida a Olivia y una vez compruebe que no está metida en algún agujero medio muerta, me centraré en como sortear la trampa que seguro han preparado para mí.

Sentándome en el suelo junto a la mesa de rituales y con el *Kutsal Kitap* en mis manos, busco algo que me sirva para encontrar al cabrón traicionero de Izan.

Diez minutos después et voilá:

«Para encontrar lo perdido:

Este hechizo es de baja dificultad, por lo que cualquier brujo con conocimientos básicos puede hacerlo efectivo.

Es de menester la presencia de los cuatro elementos de la Madre Tierra: agua, tierra, aire y fuego para encontrar cualquier persona u objeto perdido en el tiempo o el espacio.

Es de vital importancia poseer un mapa del territorio dónde se cree que puede estar. En el caso de que sea un objeto en una misma habitación, el mapa no será necesario.

Ingredientes:
— Corteza de cedro.
— El corazón de una flor de Iris.
— Raíz de Jengibre.
— Pétalos secos de Heliotropo.
— Dos gotas de Agua pura.
— Un puñado de tierra.

En un cuenco de madera mezclar y machacar uniformemente. Quemar la mezcla con un fósforo hasta dejar solo sus cenizas. Tan solo falta el elemento Aire.

Con las cenizas en vuestras manos, colocarse frente al mapa o en la estancia dónde se cree que pueda estar el objeto perdido y, tras decir el nombre en alto, soplar las cenizas con fuerza.

Los guías espirituales nos llevarán hacia el objeto de nuestro hechizo.»

Sin demora reúno todos los ingredientes y miro enfurruñada la masa pastosa que ha quedado al añadir las dos gotas de agua, solo espero no haber fastidiado el conjuro. Sé que podría repetirlo, pero cuanto antes encuentre a Olivia mejor. Así que cruzo los dedos mientras enciendo la cerilla y acerco la llama a la pasta, la cual ante mi sorpresa, crea una gran llama dejando en cuestión de segundos un puñado de cenizas oscuras.

Como no tengo ni pajolera idea de dónde pueden tener a Olivia extiendo por el suelo unos cuantos mapas de diferentes lugares del mundo, situándome justo en el centro de ellos.

Cojo el puñado de cenizas entre mis manos y mirando toda la extensión de papel a mis pies digo en voz alta y clara:

—Olivia.

Las cenizas salen disparadas por doquier tras haber bufado con fuerza pero en vez de caer lentamente en el punto dónde se supone que está Olivia, se levanta una repentina ráfaga de aire uniendo todas las cenizas dispersadas hasta crear un pequeño remolino de polvo.

Asombrada veo como se va moviendo aleatoriamente como si tuviera vida propia por los diferentes mapas hasta quedarse suspendido encima de un mapa del norte de España para después de una pausa salir disparado hasta concentrarse en un punto.

Pisando el resto de mapas me arrodillo delante del elegido.

—¡Vamos, no me jodas!... —suspiro—. Bueno, al menos son considerados, teniendo en cuenta que no tengo renovado el pasaporte.

El puñado de cenizas se ha posado justo encima de los Lagos de Covadonga.

Parece que Remiel tiene buen gusto en cuanto a paisajes bonitos, no he estado nunca de visita así que ésta es una buena oportunidad para viajar si no fuera, claro, porque tienen secuestrada a mi amiga y todo eso.

—¿Cómo narices llego allí? Ahora mismo me irían de perlas un par de alas. Ya podría haber heredado unas por mi rama paterna en vez del evidente encanto que tenemos.

¿Cómo diablos voy a cruzar ochocientos sesenta kilómetros sin que tenga que perder el tiempo en el camino? Lo que menos tengo ahora mismo es tiempo, el factor sorpresa es mi mejor baza, de hecho es mi única ventaja.

La bombillita dentro de mi cabeza se enciende cuando me acuerdo del modo en el que he aparecido en casa de Olivia.

La sensación ha sido la misma que cuando parpadeo con Adriel y como mi padre es un ángel caído bien podría haber sido uno de los poderes que he heredado o bien viene en el pack de súper—poderes de La Llave. La verdad es que si no estuviera rodeada de demonios, luchas y muertes esto de ser La Llave no estaría nada mal.

Dejando a un lado todo el torbellino de pensamientos estúpidos a la que mi mente le encanta meterme en momentos inapropiados, me concentro en el instante en el que mi cuerpo decidió por voluntad propia tele—transportarse.

Lo único que tengo claro es que debajo de toda la angustia y la incertidumbre, tenía unas ganas enormes de llegar a casa de Olivia y comprobar que todo estuviera en orden.

Esa ha de ser la clave para hacer lo mismo que Adriel. Si lo que quiero es parpadear hasta Olivia lo único que tengo que hacer es concentrarme y tener las suficientes ganas y fuerza de voluntad para querer llegar hasta ella.

No hay tiempo que perder.

Me apresuro en cambiarme con una ropa más adecuada para lo que se me viene encima. Reúno algunos frascos con pociones que he ido creando durante mis prácticas y que podrían ser de utilidad en caso de que hayan algunos demonios desperdigados por allí. Además de engancharme detrás del cinturón el puñal ceremonial —el cual mantengo bien afilado por órdenes de mi madre— y uno un poco más pequeño en mi bota derecha.

Una vez lista miro el reloj de muñeca y veo que tan solo son las cuatro de la tarde.

A pesar de tener la sensación de que este día no terminará nunca, me quedo con el consuelo de que al menos todavía tengo unas horas de luz por delante y dudo que esperen que me meta en la boca del lobo a plena luz del día.

Además tengo que darme prisa antes de que Adriel vuelva de vete tú a saber dónde. Vamos a tener que sentarnos para mantener una seria conversación cuando vuelva sobre su método de custodia, porque francamente casi nunca está dónde debería estar y siempre llega tarde.

A patadas aparto todo el follón de mapas esparcidos por el suelo, apilándolos en una esquina para recogerlos más tarde y creo el mismo ambiente que mi madre creó en la trastienda para facilitarme la meditación con la diferencia de que para tener una mayor ayuda, añado un ramillete de Artemisa a modo de incienso. Sentándome en la posición del loto cierro los ojos e inspiro con fuerza.

Pronto las esencias del ramillete, junto con las respiraciones profundas y constantes me llevan a un estado de trance y poco a poco voy sintiendo una extraña languidez en mis extremidades hasta que de repente siento un mareo mucho mayor que el que sentí la primera vez que pude parpadear.

—Uooo...

Es una suerte que ya estuviera sentada, aunque eso no impide que caiga sobre mi espalda mirando a través de las enormes copas de los árboles a mi alrededor la brillante luz del sol. Cierro los ojos e inspiro profundamente por la nariz unas cuantas veces hasta que las ganas de vomitar van remitiendo.

Con cuidado para que mi estómago vuelva al lugar que le corresponde, me levanto y abro los ojos para mirarlo todo asombrada.

—¡Toma ya! Chupaos ésta, aerolíneas, se acabó el pagar una millonada para viajar.

Me pongo de pie con una gran sonrisa orgullosa y doy una vuelta sobre mi misma buscando algún camino, tendría que haber traído un poquito más de esas cenizas y así utilizarlas de brújula.

Por instinto giro a mi izquierda y comienzo a caminar, pero el espeso follaje no parece menguar nunca y aunque el tiempo en Asturias es más fresco que en Barcelona, hace tanta calor que no pasa mucho tiempo antes de empezar a sudar como una menopáusica.

—¡Ay! Asco de raíces... —Miro hacia abajo cabreada— Un momento, ésta es la misma raíz de cuando me caí la segunda vez... ¡Me cago en la leche, estoy caminando en círculos!

Esta es la cuarta vez que evito romperme los dientes contra el suelo y en esta ocasión con la misma rama con la que me he tropezado la segunda vez. Lo sé porque antes había dejado una muesca en el tronco del árbol para poder guiarme.

Han pasado diez minutos y ahora estoy más preocupada y perdida que acalorada, porque esto no mejora. Todavía no he tenido que luchar con nadie y ya tengo las palmas de mis manos raspadas y llenas de tierra, por no hablar de que si me levanto el pantalón seguro que encuentro todas mis espinillas moradas por la de veces que me he chocado con las raíces que sobresalen del suelo.

A lo mejor la he fastidiado por confiar en un poder nuevo y del cual no tengo ni idea de cómo funciona, además con lo despistada que soy seguro que he aparecido en la otra punta del mundo en vez de dónde quiero estar.

Gracias al cielo y a sus querubines que justo antes de tomar el camino de vuelta, oigo la voz frustrada de Izan, no muy lejos, por delante de mí.

Teniendo mucho cuidado de por dónde piso y lo más sigilosamente que puedo, me voy acercando cada vez más a la voz en cuestión. No pasa mucho tiempo hasta que el espesor boscoso desaparece dando paso a un enorme claro rodeado de montañas y de un precioso lago.

Justo en el centro del claro, Izan está acompañado de un enorme y feo Nefilim y delante de mi traidor amigo puedo ver a Olivia.

Está sentada con las piernas flexionadas a un lado, los pies atados y las manos por encima de su cabeza sujetas a un palo que han clavado detrás de ella. Lo que me preocupa es que tiene la cabeza echada a un lado inconsciente.

Examino bien todo a mi alrededor por si hay alguien más por la zona escondido o montando guardia y veo que solo están ellos tres.

En otras circunstancias ver esta escena me olería a chamusquina, pero eso sería sino supiera lo que ya sé sobre los Nefilims, lo cual me deja más preocupada que otra cosa y es que si como dijo Adriel lo que tienen de tontos lo tienen de fuertes, éste tiene que ser el puñetero Hércules teniendo esa cara de atontado que es imposible de disimular.

Es una mole de bicho.

Mide más de dos metros de altura y es muy parecido físicamente a un humano, aunque a lo grande, con la evidente diferencia de que sus dos ojos parecen estar permanentemente cerrados como si tuviera los parpados pegados con pegamento y un extraño y pequeño tercer ojo le sale justo en el centro de su frente.

En la distancia veo sonreírle a una flor y, como si fuera un niño, se arrodilla frente a ella para tocarla, no pasando ni un segundo en ampliar su sonrisa al notar la suavidad de sus pétalos, acercando su grande nariz para olerla. Lo que creo que no espera es que el polen le entrara por la nariz porque al instante, la cara se le contrae al estornudar con tanto estruendo que hace que cientos de pájaros salgan disparados de entre los árboles.

Sin poder evitarlo se me escapa un risita que consigo disimular a tiempo y es que su actitud me recuerda mucho a la de un niño pequeño, Izan por su parte, tan solo resopla con fastidio.

—Levántate ya y monta guardia, estúpido gigantón.—dice mirándolo con desprecio.— Estás aquí para vigilar a la cebo, no para explorar el mundo aunque sea la primera vez que hayas pisado la superficie.

Eso explica la sorprendente expresión en la cara del Nefilim. Si nunca ha salido del infierno es normal que todo sea tan novedoso y emocionante para él.

Ante la entusiasta cara del grandullón y desechando todas las cosas que podrían ir mal, comienzo a buscar por las rocas de la orilla del lago hasta que capto un pequeño movimiento en una de ellas. Tomo un par de inspiraciones profundas antes de que empiece a hiperventilar y cuando al fin regulo mi respiración, me concentro en la pequeña rana que lenta pero segura, va flotando entre los inútiles guardianes que no se percatan de que hay un pequeño anfibio flotando entre ellos, aún así espero firmemente de que al bichejo no le dé por croar antes de llegar a mi objetivo.

Como si le hubiera dado una orden mental, la rana comienza a croar llamando la atención del grandullón. Al verla, la curiosidad puede con él más que la orden establecida por Izan y acerca la mano con cuidado para no asustar al pequeño anfibio, el cual ajeno al posible peligro que entraña al estar tan cerca a un ser tan peligroso, lanza un pequeño salto hasta posarse en la punta de su dedo.

Sonrío cuando veo la sonrisa bobalicona del Nefilim, es como estar delante de uno de mis alumnos la primera vez que los llevamos de excursión a la granja de animales. El grandullón se acerca el dedo a la cara para observarla más de cerca y cuando la tiene a un palmo de su nariz, el bicho vuelve a saltar posándose en ella y él, asustado por el inesperado movimiento, cae de culo contra el suelo, haciendo que yo tenga que taparme la boca para evitar que se me escape una carcajada y que la rana se aleje de allí dando saltos. El Nefilim tras unos instantes de sorpresa, se levanta torpemente y comienza a perseguirla intentando volver a capturarla sin éxito.

Lo dicho, es un niño pequeño pero con el tamaño de Goliat.

Una vez que el Nefilim se aleja más de ellos en su ahínco por capturar al pequeño anfibio y con una parte de mi plan ya conseguida, me centro en el traicionero de mi ex-amigo, quien ajeno a todo, mira con atención a una inconsciente Olivia.

Gracias a mis prácticas con un herido Adriel, sé que puedo llevar a cabo el siguiente paso sin dificultad, de modo que armándome de valor, centro todo mi poder en Izan y con un rápido y contundente movimiento de la mano, sale disparado estrellándose como una muñeca de trapo contra unos árboles a cincuenta metros a su derecha.

Después de esperar un tiempo prudencial y cerciorarme de que Izan no despertará en un buen rato, salgo corriendo de mi escondite.

—¡Livia!

Me dejo caer de rodillas frente a ella, examinando su cuerpo en busca de más lesiones aparte del feo golpe lleno de sangre seca que tiene en la frente. Aliviada, le desato las manos apresurándome a agarrarla antes de caiga desmadejada al suelo.

—¡Ey¡ vamos Olivia, despierta tenemos que irnos. —La sacudo sin miramientos al ver que sigue sin despertar—. ¡Venga arriba!

Estoy empezando a asustarme.

No importa las bofetadas que le doy que Olivia no abre los ojos y si no despierta es imposible que pueda sacarnos a las dos de aquí y mucho menos del mismo modo en el que he llegado, porque si bien he conseguido parpadear hasta ella, no estoy lo suficiente preparada ni mucho menos concentrada para poder volver a hacerlo con las dos.

Desesperada miro frenéticamente al lugar dónde el Nefilim está en busca de la rana y hacía donde Izan continua inconsciente, sabiendo que no tengo mucho tiempo más antes de que vuelva en sí, por lo que hago lo único que se me ocurre a pesar de la enorme reprimenda que va a caerme encima.

—¿Adriel? —No quiero gritar mucho para no llamar la atención del Nefilim—. ¡Adriel, te necesito!

Pero para variar nada sale como yo espero y mi alarma interna contra los peligros se activa de repente.

—No va a oírte querida, lo siento.

Las incesantes náuseas como consecuencia de mi sistema anti—demoníaco desaparecen y me quedo lívida al escuchar la voz burlona a mi espalda, reconociéndola de la proyección astral de la cabaña.

Respiro hondo un par de veces para intentar calmarme y entonces—para mi gran disgusto— mi tendencia suicida vuelve al ataque.

—¿Y eso por qué si se puede saber?

—Porque es mi deseo que todo quede en familia.

Me vuelvo lentamente sobre mis pies para mirar a Remiel, pero la luz del sol a su espalda me ciega, sin embargo he de decir que sin poder verle la cara, es impresionante.

Es imposible que el halo de poder que lo rodea pase desapercibido por nadie, al igual que el terror que desprendo por cada poro de mi piel al saber que tengo frente a mí al mismísimo hombre del saco.

Aparto la mirada en un intento para que no se me derritan las retinas y porque... ¿a quién quiero engañar? Tengo ante mí a uno de los siete Supremos de los cielos, al arcángel que hizo algo tan terrible que sus hermanos se vieron obligados a desterrarlo en lo más profundo de los infiernos y viéndolo por primera vez en persona he de decir que es simplemente espeluznante.

Lo admito.

Estoy aterrorizada.

El Nefilim que antes estaba distraído está situado de pie entre Remiel y mi padre, el cual tampoco me había dado cuenta de su presencia hasta ahora e Izan ya despierto, se acerca tambaleante hacia ellos.

Estoy completamente sola.

Por enésima vez en cuestión de segundos maldigo mi orgullo y mi estupidez por pensar que esto podría salir bien haciéndolo a espaldas de Adriel.

—¿Sabes querida? he de confesar que cuando tu amigo, —señala despectivamente a Izan—, me propuso este absurdo plan, tenía la esperanza de que serías más lista y que no caerías tan fácilmente, en fin admitámoslo, tienes los mejores genes paternos. Para mi gran decepción creo que has heredado más cosas de tu madre, viendo lo estúpida que has resultado ser.

Hago una mueca resignada.

—Sí, bueno, tampoco es que haya tenido mucho tiempo para pensar las cosas. Además ¿quién iba a esperar de que os tomaríais tantas molestias por capturarme? Ya sabes, como tú eres el todopoderoso arcángel Remiel y todo eso, pensaba que mandarías a tus criados antes de mancharte las manos con algo tan insignificante como una humana.

Maldigo de nuevo mi enorme bocaza por no saber estarme calladita. Cualquier día de estos me llevaré un bofetón y con toda la razón del mundo, por no pensar antes de hablar, pero en esta ocasión de perdidos al río, si bien voy a morir o enfrentarme a ellos no pienso contenerme a la hora de decir lo que pienso.

—¿Y perderme este feliz encuentro entre padre e hija? No quería desaprovechar la oportunidad.

Miro directamente a mi padre que sigue sin abrir la boca y completamente inexpresivo como ya es habitual en él. Algo tiene que haber para que Semyazza demuestre algo de sentimientos, porque si el volver a ver a su hija no lo hace, entonces ya no sé que podría ser. Vuelvo a mirar a Remiel y exclamo burlona:

—¿En serio? tampoco tienes mucho que perderte —señalo a mi padre con un dedo—. Míralo bien, creo que ni un dolor de barriga es capaz de cambiarle la expresión.

La carcajada de Remiel me sorprende, éste sí que tiene sentido del humor, a diferencia de mi padre que sigue con esa cara agria, pero al ver que Remiel sigue carcajeándose comienzo a mosquearme.

Me da la sensación que aquí hay algo que se me escapa.

—¿Te queda mucho para terminar de reírte? Aún a riesgo de echarme más tierra encima he de decir que no soy tan graciosa.

Unos segundos después, el cuerpo del arcángel deja de temblar por las risas.

—Perdona, perdona, pero es que por un momento he imaginado a mi querido Semy siendo padre y, nada más y nada menos que, de La Llave. Ha sido desternillante.

Me quedo tiesa en el sitio.

Por un fugaz instante puedo vislumbrar una sincera confusión en la expresión de su cara, sin embargo se recompone con extrema rapidez para volver a ser el muñeco de cera de siempre.

—¿Qué quieres decir? Hice un conjuro para encontrar a mi padre y claramente señaló que era él —vuelvo a señalar a Semyazza con enfado—mi verdadero padre, así que o bien él te ha estado mintiendo o aquí pasa algo y ya me estás diciendo lo que es.

Ojalá el puñetero se echara a un lado unos centímetros y es que sigo sin entender la fijación de estos ángeles a rodearse de tanta luz y por consiguiente a derretirme las retinas. Por suerte mis ojos ya se están acostumbrando a ella y aunque todavía me cuesta ver bien su cara sí puedo sentir la peligrosa rigidez que lo invade al oír mis exigencias.

—Te sugiero Zoe que moderes tu tono al hablarme, no olvides con quién estás hablando.

Me encojo ante su condescendencia.

—Y ahora dime qué viste en ese conjuro tuyo que te hizo creer que Semy era tu padre.

Confundida vuelvo a revivir el momento.

—Hice un conjuro para encontrar lo que más deseaba y al escribir que quería encontrar a mi padre, apareció la imagen de un ángel de espaldas con el símbolo del colgante de la espada dorada con alas que siempre lleva encima.

Esta vez la risa que surge de él es más tranquila.

—¿Le viste la cara?

—No... —Frunzo el ceño más confundida—, pero estaba claro que era él, tenía el mismo colgante.

—Zoe, Zoe, Zoe...— No me gusta nada ese tono—.Todos mis soldados tienen ese colgante.

Palidezco.

—¿Qué?

—Efectivamente, todos mis soldados tienen ese colgante que les identifica como el regimiento de Los Grigori. Ése —dice haciendo un gesto con la cabeza hacia el colgante en el cuello de Semyazza—, es mi símbolo.

Cada vez estoy más confundida.

—¿Pero entonces quién es mi padre?

—¿Todavía no se te ocurre nadie más?

Sin decir nada más se vuelve hasta quedar de espaldas a mí, chasquea los dedos y la extraña camiseta que lleva desaparece para dejar al descubierto una enorme espada tatuada, la cual brilla de manera sobrenatural y como en el colgante, dos alas negras nacen de su empuñadura.

La figura imponente que queda recortada por los rayos del sol y que solo deja ver la espada y las alas, es la misma que vi en el conjuro.

Todo a mi alrededor desaparece y la humedad de la hierba cala mis pantalones al caer de rodillas.

¿Cómo he podido ser tan estúpida? Tendría que haber investigado más una vez vista la imagen, pero tenía tantas ganas de saber quién era mi padre que no me detuve a pensar en la posibilidad de que pudiera haber algún atisbo de duda.

Y vaya si estaba equivocada.

No soy la hija del capitán del regimiento de Remiel sino del mismísimo Supremo Remiel.

Soy la hija de un Supremo caído en desgracia.

Miro al suelo intentando entender... algo de todo esto.

Sin éxito.

— Es normal estar tan conmocionada querida, no todos los días una insignificante humana despierta para descubrir que es la hija del Supremo más poderoso del cielo y los Infiernos.

A través del zumbido persistente de mi cabeza puedo oír ese maldito tono petulante que se gasta.

Levanto la vista cuando veo la punta de sus botas pisando la hierba frente a mí para encontrarme, ya libre del impedimento de la luz solar, con el mismo hombre que estuvo en mi sueño de la cabaña. El mismo pelo dorado con el rebelde mechón cayendo sobre sus ojos, unos ojos iguales que los míos y he de confesar que, aún con la evidente crueldad y frialdad que desprende, es guapísimo.

—¿No quieres darle un abrazo a tu padre por primera vez?

Si no fuera por el tono burlón, incluso pensaría que me lo dice en serio. Continuo en la misma posición sin importarme si eso me deja en un estado más sumiso frente a mi enemigo, muy consciente de que si intentará levantarme mis piernas de gelatina no podrían sostener mi peso.

—¿No? Deberías sentirte afortunada, eres única en tu especie, no hay nadie que pueda asemejarse a ti.

—¿Por qué?

La pregunta sale de mis labios antes de que pueda contenerme y Remiel parece entender a que me refiero pues responde sin dudar.

—Porque tú eres la herramienta que me devolverá mi derecho divino como Supremo de todos.

Su declaración no deja dudas sobre sus sentimientos hacia mí. Solo quiere el poder de la Llave, no a mí. Nada más.

—Si yo era lo que necesitabas, ¿Por qué dejar medio muerta a mi madre? Necesitabas que naciera, pero eso no hubiera sido posible si mi madre no hubiera tenido la fuerza necesaria para llegar a casa y conseguir ayuda. La dejaste sin apenas energía.

Nada en la expresión de Remiel indica remordimiento, solo fastidio.

—Eso es cierto querida, en mi defensa diré que la culpa de todo fue de esa maldita Oráculo. Aseguró que tenía que acostarme con la bruja más poderosa si quería conseguir el poder Supremo de los cielos, así que asumí que tenía que arrebatarle sus poderes y que la unión de los suyos con los míos sería la solución. Desafortunadamente eso no fue lo que pasó como puedes comprobar, ya que al parecer era la unión de una bruja con un

Supremo lo que crearía La Llave para poder derrocar al resto de Supremos.

—¿Así que la estupidez me viene de tus genes y no de los de mi madre?

No lo veo venir.

La furiosa ola de energía me lanza varios metros. Me levanto lentamente y limpio el hilillo de sangre que cae de mi nariz. Me siento sobre mis rodillas y apoyo las manos a la altura de mis caderas para mantenerme un poco más erguida y no parecer una muñeca de trapo.

Bien hecho Zoe ... evidenciar su estupidez no ha sido muy buena idea.

—Controla tu lengua si no quieres que te la corte —dice huraño—. He matado a otros por mucho menos.

—Mis disculpas. —Contengo el sarcasmo porque quiero saber de una vez por todas la verdad.— Por favor continúa.

Un poco más sosegado prosigue con el resto de la historia.

—Como iba diciendo, resultó que el poder de La Llave no estaba en tu madre, sino en ti. Por desgracia subestimé a Zahira y a su aquelarre y cuando fui en tu busca, tu madre había desaparecido.

—Es imposible que mi madre pudiera enmascarar su rastro sin sus poderes y mucho menos a un Supremo.

—Cierto —dice con desagrado—, pero fueron mis hermanos los que os camuflaron hasta que despertaran tus poderes y pudieras defenderte tu sola, lo que deberías mejorar querida.

Odio que me llame querida, me entran ganas de sacarle los ojos.

—¿Y qué hay de Olivia? ¿Por qué no despierta?

—Huumm... tengo cosas mejores que hacer que preocuparme por tu amiga, tal vez deberías preguntarle tú a él.

Miro con enfado a Izan que ya recuperado del golpe, espera a una distancia prudencial de Remiel y Semyazza. Al percatarse de ser el centro de todas las miradas incluso de un inocentón Nefilim, palidece.

—Juro que no tengo nada que ver. —Levanta las manos en señal de rendición—. Tan solo la abofeteé para que se callara, no dejaba de llorar y gritar y de repente se desmayó. No ha vuelto a despertar desde entonces.

Contra más habla más me cabrea.

—¿No crees que lloraba porque mataste a su novio delante de ella imbécil?

—Hice lo que tuve que hacer para satisfacer a mi señor.

Una oleada de furia me invade por momentos e ignorándolo le pregunto a Remiel:

—¿Entonces si no le ha hecho nada por qué no despierta?

Tras un momento de silencio Semyazza que ha permanecido callado desde que apareció en escena dice:

—Su alma se ha separado de su cuerpo, no puedo sentirla.

—¿Qué?

¿Olivia ha perdido su alma? ¿Cómo es eso posible?

CAPÍTULO 19

Al escuchar la declaración de Semyazza me giro enfurecida hacia Izan.

—¿Qué narices le has hecho Izan? —le grito olvidándome de los dos ángeles frente a mí—. ¿No tenías suficiente con haber irrumpido en su casa, matado a su novio y secuestrarla? ¿Tenías que quitarle su alma?

Mis manos cogen un puñado de hierba en vez de llevarlas a su cuello, tantas son mis ganas de matarlo pero no soy ese tipo de persona, aunque si ahora mismo me dejaran a solas con él no sé si sería capaz de contenerme.

—Te repito que no le he hecho nada. —Realmente me sorprende tanta indiferencia— Estaba despierta cuando la he traído aquí, pero de repente se ha desmayado y ya no ha vuelto a despertar.

Estoy haciendo un esfuerzo sobrehumano para no partirle la cara.

—¿En qué momento te has convertido en el monstruo que tengo delante? —Y volviéndome de nuevo a Remiel le digo con enfado—. ¿Qué le habéis hecho? ¿Cuándo? Hemos estado vigilándolo de cerca desde hace semanas y nunca hemos visto nada inusual.

El que contesta es Semyazza:

—Mi señor no le hizo nada que él no pidiera —asegura con voz plana—. Fue el humano quien vino hace años para unirse a nuestras filas. Su misión para conseguirlo era infiltrarse en tu círculo íntimo y mantenernos informados de tus movimientos.

—¿Quieres decir que todos estos años ha sido todo mentira? ¿Solo he sido la prueba de iniciación de una hermandad especial para entrar en una especie de club de los malos malísimos del infierno? y otra cosa, —Caigo en la cuenta de algo—. ¿No decías que no sabíais mi paradero?

—Los Supremos tan solo lograron enmascarar tu rastro durante unos años —responde Semyazza—. Mi señor sin lugar a dudas te encontró al cumplir los tres, sin embargo al no tener activados los poderes de La Llave no eras de utilidad para sus propósitos. Mi señor tenía cosas mejores que hacer que criar a un insulso bebé.

—¿Un insulso bebé? —escupo cabreada—. ¡Era su hija por todos los santos!

—Basta de absurdos sentimentalismos, me estoy cansando de tus quejas —dice tedioso— Agradece a mi capitán por haberte aclarado tus dudas y compórtate como lo haría la hija de un Supremo y la portadora de los poderes de La Llave, en vez de como una niña malcriada.

Por lo visto Remiel está harto de sentirse ignorado, pero sus palabras llegan al límite de mi paciencia.

—Soy la hija de Zahira, una de las brujas más poderosas que han existido, no la de un Supremo, para eso deberías haber participado en mi crianza y no lo has hecho. Tan solo eres el peor donante de esperma que he conocido jamás —prosigo sin dejarlo hablar, harta ya de su soberbia—. Pero sobre todo que te quede claro que no soy la portadora de los poderes de La Llave —Y en voz alta y clara digo—. ¡Yo soy La Llave!

A lo largo de toda la reveladora conversación he ido notando una ligera vibración que ha estado aumentando acorde con mi furia y pensaba que eran imaginaciones mías pero cuando he escuchado el crujir de la tierra a mis pies y he visto el ceño fruncido en la cara de Remiel sé que no ha sido producto de mi imaginación y que soy yo la que está haciendo temblar el suelo.

Sin saber por qué, las manos que tenía cerradas en dos apretados puños se aflojan para plantarlas firmemente en el suelo y con determinación presiono con fuerza, dejando salir toda la furia que he acumulado desde mi llegada.

De repente se escucha el estridente sonido de las rocas al romperse y una enorme grieta se abre justo delante de mis manos, creciendo hasta el punto en el que obligan a los dos ángeles a extender sus alas y remontar el vuelo para salir de su trayectoria antes de caer al abismo que se aprecia cuando las dos mitades del suelo se separan. Izan mientras tanto, corre como alma que lleva el diablo, alejándose lo máximo posible de allí, para así evitar despeñarse.

No satisfecha con esto y con ansias de venganza, presiono el suelo con más fuerza provocando el derrumbamiento de la montaña más pequeña y más cercana a nosotros la cual se aproxima con furia hacía ellos en un amasijo de rocas y árboles rotos.

Remiel consciente de que él es el verdadero objetivo de mi furia y que necesita moverse con rapidez si no quiere terminar sepultado entre los escombros, mueve las alas con fuerza y con un chasquido de sus dedos cambia su posición con la del Nefilim que ha estado observándolo todo con inocencia.

Con horror veo el profundo terror que expresa el único ojo del grandullón mientras mira a su amo con súplica. Sin embargo y sin sentir ningún tipo de remordimiento, Remiel mira impasible como las rocas lo engullen hasta dejarlo inconsciente entre los pedruscos.

El terremoto cesa y una siniestra quietud asola el devastado paisaje.

Miro con detenimiento todo a mi alrededor y lo que tengo ante mí se conecta con la visión que tuve de Adriel muerto. La escena es exactamente la misma a excepción de que el cuerpo es el del Nefilim, no el de Adriel.

Todas las visiones que he tenido a lo largo de estas semanas se han hecho realidad de una forma u otra y yo he estado tan ensimismada en mi vida amorosa que no he sabido ver todas las pistas que me han llevado a este punto en particular. Podría haberme evitado muchos disgustos, pero mi estupidez ha jugado en mi contra.

—Es interesante ver tu capacidad para combinar tus poderes de nacimiento con los otorgados por La Llave. Tu dominio sobre el elemento Tierra es excelente querida, incluso has logrado romper la barrera que he erguido para mantener a tu ángel apartado. Bienvenido capitán.

Vuelvo la cabeza a mi izquierda para ver a Adriel parado ante mí y me doy cuenta de que el brillo en él es mucho más tenue que el de esta mañana, sin embargo no me hace falta verle la cara para saber que está furioso conmigo.

—Adriel —suspiro con alivio.

—Ahora no Zoe, hablaremos más tarde — exclama entre dientes.

—Bien, a pesar de que es agradable este reencuentro, tu presencia aquí no es grata en este momento —dice Remiel aburrido—. Estás estropeando nuestro momento padre e hija.

Nada en la postura de Adriel me dice si le ha sorprendido la nueva noticia sobre nuestro parentesco.

—Siento que no sea de su agrado, pero como comprenderá no puedo permitir que haga lo que sea que quiera hacerle a Zoe.

—Hum... interesante... así que Zoe —asiente burlón—. Ya he sido informado de la inusual cercanía con la que tratas a tu protegida. ¿Debemos mantener una conversación de hombre a hombre sobre las intenciones que tienes para con mi hija? —Sin esperar respuesta prosigue—. Por desgracia no tengo tiempo para algo tan insignificante así que si no te importa...

Adriel se coloca en posición de defensa delante de mí, un claro gesto de que no va a acatar las órdenes.

—Lo suponía.

Antes de poder hacer nada y con un movimiento casi imperceptible de Remiel, Semyazza se lanza a por un ataque directo contra Adriel.

Con la boca abierta veo sin ver la lucha encarnizada en la que se enzarzan Semyazza y Adriel. Es imposible poder seguir a esos dos y eso a pesar de mi aumento de capacidad visual desde que tengo mis poderes. De lo único que soy capaz es de ver la espiral de dorado, blanco y marrón de las alas en movimiento y de escuchar el contundente sonido de los puños al chocar contra la carne y los gruñidos del contrario.

Sin prestarle atención a la pelea de los dos capitanes, Remiel se centra en mí.

—De acuerdo querida, ahora que no hay nadie que nos interrumpa vamos al meollo de todo este asunto, ¿de acuerdo? Así que sé buena y cédeme el poder de La Llave.

—Eso ni lo sueñes ¿qué te hace pensar que soy capaz de cedértelos? Y no puedes quitármelos, recuerda que ya lo intentaste y no pudiste.

Se le crispa la expresión de su cara al poner en duda sus poderes.

—No deberías ser tan confiada —me amonesta como a una niña pequeña—. Como tu bien has dicho fue en un sueño astral, ahora sin embargo estamos en nuestros cuerpos por lo que mi atención se centra plenamente en ti —después con una sonrisa ladeada continúa— Además, vas a estar tan cansada que no tendrás tiempo en pensar en lo que estoy haciéndote antes de que te des cuenta de que te los he arrebatado. Tu turno Yingb.

Al reconocer el nombre del demonio que tiene poseído a Izan, miro en su dirección y es demasiado tarde para bloquear el puñal que corta la carne de mi brazo como si fuera mantequilla.

Sangrando profusamente, me arrastro hacia atrás para alejarme de él, quien sin dejarme apenas el tiempo suficiente intenta apuñalarme sin parar. En uno de esos amagos, logro dejar a un lado el intenso dolor de mi brazo y bloqueo una nueva embestida poniendo mis brazos en cruz y dejándome caer de culo contra el suelo para un mejor apoyo. Le doy una patada en el torso, empujándolo lejos, pudiendo incorporarme y consiguiendo algo de ventaja.

Se recupera con rapidez e iniciamos una danza de tiras y aflojas en los que quien lleva ventaja es Izan, sobre todo por el espeluznante brillo del puñal en su mano. A pesar de la sangre que voy perdiendo no me siento más débil, más bien todo lo contrario.

Igual que en el resto de peleas anteriores, parece que cuanto más lucho, más energía acumulo, lo que me sirve de ayuda, ya que como siga perdiendo sangre a este ritmo es muy probable que acabe desmayada e indefensa como ha asegurado Remiel.

Gracias a esa energía extra y al conocimiento de la falta de ganas de Izan por el ejercicio a lo largo de los años, poco a poco voy encajando golpes estratégicos en su debilucho cuerpo. El muy idiota debería haber sabido que hace falta algo más que estar poseído por un demonio para poder ganar una lucha cuerpo a cuerpo con una practicante de artes marciales.

Un gruñido seguido del choque de un cuerpo robusto contra un árbol me distrae, dando la oportunidad a Izan de agarrar una piedra y estamparla en mi cara y que a juzgar por el estallido de dolor estoy segura que me ha roto el pómulo.

Caigo al suelo aullando de dolor.

—¡Zoe!

Esta vez soy yo la que distrae a Adriel y Semyazza, quien era el que había sido derribado toma ventaja lanzando un haz de luz que envía a Adriel contra un montón de escombros.

El dolor y el cansancio pasa a un segundo plano y es el temor de que el ángel caído haya podido matar a mi protector el que toma posesión de todo, pero un ligero movimiento en las piedras con el seguido intento de Adriel por levantarse, me deja volver a respirar aliviada.

Sin embargo el consuelo no dura mucho y por el rabillo del ojo veo el brillo del cuchillo acercándose y a duras penas consigo agarrar la muñeca que sujeta el puñal. Con un brusco giro por mi parte, tuerzo su brazo ejerciendo presión en su muñeca, rompiéndosela en el acto, lo que obliga a Izan a soltar el cuchillo mientras grita de dolor mientras cae sobre una rodilla. Todavía teniendo su muñeca fracturada en un fuerte amarre y aprovechando el momento me muevo con rapidez, girando mi cuerpo para quedar ligeramente de espaldas a él y le estampo un codazo en un ojo, tumbándolo en el suelo.

Si esto lo hubiera hecho sobre el cuerpo de un humano normal, esa persona ya estaría inconsciente en el suelo o gimiendo de un dolor horrible porque en fin, ese último chasquido indica que aparte de la muñeca también le he fracturado el pómulo, pero como en esta ocasión se trata de un recipiente que tiene dentro a un demonio que aumenta sus poderes dependiendo de la maldad del humano portador y, al ver la rapidez con la que se está recuperando, apuesto que Izan tenía el corazón más negro que el tizón.

No le doy tiempo a que se incorpore del todo.

Abriendo el bolsillo lateral de mis pantalones, cojo el frasco que tenía preparado y se lo estampo a Izan, derramando su contenido encima.

Sorprendido, su mirada pasa de mí a la mancha azul en su pecho que ha ido extendiéndose por todo su cuerpo hasta no dejar un solo poro sin tocar. Unas fuertes sacudidas lo obligan a quedarse tendido a mis pies y sin previo aviso sale de su nariz, boca y ojos un humo que al llegar a la superficie va cogiendo la forma del demonio Yingb que ya vi antes en la visión.

Si esto fuera un espectáculo de magia, estaría aplaudiendo y riendo como una loca, pero esto es la vida real y el supuesto mago no es tal, sino un demonio que tiene una pinta asquerosa en su forma original.

Aún impresionada por lo que acabo de ver, veo a Izan desmadejado y sin fuerzas, sujetándose la muñeca herida en su pecho con su mano sana y la cara hinchada por el pómulo roto que puede verse a través del corte profundo y sangrante. Hago una mueca al ver la herida, estoy casi segura por la humedad y el dolor que noto en mi propia mejilla, a que yo tengo el mismo aspecto.

Recuperándome del choque de ver el exorcismo de mi ex—amigo, recojo el cuchillo olvidado en el suelo antes de que a él se le ocurra hacer algo estúpido y vuelvo la vista para enfrentarme al demonio parásito frente a mí, tensando el cuerpo listo para el ataque.

Nada más lejos de la realidad.

El temido demonio no es tal y es que al verse fuera de su recipiente e instantes después de percatarse de la presencia de su señor, sobrevolando por encima de él y siendo testigo de su derrota, comienza a retroceder gimiendo aterrado, con un sonido estridente, similar al de unas uñas al pasarlas por una pizarra.

—Repugnante alimaña.

Tras estas simples palabras, el bicho comienza a correr, pero no ha dado más de una docena de pasos que de repente explota por los aires en una mezcla de carne, huesos y sangre.

Levanto la cabeza que he mantenido protegida por mis brazos para evitar que me salpique encima restos de Yingb y miro con la boca abierta a Remiel.

—¿Zoe?

Me vuelvo al escuchar a Izan llamarme con voz lastimera.

Mirándolo a los ojos después de desposeerlo del demonio, por fin puedo ver algo que me recuerda al chico que conocí en la universidad y despertando el cariño que siempre he sentido por él. Mira de un lado a otro confundido como si hubiera olvidado cómo y por qué ha llegado hasta aquí.

—¡Dios mío Olivia!

Al ver a Olivia inconsciente, Izan hace el intento de acercarse a ella pero al verme bloquearle el paso se detiene sorprendido.

—¿Zoe qué haces? ¿Qué le ha pasado a Olivia? —me interroga confuso.

—¿No te acuerdas ? ¿Qué es lo último que recuerdas?

Sé que no debería fiarme de él pero no puedo evitar tener un atisbo de esperanza de qué aquel chico tan divertido fuera real y no un espía destinado a vigilar todos mis movimientos.

—Bueno recuerdo que te invité a una cita en la puerta de la escuela, pero tú me rechazaste —Y pareciendo arrepentido añade—. Siento haberme comportado como un idiota. Lo cierto es que vi la forma en que os mirabais tú y el nuevo director y estaba celoso.

No puedo creer lo contundente y sincero que parece.

Lamentablemente no he olvidado nada de lo que ha pasado hasta ahora y cómo él mató a sangre fría a Marc para poder secuestrar a Olivia. Además la confesión de Semyazza de qué fue el propio Izan quién se prestó voluntario para poder entrar a las filas de Remiel no se me quita de la cabeza y el hecho de qué el Yingb fuera tan fuerte dentro del cuerpo de Izan me dice todo lo que necesito saber para hacer mi próximo movimiento.

—Tranquilo Izan, tú no tienes la culpa de nada. —Intento parecer lo más sincera posible—. Fuiste poseído por algo de lo que no podías defenderte.

Me acerco hasta él y paso mi brazo bueno sobre su cuello con un nudo en la garganta. El alivio se nota en su voz cuando me dice junto a mi oído:

—Oh gracias al cielo que lo entiendes —susurra—. Pensaba que me culparías por la muerte de Marc y...

Interrumpe su siguiente excusa con un ahogado gruñido.

—Acabas de decirme que no recordabas nada —le digo en un susurro.

Me alejo de él lentamente sin soltar nunca el cuchillo que he enterrado en su negro corazón hasta la empuñadura, al igual que hizo él con Marc.

Izan mira con incredulidad su propio puñal y, tras un ataque de tos, levanta la cabeza para mirarme a los ojos con un hilo de sangre cayéndole por la comisura de la boca . Sé que nunca me hubiera creído capaz de matar a nadie, porque la Zoe que él conocía era la que no creía en ángeles, demonios y magia.

Esa chica ya no existe. Desapareció cuando vio a un amigo de confianza matar a otro por placer.

Lo miro con lágrimas en los ojos, a pesar de saber que estoy haciendo lo correcto, matar a Izan es lo más duro que he hecho jamás.

—Deberías haber tenido más cuidado con lo que decías y recordado, que no hace mucho, que te estabas jactando de lo fácil que ha sido mentirme a lo largo de estos años. —su respuesta es un agónico gargajeo en el que expulsa más sangre—. Ahora ya no podrás volver a hacer daño nunca más.

Y tras mis palabras tiro del puñal con fuerza arrancándolo de su pecho y dejando que caiga al suelo.

—Zorra...

Izan susurra enfurecido y por fin sé que ésta es la decisión correcta.

Unos segundos después la respiración de Izan tropieza hasta cerrar los ojos muerto.

—Espléndido querida —Remiel aplaude orgulloso—. Definitivamente eres digna hija de tu padre, serás de gran valor en mis filas.

Me niego a mirarlo a la cara, así que decido ignorarlo mientras tiro el puñal lejos y miro mi mano manchada con mi sangre y la de Izan. Doy un fuerte tirón a mi camiseta para arrancar una tira y me le envuelvo en el brazo herido, para así detener la hemorragia y lo mantengo cerca del cuerpo mientras camino con cuidado de no tropezarme con los escombros y los trozos de demonio a la barbacoa. Ahora mismo no daría muy buena imagen caerme de boca si quiero dar la sensación de seguridad, por lo que despacio me acerco hasta el cuerpo inconsciente de Adriel.

—Deberías estar eufórica por saber que he decido mantenerte con vida.

Aún siendo consciente de la frustración de Remiel por sentirse ignorado, continúo acercándome a Adriel.

Estoy a punto de llegar hasta él, pero antes de hacerlo un ligero movimiento del Nefilim que creía muerto por el derrumbamiento, me detiene. Tras dudarlo un segundo, decido cambiar de rumbo para arrodillarme con cuidado junto a su magullado cuerpo y poco a poco para no dañarme más el brazo y no dañarlo a él voy sacando las rocas de encima.

Trago con dificultad al escuchar los pequeños sonidos de angustia en el grandullón. Sé que debería estar asustada, pero después de haber visto la inocencia en él, no creo que tenga una naturaleza tan malvada, después de todo él y yo somos de la misma especie.

Bueno más o menos, yo he tenido la suerte de salir un poco más agraciada que el pobre.

Una vez que consigo liberar la parte superior de su cuerpo y veo que comienza a respirar con más facilidad, le examino la cara con cuidado de no hacer movimientos bruscos para no asustarlo.

—Ey grandullón, ¿estás bien? —Le pregunto con una sonrisa.

Tras unos segundos mirándome embobado, aparece la misma sonrisa bobalicona que le vi antes al jugar con la ranita y sin quererlo extendiendo más la sonrisa. No puedo creer que un ser que se ha criado entre tanta maldad pueda tener esa inocencia.

Me encanta, hace que tenga esperanza de que no hay tanta gente violenta por el mundo.

—¿Vas a seguir ignorándome para socorrer a una abominación de la naturaleza? —gruñe enfurecido Remiel.

Observando como el Nefilim juega distraído y maravillado con un largo mechón de mi pelo, le respondo sin girarme para enfrentarlo.

—¿Qué te hace pensar que quiero pertenecer a tus filas después de todo lo que sé sobre ti? —le pregunto con hastío mientras me levanto para encararme con él—. ¿Crees que te debo algún tipo de lealtad filial? ¿A ti, que lo único que has hecho desde que te conozco es intentar matarme para quitarme un poder que no es tuyo?

Ay madre mía que creo que no ha sido muy buena idea rechazarlo con tanto desprecio.

Encogiéndome por dentro veo como sus ojos dorados se tiñen momentáneamente de rojo, pero con la misma rapidez desaparece para sustituirlo por una frialdad aterradora.

Goliat, así es como he decidido llamar al Nefilim, se levanta bruscamente y se planta entre Remiel y yo, en una clara demostración de lealtad repentina hacia mí.

Remiel levanta la ceja sorprendido.

—Vaya, vaya, vaya... veo que ya te has ganado a un leal seguidor.

Asustada por el daño que pueda hacerle, vuelvo a cambiar nuestras posiciones para que Remiel siga centrándose en mí.

—Déjalo en paz —le digo con claridad—. Él no tiene nada que ver, esto es entre tú y yo. —Y ladeando la cara para poder mirar a Goliat le susurro tranquilizadora—. Tranquilo grandullón, él no va hacerme nada.

—Que enternecedor —exclama burlón—. Deberías preocuparte por tu querido ángel guardián, en vez de por ese trozo de carne estúpida, después de todo tú eres la culpable de que tu querido guardián esté muerto.

Esa frase me traslada de nuevo a la visión que tuve de Adriel muerto, pero gracias a ella y a mi decisión de no acostarme con él he podido cambiar el curso de las cosas, de ahí a que la escena que ahora mismo estoy reviviendo sea ligeramente distinta.

Sí que es cierto que Adriel está en la misma posición que en el sueño. Puedo ver desde dónde estoy que tiene el ala partida y está sepultado por un puñado de escombros, pero el sube y baja de su pecho indica que todavía sigue vivo y eso es algo de lo que me alegro muchísimo. Además también está el hecho de la presencia protectora de Goliat detrás de mí.

—Yo no he hecho nada malo —escupo las mismas palabras que en mi visión—. Tú y tus esbirros —digo mirando con desprecio a Semyazza quien todavía sigue malherido—, sois los que nos estáis haciendo esto, solo para conseguir un poder que nunca tendrás en tus manos.

Remiel no se altera ante mi insolencia, todo lo contrario, parece divertirle bastante.

—Claro que sí —dice él riéndose—. Para empezar tú no tendrías ni que haber nacido. —Eso duele aunque ya lo haya oído antes—. El poder de La Llave debería haber sido mío desde el principio. No obstante no me refiero solo a eso al decirte que es culpa tuya, sino al hecho de que has sido la causante de que tus seres queridos estén en estas condiciones —dice con un movimiento brusco en dirección a Adriel y Olivia.

Al recordarme a Olivia comienzo a llorar y Goliat gimotea al verme, como si le doliera verme tan triste.

—¿Qué quieres decir? —le pregunto en un susurro.

Estas palabras aunque distintas a las de mi visión, están causando el mismo efecto en mí.

—Si te hubieras comportado como una buena hija y me hubieras cedido tus poderes, ahora mismo estarías feliz con tu madre, llevando la misma vida miserablemente humana con tus amigos y con la posibilidad de vivir un "felices para siempre" con

Adriel. En cambio, estás aquí, patética, herida y sola, ¿y todo para qué? Morirás de todos modos.

De la nada, la misma espada dorada que Remiel tiene tatuada en la espalda aparece en su mano.

No importa que sepa a ciencia cierta lo que viene a continuación, nada me ha preparado para enfrentarme a la velocidad del arcángel cuando éste, me agarra del cuello a unos pies por encima del suelo.

Goliat intenta evitarlo, pero un espasmo de la mano de Semyazza lo mantiene lejos de mí y con el mismo horror que sentí en la visión miro a mi padre a los ojos, solo para ver su satisfacción cuando me dice:

—Que tengas dulces sueños, mi niña.

Forcejeo en un intento para liberarme y respirar al mismo tiempo, mientras veo como la espada se acerca a mí y aunque por fin se activa mi poder de supervivencia el cual solo aparece cuando estoy en un grave peligro de muerte, sé que no hay nada que yo pueda hacer para evitar lo que se avecina.

Por el rabillo del ojo veo el sutil movimiento de Adriel al despertar y a Goliat aturdido cerca de él, lamentablemente ninguno de los dos llegará a tiempo para impedir que muera a manos de mi propio padre.

Lo único que me queda por hacer es admitir mi derrota y morir con dignidad, pero algo dentro de mi pecho me dice que hay algo que necesito hacer, de modo que clavo mis ojos en los de mi verdugo.

No sé que puede estar leyendo Remiel en ello, pero la sorpresa en los suyos es evidente y sin saber por qué, ceso en mi intento por liberarme y acerco lentamente mi mano hasta posarla encima de su corazón, justo en el mismo instante en el que el dolor punzante de la espada atraviesa mi costado derecho.

Esa sensación extraña se convierte en una energía que recorre todo mi brazo hasta llegar a la mano apoyada en su pecho y comienza a brillar con una luz blanca que nos envuelve hasta aislarnos de todos.

El tiempo, ralentizado gracias a mi poder, se detiene ahora del todo, excepto para nosotros dos y sé que en esta ocasión ha sido obra de Remiel.

En este eterno punto muerto la sorpresa en sus ojos ha ido poco a poco convirtiéndose en furia y más tarde en dolor, hasta que al fin el tiempo toma su cauce.

Todo vuelve a la normalidad y de golpe caigo de bruces al suelo, libre ya de su agarre. Intento coger el aire que me ha faltado hasta ahora pero cada vez que lo hago tengo que detenerme por culpa del dolor agónico en mi costado.

Unas cuantas bocanadas después, logro coordinar mi cuerpo para que no me sea tan insufrible el simple acto de respirar y taponando la herida, que no cesa de sangrar, levanto la vista hacía mi padre.

Mi angelical, horrorizado, pálido y herido padre.

Yo, una simple humana del que todo ser demoníaco se cree con el derecho de ningunear, le ha dejado a un antiguo Supremo de los cielos, la marca chamuscada con la forma de mi mano justo encima de su corazón.

Una marca que ha conseguido traspasar su camisa y que le ha dejado una herida negra y horrible que no deja de humear.

—¿Qué me has hecho?

Miro a Remiel sorprendida, negando con la cabeza y boqueando como los peces porque ni yo misma sé que ha pasado.

—Yo no... no... no lo sé.

Consigo decirle mientras veo que se le escapa la espada de entre sus dedos y una fugaz expresión que no logro identificar cruza su cara cuando a pesar de su evidente esfuerzo por recuperarla no lo consigue, viéndose obligado a dejarla olvidada entre nosotros mientras comienza a dar traspiés para alejarse de mí.

Semyazza al ver el estado de su señor, se acerca en un par de sacudidas de sus alas, pero al poner un pie en el suelo cerca de él se detiene antes de ayudarlo y poner en evidencia el estado físico de su señor.

—¿Mi señor?

La duda es evidente en la simple pregunta de Semyazza y es contestada cuando Remiel, con la mano encima de la extraña herida, vuelve a tropezar con sus propios pies y está a punto de caer sobre su rodilla si su capitán no lo hubiera sujetado antes.

El arcángel con la cara perlada de sudor, me dice entre dientes:

—Averiguaré que me has hecho y cuando lo haga, te arrepentirás por haberte dignado a atacarme. No habrá ningún lugar seguro para ti ni para los tuyos en la Tierra, el cielo o los infiernos que te librarán de sufrir la ira del gran Supremo Remiel.

Dicho esto Remiel desaparece en los brazos de Semyazza sin dejar ninguna evidencia de su presencia aquí, exceptuando claro está, la enorme espada frente a mí.

Mareada por la pérdida de sangre, consigo levantarme sin volver a caer, preguntándome dónde narices está el chute de energía que sentía mientras luchaba contra Izan. A trompicones, me acerco hasta la brillante espada, pero de repente y sin esperarlo, al entrar en contacto con su empuñadura, un estallido de luz sobresale de ella desapareciendo en el acto, a la vez que grito de dolor al recibir una enorme descarga que me quema desde la mano hasta el centro de la espalda.

—¿Es que hoy tengo que recibir de todo el mundo?

—¿Zoe, estás bien?

El gruñido de Adriel al apoyarse sobre sus manos y rodillas me devuelve a la realidad y como está claro que a causa del dolor de mi costado es imposible poder ver si la descarga me ha dejado alguna marca en la espalda, —porque la endemoniada me ha electrocutado de lo lindo—, me centro en algo más importante como en ir a su encuentro.

Los pocos metros que nos separan se me hacen larguísimos y si sigo por ese camino, sé que no tardaré en caer desmayada. El enorme cuerpo de Goliat está sentado en posición de loto al igual que un niño pequeño y no puedo evitar lanzarle una cariñosa sonrisa, recibiendo otra en respuesta.

—¿Estás bien, grandullón?

—Tengo un ala rota y mi orgullo magullado, pero no hay nada irreparable.

—No te lo preguntaba a ti quejica, se lo decía a Goliat —le digo sonriente mientras le pellizco con cariño la mejilla del Nefilim, que ronronea como un gatito.

—¿Goliat? ¿Le has puesto nombre a un Nefilim?

—Ppffll... por favor... ¿tú lo has visto bien? Este hombretón es incapaz de matar a una...

Me giro para mirar a Adriel con una sonrisa burlona esperando ver su sorpresa, sin embargo la sorpresa me la llevo yo al poder mirarlo a la cara por primera vez y lo que veo no me hace ninguna gracia.

— ¿Adrian?

CAPÍTULO 20

Adriel o Adrian o como sea que se llame en realidad, está frente a mí, paralizado, si bien por verme en el estado en el que me encuentro o porque por fin he descubierto su grandiosa y cochina mentira.

—Tú... Adrian... y Adriel y tú y yo...

—Bruja puedo explicarlo...

Me dice con ansiedad dando un paso hacia mí, pero se detiene al verme retroceder.

—Me has estado mintiendo todo este tiempo... —susurro con la voz rota por las lágrimas—. !Has dejado que me fuera volviendo loca por las dudas de sentirme atraída por dos hombres y los dos eras tú! ¿Cómo has podido? ¿Por qué?

Lo miro enfadada de arriba a abajo y veo todas las similitudes que nunca me había parado a buscar o que simplemente me negué a ver.

La misma estatura y complexión física, el mismo corte de pelo, los mismo gestos, pero sobre todo la misma voz ronca que hace que se me ponga la piel de gallina nada más oírla y el mismo olor a sándalo que me vuelve loca.

Es entonces que sé por qué no he sabido ver antes todo esto y simplemente es porque no quería hacerlo. Si lo hubiera hecho, significaría que no tendría la oportunidad de estar aunque fuera con uno de ellos, por desgracia eso no ha hecho más que empeorarlo todo.

—Bruja por favor, entiéndelo.

—Déjalo Adriel o Adrian o como demonios te llames...

Ahora mismo no estoy de humor para escuchar sus excusas, además teniendo en cuenta que no me ha dicho nada hasta que lo he descubierto por mí misma, bien puede esperar un poco más en explicarse.

Dándole la espalda, me acerco tambaleante hasta Olivia, a la que tenía completamente olvidada... me siento culpable por haberlo hecho, pero siendo honesta, me han pasado demasiadas cosas en tan poco tiempo que en cualquier momento me explotará la cabeza. Al tropezar con una piedra y, antes de caer de cara contra el suelo, mi nuevo amigo Goliat me sostiene y me ayuda para llegar a ella.

En un intento por saber algo más de su estado, le abro los párpados y asustada aparto la mano, al ver que el brillo en ellos ha desaparecido, dejando en su lugar unos ojos vacíos y sin luz.

—Necesito que me ayudes a traer de vuelta a Olivia.

Me dirijo a Adriel, al que he sentido justo detrás de mí y al que he ignorado en los últimos diez minutos, porque no sé quién más puede hacer que Olivia vuelva.

Sabiendo que no voy a hablar más sobre su engaño, mi custodio se acerca resignado, negando lentamente con la cabeza al verle los ojos.

—No hagas eso —lo amonesto—. Eso gesto no trae nunca buenas noticias.

—Porque no hay buenas noticias —responde con lástima—. No sé que ha causado que Olivia haya perdido su alma, lo que sí sé es que va a ser muy difícil encontrarla y traerla de vuelta.

—Pues hazlo —le digo cabreada—. Ya he perdido a dos amigos, mi padre ha resultado ser un arcángel cabrón y retorcido y encima acabo de descubrir que la persona en la que más confiaba me ha estado mintiendo desde el minuto cero, así que no me digas que no tiene solución si no quieres acabar ciego, porque te juro que te saco los ojos con una cuchara si oigo una mala noticia más.

Llegados a este punto ya estoy gritando histérica. Esto no puede estar pasando, me niego a que esto esté sucediendo.

326

—Lo único que se me ocurre es llevarla a un hospital para que la mantengan estable mientras intentamos encontrar su alma perdida —dice tranquilo.

—¡Pues hazlo!

Al menos alguien aquí parece pensar con claridad porque entre Goliat, que el pobre no tiene dos dedos de frente y yo que estoy al borde de un ataque de nervios, no hay mucho cerebro operativo aquí.

Ignorándome, Adriel sigue examinándola mientras posa lentamente su mano encima del corazón de Olivia. Unos instantes después susurra al aire:

—¿Zac?

La explosión de luz por el parpadeo, trae consigo la imponente figura de una ángel que, vaya fíjate tú, tiene el mismo aspecto que el amigote rubio de Adrian.

—Sabía que había algo raro en tu amigo Zacarías y por raro me refiero a las alas y el aro encima de su cabeza.

—Nosotros no tenemos aro —masculla Adriel entre dientes.

—Sí, lo que sea —le digo agitando mi mano restándole importancia.

—Por todos los infiernos Libi....

Cerrando la boca para que no me entren moscas, veo al portento rubio agacharse al lado de Olivia con la cara cenicienta por la preocupación.

—Se llama Olivia no Libi —le digo en un susurro.

—Siempre será mi Libi.

Dice tiernamente mientras la coge entre sus brazos con extrema delicadeza. Antes de que pueda decirle nada, Adriel me detiene cogiéndome del brazo y soltándome al instante en el que lo fulmino con la mirada.

—No sé que le ha pasado, pero por alguna razón ha perdido su alma —le informa Adriel—. Llévala a su piso, diles que eres amigo de su novio y que habías quedado con él esta mañana en su casa, pero que al llegar y no abrirte la puerta, te has preocupado y la has tirado abajo, encontrándote todo revuelto y los cuerpos tendidos en el suelo de Marc y Olivia —dice son voz suave pero sin dar lugar a réplicas—. Habla con Jeliel, es quién cuida del cuerpo del chico. Nos encontraremos más tarde en el hospital cuando arregle un par de cosas aquí. —Y suavizando el tono le dice mientras le posa la mano en un hombro—. No te preocupes hermano, la traeremos de vuelta sana y salva.

Asintiendo ausente y sin decir una palabra, Zac desaparece con Olivia entre sus brazos antes de que yo pueda decir nada al respecto.

—¿Por qué dejas que se la lleve? Ella es mi mejor amiga, soy yo quién tiene que cuidar de ella.— le digo enfadada.

Se acerca a mí sin permitirme echarme atrás y así poder evaluar la gravedad de mis heridas.

—Él tiene más derecho que tú de hacerlo. —Hace una mueca al ver la profundidad de la herida en mi costado—. De hecho lleva haciéndolo mucho antes de que tú nacieras.

—¿Qué quieres decir con...

—Ya habrá tiempo para responder a tus preguntas. — Vuelve al viejo hábito de dejarme con la palabra en la boca—. Justo después de que me permitas explicarte las razones para hacer lo que he hecho.

—¿Te refieres a mentirme cómo un bellaco? —replico con sequedad.

Contrae los labios no sé bien si para guardarse una réplica mordaz o para aguantar una sonrisa divertida y, por el brillo en sus ojos, deduzco que es más bien lo segundo.

—Ahora lo importante es curar esas heridas antes de que se infecten —dice ignorando mi pregunta.

—Deberían estar curándose ya como todas las anteriores que he tenido —digo contrariada—. Ni siquiera noto el cosquilleo previo antes de empezar a sanar.

—Eso es porque te han herido con la espada suprema de Remiel —aclara—. Es una de las siete espadas supremas creadas por el Padre de todos para cada uno de sus hijos. Cuenta la leyenda que son las únicas armas en la Tierra, el Cielo y los Infiernos capaces de herir o matar a un arcángel.

—¿Cómo sabes que se trata de esa espada? No has llegado a verla. —Sé que estoy siendo impertinente pero el estar herida y cabreada es lo que tiene—. Y si es así, ¿por qué los Supremos permitieron que Remiel se la quedara? ¿No se supone que debieron confiscarla al desterrarlo del cielo? está claro que es una amenaza para sus vidas.

Asiente dándome la razón.

—Deduzco que es la espada de Remiel porque es la única explicación que encuentro para que la herida siga todavía en esta fase sin empezar a cicatrizar. —Y tras una pausa añade—: Además, se dice que justo antes de despojarle de su espada, Remiel la hizo desaparecer ante sus ojos y ninguno de los hermanos, ni siquiera el Supremo Miguel, fue capaz de encontrarla. Evidentemente la ha tenido en su poder todo este tiempo.

Decido no contarle que la he tenido en mis manos hasta que ha vuelto a desaparecer. No sé de qué serviría teniendo en cuenta que no tengo ni la más remota idea de dónde está. Apuesto a que tenía alguna especie de hechizo para que en caso de perderla volviera junto a él.

Si ese tipo de hechizo existe me iría de perlas para no volver a perder la llave del coche, me llevó meses encontrarla. Todavía me devano los sesos intentando averiguar que hacían en el cajón de mis bragas.

—¡Ayy! —Doy un respingo cuando el embustero de mi guardián me tapona la herida del costado intentando detener la hemorragia.

—Tenemos que regresar a casa para limpiar y coser estos cortes —Con cuidado pasa el pulgar por mi pómulo partido—. Éste es posible que se te cure en cuestión de horas, así que no tenemos que inventar ninguna excusa para justificarlo. Por otra parte, el de tu costado tardará mucho más.

Conforme con su explicación, me concentro en Goliat.

—¿Y ahora qué hago contigo? —me pregunto en voz alta—. No quiero que vuelvas con Remiel, podría matarte por haberme defendido. —Me dedica una sonrisa desdentada—. Y mírate, eres tan tierno... si no fuera por lo enorme que eres, te vendrías conmigo a casa.

—¿Tierno? —pregunta estupefacto Adriel—. ¿Eres consciente de que estás hablando de un Nefilim y guardián de Remiel, verdad?

—¿Qué esperas que haga un ser que ha nacido y criado envuelto de crueldad y violencia?

Continúo sin esperar respuesta por su parte.

—A pesar de haber crecido entre demonios, hay una inocencia y una bondad en él inusual. No quiero abandonarlo a su suerte y que le ocurra algo.

Adriel nos mira durante unos segundos hasta que asiente a regañadientes.

—Lo trasladaré a un lugar seguro, podrás visitarlo cuando quieras y así comprobarás que está bien atendido.

—Gracias.

Suavizo un poco la dura mirada que le he estado dirigiendo hasta ahora. Significa mucho para mí mantener a salvo a Goliat después de imaginarme por todo lo que ha tenido que pasar a lo largo de su vida. Se merece un poquito de paz y tranquilidad.

—No hay de que —contesta incómodo—. Será mejor regresar.

Miro a Goliat con una sonrisa y lo abrazo fuertemente por la cintura. Odio las despedidas.

—Grandullón, quiero que te vayas con este ángel tan gruñón —le susurro y sé que me ha entendido por la protesta en su voz—. Tranquilo, van a cuidar de ti y no hará falta que regreses nunca más a ese infierno. —Levanto la vista para poder mirarlo al ojo. Al único que tiene abierto— Prometo que en cuanto resuelva un par de cosas iré a verte, ¿vale?

Un gruñido más suave me hace entender que está de acuerdo. Después de un segundo abrazo y sin necesidad de decir nada más, Adriel se acerca hasta él y los dos desaparecen en un parpadeo.

No pasa mucho tiempo en el que Adriel vuelve y, sin mediar palabra, rodea mi cintura con un brazo y parpadea en mitad de mi salón.

Abrumada dejo que Adriel se ocupe de atender mis heridas mientras le echo un rápido vistazo, sin que él se percate de nada y aliviada, veo que todas sus heridas han desaparecido, incluida su ala partida.

En cuanto a las mías, veo que tiene razón por las causadas por Izan, cuando al mirar mi brazo veo que a excepción de la gran mancha de sangre seca, no hay ni rastro de la herida abierta y comienzo a sentir en el pómulo el hormigueo previo habitual que tengo cuando mis heridas comienzan a sanar.

Terminada la faena, murmuro un gracias y desaparezco dentro del cuarto de baño para aparecer veinte minutos después, lista para poder ir al hospital y comprobar en qué estado se encuentra Olivia.

—Necesito que me lleves a dónde sea que tu amigo haya llevado a Ol...

La Cabalgata de las Valquirias, el tono de llamada que le tengo asignado a mi madre no me deja terminar, así que echándole valor al momento le doy a aceptar.

—Hola mamá —le digo lo más tranquila posible—. Tranquila, deja de llorar por favor... si lo sé, ahora mismo me dirigía para allí... —me molesto cuando oigo su siguiente comentario—. ¡Por supuesto que estoy triste!, ¿Cómo puedes pensar algo así?... Sé que estás mal, tranquila te perdono... sí, bueno sé algo, pero lo mejor será que te lo explique todo después... está bien, nos vemos allí... yo también te quiero mucho mami... hasta ahora.

Termino la llamada con un nudo en la garganta.

—Tu madre se huele algo, ¿verdad?

—Lo raro sería que no lo hiciera —le digo secamente y me arrepiento al instante por hablarle de ese modo— Perdona, es solo que quiero que este horrible día termine—. Me masajeo las sienes intentando calmar el dolor de cabeza que ha empezado detrás de los ojos—. ¿Podrías, por favor, llevarme al hospital dónde han ingresado a Olivia?

—Por supuesto —y dudando añade—: Bruja tenemos que hablar.

—Ahora no Adriel —alzo la mano para evitar que continúe—. Los problemas de uno en uno. En este momento mi única prioridad es Olivia. Ya habrá tiempo de suavizar tu sentimiento de culpa por haberme mentido durante tanto tiempo.

Unos segundos de tenso silencio después Adriel contesta:

—Está bien, vamos.

Me quedo tiesa como un palo al verme de nuevo rodeada por su brazo, por suerte antes de poder acostumbrarme, ya estamos frente a la sala de espera vacía de cuidados intensivos. Sin demora, me doy la vuelta para salir de allí en busca de algún personal médico que me informe sobre Olivia, aunque sinceramente dudo que un médico pueda decirme el por qué mi mejor amiga ha perdido su alma y qué es lo que puedo hacer para retornarla a su cuerpo.

A partir de aquí solo hay una sucesión de conversaciones incómodas con los médicos, la policía y mi madre.

Los médicos no tienen ni la más mínima idea de lo que le pasa a Olivia. Según las pruebas posteriores a su ingreso, Olivia, a excepción del moratón en su cara por el golpe de Izan, está en perfectas condiciones físicas. Por otro lado, no entienden por qué no despierta. Por lo visto ha entrado en una especie de catatonia que no saben cuánto tiempo puede durar. De lo único que parecen estar seguros, es que su estado mental se debe a la traumática experiencia a la que ha sido sometida.

La policía se ha creído a pies juntillas la declaración de Zacarías o Zac, como prefiere que le llamen. No encuentran nada extraño que ni su familia, amigos o conocidos hayan oído jamás a Marc hablar de él, de lo cual llego a la conclusión de que hay algún truquillo angelical de por medio. Tampoco me quejo, la verdad, si en vez de a él la policía me preguntara a mí, no necesitarían mucha presión por su parte para acabar cantando como un canario. Lo que no sabría decir es que harían con toda esa información, supongo que encerrarme en el psiquiátrico más alejado de la civilización. Al final, todo ha quedado en un evidente caso de allanamiento, agresión y asesinato sin resolver.

Mi madre es un punto y aparte.

Con ella no me he andado con chiquitas y le he contado absolutamente todo lo que ha pasado. He de decir que a excepción de la cara de alucinada que ha puesto cuando se ha enterado que se acostó con el súper—poderoso y malísimo arcángel Remiel, lo demás se lo ha tomado mejor de lo que esperaba. La profunda pena por la muerte de Marc es evidente, sin embargo el optimismo innato de mi madre ha salido a la luz y como dice ella, al menos Olivia y yo estamos vivas.

Olivia pasando por un pequeño bache, pero viva al fin y al cabo.

También me he desahogado contándole todo sobre Adriel y Adrian, esperando que me diera algún consejo de los suyos, pero aquí la muy bruja se ha cerrado en banda, señalando que nunca es buena idea meterse en medio de amores ajenos y se ha ido tan tranquila después de comprobar que mi herida en el costado no es tan grave y de aconsejarme que tenga la mente abierta y libre de sentimientos negativos cuando decida mantener esa importante conversación, la cual tiene lugar dos días después del ataque.

Tan solo mantuvieron a Olivia en cuidados intensivos un día y medio y ahora está instalada en una habitación individual, donde la mantienen enchufada a un sin fin de cables que no sé exactamente para qué sirven, pero que mientras mantengan a Olivia con vida, que piten todo lo quieran.

Estoy sentada junto a su cama en mi turno para cuidarla —mi madre ha hecho un horario de turnos para que nunca esté sola en caso de que despierte—, leyéndole una de esas horribles novelas de terror que tanto le gustan cuando el destello del parpadeo de Adriel/Adrian ilumina la habitación.

—Si estás buscando a Zac se ha marchado hará una media hora —saludo sin mirarlo—. Aunque dudo que se mantenga muy alejado, no se aparta de esta cama a no ser que lo requieran allí arriba.

—Lo sé. —Su voz suena más cercana de lo que esperaba— He venido a verte a ti.

—¿Alguna novedad sobre el alma de Olivia?

—No mucho —admite—. Tan solo tenemos la certeza de que no la perdió, sino que por alguna razón fue arrancada a la fuerza de su cuerpo, de ahí que tenga esas extrañas muescas en sus ojos.

Asiento una vez.

Recuerdo que vi esas marcas tan raras en medio de aquel campo, pero no le di ninguna importancia, hasta que Zac lo señaló al vernos la primera vez en el hospital.

—Espero que averigüéis algo más pronto. Cuanto más tardemos en encontrarla, más difícil será que esté en óptimas condiciones o su alma esté demasiado deteriorada para poder unirla satisfactoriamente.

—Parece que Zac te ha estado informando.

—Sí, bueno. Cuando se pasa tanto tiempo con una persona encerrados en la misma habitación, algo hay que hacer para matar el tiempo. Hemos estado hablando bastante.

El silencio que reina en la habitación me dice que Adriel/Adrian ha entendido el significado implícito en mis palabras.

—Te ha hablado de mí —No es una pregunta.

—En parte —admito—. Me ha dicho lo leal que eres, sobre todo para con tus señores, además del hecho que nunca has desobedecido una orden directa. Por no hablar del profundo sentimiento que tienes de defender y proteger a los más indefensos —Esto último más que decirlo, lo escupo, estoy harta de que todo el mundo me vea como a un ser indefenso—. Añade estas cosillas a la mezcla y salen las razones por las que te inventaste una identidad falsa y te metiste en mi vida de lleno sin pedir permiso.

—Eso no es del todo exacto —dice dubitativo.

— ¿Ah, no?

Por el rabillo del ojo, puedo ver que no le ha hecho mucha gracia el sarcasmo.

—No —aprieta los dientes al decirlo—. Sí que es cierto que se me ordenó mantenerte vigilada el máximo de tiempo posible —admite—. Por eso Adrian era la mejor solución para poder hacerlo mientras trabajabas. Pero fueron las circunstancias las que hicieron que mantuviéramos una relación más estrecha de lo normal.

—¿Te refieres a cuándo tuve que cuidarte porque te habían arrancado las alas cómo castigo o cuándo metiste la mano dentro de mis bragas?

—Eso no... yo no quise... —gruñe frustrado cuando ve mi ceja levantada—. Está bien, sí que quise pero...

—Pero nada Adriel... Adrian... Espera —hago una pausa—. ¿Cómo demonios tengo que llamarte?

—Adriel —dice con la mandíbula apretada—. Siempre he sido Adriel.

—Sí, sí como sea, Adriel.

—Brujaaa... —La advertencia me indica que estoy tocando teclas que no sé si me gustará el resultado cuando explote.

—El hecho... —Ignoro su amenaza y continúo haciendo caso omiso a su cara—. El hecho es que ya te dieron un toque de advertencia al cortarte las alas por habernos besado. ¡Besado Adriel! ¿Qué narices se te pudo pasar por la cabeza al querer dar un paso más allá hasta el punto de que casi terminamos la faena, Eh? ¡Dime!

—Técnicamente, tú sí lo hiciste. —Me sonrojo furiosamente ante su comentario—. Soy yo el que casi se queda eunuco.

—¡Eso, tú encima de cachondeo! ¡Eres imposible!

Me doy la vuelta mientras gimo y me tapo la cara con las dos manos para que no pueda ver ni la vergüenza ni el deseo en mis ojos al recordar ese momento.

Me giro para enfrentarlo y nos quedamos mirándonos fijamente sin que ninguno de los dos dé su brazo a torcer.

La frustración y la tensión por querer ceder ante el otro, no dura mucho al ser sustituida por otra clase de tensión, que si bien puede acabar en algo mucho más placentero, no puede suceder

335

nunca. Al menos hasta que encuentre una solución a mi problema de robar poderes ajenos.

Triste, rompo el contacto visual con Adriel.

—Zoe —dice suavemente y apoya su mano en mi nuca—. Intenté alejarme de ti. Te juro que lo intenté, porque más allá de mis sentimientos por ti, es mi deber protegerte. —Con cuidado y con temor a ser rechazado, Adriel se acerca hasta amoldar nuestros cuerpos sin dejar ningún espacio que nos separe desde las rodillas hasta el pecho—. Pero no sé como lo has hecho, has sabido traspasar todas las barreras que había erguido para mantenerte alejada y ahora no puedo, no quiero sacarte de mi cabeza—. Posa mi mano en su corazón y me dice en un susurro—. Te has metido aquí Bruja y ahora es imposible sacarte.

Nuestros labios están a unos centímetros de distancia, pero el miedo a que despojen de sus poderes a Adriel y sea condenado a pasar el resto de sus días como mortal, sigue estando presente, además del miedo mucho más grande de que sea yo la causante de absorberlos y en un peor caso, incluso matarlo. Eso me está matando, así que hago lo único que se me ocurre para mantenerlo lejos y es apartarme justo en el instante en el que siento la caricia de su aliento en mis labios.

Cierro los ojos evitando mirar el dolor en los suyos y sujetándolo de las muñecas doy un paso atrás para poder mantener las distancias y así pensar con un mínimo de claridad.

—Lo siento Adriel, pero esto no se trata solo de nosotros dos. —No puedo controlar el temblor en mi voz—. La vida de miles de personas están en nuestras manos para que pueda salvarlas gracias al poder de La Llave, pero no puedo hacer esto yo sola. —Y apoyando mis manos en su pecho le digo suplicante—. Necesito de tu guía para evitar que me meta en líos antes del Gran Final y si los dos sucumbimos a algo que ahora mismo parece tan nimio como el deseo físico, estamos poniendo en riesgo a miles de almas que no se lo merecen.

Lo miro a los ojos para que pueda ver la verdad en ellos y por el brillo en sus ojos verdes sé que lo entiende.

—Esto no quiere decir que yo no me sienta de la misma manera. —Paso la mano por su mandíbula firme—. No te imaginas lo mucho que has llegado a significar para mí en tan poco tiempo, pero ahora mismo necesito centrarme en mí y descubrir qué poderes he heredado de mi padre antes de que sin quererlo ponga en riesgo a alguien, incluso a ti, sin poder evitarlo porque he estado tan ocupada revolcándome contigo que no estado pendiente de nada más, ¿lo entiendes verdad?

El suspiro de Adriel me hace suspirar aliviada a mí también. Juntando nuestras frentes Adriel me susurra:

—Aunque no lo entendiera, no podría negarte nunca nada Bruja. —Sonrío ante su burla—. Está bien, vamos a prepararte tan bien que nadie podrá afirmar jamás que has estado holgazaneando en vez de entrenándote. —A regañadientes se distancia un par de metros de mí—. Por ahora será mejor que mantengamos las distancias y nos centremos en salvar a Olivia. Me da la sensación que no estarás al cien por cien en esto hasta que sepas que ella esté despierta.

—Gracias.

Y es que todo eso es completamente cierto, necesito a Olivia despierta y a salvo para poder estar completamente centrada en mis deberes como la Llave.

—Pero tampoco te creas que vas a estar de vacaciones, ya que mientras tanto podemos seguir entrenando para que aprendas a controlar los poderes que ya has adquirido.

Miedo me da la sonrisa lobuna que aparece en su cara.

Ahora sé que los entrenamientos que hemos hecho anteriormente han sido un juego de niños comparado con lo que se acerca y, la verdad, estoy deseando que llegue para poder patearle ese culo tan duro y perfecto que tiene.

)( )( )( )( )(

Tan absortos están el uno en el otro que no se percatan del sutil movimiento del índice de la paciente tendida en la cama.

EPÍLOGO

Un escalofrío le recorre el cuerpo en cuanto lo oye entrar.

—Por fin, después de tantos siglos esperando, ha llegado mi recompensa. Ahora nada ni nadie podrá apartarte de mi lado.

Su captor recorre con engañosa ternura todo el largo de su columna vertebral, estremeciendo a su receptor, no de placer, si no de saber exactamente qué es lo que le espera de aquí en adelante.

—Me encontrarán —le advierte ella—. Sabes que tarde o temprano él sabrá que me tienes aquí y vendrá a buscarme. Y esta vez no tendrá piedad de ti.

El dedo que ha estado acariciando su espalda se detiene y ella sabe que no ha sido buena idea provocarlo de esa manera. Ahora el castigo será más duro por su insolencia.

Para su desconcierto, su captor reanuda sus caricias más delicadamente, si eso es posible.

—¿Qué te hace pensar que ésta vez voy a dejar que te aparte de mi lado? Estará muerto antes de que se dé cuenta de quién es el que está detrás de tu desaparición.

Ella no puede contener el escalofrío de miedo que siente por él, ese ser que siempre ha velado por su felicidad y su seguridad— sin importar lo lejos que hayan estado el uno del otro,— pueda caer en manos de la crueldad conocida de su verdugo.

—¿Temes por él, mi dulce ángel? —le susurra despiadado al oído.

—No —miente ella con seguridad—. Temo por tu pobre alma podrida que no durará un segundo en quebrarse cuando él te ponga las manos encima.

Con un tirón de pelo, su captor la acerca a milímetros de su cara para que pueda ver la ira evidente en todos sus rasgos.

—¿Cómo estás tan segura de que tendrá tal oportunidad? —pregunta enfurecido ante la confianza que ve en los ojos de ella.

—Porque esta vez él no vendrá solo.

Un fugaz atisbo de sorpresa invade sus rasgos, pero consigue disfrazarlo con frialdad y soltando su pelo, se acerca al otro extremo de la mazmorra, remangándose los puños de su camisa de seda, hasta alcanzar su objetivo.

—Bien —Sonríe con crueldad—. Hasta entonces, aprovechemos el tiempo perdido, mi dulce y amada Libi.

El estremecedor sonido del látigo al romper la tierna carne de su espalda seguido del grito de dolor de su víctima, se oyen en todos los rincones de ese infernal castillo, haciendo temblar a todos y cada uno de sus aterrados habitantes por la extrema crueldad y violencia que hay detrás de cada golpe.

Continuará...

Printed in Great Britain
by Amazon

66266308R00197